Giuliano Pasini
Die Toten im Schnee

PIPER

Zu diesem Buch

In Case Rosse, einem Dorf im Appenin in der Nähe von Bologna, passiert eigentlich nie etwas. Aber in der Silvesternacht des Jahres 1995 reißt ein Telefonanruf den Polizeibeamten Valerio Manzini aus dem Schlaf. Auf einer Lichtung in der Nähe des Dorfes hat man drei Tote gefunden: einen Mann, eine Frau und ein kleines Mädchen. Als Manzini und Kommissar Roberto Serra am Tatort eintreffen, stellen sie schnell fest, dass die Opfer aus nächster Nähe erschossen wurden. Eine regelrechte Exekution, aber man findet kein Blut. Offenbar hat jemand die drei woanders getötet und dann erst hierher gebracht. Aber warum? Und wer sind die Toten überhaupt? Roberto Serra beginnt mit seinen Ermittlungen, die ihn tief in die Vergangenheit des kleinen Ortes führen. Dabei hatte er sich extra in die Stille von Case Rosse versetzen lassen, um seinen eigenen Dämonen zu entkommen …

Giuliano Pasini, geboren 1975, arbeitet und lebt in der Nähe von Venedig. Er ist Krimi-Redakteur der italienischen Bücherplattform »I-libri.com«. Mit seinem ersten Roman gewann er den größten jemals im italienischen Internet organisierten Schreibwettbewerb und eroberte danach auch die italienische Bestsellerliste. Giuliano Pasini schreibt bereits an seinem dritten Krimi um den Ermittler Roberto Serra.

Giuliano Pasini

DIE TOTEN IM SCHNEE

Kriminalroman

Aus dem Italienischen von
Sigrun Zühlke

Piper München Zürich

Mehr über unsere Autoren und Bücher:
www.piper.de

FSC
www.fsc.org
MIX
Papier aus verantwortungsvollen Quellen
FSC® C014496

Deutsche Erstausgabe
November 2013

Titel der italienischen Originalausgabe:
»Venti corpi nella neve«, Fanucci editore, Rom 2012

Umschlaggestaltung: Hauptmann & Kompanie Werbeagentur, Zürich, unter Verwendung eines Fotos von Mato Massimo Ripani/plainpicture
Satz: Uhl + Massopust, Aalen
Gesetzt aus der Swift
Papier: Munken Print von Arctic Paper Munkedals AB, Schweden
Druck und Bindung: GGP Media GmbH, Pößneck
Printed in Germany ISBN 978-3-30286-9

Für Sara, sie weiß, warum

Die Gerechtigkeit der Märtyrer ist vollkommen,
weil sie die Vollkommenheit
im Schmelztiegel des Leidens erreichten.

Augustinus, Sermones. Sermo 285,5

Und wie hätten wir singen können
mit dem fremden Fuß auf dem Herzen
zwischen Toten, die auf den Plätzen
herumlagen, auf dem vereisten Gras,
mit der Lämmerklage der Kinder und dem schwarzen
Schrei einer Mutter, die ihren gekreuzigten
Sohn am Telegrafenmast erblickte?
An den Ästen der Weiden hingen,
getreu dem Versprechen, die Zithern
und bebten im trostlosen Wind.

Salvatore Quasimodo, An den Ästen der Weiden

14. AUGUST 1976, SAMSTAG
GEBURTSTAG

Ich weiß nicht, wie ich hierhergekommen bin, auf den heißen Asphalt, auf dem ich sitze.

Die Straße zielt direkt auf die niedrig stehende Sonne am Horizont. Das Auto meiner Eltern ist gegen den Pfeiler des Wegweisers zum Meer gekracht. Es hat keine Fenster mehr. Es hat keine Windschutzscheibe mehr. Die Türen stehen weit offen und sind voller Löcher.

Ein Arm ragt aus der rechten Seite. An einem dünnen Faden rinnt Blut von der Hand und sammelt sich in einer Pfütze auf der weißen Linie. Er gehört meiner Mutter. Mein Vater ist gegen sie gesackt. Er ist als Erster gestorben, glaube ich.

Bis zu einem bestimmten Augenblick erinnere ich mich an alles. Meine Mutter sagt, dass sie uns etwas Schönes kocht, wenn wir erst einmal angekommen sind, um uns für das frühe Aufstehen zu entschädigen. Mein Vater entgegnet, dass vor dem Morgengrauen aufzustehen die einzige Möglichkeit war, um so gut durchzukommen. Dann blickt er in den Rückspiegel.

Ein Dröhnen, das lauter wird. Ein Motorrad. Mein Vater meint: »Diese beiden Verrückten bringen sich noch um, wenn sie weiter so rasen.«

Mama schüttelt den Kopf. »Ach, jetzt hör doch auf, den Polizisten zu spielen. Wir sind im Urlaub«, sagt sie, dann dreht sie sich zu mir um und zwinkert mir zu.

Das war das letzte Mal, dass ich Leben in ihrem Blick gesehen habe.

Das Motorrad hat uns überholt. Schwarz wie die Jacken der beiden, die darauf saßen. Schwarz wie ihre Helme. Schwarz wie etwas, das einer der beiden – der, der hinten saß – in der Hand hielt. Ein Maschinengewehr. Er fing an zu schießen.

Papas Kopf ist zusammen mit der Windschutzscheibe explodiert. Mama ist nach vorn gesackt. Auf mich ist alles herabgeregnet. Blut. Glas. Ich habe geschrien. Ich habe mir in die Hosen gemacht. Ich habe versucht zu verschwinden.

Wir sind auf den Pfeiler zugerast. Die Welt ist verschwunden. Ich glaube, ich bin ohnmächtig geworden. Als ich die Augen wieder aufschlug, war alles ruhig. Absurd, nach dem Lärm der Schüsse.

Ich habe mich aufgesetzt und habe alles gesehen.

Die Sonne fiel durch das Loch der Windschutzscheibe. Mama hatte die Augen offen. Sie verlor Blut durch ein Loch im Kopf und aus ganz vielen in der Brust. Papa konnte ich nicht mehr erkennen. Anstelle seines Gesichts war da nur noch eine formlose Masse.

Ich habe mich nach vorn gebeugt und habe beide umarmt. Ich wollte ihre Wärme festhalten. Sie rochen ganz normal, lebendig. Auch wenn da noch andere Gerüche waren. Das Bittere kam von den Schüssen, das Süße vom Blut.

Dann habe ich noch einen Geruch wahrgenommen, pflanzlich, krank. Als wäre ich von verrotteten Blumen umgeben. Ich kam mir vor wie auf dem Friedhof, wo meine Großeltern begraben sind. Automatisch habe ich nach den Blumen gesucht. Ich habe sie nicht gefunden, aber der Geruch ist immer stärker geworden.

Was danach passiert ist, weiß ich nicht. Die Arme. Die Beine. Der Bauch. Das Gesicht. Überall Schmerzen. Ich habe angefangen zu zittern. Dann ist es dunkel geworden. Es war, als hätte jemand meinen Kopf leer gemacht, ihn mir weggenommen. Und an die Stelle etwas anderes gesetzt.

Das war ich, und doch wieder nicht. Ich weiß nicht, wie ich das erklären soll. Ich war größer. Ich saß auf dem schwarzen Motorrad. Ich hatte die Jacke und den Helm. Ich hielt das Maschinengewehr. Ich fühlte mich stark, lebendig, erregt. Ich dachte, dass es nur gerecht sei, dieses Arschloch wegzupusten. Diese Nutte. Wenn dabei auch noch der Bastard von Sohn draufging, umso besser. Wir hatten es ihm doch gesagt: Er hätte das Schmiergeld nehmen und aufhören sollen, Ärger zu machen. Er wollte den Harten spielen? Konnte er haben. Als ich abgedrückt habe, habe ich ihm direkt ins Gesicht geschaut.

Er war mein Vater. Ich habe ihn durch meine Augen gesehen, aber es waren nicht meine. Ich habe ihn mit meinen Händen erschossen, aber es waren nicht meine. Schrecklich, auch wenn ich mich nur bruchstückhaft daran erinnere. Ich war mittendrin, ich habe alles gesehen. Aber ich konnte nichts tun, um es zu verhindern.

Jetzt sitze ich auf dem Asphalt, ich weiß nicht, wie ich hierhergekommen bin. Ich bin schweißgebadet, aber ich habe nicht die Kraft, um aufzustehen. Ich bemerke den Wagen nicht, der anhält. Ich höre den Aufschrei der Frau nicht, als sie mich da sitzen sieht, voller Blut. Sie fragt mich, was passiert sei.

Ich weiß es nicht, ich weiß nichts. Doch, ich weiß, dass ich sechzehn bin. Heute ist mein Geburtstag. Die Fahrt ans Meer war mein Geburtstagsgeschenk.

Donnernd explodiert das Auto meiner Eltern. Eine Feuerzunge schießt empor, bis zum Himmel hinauf.

Ich weine nicht. Genau vor sechs Jahren habe ich meiner Mutter versprochen, es nie wieder zu tun. Es gibt Versprechen, die man als Kind gibt und ein Leben lang hält.

NEUJAHR 1995, SONNTAG

KEINE ZUFLUCHT IST SICHER GENUG

1

Das Telefon klingelt, kaum dass die Glocken des nahen Klosters von Braglie aufgehört haben, sieben Uhr zu läuten. Valerio Manzini ist schon auf den Beinen. Neujahr ist der einzige Morgen des Jahres, an dem er für Teresa und die Mädchen das Frühstück macht; die Bezeichnung Mädchen stimmt freilich nicht mehr ganz: Sie gehen in Bologna auf die Universität.

Er hebt ab. Hört ein Stöhnen, ein ersticktes Luftholen.

»Wer ...«, will er fragen, kommt aber gar nicht dazu.

Ein Mann schreit los: *»Trì mòrt! Trì mòrt!«* Drei Tote!

Mehr sagt er nicht.

Manzini ist dreiundfünfzig Jahre alt, von denen er dreißig im Kommissariat von Case Rosse Dienst tat, einem winzigen Dörfchen am Hang des Apennins zwischen Modena und Bologna. Er erkennt jede der tausend Seelen des Dorfes an ihrer Stimme: Es ist Berto Guerzoni, ein alter Bauer, der auf einem Hof mitten im Wald lebt. Ein verschrobener Typ, der sich allein betrinkt und nicht wie alle anderen beim Kartenspiel in der Wirtschaft. Die drei Toten könnten auch gespenstische Ausgeburten des Alkohols sein, die ihn in der vergangenen Nacht heimgesucht haben.

»Beruhige dich, Berto ...«, versucht er ihn zur Vernunft zu bringen.

Der andere hört nicht zu, die Angst hat ihn fest im Griff.

»Drei Tote am Prà grand! Es ist auch ein Kind dabei, *'na cìna.*«

Diese Worte ändern Manzinis Stimmung schlagartig. Ohne sich etwas überzuziehen, stürzt er aus dem Einfamilienhaus am Hang des Monte San Giacomo und reißt dabei fast den Weihnachtsbaum um. Für ihn und seine Familie würde es heute kein gemütliches Neujahrsfrühstück geben. Wenn Guerzoni recht haben sollte, dann würde es für irgendjemanden überhaupt kein neues Jahr mehr geben.

Drei Tote am Prà grand. Darunter ein Kind. *Una cìna* – ein kleines Mädchen.

2

Die gewundene Straße verschwindet im Nebel. Manchmal erscheint ein Stückchen der Seitenlinie, um gleich wieder zu verschwinden, und strukturiert die unendlich scheinende Fahrt nach oben. Die Mittellinie ist eine Vorstellung in der Phantasie, die auf dem vereisten, glatten Asphalt niemals real wird.

Der Wagen der Polizei klettert mühsam bergauf, immer einen Gang niedriger, als der Motor es gerne hätte. In jeder Kurve gerät der Fiat Campagnola ins Rutschen und droht die Fahrbahn zu verlassen. Die mächtigen Stämme der Kastanien stehen am Straßenrand bereit, jeden Fehler zu bestrafen.

Roberto Serra, stellvertretender Kommissar, kann sich nicht konzentrieren. Immer wieder geht ihm Manzinis tonlose Stimme durch den Kopf, während er versucht, sich vorzustellen, was ihn am Monte della Libertà erwartet.

Hinter einer Spitzkehre taucht plötzlich eine rote Ente aus dem Nebel auf, laut hupend, in großer Eile. Im nächsten Augenblick drängt sie ihn schon an den Straßenrand, lässt ihm kaum Zeit abzubremsen, sodass er den Motor abwürgt.

Während ihm das Herz bis zum Halse schlägt, startet er das Auto wieder. Nach den letzten quälenden Kilometern bergauf erscheint endlich wieder der tief hängende, undurchdringlich weiße Himmel, der die Welt seit Beginn dieses eisigen und schneelosen Winters bedeckt.

Er stellt den Wagen vor der halbkreisförmigen Wiese am Gipfel des Hügels ab, den die Einheimischen aus Case Rosse *Prà grand* nennen, große Weide, auch wenn der Ort auf den Karten Monte della Libertà, Berg der Freiheit, heißt. Er nimmt sich nicht einmal die Zeit, den Mantel über die Uniform zu ziehen. Er setzt sich die Mütze auf, macht sich auf den Weg und zählt die Sekunden rückwärts, die ihn noch vom Horror trennen. Seine Nasenlöcher prickeln in der eisigen Luft. Und von einem Geruch, der nicht zu dem Wintermorgen gehört.

Autoabgase.

Das reifüberdeckte Gras knistert unter seinen Füßen. Etwa fünfzig Meter entfernt stehen Menschen, unwirkliche Gestalten, die aus dem tief hängenden Nebel ragen. Unbeweglich, als könnten sie den Blick nicht von der Gedenkmauer lösen, mitten auf der Wiese, umarmt von den Ästen einer alten Eiche.

Roberto mustert die Autos, mit denen sie gekommen sind. Niemand war so umsichtig gewesen, seinen Wagen in vernünftiger Entfernung abzustellen, nicht einmal Manzini. Am Rand des Kastanienwalds steht sogar ein kleiner Traktor, ein orangefarbener Landini.

Der Kollege löst sich aus dem Grüppchen. Er trägt Cordhosen, einen grauen Pullover und das Barett und sieht so bleich aus, als wäre er über Nacht erfroren. In den zweifarbigen Augen, blau das rechte und braun das linke, ist überhaupt kein Gefühl zu sehen. Es scheint, als habe er sich an irgendeinen weit entfernten Ort geflüchtet.

»Komm.« Mehr sagt er nicht.

Die kleine Gruppe öffnet sich feierlich. Niemand sagt etwas. Roberto schluckt ein paarmal, während die Bilder, die seine Albträume füllen, sich in seinem Kopf verfestigen.

In ein Leichentuch aus weißem Nebel gehüllt, liegen drei Tote neben dem grauen Sockel des Denkmals. Ein Mann, eine Frau und ein Mädchen, wie man es ihm gesagt hatte. Niemand hatte ihn jedoch darauf vorbereitet, dass man ihnen zusammen mit dem Leben auch noch die Hälfte der Gesichter genommen hat, sodass nur ein Loch aus Fleisch und Knochen übrig war. Das Mädchen hat nur noch ein Auge, ein kastanienbrauner Edelstein, der respektlos in den weißen Himmel starrt.

Feuerwaffe. Ziemlich kraftvoll. Aus unmittelbarer Nähe. Er hat die in der römischen Spezialeinheit Gewaltverbrechen entwickelten Automatismen nicht abgelegt. Die Gesichter der entstellten Leichen legen sich über die vielen anderen, die er in jenem Leben gesehen hat, das er so gern hinter sich lassen möchte.

Darauf war ich nicht vorbereitet, es schmerzt zu sehr. Questore Augusto Bernini, Befehlshaber der Spezialeinheit, behauptete, die einzige Möglichkeit, seine geistige Gesundheit zu bewahren, bestünde darin, die Leichen als Lumpensäcke anzusehen, als bloße Gegenstände. Roberto war das nie gelungen. Er war sicher, dass die Opfer nicht in Frieden ruhen konnten, solange die Mörder sich noch auf freiem Fuß befanden.

Er konzentriert sich auf die kleine Hand, zur Faust geballt, als wollte sie etwas Wichtiges umklammern. Vielleicht das Leben selbst, das ihr jemand entriss. *Du ruhst jetzt bestimmt nicht in Frieden, aber ich werde es nicht sein, der sich mit dir beschäftigt. Ich würde es nicht aushalten.*

Er ist wütend. Und hat Angst, dass alles, vor dem er geflohen ist, erneut über ihn hereinbricht. Er konzentriert sich auf die Lebenden. Die Neugierigen. Die hier nicht hergehören und jetzt stumm und erschüttert dastehen. In diesem Moment bemerkt er, dass er seine Dienstwaffe nicht dabeihat. *Immer dieselben Fehler.*

Er erkennt den stattlichen Alver Govoni, den Wirt des Dorfes. Ungeachtet der Kälte trägt er ein weißes Hemd mit kurzen Ärmeln. An seinen Arm klammert sich seine Mutter Argìa, gebeugt, als drückten die Jahre und der Wollschal um ihre Schultern sie nieder. Links von den beiden ein Mann mit Schnurrbart, der sich auf einen Stock stützt: Luigi Raimondi, der Bürgermeister von Case Rosse. Etwas abseits ein Mann in den Siebzigern, untersetzt, mit rotem Gesicht. In den Händen knetet er eine Art dunkle Baskenmütze.

»Berto Guerzoni«, murmelt Manzini, der an Robertos Seite geblieben ist. »Wohnt hier in der Nähe. Er war's, der mich angerufen hat. Ich hab ja noch gehofft, er wäre bloß betrunken. Aber ...«

Er ist der Einzige, der nicht auf die Leichen starrt. Dann, laut: »Hier gibt's nichts mehr zu sehen. Geht nach Hause.«

Guerzoni stößt einen Laut aus, irgendetwas zwischen Stöhnen und hysterischem Lachen, der den Bann löst, der die Wiese, die Gedenkmauer, die Eiche, die Menschen eingefroren zu haben schien.

Alle gehen zu den viel zu nah geparkten Autos. Langsam, ohne Protest, kaum einen leise gemurmelten Gruß auf den Lippen. Die einzigen Worte, seit Roberto gekommen ist. *Sie sehen aus, als wären sie von einer schweren Aufgabe entbunden worden. Als wäre es irgendwie ihre Pflicht gewesen, herzukommen.*

Alver hilft seiner Mutter in einen alten militärgrünen Range Rover, der Bürgermeister wirft den Stock auf den Beifahrersitz eines schwarzen Ford Fiesta, der alle Bedienelemente am Lenkrad hat. Auch Berto Guerzoni macht Anstalten, zu seinem Traktor zu gehen.

»Sie bleiben hier«, hält ihn Roberto auf.

3

Bevor er sich mit dem Bauern beschäftigt, beugt Roberto sich vor. Das Gras hinter dem Vorhang aus Nebel ist von Reifen und Schuhen plattgedrückt. Spuren, übereinander, unbrauchbar.

Leise sagt er vor sich hin: »Die Zahl der verwertbaren Spuren ist umgekehrt proportional zur Anzahl der Personen, die nach der Tat den Tatort durchqueren.« *Noch so was, was Bernini immer gesagt hat.*

Manzini hört es. Er nimmt das Barett ab, zieht einen Hornkamm aus der Hosentasche und führt ihn durch sein weißes, gewelltes Haar. Die verschiedensten Gefühle blitzen in seiner Miene auf. Nervosität, Beschämung.

»Ich bin sofort losgerannt, als Berto mich angerufen hat«, murmelt er mit gesenktem Blick. »Das ist das erste Mal, dass ich in dreißig Jahren bei der Polizei mit so was zu tun hab.«

Für mich nicht, leider, denkt Roberto. Er zwingt sich, wie eine Maschine zu sein, kalt und effizient. Er will nur raus aus diesem Albtraum.

»Hast du einen Arzt gerufen?«, fragt er.

»Nützt doch nichts. Hast du nicht gesehen, wie sie zugerichtet sind?«

»Es gibt Abläufe, die eingehalten werden müssen. Benachrichtige den Notarzt für die erste Aufnahme, dann die Questura und die Kriminaltechnik.«

Manzini, einen Kopf größer als Roberto, klemmt sich in den Sitz seines Fiat Marea, der absurd nah an den Leichen geparkt ist. Er wird aus dem Auto heraus anrufen. Die Rettungswache und die anderen öffentlichen Einrichtungen von Case Rosse verfügen über Funk; selbst in gewöhnlichen Wintern können die Schneefälle die Telefonverbindungen wochenlang lahmlegen.

4

Alice Capelveneri steht in Jeans und Büstenhalter vor dem Spiegel in der Umkleide der Rettungswache. Ihre Schicht als Notarzt in Case Rosse ist zu Ende.

Sie schneidet ihrem Spiegelbild eine Grimasse. Sie gefällt sich nicht. Die Haut ist zu hell, überall sind Sommersprossen verstreut. Ganz zu schweigen von der Unmenge roter Locken und der schiefen Nase.

Sie ist aufgeregt. Ein Teil von ihr ist sich sicher: Wenn sie schon bis hierher gekommen ist, wenn sie schon diese ungeheuerliche Dummheit begangen hat, sich in dieses verlorene Örtchen schicken zu lassen, dann sollte sie es jetzt auch zu Ende bringen. Doch eine lästige innere Stimme sagt ihr, dass es keinen Sinn hat, dass es besser wäre, wieder nach Bologna zurückzufahren, eine schöne heiße Schokolade zu trinken und alle sonderbaren Ideen beiseitezuschieben. Menschen ändern sich nicht. Es gibt Wunden, die nicht verheilen.

So bleibt sie unbeweglich stehen und sieht sich weiter im Spiegel an, um die Entscheidung noch ein wenig hinauszuzögern.

»Signorina, entschuldigen Sie …«, sagt eine Stimme mit eindeutig sizilianischem Akzent.

Sie fährt herum. Durch eine Tür, von der sie sicher war, dass sie sie geschlossen hatte, schaut ein alter Mann in der schreiend rot-orangefarbenen Uniform der Freiwilligen. Seine Augen, unter den dichten Brauen kaum zu sehen, sind fest auf Alices Brüste gerichtet.

Sie bedeckt sich nicht. Im Gegenteil, sie stemmt herausfordernd die Hände in die Hüften. »Klopft man nicht eigentlich an?«

Der Mann ist ziemlich kräftig, trotz seiner siebzig Jahre. Der kahle Schädel ist umgeben von einem Kranz weißer Haare, die so lang sind, dass sie ihm bis auf die Schultern reichen. Vielleicht wegen dieser seltsamen Haartracht, vielleicht aber auch, weil er für jede Situation das passende Sprichwort parat hat, nennt man ihn hier auch »den Philosophen«, wie sie gehört hat.

»Entschuldigen Sie, Signorina, ich …«

Die ganze Nacht schon haben die Freiwilligen sie so genannt. Als müssten in ihrer Vorstellung alle Ärzte aussehen wie Fosco Cherubini, der Amtsarzt von Case Rosse. Alt, unscheinbares Äußeres. Und männlich.

»Meine Güte, nennen Sie mich Dottore, wenn's Ihnen nichts ausmacht«, fährt sie ihn an. »Das bin ich schließlich.«

Die Augen des Mannes werden zu dunklen Teichen. »Das beste Wort ist immer noch das, welches man nicht ausspricht, Signorina Dottoressa. Sie können mich aber gern beim Namen nennen. Ich wiederhol ihn Ihnen noch mal: Ich heiße Salvatore.«

»Was willst du, Salvatore?«

Er holt Luft und reißt seinen Blick los, um ahnen zu lassen, dass er mit schlechten Nachrichten gekommen ist. »Wir müssen los. Es hat eine Tragödie gegeben.«

Innerhalb von Sekunden hat sie einen schlichten weißen Pullover übergezogen und eine Windjacke in derselben Farbe. »Komm«, fordert sie ihn auf, während sie an ihm vorbeirauscht. »Du erklärst es mir, während wir zum Rettungswagen gehen.«

Das Schicksal hat für sie entschieden.

5

Guerzoni hat nicht einen Augenblick aufgehört, die Baskenmütze zu misshandeln. Er hebt den Blick erst, als Roberto neben ihm steht. Es scheint im schwerzufallen, ihn direkt anzusehen. Dann gibt er plötzlich einen weiteren schrillen Laut von sich und bricht in einen unzusammenhängenden Redeschwall aus: »Ich weiß nichts, *comisàri*! Ich schwör's Ihnen. Ich hab nur ein bisschen Holz gesammelt. Wo's doch immer so kalt ist in meinem Haus. Wer soll das ertragen? Ich nicht! *Povera cìna, povera cìna,* das arme Mädchen.«

Roberto hat gelernt, sich nicht mehr über den Mischdialekt dieser Gegend aufzuregen, der weder Modena noch Bologna ist, weder Ebene noch Berge. Die herzzerreißende, nicht verlangte Rechtfertigung erregt seine Aufmerksamkeit.

»Vielleicht haben Sie etwas gesehen. Oder jemanden.«

»Niemanden, *comisàri*! *Gnìnta e gnisùn,* nichts und niemanden. Ich schwör's Ihnen bei meinem Leben! Als ich diese Ärmsten hier gefunden hab, hab ich sofort im Haus des Polizisten angerufen!« Sein Atem riecht sauer und ranzig. Das Netz der Äderchen in seinem Gesicht zeugt vom regelmäßigen Genuss der herben Weine der Emilia. Der Geruch seiner Kleidung verrät, dass er sie zum Wärmen trägt. Sein Blick sucht Manzini, der sich gerade zu ihnen umdreht.

Es ist kein Zufall, dass er nicht auf dem Kommissariat angerufen hat. Für die Leute aus dem Dorf ist Manzini der Polizist. Einer von uns, un di nòster, *wie sie hier sagen. Nach vier Jahren bin ich immer noch einer von außerhalb,* un ed fora, *ein Fremder.* »Also, dann nehmen Sie Ihren Wagen und folgen Sie dem Agente.«

Der Bauer macht einen Satz nach hinten, als wäre er beinahe mit dem Fuß in ein Fangeisen getreten. Auch sein Blick ist der eines Tieres, das in eine Falle geraten ist.

»Ich weiß nichts, *comisàri*. Ich hab's Ihnen doch gesagt.«

Roberto glaubt das Gegenteil. *Dieser Mann verbirgt etwas.* »So ist das üblich, Guerzoni. Sie haben die Leichen gefunden. Ihre Aussage ist von grundlegender Bedeutung. Nehmen Sie Ihren Wagen.«

Es fehlt nicht viel, und der Bauer bricht in Tränen aus. »Ich hab doch keinen, *comisàri*. Ich hab doch nicht mal den Führerschein. Nur den Trecker.« Er zeigt mit der Mütze zu dem alten Landini.

»Und den fahren Sie ohne Führerschein?«

Guerzoni macht den Mund auf, gibt ein Stöhnen von sich und schließt ihn wieder. Manzini eilt ihm zu Hilfe.

»Komm, Berto. Ich fahr dich zum Kommissariat. Steig bei mir ein.«

Der andere fügt sich. Er setzt die verknautschte Baskenmütze auf den gelblichen Haarschopf und geht zu dem Fiat Marea hinüber.

Manzini murmelt: »Er hat keinen Führerschein, weil er ein bisschen zu viel trinkt, aber er braucht den Traktor, um seine Felder zu bewirtschaften. Im Dorf wissen das alle.«

Roberto breitet die Arme aus. Ende der Diskussion. »Nur ich weiß es nicht, weil ich einer von außerhalb bin.«

»Das hab ich nicht gesagt.«

»Ich hab das gesagt. Und das ist auch der Grund, weshalb ich möchte, dass du diesen Typen verhörst. Mir gegenüber würde er den Mund sowieso nicht aufkriegen.«

»Macht es dir nichts aus, hier zu bleiben, mit... ihnen?« Er zeigt auf die Leichen.

»Was sollen die mir denn noch tun? Es sind die Lebenden, vor denen man sich fürchten muss.«

Manzini senkt den Kopf und flüstert: »Bondi war auch hier. Er ist schon wieder weg gewesen, bevor du gekommen bist.« Er tut sich schwer mit dem letzten Satz: »Er hat einen Menge Fotos geschossen.«

Roberto verdreht die Augen. Mattia Bondi ist ein Journalist, der nicht zögern würde, die Bilder der gemarterten Toten auf der Titelseite der *Gazzetta di Modena* zu bringen. *Er war's also in der Ente, die mich beinahe von der Straße gedrängt hat.*

6

Schon während er den Marea hinter der ersten Kurve verschwinden sieht, sehnt Roberto das Kommen des Arztes und der Leute von der Kriminaltechnik herbei. Unabhängig davon, was er gerade gesagt hat, weiß er nur allzu gut, dass auch die Toten etwas mit einem machen können. Und wie.

Nervös geht er auf und ab. Wo er auch steht, fühlt er das tote Auge des Mädchens auf sich ruhen. Er kann ihm nicht entgehen. Dieser lichtlose Blick verschlingt ihn. Lässt ihn nicht los.

Als er merkt, was passiert, ist es zu spät. Ein Geruch hat sich ausgebreitet, der nur in seinem Geist existiert. Blumen. Verrottete Blumen. Vor den Leichen und vor dem Denkmal stehend, einer unförmigen Gedenktafel aus grauem Stein, murmelt er ein flehentliches: »Nein.«

Er knirscht mit den Zähnen, versucht, sich zur Wehr zu setzen. Sein Gesicht verzerrt sich durch etwas, das ihn von innen erfasst. Er kneift die Augen zu, bis es schmerzt. Die Muskeln verspannen sich. Er wird zu einem einzigen Fleischblock, starr. Er fängt an zu zittern, wird von Krämpfen geschüttelt.

Der Geruch der verrotteten Blumen ist überall.

So, wie sie gekommen ist, zieht sich die Anspannung wieder zurück. Die Gesichtszüge lockern sich. Es ist wie eine Blutung des Bewusstseins. Er öffnet die Augen.

Die Füße fangen an, einen Bogen zu beschreiben, in dessen Mitte die Leichen liegen und die Gedenktafel, eingerahmt von trockenen Zweigen. Eine langsame Bewegung, untermalt vom Knistern des gefrorenen Grases.

Jetzt sieht er mit den Augen eines anderen Menschen. *Ich bin ein Mädchen, das sich über seinen neuen Rock freut. Einen Rock mit Plisseefalten: Mama hat mir gesagt, dass sie so heißen. Ein schwieriges Wort. Der Rock ist beinahe so hübsch wie die Ringe, die ich trage. Ich strecke den Arm aus und bewundere die Armreifen unter dem Saum meines rosafarbenen Wollpullis. Sie sehen genau aus wie die von Mama, auch wenn sie weniger glänzen.*

»Hast du gesehen, wie blendend Papa aussieht?«, fragt Mama mich. Für mich sieht er aus wie immer. Nur dass er eine Fliege trägt.

Der Rhythmus, in dem Roberto sich bewegt, wird schneller. Der Kreis zieht sich zusammen. *Mit einem Schlag ändert sich alles. Die Begeisterung ist weg. Mein Horizont besteht aus einer weißen Wand. Unter meinen Knien ist kalter Boden. Irgendetwas hindert mich daran zu sprechen.*

Irgendetwas drückt meine Handgelenke zusammen. Mama ist neben mir. Sie weint.

In meinem Rücken höre ich eine schreckliche Stimme, die etwas Seltsames murmelt. Ich verstehe es nicht, aber es macht mir schreckliche Angst.

»Es keimen die Früchte des Grolls aus dem verfaulten Schoß der Erinnerung, in herber Blüte auf euren Feldern und euren Häusern …«

Es hört sich an wie die Stimme der Toten. So vieler Toter.

Ein Schuss. Noch einer. Zwei dumpfe Aufschläge. Zwei leblose Körper. Ich muss mich umdrehen. Hinter mir steht nur ein Mann. Er hat schreckliche Augen, ohne Pupillen. Er weint. Keine Tränen, wie Mama. Er weint Blut. Ein Gewehr zielt auf mein Gesicht. So schnell ich kann, drehe ich mich wieder zu der Mauer um.

Roberto schreit. Er schreit aus Leibeskräften. Er schreit in die eiskalte Luft. Er schreit aus Angst und Schmerz. Er fällt zu Boden, zusammengekrümmt. Gebrochen. Dann findet er sich zu Füßen der Leichen wieder, das Denkmal und die Eiche im Rücken. Er führt die Hand ans Gesicht, als wolle er sich versichern, dass da keine Wunde anstelle der Wange ist. Verzweifelt ringt er mit offenem Mund nach Luft. Der Geruch der verrotteten Blumen ist schwach, kaum noch wahrnehmbar. Er verfliegt.

Ich muss wieder aufstehen. Er schafft es nicht. Er bricht auf dem Gras zusammen, neben dem Mädchen. Er sieht aus wie der vierte Tote auf dieser reifüberzogenen Wiese. Er ist erschöpft, vollkommen kraftlos. Er beobachtet die schwarzen Zweige, trocken, wie sie sich vor dem weißen und schmutzigen Himmel abheben.

Wie viel Zeit ist vergangen? Wo war ich? Wer war ich? Die letzte Frage ist am leichtesten zu beantworten. Er hat die letzten Augenblicke im Leben des Mädchens miterlebt. Jenes Mädchens, das immer noch den Plisseerock und den rosafarbenen Pullover trägt, auch im Tod. Jenes Mädchens, das nur noch ein halbes Gesicht hat.

Wie soll man jemanden als Lumpensack ansehen, mit dem man Gedanken und Gefühle geteilt hat? Am liebsten würde er seinen Geist weit wegschicken, keinerlei Verbindung mehr herstellen. Stattdessen blitzen immer wieder ungeordnete und scharfe Bilder in seiner Erinnerung auf. Die weißen Augen. Die Tränen aus Blut. Eine tote Stimme. *So ein Ungeheuer kann es nicht in Wirklichkeit geben. Die Angst muss die Wahrnehmung des Mädchens verzerrt haben.*

Ein Schauder läuft ihm den Rücken hinab. Er schafft es, sich aufzusetzen. Seine Muskeln sind steif, wie eingeschlafen. Er fühlt sich besiegt.

Der Tanz ist zurückgekehrt.

7

Ein weißer Fiat Panda der staatlichen Gesundheitsbehörde USL erklimmt den Monte della Libertà. Er parkt neben dem Campagnola. Der Rettungswagen mit sinnloserweise eingeschaltetem Martinshorn taucht wenige Sekunden später auf.

Aus dem Panda schlüpft eine weibliche Figur. Sie

hält eine Arzttasche in der Hand und erteilt mit ausladenden Handbewegungen den beiden Männern in den orangefarbenen Hosen und roten Jacken Anweisungen, die Bahren auszuladen. *Das ist mit Sicherheit nicht Dottore Cherubini.*

Ihr Gang hat etwas sehr Vertrautes. Roberto bleiben fünfzig Schritte, um das Inakzeptable zu akzeptieren. Um ein quälendes Schuldgefühl zu entwickeln, für den Tanz, um sich für die schmutzigen Hände und Knie zu schämen, die unwürdig verschwitzte Uniform.

Wie betäubt starrt er auf den Berg roter Haare. Die schneeweiße Haut scheint das schwache Licht, das durch die Wolken sickert, zu verstärken. *Das darf nicht sein,* fleht er. Er spürt, wie die Mauer, die er in vier unendlichen Jahren Stein für Stein errichtet hat, ins Wanken gerät.

Mit jedem Schritt, den die Frau näher kommt, erkennt er weitere Einzelheiten. Die Nase, die sie sich bei einem Unfall gebrochen hat. Die goldfarbenen Äderchen um die Pupille. Als sie vor ihm steht, bekommt er kein Wort heraus.

Sie spricht ihn an: »Was soll denn dieses Gesicht? Noch nie einen Arzt gesehen?«

Roberto braucht ein paar Sekunden, um die Bedeutung der Frage zu verstehen. »Hattest du Dienst auf der Rettungswache? Du?« Er kann es nicht glauben.

»Eine Kollegin hat mich gefragt, ob ich ihr den Gefallen tun kann, für sie einzuspringen. Ich hatte nichts Besonderes an Silvester vor, deshalb bin ich hier. Im Grunde liegt Case Rosse ja nicht einmal fünfzig Kilometer von Bologna entfernt. Und du weißt doch, wie gern ich Auto fahre.« Sie versucht, so zu tun, als wäre es für sie vollkommen normal, hier zu sein, aber ihre Stimme zittert, und die Hand, die keine Tasche hält, flattert in der Luft herum, als verfüge sie über ein eigenes Leben.

Unter den tausend Dingen, die ihm durch den Kopf gehen, wählt Roberto den banalsten Gedanken: »Deine Kollegin hat Glück gehabt.«

Alice zieht eine Augenbraue hoch. Sie blickt an Roberto vorbei, der sich unbewusst zwischen sie und die Leichen geschoben hat, um sie zu schützen. »Wie hast du immer gesagt? Es gibt Abläufe, die einzuhalten sind. Also los.«

Sie geht zügig auf die Toten und ihre Bahre aus Nebel zu, als wäre sie in Eile. Roberto folgt ihr nicht. Im Gegenteil, er geht ein paar Schritte weg. Er traut ihr nicht. Er weiß, dass er sie so wenig wie möglich ansehen darf. Er blickt auf die Wolken hinter den schwarzen Fingern der Kastanien. Versucht, sich von dem Gewicht zu trennen, das seinen Geist wie Blei an jenem Ort festhält.

Alice kniet sich hin. Sie öffnet die Tasche, zieht die Latexhandschuhe über und untersucht lange die Leichen. Als sie den gemarterten Kopf des Mädchens anhebt, scheint sie Angst zu haben, es aufzuwecken. Etwas erregt ihre Aufmerksamkeit.

»Komm mal her!« Sie ruft ihn, unterstreicht ihre Aufforderung mit einer entschiedenen Handbewegung. Zeigt ihm voller Erwartung einen Gegenstand.

Ein Stück Holz, etwa fünfzehn Zentimeter lang, das an einem Ende gegabelt ist.

»Eine Zwille. Fehlt nur noch der Fahrradschlauch, dann kann man Steine schleudern. Was stimmt denn nicht damit?« Die Frage enttäuscht sie.

»Wenn sie die ganze Nacht hier gelegen hätte, müsste sie mit Reif überzogen sein. Die Temperatur ist auf sieben Grad minus gefallen. Das stimmt nicht damit. Und sie ist nicht erst jetzt geschnitzt worden. Sieh nur, wie abgenutzt sie ist.«

Der kleine Stock in Form einer Miniaturwünschelrute zeigt auf die Leichen. »Auch sie haben nicht die ganze Nacht im Freien gelegen. Sie sind nicht vollständig steif. Deine Freunde von der Kriminaltechnik werden da genauer sein, aber meiner Meinung nach sind sie erst seit wenigen Stunden tot. Drei, höchstens vier. Die Zwille ist von demjenigen hergebracht worden, der dieses Gemetzel angerichtet hat. Das ist eindeutig eine Inszenierung, aber das wirst du bemerkt haben. Schließlich bist du ja der Ermittler.«

Alice verfügt über eine dermaßen hoch entwickelte Intuition, dass Roberto ihrer Rekonstruktion Glauben schenkt. Ein Bild, das er während des Tanzes gesehen hat, kommt ihm in den Sinn. *Ein Mädchen auf Knien. Der Mörder hat ihr in den Nacken geschossen. Der Körper hätte nach vorn fallen müssen. Und sie hat eine Mauer gesehen: Sie war in einem geschlossenen Raum. Jemand hat sich die Mühe gemacht, die Leichen zum Monte della Libertà zu bringen und sie ordentlich am Fuß des Denkmals und der Eiche abzulegen. Warum?*

»Hörst du mir überhaupt zu? Was hältst du davon?«

»Ich denke, du solltest dieses Stück Holz wieder an seinen Platz zurücklegen. Ich werde mit meinen Freunden von der Kriminaltechnik, wie du sie nennst, darüber sprechen. Ich beschäftige mich nicht mehr mit Mordfällen.«

Alices Ton wird sarkastisch: »Ah, na klar. Wahrscheinlich beschäftigst du dich jetzt damit, brandgefährliche Streitigkeiten zwischen Betrunkenen zu schlichten. Und die Welt dadurch zu retten, dass du irgendwelchen Sommerfrischlern Strafzettel schreibst, die wegen der guten Luft in dieses Dorf kommen, in dem du dich vergraben hast. Wie vielen Kätzchen hast du denn schon vom Baum geholfen?«

Wundere dich nicht, wozu ich geworden bin, der Grund dafür bist du, denkt Roberto, ohne den Mut aufzubringen, es ihr zu sagen. »Leg das Stück Holz an seinen Platz zurück«, wiederholt er, auch wenn er sich unter ihrem Blick fühlt wie ein Dieb, der in der Kirche mit dem Opferstock unterm Arm erwischt wird. »Und schick den Rettungswagen zurück ins Dorf. Der wird hier nicht gebraucht. Aber vorher lass dir ein paar Leintücher geben. Ja, eigentlich kannst du auch wieder zurückfahren, wenn du hier fertig bist.« *Ich will in meinen Unterschlupf zurück.*

Alice blickt ihn misstrauisch an. Sie weist das Stimmchen zurück, das ihr rät, diese Einladung mit fliegenden Fahnen anzunehmen. »Wenn du hierbleibst, bleib ich auch hier. Punkt.«

8

Nachdem der Rettungswagen gefahren ist, parkt Roberto den Campagnola quer auf der Straße, sodass er die Zufahrt zum Prà grand versperrt. Dann geht er zu Alice und hilft ihr dabei, die Toten mit Tüchern abzudecken. *Wenigstens wird euch so die letzte Entwürdigung durch Fernsehkameras und Fotografen erspart.*

Anschließend setzen sich beide auf den Stamm einer umgefallenen Kastanie am Waldrand, die Hände in den Taschen, den Blick auf einen unbestimmten Punkt zwischen ihren Füßen gerichtet.

Alice seufzt. »Bitte lass uns hier nicht schweigend sitzen und an das Gesicht des Mädchens denken. Lass uns ein bisschen reden. Was wir so machen, warum wir hier sind. Irgendwas.«

Roberto fühlt sich genötigt, ihr den Wunsch zu erfüllen. Weil er keine Worte findet, fängt er an zu summen:

»*E le frasi, quasi fossimo due vecchi, rincorrevan solo il tempo dietro a noi ...*«*

Sie verzieht die Lippen zu etwas, das ein Lächeln sein könnte. »Von wem ist das?«

»Guccini. Schönes Lied. Ein Mann und eine Frau erzählen sich ihre Leben, nachdem sie sich jahrelang nicht gesehen haben. Es heißt ...«

* »Und die Sätze haschten nur nach der Zeit, die hinter uns lag, als wären wir zwei alte Leute ...«

»Stopp, stopp. Erspar mir, von welchem Album es ist, aus welchem Jahr und wie viel Wein Francesco Guccini dabei getrunken hat. *Santapolenta,* du und deine Liedermacher.«

Der Wind schüttelt die kahlen Äste der Kastanien. Lang gezogene, angespannte Seufzer, die das Schweigen füllen. Beinahe tröstlich. Nicht für sie. »Ganz schön lang her, dass wir uns gesehen haben«, sagt sie nach einer Weile, als würde sie tatsächlich zum Wind sprechen.

»Und in was für einer Situation treffen wir uns wieder.«

»Ich weiß, dass ein Vögelchen dir gesagt hat, dass ich nach Bologna zurückgekommen bin, genauso wie es mir verraten hat, wo du warst. Bestimmt weißt du auch, dass ich die Rechtsmedizin geschmissen hab und mit achtundzwanzig noch studiere, um einer von den vielen arbeitslosen Allgemeinmedizinern zu werden.«

Ein Vögelchen? Ihm fällt nur einer ein, der einzige Mensch, der ihre Geschichte kennt. Allerdings unmöglich ein Vögelchen, mit einhundert Kilo und vierzig Zigaretten am Tag. *Bernini. Kann das sein?*

»Ein anstrengendes Vögelchen«, sagt sie und kommt damit seiner Frage zuvor. Sie steht auf und wandert langsam zu dem Traktor, der in der Einmündung eines weiter nach oben führenden Wegs geparkt ist. Sie lehnt sich an die Karosserie, auf der Lack und Rost sich um die Vorherrschaft streiten.

Zu seiner Überraschung geht Roberto ihr nach. »Du wärst eine außerordentliche Rechtsmedizinerin geworden.«

»Und du warst ein außerordentlicher Ermittler. Es ist absurd, so zu tun, als wärst du es nicht mehr.«

Roberto wendet sich ruckartig ab. »Du weißt, warum ich hier bin. Du weißt, wogegen ich ankämpfe.«

Alice löst sich von dem Traktor: »Und du weißt auch, wogegen ich kämpfe. Für mich ist es genauso schwer wie für dich, was denkst denn du? Immer wenn ich glaube, dass alles vorbei ist, irgendwo weit weg, irgendwo in der Vergangenheit vergraben, dann passiert etwas, das mich wieder umkehren lässt. Das kommt mir vor wie die Geschichte vom Hasen und dem Igel, und der Hase bin ich.«

Bevor Roberto antworten kann, halten zwei Limousinen und ein blauer Kleinlaster mit eingeschaltetem Blaulicht vor dem quer stehenden Campagnola. Ein Hupkonzert setzt ein. Aus dem ersten Wagen steigt ein Mann in Uniform und ruft mit schriller Stimme: »Kriminaltechnik! Lasst ihr uns durch, oder sollen wir rammen?«

Mit einem unbestimmten Gefühl der Erleichterung geht Roberto auf die Neuankömmlinge zu. *Der Albtraum wird gleich zu Ende sein.*

Der Beamte ist deutlich über eins neunzig. Alles an ihm – Gesicht, Arme, Beine, Nase – ist außergewöhnlich lang. Er scheint mehr oder weniger in Robertos Alter zu sein, allerdings hat er auf den Schulterklappen zwei Sterne und einen Turm. Nachdem er einen gierigen Blick auf Alice geworfen hat, stellt er sich mit starkem Veneto-Akzent vor: »Vizequestore Ernesto Sernagiotto. Bei mir sind Techniker und Beamte der Abteilung Kriminaltechnik Bologna.« Mit einer Handbewegung entlässt er Roberto. »Dich brauchen wir hier nicht mehr. Hört, hört, wir übernehmen jetzt die Ermittlungen.«

Während die anderen in die weißen Schutzanzüge und Schuhe schlüpfen, nähert sich Sernagiotto den Leichen. An der Eiche bleibt er stehen, zieht ein weiches Päckchen Marlboro und ein protziges goldenes Feuerzeug heraus. Er macht ein paar nervöse Züge, dann fängt er lautstark an, sodass seine Leute ihn hören können, Kommentare abzugeben.

»Schöne Art und Weise, einen Tatort zu sichern! Wir hätten die in zehn Minuten, wenn hier nicht so ein Durcheinander herrschen würde. Aber so was ist wohl für Leute, die zwischen Ziegen und Schweinen hausen, nicht so wichtig. Ganz zu schweigen von diesem Traktor. Sieht aus, als hättet ihr eine Rallye auf dieser Wiese veranstaltet.«

Roberto beißt sich auf die Zunge. Er konzentriert sich auf die Techniker, beobachtet, wie sie, weiß wie die Tücher über den Leichen, das Band mit der Aufschrift »Halt, Polizei« spannen.

Sie suchen nach Abdrücken, schießen Fotos, filmen, vermessen, nehmen Proben. *Sie scheinen Herren der Lage zu sein. Aber sie sind es nicht. Die Kriminaltechnik kann nur einzelne Versatzstücke darstellen, dann muss jemand anderes das Puzzle zusammensetzen.*

In seinem früheren Leben wäre er das gewesen. *Jetzt nicht. Meine Arbeit hier ist beendet.* Der Gedanke erleichtert ihn. Er wendet sich an Sernagiotto. »Wenn Sie mich hier nicht mehr brauchen, fahre ich ins Kommissariat und schreibe die Berichte.«

Der Uniformierte wedelt mit der Hand. »Gehen Sie nur, gehen Sie nur. Sie haben schon zu viel gemacht.«

Roberto kann sich nicht mehr zurückhalten. »Die Zeit und die Energie, die Sie auf diesen billigen Sarkasmus vergeuden, sollten Sie lieber in die Ermittlung stecken, sonst kriegen Sie den Mörder nur, wenn er zu Ihnen kommt und sich stellt.«

Der Vizequestore läuft dunkelrot an. So einen Angriff kann er sich vor seinen Untergebenen nicht bieten lassen. Mit langen Schritten kommt er auf Roberto zu, den Zeigefinger bedrohlich ausgestreckt. »Was erlaubst du dir da! Ich werde dein Verhalten unverzüglich melden. Wie heißt du?«

»Roberto Serra.«

Sernagiotto bleibt abrupt stehen. Er zieht eine Augenbraue hoch. »Der aus Berninis Spezialeinheit?«

Roberto nickt, verwundert, dass sich noch jemand an ihn erinnert.

Der andere wirft in einer übertriebenen Geste der Überraschung die langen Arme hoch. Dann versetzt er ihm einen etwas zu kräftigen Schlag auf die Schulter. »Hört, hört! Ich komm am Neujahrsmorgen an einen Tatort irgendwo im Nirgendwo, und wen treff ich da? Das muss mein Glückstag sein! Was machst du denn hier, am Arsch der Welt?«

»Ich glaube nicht, dass dies der richtige Augenblick ist, um sich darüber zu unterhalten. Ich wollte Ihnen nur sagen ...«

»Duzen Sie mich doch, Serra.« Seine Stimme klingt, als mache er ein großes Zugeständnis.

»In Ordnung. Also, ich wollte dir nur sagen: Du bist nicht an einem Tatort. Diese armen Leute sind woanders ermordet und dann hierhergebracht worden«, schließt Roberto. Ohne eine Antwort abzuwarten, geht er zum Campagnola. Als er die Hand auf den Türgriff legt, hört er schnelle Schritte hinter sich.

»Du willst mich doch wohl nicht mit diesem Typen hier allein lassen?«, sagt Alice, während sie sich in den Panda wirft.

9

Das trübe Licht, das auf irgendetwas zu warten scheint, verstärkt Robertos schlechte Stimmung. Der Rückspiegel zeigt die Manöver des Pandas. Alice ist nicht in der Lage, sich der vorsichtigen Fahrweise seines Geländewagens anzupassen.

Nach einigen engen Kurven auf dem Gipfel des höchsten »Bergs«, wie die Einheimischen hier die sanften Erhebungen des Apennins hochtrabend nennen, erscheint Case Rosse. Der Ort erinnert an eine Wachburg über dem weißen Ozean, der die Täler verschluckt hat. Kaum hat man ihn bemerkt, umfängt die dicke weiße Masse auch schon die Autos und zwingt sie, beinahe auf Schrittgeschwindigkeit abzubremsen.

An einer Gabelung biegen sie in »die Straße« ein, den

einzigen Zugangsweg zum Dorf, und nach einer langen Geraden, gefolgt von zehn Haarnadelkurven, fahren sie unter einem Rundbogen hindurch auf die Piazza. Der Nebel aber bleibt draußen, wartet auf die Dunkelheit, um auch die Arkaden innerhalb des Gevierts aus dreigeschossigen, Mauer an Mauer gebauten Häusern in Besitz zu nehmen.

Sie parken vor dem Kommissariat. Alice springt schon aus dem Wagen, bevor er ganz zum Stehen gekommen ist. Mit einem Satz steht sie neben Roberto. Sie lässt den Blick über das Dorf schweifen, das aussieht, als stecke es in einer grauen Schachtel, deren Deckel der graue Himmel bildet. Ausgeschaltete Lichterketten erinnern an ein Weihnachten, das nicht weiter entfernt sein könnte. Ein Schauder ergreift sie.

»Ist dir kalt?«

Sie schüttelt den Kopf und macht eine ausladende Handbewegung, die alles umfasst, was sie sieht. »Es ist dieser Ort hier, irgendwie beunruhigend. Die Häuser kleben eines am anderen. Es gibt keinen Horizont, den Himmel sieht man fast nicht. Irgendwie erdrückend.«

Genau vor dem Bogen trotzt vor Alvers Gastwirtschaft eine Gruppe Männer der Kälte. Blicke voller Befürchtungen und Hoffnungen liegen auf den beiden Fahrzeugen mit den Aufschriften der Polizei und des Notarztes. Dieses eine Mal versteht Roberto, was sie empfinden. *Jemand hat ihnen ins Gesicht geknallt, dass sie auch innerhalb ihrer Festung nicht vor dem Bösen sicher sind.*

»Mir gefällt die Piazza dei Martiri.«

»Was für ein fröhlicher Name …«

Sie werden von Manzini unterbrochen, der aus dem Kommissariat tritt. »So ist er nach dem Krieg wieder genannt worden, davor gab es nur eine Piazza Garibaldi, wie so viele.« *Anscheinend hat er sich wieder erholt.*

»Mein Kollege«, stellt Roberto ihn vor. »Case Rosse und seine Geschichte sind die einzigen Themen, bei denen man es schafft, mehr als zwei Wörter aus ihm rauszukriegen.«

Die Glocken fangen an, zu Mittag zu läuten. »Warum steht denn die Kirche verkehrt herum?«, fragt Alice und blickt auf den schlanken Glockenturm. Das Kirchengebäude erhebt sich gegenüber dem Kommissariat, der einzige weiße Fleck zwischen dem vorherrschenden matten Rot des Putzes und der Backsteine. Sie kehrt der Piazza die Apsis zu.

Manzini freut sich über das Interesse: »Die Legende besagt, dass auf diese Weise die religiöse Autorität der weltlichen die Kehrseite zeigt. Gegenüber residierten die Grafen Montecuccoli, die Herren über diese Ländereien. Das gilt heute noch, wo das Gebäude das Rathaus beherbergt.«

»Aber so kommt man ja nicht hinein, die Vorderseite zeigt doch zum Abhang.«

»In den Siebzigerjahren hat man eine kleine Tür in die Apsis gebaut, um den Sommerfrischlern einen Gefallen zu tun, damit sie sich nicht die Schuhe schmutzig machen. Vorher musste man über den sogenannten ›Pfad der Buße‹ gehen, der führt außerhalb der Dorfmauern direkt am Abgrund entlang. So kam man dann gleich mit der richtigen Geisteshaltung zum Gottesdienst.«

»Welchen Heiligen verehrt ihr denn hier? Den heiligen Sadisten?«

Der Agente antwortet beflissen: »San Rocco, den Schutzheiligen der Pilger und der Pestkranken.«

Alice grinst Roberto an: »Genau der richtige Heilige für dich.«

Bevor er etwas erwidern kann, zeigt sie auf die Statue in der Mitte des Platzes. Ein über zwei Meter großer Engel mit ausgebreiteten Flügeln. Er versucht, einen Mann in Uniform vom Boden aufzuheben. Die Bronze ist von einer grünlichen Patina überzogen. »Was stellt das dar?«

Manzinis Gesicht verdüstert sich. »Das ist eine ganz andere Geschichte.«

Bevor er sie erzählen kann, löst sich aus der Gruppe vor der Wirtschaft ein Mann, der mit schwerem Schritt auf sie zugeht. Nicht älter als dreißig, braunes Haar, das dringend gewaschen werden müsste, ungepflegter Bart und eine Brille mit dicken Gläsern, die die Augen unnatürlich vergrößern.

»Da kommt Mattia Bondi«, flüstert Roberto.

Manzini legt ihm eine Hand auf die Schulter. »Ich kümmere mich um ihn. Geht ihr erst mal hinein.« Er sieht Alice freundlich an. »Über das Denkmal sprechen wir ein anderes Mal.«

Roberto hätte ihn gern nach dem Verhör von Guerzoni gefragt. *Das geht mich nichts an. Darum wird sich schon diese Hopfenstange von der Kriminaltechnik kümmern.*

In der weiträumigen Eingangshalle empfangen sie eine angenehme Wärme und ein leichter Geruch nach Feuchtigkeit. Sie gehen in Robertos Büro, das nur mit einem Schreibtisch, Telefon, Funksprechgerät, Schreibmaschine und Karteischrank ausgestattet ist. Alles in einheitlichem Grau bis auf einen knallgelben Fleck. Eine riesige Tasse, in der noch der Rest des ersten Kaffees des Jahres steht, den Roberto gerade getrunken hatte, als er Manzinis Anruf über Funk bekam.

»Das ist ja die, die ich dir geschenkt habe«, sagt Alice und zeigt auf sie.

Auf der anderen Seite der Eingangshalle befindet sich ein identisches Büro mit derselben Einrichtung, das von Manzini. Es unterscheidet sich nur durch zwei Gegenstände auf dem Schreibtisch: eine alte Holzschachtel mit Dominosteinen und eine Flasche, auf deren Etikett von Hand geschrieben steht: FÜR NOTFÄLLE.

Daneben ein kleines, schweres Glas, in dem fingerhoch eine schwarze, dicke Flüssigkeit steht.

10

Das Licht dringt nur mit Mühe in den Wohnraum im ersten Stock über dem Kommissariat, obwohl beinahe die ganze Seitenwand von drei großen Fenstern durchbrochen wird, die auf die Piazza hinausgehen. Die einzigen Möbelstücke sind ein großer Tisch aus hellem Holz und zahlreiche Stühle mit Beinen aus Eisen, die noch aus der Schule von Case Rosse stammen; mangels Kindern wurde sie geschlossen.

Der Tisch ist für zwei gedeckt, wie immer. Auf der einen Seite ist eine Kaskade aus roten Haaren über einen schwierigen Bericht gebeugt, den sie verfassen muss. Alice liest noch einmal durch, was sie geschrieben hat, schüttelt den Kopf, knüllt das Blatt zusammen und wirft es auf den Boden, wo es bereits von den anderen beiden abgebrochenen Versuchen erwartet wird. Sie merkt, dass sie beobachtet wird. Sie starrt ihrerseits zu Roberto zurück, der beschämt den Blick abwendet.

»Gibt's nichts zu essen?«

»Ich hab nicht viel Hunger, aber wenn du willst, mach ich dir was.«

Sie antwortet nicht gleich. Sie sieht zum Fenster hinaus, konzentriert sich auf einen weit entfernten Punkt. Selbstvergessen malträtiert sie eine Locke, die ihr auf die Wange fällt. »Ist schon lange her, dass du für mich gekocht hast«, sagt sie in einem Atemzug, als könnte eine Pause sie dazu bringen, es sich anders zu überlegen.

Roberto ist verwundert über diese Antwort. Ohne etwas zu sagen, verschwindet er hinter einer Faltschiebetür. Auch wenn sie nur spärlich ausgestattet ist, verfügt die Küche des Kommissariats über Utensilien, die manch einen professionellen Küchenchef vor Neid erblassen lassen würden. Sofort fühlt er sich sicher. Er öffnet und schließt Schubladen und Schranktüren. Im

Geist kreiert er eine Mischung aus Aromen. »Filet al Balsamico mit Äpfeln«, verkündet er.

Sie hält zwei Finger zum Victory-Zeichen hoch, ohne den Kopf von ihrem Bericht zu heben.

Robertos Bewegungen werden flüssig. Das schlichte Ritual des Kochens erlaubt es ihm, sich auf anderes zu konzentrieren, den gefährlichen Gedanken zu entfliehen. Er widmet sich ganz dem Gericht, als würde dessen Gelingen über Leben und Tod entscheiden. Als Erstes lässt er Butter in einem großen Wok schmelzen, dann gibt er zwei Filets vom weißen Fleischrind Modenas hinein, die in der großen fernöstlichen Pfanne überaus zart bleiben werden. Aus einem dunklen Glasfläschchen tropft er eine wohlabgemessene Menge des dickflüssigen süßen Essigs darauf.

Die Harmonie der Aromen und die Küchengeräusche beherrschen die Wohnung, bis die Filets auf dem Tisch stehen, bedeckt mit einer dunklen Creme, flankiert von den in Zimt gewendeten herben Scheiben von Granny-Smith-Äpfeln.

»Hast du Wein da?«, fragt Alice, nachdem sie die ersten Bissen schweigend genossen hat. Dann schüttelt sie den Kopf. »Tut mir leid, ich hab vergessen, dass du keinen Alkohol trinkst.«

Roberto geht in die Küche und kehrt mit einer Flasche in der Hand zurück. »Merlot von den Hügeln Bolognas«, antwortet er angesichts ihrer verblüfften Miene. »Ich habe mich mehr verändert, als du denkst.«

Sie trinken sofort, ohne anzustoßen. Alice leert erst das Glas, bevor sie antwortet: »Stimmt. Du hast dich verändert. Es ist, als wärst du die Schwarz-Weiß-Kopie des Roberto, den ich in Rom gekannt habe.« Sie schenkt sich Wein nach. »Dir fehlt etwas. Du hast keinen Hunger mehr. Früher hättest du nicht geruht, bevor du nicht den Mörder dieser armen Seelen gefunden hättest. Und du hättest es geschafft. Ganz egal, wie viele Scherben du hättest aufsammeln müssen, hinterher.«

Sie bereut noch im selben Augenblick, was sie gesagt hat. Ihre Worte lassen für beide eine Vergangenheit aufleben, die sie eigentlich vergessen wollten. Und sie bringen die drei Toten ins Zimmer.

Roberto steht abrupt auf und fängt an, den Tisch abzuräumen. Sie landen beide an verschiedenen Orten, um doch nur die eigenen Qualen neu zu durchleben.

Das Klingeln des Telefons lässt sie hochschrecken. Roberto rennt die Treppe hinunter, dankbar für die Unterbrechung. Er wäre es nicht, wüsste er, wozu dieser Anruf führen wird.

11

Serra, was zum Teufel ist da los in Case Rosse? Fehlt bloß noch, dass der Papst mich anruft!«

Der mailändische Akzent, der so stark ist, dass er beinahe aufgesetzt wirkt, und dazu die Rauheit von bemerkenswerten Mengen Lucky Strike machen die Stimme von Questore Augusto Bernini unverwechselbar, selbst durch den Telefonhörer. Roberto hat sofort das runde

Gesicht mit dem vom Nikotin gelblich verfärbten Schnurrbart vor Augen, das Gesicht des energischsten und charismatischsten Mannes, den er je getroffen hat, ungeachtet der Körpergröße von einem Meter siebzig, auf denen etwa ein Doppelzentner Gewicht ungünstig verteilt ist. Eine Art vermeintlicher Vater, und das nicht erst seit den Zeiten der Spezialeinheit. Er siezt ihn nur, wenn er etwas Offizielles von ihm will.

»Stell dir mal die Situation vor«, fährt er fort. »Ich genieße – wie man so sagt, dabei war ich mit meiner Frau zusammen – das erste Frühstück des Jahres, als das Telefon anfängt zu klingeln. Und seitdem hat es nicht mehr aufgehört! Der Questore von Modena, der von Bologna, der Chef der Kriminaltechnik und, *dulcis in fundo,* Hört-hört Sernagiotto. Da ist mir fast der Panettone wieder hochgekommen!«

»Sie kennen Sernagiotto?« Das ist das Einzige, was Roberto brummend herausbekommt. So kann er dem Gedanken ausweichen, der sich in sein Hirn gebohrt hat. *Bernini wird mich bitten, unsere Abmachung einzuhalten.*

»Jemand in meiner Position muss sich gut mit jenen stellen, die Beziehungen nach ganz oben haben, meinen Sie nicht? Aber kommen wir zu uns. Ich hoffe, Sie sind gut ins neue Jahr gekommen, denn die Ferien sind jetzt zu Ende. Ich übertrage Ihnen die Ermittlungen zu diesen drei Leichen, und ich muss ja wohl nicht erst klarmachen, dass ich außer einem ›Ja, Signore‹ keine andere Antwort akzeptieren werde, gefolgt von einem ›Dankeschön‹.«

Roberto kommt es vor, als sei der Fußboden des Kommissariats ins Schwanken geraten. »Der Vizequestore hat die Ermittlungen in die Hand genommen. Ich ...«

»Um es offen zu sagen, ich hab noch selten jemanden gesehen, der dermaßen protegiert wird wie Hörthört, aber in Case Rosse zu bleiben ist ganz sicher nicht sein heißester Wunsch. Und mir soll das mehr als recht sein, dieser Idiot schafft es sonst noch, ein heilloses Durcheinander anzurichten. Aber er kann uns noch nützlich sein, und er hat ein paar aufgeweckte Techniker um sich herum. Sie machen ihn sich zunutze und lassen ihn im Fernsehen auftreten, dann sind er und seine Förderer zufrieden.«

Roberto schüttelt den Kopf. Es gibt keinen Ausweg. Er versucht es dennoch: »Es ist Jahre her, dass ich mich mit einem so schwierigen Fall beschäftigt habe.«

»Wenn es stimmt, dass da zu Neujahr eine ganze Familie ausgelöscht worden ist, dann wird das sein, als hätte man in ein Wespennest gestochen. Die Medien werden über uns herfallen. Da brauche ich jemanden, der wenig redet und umso mehr arbeitet und der öffentlichen Meinung, den Journalisten und vor allem mir nur eine einzige Sache liefert: die Lösung. Das kriegt Sernagiotto nicht hin: Wer zu viel ins Rampenlicht sieht, wird geblendet.«

Wieder sieht Roberto durch die Augen des Mädchens einen Mann. Und eine Frau, die denselben Schmuck wie sie trägt. *Eine Familie, ohne Zweifel.* Schon will er Bernini von den Bildern des Tanzes erzählen, da fängt er Alices besorgten und neugierigen Blick auf, die in der Tür steht. Er entscheidet sich dagegen.

Bernini wechselt zum Du. »Mach dir keine Sorgen über die vier Jahre deines, nennen wir's mal so, Erholungsurlaubs, den du dir genommen hast: Ich bin mir sicher, wenn du in dich gehst, wirst auch du wollen, dass die Opfer in Frieden ruhen können.« Dann wechselt er wieder zum offiziellen Ton. »Sie berichten ausschließlich an mich. Halten Sie mich auf dem Laufenden, denken Sie dran. Gute Arbeit. Ach ja, und frohes neues Jahr.«

Klick.

Roberto lässt sich auf den Schreibtischstuhl fallen. Er erinnert sich an die Zeit der Spezialeinheit. Zehn Polizisten insgesamt, mit den verschiedensten Fähigkeiten. Darunter der Grünschnabel, der immer seine Waffe vergaß. Bernini hatte ihn gewollt wegen der Leidenschaft, die er an den Tag legte, noch bevor er wusste, wessen Sohn er war. Er hatte Robertos Vater nie kennengelernt, wusste aber natürlich, dass er ein hervorragender Polizist gewesen und unter welchen Umständen er gestorben war.

Berninis außergewöhnliche investigative Fähigkeiten und sein unmöglicher Charakter ließen ihn beinahe als eine Art skorbutkranken Schamanen durchgehen. Die Spezialeinheit war von einer geheimnisvollen Aura umgeben und galt wahlweise, je nach Standpunkt, als Nukleus der besten Kräfte oder als Abfallgrube der Polizei. Die Büros hatten sich in Castel Giubileo befunden, in der nördlichen Peripherie Roms. Reihen kleiner weißer Häuschen, die eher an ein Dorf denken ließen als an die Ausläufer einer Metropole. Formal gehörte sie zur Spezialeinheit gegen Gewaltverbrechen, allerdings erschien sie nicht in den Organigrammen. Experten für Öffentlichkeitsarbeit waren der Meinung gewesen, dass es dem Ruf der Polizei abträglich wäre, wenn bekannt würde, dass es Fälle gab, die nicht auf den üblichen Wegen gelöst wurden und bei denen man eine Spezialeinheit hinzuziehen musste, die von einer Person ins Leben gerufen und geleitet wurde, die sich außerhalb der üblichen Schemata bewegte.

Die Spezialeinheit wurde zu den schwierigsten Fällen hinzugezogen, jenen, die kurz davor standen, als ungelöst zu den Akten gelegt zu werden. Der Questore verfolgte dabei einen streng analytischen Ansatz. Eine alte Methode, den führenden Köpfen der Kriminaltechnik zufolge. Die einzig mögliche, seiner Meinung nach. »Der Mensch muss im Mittelpunkt der Ermittlungen stehen, nicht die Wissenschaft.« Eines seiner Theoreme. Mit einem Zusatz: »Verbrechen werden von Menschen begangen. Man muss in ihren Kopf eindringen, um zu verstehen, was geschehen ist und warum. Es gibt keinen Wissenschaftler, der das könnte.«

Es war eine hektische Zeit gewesen, eine Arbeit, die ihn voll und ganz in Anspruch nahm. Vielleicht hatte sich sein Organismus deshalb dem Tanz für zwölf Monate verweigert, obwohl Roberto keine Medikamente mehr nahm.

Allerdings wurde im Juni 1986 die Spezialeinheit hinzugezogen, um einen Mord an zwei Nordafrikanern aufzuklären, deren Leichen in Rom am Bahnhof Termini aufgefunden worden waren. Ein junger Tunesier war verhaftet worden, aufgrund von Indizien und dem wachsenden Misstrauen gegenüber allen, die von der anderen Seite des Mittelmeers herüberkamen. Einem fähigen Anwalt war es gelungen zu zeigen, dass die Polizei mit der Anklage ein überaus wackeliges Kartenhaus konstruiert hatte, mit Rückendeckung einer auf Publicity versessenen Staatsanwaltschaft. Vor Gericht hatte der junge Mann die Beamten beschuldigt, ihn Gewalt und Einschüchterungen ausgesetzt zu haben, und der Prozess war in jeder Hinsicht zu einer Anklage gegen die Ordnungskräfte geworden. Ein Bumerang mit möglicherweise verheerenden Auswirkungen.

Bernini hatte zunächst einmal einen Wutanfall bekommen, indem er Justizbehörden und Kollegen der Unfähigkeit bezichtigte. Dann hatte er eingewilligt zu versuchen, den Fall neu aufzurollen, wobei er allerdings eine außergewöhnliche Bedingung stellte: Der Bahnhof Termini sollte komplett geschlossen werden, um es der Spezialeinheit zu erlauben, den Tatort in Ruhe in Augenschein zu nehmen. Er bekam, was er wollte.

Während die Spezialeinheit minutiös Gleis elf des Bahnhofs unter die Lupe nahm, an dessen Bahnsteig die Leichen der beiden jungen Männer gefunden worden waren, hatte Roberto sich auf die Abfolge der Eisenbahnschwellen der Gleise konzentriert. Eine nach der anderen hatte er mit dem Blick abgetastet bis ganz nach hinten, wo sie sich in einem dunstig weißen Horizont verloren. Er war dermaßen konzentriert, dass er, als er anfing, den Geruch der verrotteten Blumen wahrzunehmen, sich umgeschaut hatte, um zu sehen, woher er kam. Die Wahrheit hatte er zu spät erfasst. Er wusste, dass er, wenn er vor allen anderen tanzte, einen Job verlieren würde, für den er lebte. Er würde erneut von Psychiater zu Psychiater, von Arzt zu Arzt geschleift werden. Und doch hatte er nichts tun können, um den Tanz zu verhindern. Diese rätselhafte Energie war wie eine Implosion.

Ich hatte gespürt, wie die Atemnot immer stärker wurde. Angst. Die Eisenbahnschwellen folgten immer schneller eine auf die andere. Ich rannte. Meine Haut war olivfarben, wie die des Jungen, der neben mir lief. Sein Gesicht war verzerrt vor Anstrengung und Schrecken. Hinter uns waren viele. Immer näher.

Eine Klinge war mir in den Rücken gefahren. Ich hatte kaum noch Zeit zu schreien. Dann war ich auf dem Boden zusammengebrochen. Sie hatten mich umgedreht. Weiße Hände. Weiß, wie die Gesichter dieser Monster, beinahe noch Kinder, mit rasierten Schädeln, die angefangen hatten, mich mit Fußtritten zu malträtieren. Ich hatte gespürt, wie etwas zerbrach, in mir drin. Ich war sicher, dass ich durch die Tritte sterben würde, durch die Blutungen, vielleicht auch durch das Entsetzen. Ich hatte an den Sand gedacht. An die glühende Sonne. Ich hatte schreien wollen, dass Allah groß ist. Aber der Chef der Bande, einer mit stecknadelkleinen Pupillen und zwei eintätowierten Blitzen auf dem Schädel, hatte noch ein Messer gezogen. Er hatte mir die Kehle durchgeschnitten. Ich hatte mein eigenes Blut aus dem Schnitt und aus dem Mund hervorquellen gesehen.

Das letzte Bild dieses Tanzes. Roberto hatte sich auf dem Bahnsteig wiedergefunden, ausgestreckt liegend, den Blick auf die blaue Anzeigetafel gerichtet. Nur Bernini war an seiner Seite: »Was ist los?«, hatte er ihn gefragt.

Er hatte versucht, das Zittern zu stoppen und wieder aufzustehen. »Die Tunesier haben nichts damit zu tun. Es waren Italiener. Ein Hinterhalt, ein geplanter Mord«, hatte er geflüstert.

Bernini hatte ihm bis zu einer Bank geholfen. Dann hatte er sich eine Lucky Strike angezündet. »Meinst du nicht, du solltest mir was erzählen? Du redest hier daher wie diese Taugenichtse, die sich als Medium bezeichnen und dann doch die Leiche im falschen See vermuten.«

Roberto war zu erschöpft gewesen, um Ausreden zu erfinden. Er hatte alles erzählt. Nichts Übernatürliches. Es war etwas in ihm, etwas Reales. Er lebte für ein paar Sekunden das Leben anderer, Lebender oder Toter. Ohne beeinflussen zu können, was er sah.

»Ich bin nicht krank«, hatte er zum Schluss entschieden gesagt. »Oder zumindest habe ich nicht die Krankheit, von der alle glauben, dass ich sie hätte. Ich bin kein Epileptiker. Ich habe es Ihnen nie gesagt, weil ich mit dieser ... mit dieser Sache kein Polizist sein kann.« Hätte er jetzt in Berninis Blick irgendeine Spur von Mitleid gesehen, wäre er aufgestanden und hätte ihm den Dienstausweis ausgehändigt. Er fand nichts in der Art. Eher Verständnis.

Der Questore hatte den Arm gehoben, als wollte er

eine Mücke verscheuchen. »Erzählen Sie keinen Scheiß, Serra. Ich will nur Leute in meinem Team haben, die in der Lage sind, zu verstehen, was die Opfer durchmachen. Was sie denken. Wie oft haben Sie mich das schon sagen gehört? Und Sie durchleben es sogar. Solange ich hier den Befehl habe, gehören Sie zur Truppe. Ende der Diskussion.«

Roberto, ungläubig, hatte beschlossen, sich noch weiter vorzuwagen. »Manchmal spüre ich auch, was die Mörder erleben. Es ist schrecklich. Es tut hier weh.« Er hatte mit der linken Hand über die Gegend zwischen Herz und Magen gestrichen, alle Finger ausgestreckt, um die größtmögliche Fläche abzudecken.

Bernini hatte seine Zigarette an der Bank ausgedrückt, dann hatte er den Stummel ordentlich im Mülleimer entsorgt. »Das glaube ich wohl. Aber diese hässliche Geschichte macht dich zu etwas Besonderem, ganz egal, woher sie kommt. Du darfst diese Gabe nicht verschwenden, sondern musst dafür sorgen, dass etwas Gutes daraus entstehen kann. Ich geh und ruf die anderen zurück. Die waren ziemlich verschreckt: Du warst wie eine Maschine. Deinem Gesicht nach hätte man meinen können, du würdest gerade ohne Betäubung operiert. Wir sagen, dass du einen Hitzschlag erlitten hast, ist doch klar, bei der Schwüle.«

»Werden sie das glauben?«

Der Questore war schallend in ein raues Lachen ausgebrochen. »Die von der Spezialeinheit glauben, was ich sage.«

Die Ermittlungen über die Toten vom Bahnhof Termini hatten im Umfeld der rechtsextremen Neonazigruppen zur Verhaftung einiger junger Männer geführt, die in beunruhigend enger Beziehung, entweder durch Verwandtschaft oder Freundschaft, mit den Beamten gestanden hatten, die den Verdächtigen verhaftet und geschlagen hatten. Von da an wurde Roberto immer für die heikelsten Fälle ausgewählt.

Über die Zusammenarbeit hinaus lebte Roberto quasi in einer Symbiose mit Bernini. Der energische Questore und der stille Agente hatten eine natürliche, tief reichende Bindung entwickelt.

Ende 1990 brach die Beziehung zu Bernini unvermittelt ab. Der Questore hatte angekündigt, die Spezialeinheit werde aufgelöst, und er würde nach Mailand zurückkehren. Er war zum Chef der Polizeikräfte Norditaliens befördert worden. »*Promoveatur ut amoveatur.* Die glauben, dass ich ihnen da weniger auf die Nerven falle, aber die wissen noch nicht, wen sie sich da ins Haus holen.«

Von den anderen gab es Schulterklopfen, Umarmungen und Glückwünsche, Roberto hingegen hatte die Beförderung als Verrat erlebt.

Durch eine seltsame Wendung des Schicksals war er dann sogar noch vor Bernini selbst gezwungen gewesen, Rom und die Spezialeinheit zu verlassen. Er erinnerte sich noch an das Büro des Questore voll mit Kartons. Er erinnerte sich, wie Bernini ihm seine großen Hände auf die Schultern gelegt hatte. Er erinnerte sich an seine Worte.

»Du musst dich erst mal wieder selbst finden. Bleib

weg von allen Toten und Ermordeten. Du musst erst mit dir selbst Frieden schließen, bevor du es mit dem Rest der Welt tun kannst. Ich versetze dich nach Case Rosse. Das ist das kleinste Kommissariat Italiens, außer dir sitzt da nur noch ein anderer Beamter. Carabinieri-Sachen. Der Innenminister sähe es gern, wenn ich da dichtmache, aber ich tu mal noch eine Weile so, als hätte ich das vergessen.«

Eine Hoffnung zu haben war besser als gar nichts. Deshalb hatte Roberto angenommen, noch bevor er wusste, wo das Dorf überhaupt lag und welche Bedingungen Bernini stellte.

»Erstens: Sie müssen sich jederzeit für jeden möglichen Fall bereithalten, in dem meiner unanfechtbaren Einschätzung nach Ihr Eingreifen notwendig ist. Wohlgemerkt: Ich habe unanfechtbar gesagt. Zweitens, viel wichtiger: Sie müssen mich konsultieren, bevor Sie irgendwelche Dummheiten machen. Denn die Polizei zu verlassen ist eine Dummheit für jemanden wie Sie. Sie würden weiter den Polizisten spielen, auch ohne Uniform. Es steckt einfach in Ihnen.«

Roberto nimmt den Kopf zwischen die Hände und starrt auf die graue Oberfläche des Schreibtischs. An seinem Gaumen hat sich die Süße des Balsamico in einen herben Geschmack verwandelt.

Alice hält es nicht mehr aus, sie platzt vor Neugier. »*Santapolenta,* du bist ja weißer als ein Leintuch.«

Roberto blickt durch sie hindurch. »Es gab nur einen einzigen Menschen, der mir sagen konnte, dass ich zu meinen Albträumen zurückkehren sollte, und der überzeugt davon ist, dass er mir damit etwas Gutes tut. Einen einzigen. Und er hat es getan.«

»Das verstehe ich nicht.«

»Bernini hat mir den Fall übertragen.«

Alice reißt die Augen auf, dann wirft sie sich nach vorn und umarmt ihn. Im ersten Moment will er sich entziehen, unmittelbar danach spürt er das Bedürfnis, diese Empfindungen zu verlängern, die er längst verloren geglaubt hatte.

»Herzlich willkommen in deiner Vergangenheit«, flüstert sie ihm ins Ohr.

Roberto wird von einem Schauder geschüttelt. Alice umarmt ihn fester.

12

Als Manzini wieder hereinkommt, findet er Roberto im Wohnzimmer im ersten Stock. Allein, den Blick auf die großen Fenster gerichtet. »Wo ist denn die Dottoressa?«, fragt er.

»Weg.«

»Sieht wirklich toll aus, wie du mir erzählt hattest.«

»Also hast du erkannt, wer das war.«

»Dazu brauchte es ja nicht viel. Man musste dir nur ins Gesicht sehen.«

Roberto breitet die Arme aus. Seine Stimme klingt müde. »Irgendwer macht sich einen Spaß daraus, mein Leben Stück für Stück auseinanderzunehmen, um es dann nach seinem Geschmack wieder zusammenzusetzen. Alice ist nicht die einzige verrückt gewordene Variable. Questore Bernini hat mir befohlen, den Fall der Toten am Monte della Libertà zu übernehmen. Ich konnte nicht ablehnen, und ich brauche deine Hilfe.« Er hat keinen besseren Weg gefunden, es zu sagen.

Manzini reißt die Augen auf. Ihre Beziehung gründet sich auf langes Schweigen und wenige Worte, aber während der endlosen nächtlichen Dominopartien hat er nach und nach einige Bruchstücke aus Robertos Vergangenheit entdeckt und den Grund, weshalb er geflohen ist. Er weiß, was für eine Prüfung ein so schwieriger Fall für ihn sein könnte. Langsam nickt er.

Ich bin nicht allein. »Danke. Fangen wir sofort an. Erzähl mir, was Guerzoni gesagt hat.«

Der Kollege springt auf. »Ich geh das Protokoll holen.«

»Ich muss deine Eindrücke hören, die Akte lese ich später.«

Manzini setzt sich wieder. Er zieht den Kamm heraus und fährt sich damit durchs Haar. »Berto ist um sechs aufgewacht, wie immer. Er hat einen Getreidekaffee getrunken, weil er kein Koffein verträgt. Er hat keine Familie, deshalb hat er ihn für sich allein gekocht.« Er unterbricht sich. »Interessieren dich auch diese Einzelheiten?«

Roberto kann die Unsicherheit des Kollegen nachvollziehen. *Es ist das erste Mal, dass er mit einem Mordfall zu tun hat. Er fühlt sich überfordert und weiß, dass er am Monte della Libertà versagt hat.* »Berninis goldene Regel:

Kein Detail ist so unbedeutend, als dass man es übergehen könnte.«

Manzini fasst Mut. »Gegen Viertel nach sechs ist er aus dem Haus gegangen, um Holz für den Kamin und den Ofen zu sammeln. Er ist ein paar Hundert Meter durch den Wald gegangen und am Prà grand herausgekommen. Da hat er was bemerkt. Er ist hingegangen, um sich das von Nahem anzusehen. Er sagt, dass er beinahe einen Herzinfarkt bekommen hätte, als er erkannt hat, dass es sich um drei Leichen handelte, und dass er sofort nach Hause zurückgelaufen ist, um mich anzurufen. Den Rest kennst du. Ich bin hingerast, habe die Szene gesehen und hab dich über Funk angerufen.«

»Er ist hingegangen? Hat er sie angefasst?«

Manzini denkt eine Sekunde nach, bevor er antwortet. »Er hat Nein gesagt.«

Folglich, wenn wir seine Abdrücke finden ..., überlegt Roberto. »Wann sind die anderen gekommen? Der Bürgermeister, Alver, Argìa ...«

Manzini seufzt. Er schaut auf seine Hände herunter. »Ich weiß es nicht. Vielleicht waren sie auch schon da. Ich weiß es wirklich nicht. Tut mir leid, ich war außer mir.«

»Aber woher wussten sie von den Leichen? Wer hat sie benachrichtigt?«

Eine verärgerte Stimme von draußen unterbricht sie. »Eh! Wär's wohl möglich, dass in einem Kommissariat auch jemand da ist, der mal aufmacht?«

Roberto flucht. Er öffnet eines der großen Fenster und lässt einen Schwall eiskalter Luft hereinströmen.

Sernagiotto steht kerzengerade auf der Piazza, wie eine Nähnadel auf einem Stück Stoff. Von hier oben sieht es aus, als würde die krumme Nase das Kinn berühren.

»Es gibt eine Klingel.«

»Sehr witzig, Serra. Ich klingle schon seit einer Stunde!«

Ich hätte ja Lust, ihn da unten noch ein bisschen schmoren zu lassen, aber besser, die Sache jetzt gleich beenden, die Leute vor der Osteria genießen schon das Spektakel. »Wir kommen.«

»Je früher, desto besser. Man friert hier ja ein.«

13

Kaum hat er den Fuß ins Kommissariat gesetzt, sieht Sernagiotto sich um, als sei er in ein Alien-Raumschiff gebeamt worden. Trotz der langen Zeit, die er mit den Vermessungen im offenen Gelände zugebracht hat, sehen seine Uniform und die Lederschuhe makellos aus. In Robertos Büro faltet er sich auf einen für ihn viel zu kleinen Stuhl.

Von den Direktionsbüros der Kriminaltechnik muss er einen ziemlich anderen Stil gewohnt sein.

Manzini bringt beiden einen dünnen, bitteren Filterkaffee. Mit einer vielsagenden Grimasse zeigt der Vizequestore, dass er gar nicht seinem Geschmack entspricht. Er würgt ein paar Schlucke herunter, dann zieht er das goldene Feuerzeug und das Päckchen Marlboro heraus.

»Hier drin wird nicht geraucht«, bremst ihn Roberto.

Fluchend über das Dreckskaff, in dem er hier gelandet ist, steckt der andere die Zigaretten wieder weg. »Questore Bernini«, sagt er resigniert, »hat angeordnet, dich ins Team aufzunehmen, und befohlen, dass ich dir Folge leisten soll, auch wenn ich's nicht verstehe.«

»Ich erklär's dir. Er glaubt, ich kann dafür sorgen, dass der Mörder einen Namen und ein Gesicht kriegt, und du nicht. Das ist alles.«

Sernagiotto setzt sich auf, sichtlich verwirrt. Vor sich hat er einen vollkommen anderen Mann als den, den er vor wenigen Stunden fortgeschickt hat.

»Entspann dich. Wenn wir den Fall lösen, wird es der Erfolg eines brillanten Vizequestore sein, der zur Beförderung vorgeschlagen wird. In dem Augenblick, als ich Rom verlassen habe, habe ich auf eine Karriere verzichtet. Mir reicht es, mit Bernini in Kontakt zu stehen, und mit Manzini als meinem Mitarbeiter. Der ganze Rest der Welt gehört dir, einschließlich Fernsehen, Radio, Tageszeitungen und Zeitschriften.«

Sernagiotto mustert abwechselnd Roberto und Manzini, der, ohne ein Wort zu sagen, stehen geblieben ist. Er wägt die Vor- und Nachteile des Angebots ab. Er hat nicht die geringste Lust, sich wochenlang in der Eiseskälte aufzuhalten, und in Bologna gibt es ein paar Abendeinladungen, bei denen er unmöglich fehlen kann. Und jemanden zu haben, dem man im Falle eines Scheiterns die Schuld geben kann, ist eigentlich auch ganz praktisch.

»Soll mir recht sein«, verkündet er und streckt die

Hand mit den langen Fingern aus. Roberto drückt sie, überrascht, wie weich und verschwitzt sie ist. *Vollkommen ungeeignet für einen ehrgeizigen Polizisten.*

»Habt ihr schon eine Vorstellung?«, fragt er ihn.

Sernagiotto lächelt. Er reibt sich die Hände. Zieht das Schweigen so lang wie möglich in die Länge. »Ich habe die Namen von zweien der Opfer herausgefunden, allerdings nicht ihre Identität«, entschließt er sich endlich zu sagen.

Frage im Plural, Antwort im Singular. »In den Trauringen eingraviert?«, fragt Roberto.

»Also bist du doch nicht ganz so eingerostet, wie alle sagen. Der Mann heißt, vielmehr hieß, Sergio und die Frau Elisa. Das Datum ihrer Hochzeit: 18. Juni 1983. Ich habe keine Ahnung, wie das Mädchen heißt, und kenne nicht einmal die Nachnamen. Er war etwa fünfundvierzig, sie ungefähr zehn Jahre jünger, die Kleine acht bis zehn. Und das war's auch schon an guten Nachrichten.«

Welche guten Nachrichten? Roberto wiederholt im Geist die Namen. Bernini zufolge war das der schlimmste Moment: Die Leichen wurden zu Personen. Lumpensäcke haben keine Namen.

»Sieht aus, als wären sie einfach so vom Himmel gefallen. Sie haben keine Papiere dabei, nicht mal eine Brieftasche oder Geldbörse. Dabei haben wir bei dem Mann fast eine halbe Million Lire gefunden.«

»Er hatte das Geld bei sich, aber keine Brieftasche?«

»Banknoten in alle Taschen gestopft. Damit können wir Raub als Motiv ausschließen. Zum aktuellen Stand der Erkenntnisse können wir eigentlich jedes Motiv ausschließen. Es gibt keinerlei Spuren eines Kampfes oder Hinweise auf Abwehrbewegungen. Scheint, als wären die Opfer gar nicht in Kontakt mit demjenigen getreten, der sie ermordet hat, wenn man mal die Verletzungen durch die Schusswaffe außen vor lässt. Nur an den Handgelenken sind unmissverständliche Spuren: Sie sind gefesselt gewesen. Nicht mit einem Seil, weil es keine Faserspuren gibt, und auch nicht mit Klebeband, keinerlei Rückstände eines Klebstoffs.«

Robert zwingt sich, einige Bilder aus dem Tanz ins Gedächtnis zu rufen. *Die Handgelenke waren festgestellt, durch etwas Hartes, Kaltes. Was war das?* Nutzlos. *Ich sehe nichts anderes.* Als würde er die Szene durch eine festgestellte Kamera beobachten, unfähig, sie zu bewegen.

Sernagiotto redet weiter. »Die Kleidung war sehr elegant, ist dir das aufgefallen?«

»Sie wollten auf eine Feier«, urteilt Roberto, der sich an die Vorfreude des kleinen Mädchens erinnert. »Sagen dir die Namen was?«, fragt er Manzini, der jedoch den Kopf schüttelt.

»Auch nicht die ... Gesichter.«

»Ich will ja die Erinnerung des Agente nicht in Zweifel ziehen«, brummt Sernagiotto, »aber in dem Fall hätten sogar Familienangehörige Schwierigkeiten, sie zu identifizieren.« Er ahmt eine Pistole nach. »Schuss aus nächster Nähe, bumm, bumm, bumm! Großkalibrige Waffe, wahrscheinlich ein Jagdgewehr. Entstellte Gesichter. Und sie sind, da bin ich mir fast sicher, nicht auf dieser Wiese da ermordet worden. Da fehlen das Blut und Patronenhülsen.«

Roberto muss lachen. »Das hab ich dir doch gesagt!«

»Wir sind ein Team, oder nicht?«

»In einem Team…«, setzt Roberto an, macht sich dann jedoch klar, dass es sinnlos wäre. »Vergessen wir's. Zeitpunkt des Todes?«

»Ich würde sagen, zwischen drei und fünf heute Nacht. Die Kälte hat die Temperatur der Leichen verfälscht. Nach den Laboranalysen kann ich da präziser sein. Auf jeden Fall war ihr 1995 sehr kurz.«

»Position des Mörders?«, fragt Roberto.

»Eintrittsstelle im Nacken, ausgezackt und verbrannt, Gesicht explodiert, folglich…« Sernagiotto unterbricht sich. Er zeigt mit einem Finger auf Roberto. »Hey, wer sagt dir eigentlich, dass es nur ein Mörder war? Ihr habt da auf dieser Wiese eine solche Sauerei angerichtet, dass es auch zwanzig hätten sein können.«

Ein weiteres Bild aus dem Tanz. *Ein Gewehrlauf, der ins Gesicht zielt. Ein einziger. Es war ein Mann. Seine Stimme schien in tausend tote Stimmen aufgespaltet zu sein. Aber es war nur einer.*

Der Vizequestore nimmt den Faden wieder auf: »Ich glaube, die Opfer waren auf Knien, aber sie müssen diese Haltung selbst eingenommen haben. Anscheinend sind sie nicht einmal berührt worden. Ich war noch nie auf Gespensterjagd, du, Serra?«

»Normalerweise bin ich's, hinter dem sie her sind.«

Sernagiotto zieht eine Augenbraue hoch, weil er nicht versteht, ob es sich um eine witzige Bemerkung handelt oder nicht. »Es gibt nur noch einen einzigen anderen Zugang zu dieser Wiese«, fährt er fort. »Eine kleine, unbefestigte Straße, die mit einem Fahrzeug mittlerer Größe befahren werden kann, allerdings nur mit größter Vorsicht. Der gefrorene Boden und dieser scheiß Nebel haben mir nicht gerade geholfen, aber ich habe Reifenspuren gefunden. Wir haben ein paar Abdrücke genommen, ich wette, dass sie alle nur zu einem Fahrzeug gehören, das hin- und zurückgefahren ist. Und ich wette auch, dass dieses Fahrzeug weiß ist und höher als zwei Meter. Es hat mit dem oberen Teil der Karosserie einen vorstehenden Ast gestreift.«

»Diese kleine Straße führt zu Berto Guerzonis Haus«, erklärt Manzini leise. »Aber er hat kein Auto, nur den kleinen Traktor, der am Prà grand war.«

Sernagiotto schüttelt den Kopf und steht auf. »Es gibt mehrere Spuren eines landwirtschaftlichen Fahrzeugs. Ganz sicher gibt es noch andere, die nicht von ihm stammen. Ich kann so etwas unterscheiden, Agente. Und ich habe keine Ahnung, wer dieser Guerzoni sein soll.«

»Der Bauer, der die Leichen entdeckt hat. Manzini hat seine Aussage aufgenommen«, mischt Roberto sich ein.

»Also sind wir da von allen Seiten abgesichert. Die Leichen sind im Moment in der Gerichtsmedizin in Bologna. Ein Freund aus der Pathologie hat mir versprochen, dass die Autopsie gleich morgen durchgeführt wird. Wir werden nach biologischen Spuren aller Arten suchen. Wir haben Steine, Äste, sogar Grasproben genommen.

Wenn ich eine Prognose stellen darf, dann würde ich allerdings sagen, dass dabei nichts herauskommen wird. Ich würde ja zu gern einen DNA-Test durchführen lassen, wie es unsere Kollegen in den USA machen. Der würde uns sofort erlauben festzustellen, ob das Mädchen die Tochter der anderen beiden Toten ist. Aber leider braucht so etwas in Italien, fünf Jahre vor dem einundzwanzigsten Jahrhundert, eine Ewigkeit. Wir leben in der Steinzeit.« Sernagiotto macht eine vielsagende verärgerte Handbewegung. »Ich bin fertig. Bevor ich mich jetzt meiner Nikotinsucht hingebe, sag mir noch, was du geschlussfolgert hast, du Analysegenie.«

»Drei Dinge«, antwortet Roberto mit einer Sicherheit, die ihn selbst am meisten verblüfft. »Vor allem eines: Die Identität der Opfer ist von fundamentaler Bedeutung, weil der Mörder ihnen die Papiere abgenommen hat. Und auch wenn er das alles gemacht hat, ohne Spuren zu hinterlassen, ist er doch kein Profi, sonst hätte er die Trauringe nicht vergessen. Zweitens: Am Monte della Libertà waren zusätzlich zu den Wagen der Polizei noch zwei weitere Fahrzeuge: ein grüner Militärjeep und ein schwarzer, nicht zu vergessen der orangefarbene Traktor. Ein rotes Auto habe ich auch getroffen. Aber kein weißes Fahrzeug. Drittens: Bernini hat recht. Ohne mich würdest du nicht mal eine Spinne aus einem Loch kriegen.«

»Ach, ihr könnt mich doch mal!«, ruft Sernagiotto aus. In zwei langen Schritten ist er an der Tür. »Ich kehre in die Zivilisation zurück. Aber vorher rede ich noch ein Wörtchen mit den Journalisten.«

»Journalisten? Hast du die informiert?«

Sernagiotto breitet die Arme aus, dann winkelt er einen an, um auf eine protzige goldene Uhr zu sehen. Er setzt eine Miene gespielter Unschuld auf. »Die Nachrichten fliegen.«

14

Um fünf Uhr nachmittags ist bereits die Dunkelheit hereingebrochen. Nebel liegt über dem Platz. Die kleinen schmiedeeisernen Laternen an den vier Ecken geben ein gelbliches Licht ab, das die wenigen Lichterketten mit Sternen und Kometen verzieren.

Der Raum scheint sogar noch enger, vollgestopft mit Journalisten, die Sernagiotto umringen und ihm mit Mikrofonen und Fernsehkameras auf den Leib rücken. Vor der Osteria verfolgen viele Neugierige atemlos die Szene.

»Eins, zwei, drei, vier… fünf Fernsehsender«, zählt Manzini hinter der Scheibe eines der großen Fenster des Wohnraums im ersten Stock. »Sogar die RAI ist da, jetzt wird landesweit über die Sache berichtet werden.« Er lenkt Robertos Aufmerksamkeit auf einen Mann, der hektisch mitschreibt. »Sieh nur, wie Bondi sich reinhängt. Diese Tragödie ist die Chance seines Lebens.«

»Mit dem müssen wir mal ein Wörtchen reden«, meint Roberto. »Der darf die Fotos, die er gemacht hat, auf keinen Fall veröffentlichen.« Wieder hat er das misshandelte Gesicht des Mädchens vor Augen. Fühlt die freudige Aufregung, die es empfand, vor dem Fest. *Zumindest das muss ich für dich tun.*

Die Pressekonferenz dauert eine halbe Stunde. Am Ende scheint Sernagiotto noch größer geworden zu sein. Er schüttelt viele Hände und verteilt Visitenkarten, dann verfügt er sich Richtung Stadt mitsamt einem Videorekorder, der seinen Moment des Ruhms für immer festgehalten hat.

Die ungewöhnliche Versammlung löst sich ebenso schnell wieder auf, wie sie sich gebildet hatte. Die Journalisten stellen ihre Berichte zusammen, diktieren oder schreiben Artikel. Bei Alver kehren der Wein und die Karten wieder in den Mittelpunkt der Aufmerksamkeit der Stammgäste zurück.

Mattia Bondi bleibt an Ort und Stelle stehen, den Blick fest auf die Fenster des Kommissariats gerichtet. Der Nebel erlaubt es ihm nicht zu sehen, dass er Auge in Auge mit Roberto steht. Entsprechend fassungslos ist er, als ein Fenster sich öffnet und man ihm bedeutet, er solle hereinkommen. Als er Manzini an der Tür begegnet, ist schwer zu sagen, wer von den beiden überraschter ist. Auf dem Stuhl, auf dem eben noch Sernagiotto gesessen hatte, rutscht der Journalist hin und her, ohne eine Position zu finden, in der er sich wohlfühlen würde.

Es vergehen quälende Sekunden des Schweigens. Dann greift Roberto an.

»Diese Ermittlung ist überaus delikat, ich bin sicher, dass sogar du das kapierst. Versuch nicht, sie zu behindern.«

»*Commissario,* ich …«, winselt Bondi.

»Stellvertretender Kommissar. Herr stellvertretender Kommissar.«

»Herr stellvertretender Kommissar«, hebt Mattia Bondi erneut an, »indem Sie einen Reporter bedrohen, verletzen Sie das Recht auf Information.«

Der ist ja ein noch größeres Arschloch, als ich geglaubt habe. Und ich hatte schon mit dem Schlimmsten gerechnet. Die Stimme wird lauter. »Und du würdest dieses Recht respektieren, wenn du das Foto des misshandelten Leichnams eines Kindes veröffentlichst?«

Bondi läuft dunkel an. Die dicken Brillengläser beschlagen. Als er antwortet, macht er Roberto nach: »Herr stellvertretender Kommissar, ich habe die Fotos geschossen, hatte aber noch nicht entschieden, ob ich sie der Zeitung zur Verfügung stelle. Ich muss sagen, dass dieser wohlfeile Angriff von Ihnen mich fast dazu verleiten könnte. Sicher, ich verstehe Ihre Nervosität. Sie hätten die Leute aus Case Rosse vor Gefahren schützen sollen, stattdessen …«

Roberto steht auf und beugt sich drohend über den Journalisten. »Gefahren? Welche Gefahren denn?«

Bondi versucht sich wegzuducken, gibt aber nicht klein bei. »Für uns, die wir von hier sind, stellen die massenhaften Zugereisten in den großen Palazzi an der Via Belvedere eine Bedrohung dar. Ich weiß das, ich bin von hier. Ganz zu schweigen von den Zigeunerlagern.«

Das Gespräch nimmt eine überraschende Wendung. »Die Zigeunerlager bei Modena?«

»Genau. Wohnwagen, Dreck, Kinder, die zum Stehlen erzogen werden…«

»Aber das ist fünfzig Kilometer von hier entfernt! Was tun dir denn diese armen Leutchen? Und ja, in der Via Belvedere wohnen ungefähr fünf fremde Familien, aber die verdienen ihr Brot auf anständigere Art und Weise als du!« Er spürt förmlich in seinem Nacken die Neonazibande vom Bahnhof Termini, die Kälte der Klinge an seinem Hals und direkt danach die Wärme des Blutes. »Du machst dir doch keine Vorstellung davon, was aus so einem idiotischen Rassismus heraus alles passieren kann.«

»Ich nehme Ihre Meinung zur Kenntnis. Aber es sind Menschen ermordet worden in dem Dorf, in dem Sie für Ordnung und Sicherheit eintreten sollten. Und alle denken, dass der Mord das Werk von Leuten von außerhalb ist, von *gente ed fòra*.«

Roberto zeigt mit dem Finger auf das Gesicht des Journalisten. »Du müsstest allmählich mal mit dieser absurden Unterscheidung zwischen Leuten von hier und von außerhalb Schluss machen. Die Einwohner von Case Rosse sind ebenso zu niederträchtigen Taten fähig wie alle anderen auch.«

»Also denken Sie nicht, dass die Mörder von außerhalb kommen?«, fragt Bondi, während er Notizblock und Stift hervorzieht. Roberto ist zu sehr in Wut, um zu bemerken, was das bedeutet.

»Jedenfalls ist es sehr wahrscheinlich, dass der Mörder heute Morgen bei Alver einen Kaffee getrunken hat!«

Bondi notiert den Satz, dann steht er ganz langsam auf. Er lächelt. »Vielen Dank für das Gespräch, Herr stellvertretender Kommissar. Sie werden meinen Artikel morgen lesen.« Türen knallend verlässt er das Haus.

Roberto setzt sich wieder hin. Einige Minuten bleibt er regungslos sitzen, die Hände vor den Mund gelegt. Manzini klopft an, ein-, zwei-, dreimal, ohne eine Antwort zu bekommen. Er tritt dennoch ein.

»Ich habe die Haustür knallen gehört. Soll ich Bondi verhaften?«

»Zu spät.« Er schafft es kaum, die paar Worte herauszubringen, um das Wortgefecht zu schildern. Die Welle des Zorns ist abgeebbt und hat ihn erschöpft zurückgelassen.

Manzini schüttelt den Kopf. »Dieser Typ ist ekelhaft. Und dennoch, er kommt aus einer anständigen Familie«, sagt er mit einem Blick zur Tür, als wäre der Journalist noch da.

»Schwer zu glauben.«

»Sein Großvater war ein Freund meines Vaters. Sie waren zusammen bei den Partisanen. Und beide sind einem hässlichen Verbrechen zum Opfer gefallen«, erklärt er. Sie verlieren sich im Trost des gemeinschaftlichen Schweigens.

15

Auf dem Bett ausgestreckt in dem kleinen Zimmer unter dem Dach des Kommissariats, umklammert Roberto das Protokoll von Berto Guerzonis Aussage, als könnte man es ihm aus den Händen reißen. Bis jetzt ist das Einzige, was er mit Sicherheit sagen kann, dass drei Menschen ermordet wurden.

Wieder und wieder hat er die sorgsam von Manzini zusammengestellten Papiere gelesen, bis die normalerweise willkommene Gesellschafterin, die Einsamkeit, bedrückend geworden war. Um sie zu mildern, hat er *Le nuvole* von Fabrizio De André aus den mehr als sechstausend Platten auf CD (wenige), Kassetten (zahlreiche) und Vinylplatten (unzählige) ausgewählt, die auf maßgefertigten Regalen die Wände bedecken. Die Sammlung umfasst die gesamte Produktion italienischer Liedermacher seit den Vierzigerjahren. Keine Singles oder Anthologien, nur Alben, die man rigoros von vorne bis hinten zu hören hat. Wenn der Autor sich für eine bestimmte Reihenfolge entschieden hat, warum sollte man sie ändern? In der Ecke eine hypermoderne Stereoanlage, die von jedem Tonträger eine akustisch perfekte Wiedergabe garantiert.

Roberto hat den Eindruck, als habe er vier Jahre lang in einer Blase gelebt, die jetzt jemand zum Platzen gebracht hat. Erst die drei Toten, dann Alice. Und Bernini, der von ihm verlangt, sich an die Abmachung zu halten.

Wir sind alle Flüchtlinge, die sich wegen eines Massakers

erneut getroffen haben. Der Gedanke lässt ihn schaudern. *Das Mädchen hat den Mord an seinen Eltern nicht überlebt, im Gegensatz zu mir.* Einen Moment lang bleibt er stehen, den Blick zur Decke gerichtet, als wäre dort die ockerfarbene Scheibe der Sonne zu sehen, die über der Autobahn vor dem Meer aufging. *Wer hat mehr Glück gehabt? Ich oder sie?*

Er denkt noch einmal an Sernagiottos Show, die er zusammen mit Manzini am Fernseher im Wohnzimmer im ersten Stock verfolgt hat. Der Vizequestore schien vor den Mikrofonen in seinem Element zu sein. Zu sehr. Ohne es abgesprochen zu haben, hatte er einen Appell an die Bevölkerung gerichtet, dass alle vermissten Personen gemeldet werden sollten.

Roberto hatte ihm mit einem Glas Lambrusco zugeprostet: »Wir haben gerade sämtliche Spinner Italiens auf den Plan gerufen.« Manzini hatte ebenfalls das Glas erhoben, dann war er aufgestanden und hinausgegangen, um mit der Flasche Nusslikör und der Schachtel mit den Dominosteinen zurückzukehren.

Roberto hätte nur zu gern eine lange, schweigsame Partie gespielt, um sich der Illusion von Normalität hinzugeben. Doch nichts war mehr normal. »Geh nach Hause. Lass dich ein bisschen von Teresa und den Mädchen umsorgen.« Manzini, ebenfalls vollkommen erschöpft, hatte nachgegeben und sich in den dichten Nebel hinausgewagt, um nachts um zehn noch zum Monte San Giacomo zu fahren.

Ich bin froh, dass ich ihn an meiner Seite habe, denkt Roberto, bevor er in den Schlaf hinüberdämmert. *Alles, was ich versucht habe, hinter mir zu lassen, hat mich aufgespürt und wieder eingeholt. Und ausgerechnet da, wo ich glaubte, eine sichere Zuflucht gefunden zu haben.*

Der letzte Gedanke, bevor er sich in wenige Stunden eines unruhigen Schlafs verliert.

16

Alice wälzt sich im Bett hin und her. Normalerweise schläft sie schon, wenn ihr Kopf das Kissen berührt, aber in dieser Nacht gelingt ihr das nicht, obwohl sie eine lange Nachtschicht hinter sich hat, die in der Entdeckung der drei Mordopfer gipfelte.

Das Nachthemd rutscht an den Beinen hoch, es kitzelt sie. Das Zimmer ist zu warm. Zu laut. Zu groß. Nicht einmal als Kind hat sie sich in diesem weitläufigen Haus an der Strada Maggiore wohlgefühlt, der Kathedrale des Erfolgs ihres Vaters, Avvocato Ruggero Maria Capelveneri. Sie starrt an die von Scheinwerfern des nächtlichen Autoverkehrs angeleuchtete Stuckdecke. Überlegt, ob sie nicht doch eine Freundin oder einen Freund anrufen und noch ein bisschen ausgehen soll. Verwirft die Idee. Sie ist zu müde.

Sie fragt sich, wo sie sich wirklich zu Hause gefühlt hat. In Rom, in der Fünfzig-Quadratmeter-Wohnung in der Via del Governo Vecchio, wo sie jedes Möbelstück und jeden Einrichtungsgegenstand selbst ausgesucht hatte.

Rom war eine Flucht gewesen, ein Untertauchen. Ihr Vater war fest davon ausgegangen, dass Alices Leben nach dem von ihm geplanten Schema ablaufen würde: Jurastudium, nach dem Examen Referendariat in der Kanzlei Capelveneri, Heirat mit einem Sohn der Bologneser Oberschicht, Partnerschaft in der Kanzlei Capelveneri, Erbe und Übernahme der Kanzlei Capelveneri. Doch er hatte die Rechnung ohne die Affäre seiner zwanzigjährigen Tochter mit einem deutlich älteren Mann gemacht, den sie während des Sommers an der Riviera kennengelernt hatte. Und er hatte nicht mit einer anderen, vielleicht noch gefährlicheren Schwärmerei gerechnet. Die reiche Alice hatte sich verpflichtet gefühlt, etwas für die Welt zu tun, und sich daher für Medizin eingeschrieben. Der Vater hatte eingewilligt, nachdem sie ihm versprochen hatte, sich auf Rechtsmedizin zu spezialisieren. Als erfahrener Geschäftsmann hatte er darauf spekuliert, dass sie auch in dieser Funktion für seine Kanzlei nützlich sein würde. Und dass die Leidenschaften seiner Tochter zwar ausschließlich waren, aber vergänglich sein würden.

Wütend schaltet sie das Nachtlicht ein. Sie setzt sich auf und trinkt in großen Schlucken Wasser aus der Glasflasche auf dem Nachttisch. Sie schaut sich in dem Spiegel an, der beinahe die ganze Seitenwand neben dem Bett einnimmt, das für sie allein absurd groß ist. Es gelingt ihr nicht, sich nicht zu fragen, ob Roberto sie verändert finden würde. Sie fühlt sich fraulicher. Das Mädchen ist in Rom zurückgeblieben.

Sie streicht an der Nase entlang, die sie sich bei einem Autounfall gebrochen hat. Dem Mann, dessentwegen sie nach Rom gezogen war, hatte sie sehr gut gefallen. Er hatte sie nach kurzer Zeit verlassen. Ihr war es so schlecht gegangen, dass sie monatelang nicht zur Universität gegangen war, ganz zu schweigen davon, irgendwelche Prüfungen abzulegen. Dann hatte sie sich plötzlich gefangen und war von einem Extrem ins andere gefallen. Sie hatte angefangen, jeden Abend auszugehen. Und erneut ihre Karten bei den Männern auszuspielen. Zu spielen, ja, aber ohne jede Bindung. Sobald der Mann der Stunde die Grenze überschritt, war alles zu Ende.

Das Studienbuch schmorte weiterhin in einer Schublade, bis der Vater ihr schließlich ein Ultimatum stellte und damit drohte, die großzügigen Überweisungen einzustellen, die ihr ihre Unabhängigkeit in Rom ermöglichten. So hatte Alice wieder angefangen, ernsthaft zu studieren. Und entdeckt, dass es ihr Spaß machte. Es war ihr gelungen, die verlorene Zeit aufzuholen und beinahe fristgerecht Examen zu machen. Voller Zweifel hatte sie mit der Entscheidung für eine Spezialisierung auf Rechtsmedizin auch den Vater zufriedengestellt.

An einem frischen, windigen Aprilmorgen hatte sie an einem Seminar über moderne Ermittlungstechniken teilgenommen. Die Referenten waren Spezialisten des FBI, sie sollten der Hörerschaft die Ergebnisse vorstellen, die man mit *criminal profiling* erzielen konnte, mit sozialpsychologischen Skizzen, grundlegend, um Handlungen nachzuvollziehen.

Sie hatte sich einen Platz in einer der hintersten Reihen des Vorlesungssaals gesucht. Sie trug ein helles Kleid aus leichter Baumwolle, kurz. Eine Ausnahme, denn normalerweise vermied sie Kleider, die ihre Beine freiließen, die sie viel zu bleich und wegen der Sommersprossen nicht schön fand. Das Ergebnis schien jedoch nicht allzu schlecht zu sein, den Blicken der Pathologen, Kriminologen, Ermittler und Psychologen nach zu urteilen, die ihr sofort zugeflogen waren.

Neben ihr saß ein junger Mann, der sie nicht eines Blickes würdigte. Er machte sich keine Notizen, lauschte aber gespannt und nickte gelegentlich. In der ersten Pause war sie es gewesen, die ihn angesprochen hatte. Sie trug die Haare kürzer und spielte ständig damit. Dieser hagere Junge zog sie auf eine seltsame Weise an, ohne dass er irgendetwas tat, außer auf einen Punkt hinter ihr zu starren, als wollte er sie nicht ansehen. »Ich heiße Roberto. Ich bin Polizist«, hatte er auf ihre direkte Frage geantwortet.

Alice kann sich ein Lächeln nicht verkneifen, während sie denkt, dass ohne ihre Unverschämtheit niemals irgendetwas zwischen ihnen gewesen wäre. Er lebte eingeschlossen in einem Schneckenhaus, an dem bis zu jenem Moment die Frauen einfach vorbeigerutscht waren, wie Regen auf Fensterscheiben. Er hatte nicht die leiseste Ahnung davon, wie man jemanden umwirbt. Sie hatte an alles denken müssen.

Als er sie das erste Mal abholte, war er auf einer verbeulten weißen Vespa gekommen. Keinerlei Anspielung auf *Ein Herz und eine Krone* mit Gregory Peck und

Audrey Hepburn, im Gegenteil, er schien überhaupt noch nie einen Film gesehen zu haben, kannte nicht einmal die bekanntesten Titel. Und das war nicht seine einzige bizarre Lücke. Er bewunderte Alices Parfüm, aber als sie ihm erklärt hatte, es handele sich um Chanel N° 5, fiel er aus allen Wolken. Mit Mühe und Not wusste er, wer Marilyn Monroe war. Im Gegenzug verfügte er allerdings über ein geradezu enzyklopädisches Wissen über italienische Musik. Nicht die gesamte, sondern nur die Liedermacher. Eine schöne Bescherung für jemanden, der mit klassischer Musik aufgewachsen war und sich dann der Dance-Music zugewandt hatte. Um ihm eine Überraschung zu bereiten, hatte sie ihm einmal Karten für ein Konzert von Antonello Venditti geschenkt. Er hatte ihr gestehen müssen, dass er unter Platzangst litt. Als sie ihn gefragt hatte, wie er es denn anstellte, sich im Zentrum von Rom zu bewegen, hatte Roberto ihr die einleuchtendste aller Erklärungen geliefert: Er gehe nicht ins Zentrum.

Alice fröstelt, sie beschließt, wieder unter die Decke zu kriechen. Mit dem Abstand der Jahre kann sie die Ursache dieser Ängste nachvollziehen. Was wäre passiert, wenn ihn einer jener unkontrollierbaren Anfälle ereilt hätte, während er unter Menschen war?

Ihre Beziehung hatte ein Jahr gedauert, ihre Trennung viermal so lange. Die meiste Zeit davon hatte Alice gegen ihn gekämpft und im Grunde gegen sich selbst. Am letzten Abend, in Rom, als alles in sich zusammengestürzt war, hatte sie ihn weggeschickt, ihm ins Gesicht geschrien, dass er krank sei und sich behandeln lassen müsse, und ihn so auf die denkbar schmerzlichste Weise verletzt.

Nachdem Roberto fort war, war nichts mehr so gewesen wie zuvor. Rom war erstickend geworden, trotz seiner großen Plätze. Traurig, trotz seines ewigen Frühlings. Leer, trotz der ständig gegenwärtigen Menschenmassen. Rechtsmedizin hatte jede Bedeutung für sie verloren.

Sie hatte sich ergeben. Sie hatte sich auf weitere anstrengende Kompromisse mit ihrem Vater eingelassen, der sie nach Bologna zurückgeholt hatte. Er hoffte, sie besser kontrollieren zu können, wenn er sie direkt bei sich hatte, und war sogar bereit gewesen, ihren x-ten Schwenk zu akzeptieren, der sie vielleicht endgültig von einer Karriere in der Kanzlei Capelveneri abbrachte: Sie hatte beschlossen, sich auf Allgemeinmedizin zu spezialisieren. Ein weiterer Zug auf dem Schachbrett der Vergangenheit, ein weiterer Zug, um einen Neuanfang zu begründen.

Jetzt musste sie zugeben, dass es nutzlos gewesen war. Sie hatte das gerade zu Ende gegangene Jahr in einer Art Patt verbracht, zu müde, um weiter in gelegentlichen Abenteuern etwas zu suchen, das es nicht gab, ohne aber auch den Mut aufzubringen, die letzten fünfzig Kilometer zu überwinden.

Als sie Case Rosse im Verzeichnis der möglichen Einsatzorte für die Silvesternacht gefunden hatte, hatte sie sich dafür eingetragen, ohne allzu sehr über die Folgen nachzudenken. Sie war die Einzige, die sich für das winzige Dörfchen auf dem Apennin gemeldet hatte, statt eine bequeme Rettungswache vor den Toren der Stadt zu wählen. Natürlich hatte sie daran gedacht, dass sie ihn treffen könnte, klar. Aber sie hätte sich doch nie ausgemalt, dass es da oben in Gegenwart von drei Toten geschehen würde.

Sie versteckt sich unter den Decken. Sie versteht überhaupt nichts mehr an dieser ganzen Situation. Wenn sie nur daran denkt, wie sehr sie einander wehgetan haben, spürt sie noch die Wunden brennen. Aber sie kann nicht leugnen, dass allen Versuchen zum Trotz, ihn aus ihrem Leben zu verbannen, immer noch ein feines Band zwischen ihnen besteht.

Augusto Bernini hatte ihr gesagt, wie sehr Roberto sich verändert hätte. Oder besser gesagt, dass er es versucht hätte. Die Abneigung des Vizequestore ihr gegenüber war vom ersten Augenblick an unübersehbar gewesen: Sie lenkte einen seiner besten Leute ab, ließ ihn an etwas anderes denken als nur an die Arbeit. Daher war sie aufrichtig überrascht gewesen, als er nach dem Bruch Kontakt zu ihr aufgenommen hatte. Seither hatte eine raue Stimme sie hin und wieder angerufen. Eine unerträglich zudringliche Stimme, die darauf beharrte, dass sie, indem sie Roberto verlassen hatte, den größten Scheiß der Welt gebaut hatte, um es in seinen Worten auszudrücken. Beim letzten Mal, als sie voneinander gehört hatten, war Alice schon in Bologna. Und sie war nicht länger bereit, der Argumentation des Questore zu folgen. Sie hatte ihn angefahren. Was wusste er denn schon? Hatte er überhaupt eine Vorstellung davon, was es bedeutete, mit jemandem zusammenzuleben, der diesen hässlichen Makel hatte? Einem Menschen, der sich danach verzehrte, die Wahrheit herauszufinden, selbst auf Kosten seines eigenen Lebens und derer, die ihn umgaben?

Alice war sich sicher, dass Bernini Roberto verraten hatte, dass sie umgezogen war und die Fachrichtung gewechselt hatte. Und sie war auch überzeugt davon, dass Robertos Versetzung in ein Kommissariat, das nicht allzu weit von der Stadt entfernt lag, kein Zufall war.

Die Morgendämmerung bricht schon fast an, als sie endlich schläfrig wird, ohne auch nur irgendetwas geklärt zu haben.

»Silvia«, flüstert sie. Dann überwältigen sie Schlaf und Müdigkeit.

2. JANUAR 1995, MONTAG
UNTER DER OBERFLÄCHE

1

Während er sich rasiert, beobachtet Roberto im Spiegel die Spuren, die der erste schreckliche Tag des Jahres in seinem Gesicht hinterlassen hat. *Und die schlimmsten sind nicht mal die, die man sieht.* Er schaut auf die Uhr. Sieben Uhr fünfundvierzig. Er ist schon bei der dritten Tasse Espresso, es kommt nur selten vor, dass er es schafft, länger als vier Stunden am Stück zu schlafen, auch wenn er es nötig hätte.

Er fühlt sich deplatziert, gefangen und in eine Welt versetzt, die sich fundamental von der unterscheidet, die er sich so mühsam aufgebaut hat. Das Schrillen des Telefons bringt ihn in die Gegenwart zurück. Er läuft ins Schlafzimmer und nimmt den Hörer von dem Nebenapparat auf dem Nachttisch ab, in der absurden Hoffnung, Alices Stimme zur hören.

»Hört, hört, wir haben sie identifiziert!«, brüllt ihm Sernagiotto ins Ohr. Dann erklärt er in belehrendem Ton: »Nach meinem genialen Appell haben die Telefonzentralen der Questura, jedes Kommissariats, der Kasernen der Carabinieri und sogar der Feuerwehren und der Finanzpolizei geglüht vor Anrufen. Alles falsche Spuren, bis vor einer halben Stunde. Da hat hier eine Ausländerin angerufen, ich glaube, eine Philippinerin, aber diese Asiaten sehen ja schon alle gleich aus, und dann erst mal am Telefon. Zweimal die Woche arbeitet sie als Reinmachefrau in einer Villa am Colle della Guardia, außerhalb von Bologna. Sie tritt ihren Dienst um sieben an, aber heute Morgen fand sie die Haustür verschlossen. Und einen Schlüssel hatte sie nicht. ›Die Signoli sollten gesteln Abend‹ wieder aus einem Dorf im Apennin zurückkommen, an dessen Namen sie sich nicht erinnern konnte. Aber sie hat sich an den gut aussehenden Vizequestore erinnert, der im Fernsehen dazu aufgerufen hatte, alle verschwundenen Personen zu melden.«

»Ist sie glaubwürdig?«

»So glaubwürdig, dass ich schon eine Streife zu der Villa geschickt habe. Sie hat für eine dreiköpfige Familie gearbeitet: einen Mann namens Sergio, der mit einer Frau namens Elisa verheiratet ist. Sie hatten eine Tochter. Die magischen Worte. Schlauerweise habe ich ja in den Interviews die Namen nicht genannt, ich weiß nicht, ob du das bemerkt hast. Auch die Altersangaben, die sie genannt haben, passen. Jedenfalls genau genug, um sie für die Identifizierung in die Pathologie zu fahren. Wenn das positiv ausgehen sollte, informiere ich dich darüber, dass es die Familie Zanarini nicht mehr gibt.«

»Wie hieß das Mädchen?«

Sie sprechen in der Vergangenheitsform, weil es unmöglich ist, an eine zufällige Übereinstimmung zu glauben.

»Benedetta. Sie ging in die dritte Klasse der Grundschule.«

Benedetta, und doch wurdest du ermordet vor deinem zehnten Geburtstag. Was für ein absurdes Schicksal, denkt Roberto, an den reglosen kleinen Körper im Nebel gewandt.

2

Blutiger Jahresbeginn in Case Rosse

Kommissar Serra: »Der Mörder kommt aus dem Dorf«

Von unserem Korrespondenten Mattia Bondi – Die erste Nacht des Jahres im Weiler Case Rosse, einer Oase der Ruhe im Herzen des Apennins, ist mit Blut getränkt worden. Im Morgengrauen wurden am Monte della Libertà drei leblose Körper aufgefunden, massakriert mit einer Schusswaffe. Die Abteilung Kriminaltechnik der Polizei Bologna, unter der Leitung von Vizequestore Ernesto Sernagiotto, ist unverzüglich zur Beweissicherung herbeigeeilt, fand allerdings den Tatort bereits stark verunreinigt vor. Die Opfer sind ein Mann und eine Frau um die vierzig sowie ein kleines Mädchen im schulpflichtigen Alter. Das Auffinden der Leiche der Kleinen hat die friedliche Gemeinde Case Rosse zutiefst getroffen. »Wir sind erschüttert«, kommentierte Bürgermeister Luigi Raimondi. »Ich hoffe, die Justiz bringt schnell Licht in die Sache. Die Opfer sind nicht aus dem Dorf, und ich bin sicher, dass auch derjenige, der sie ermordet hat, es nicht ist. Case Rosse ist hier nur ohnmächtiger Zuschauer.« Ebenso äußert sich Salvatore Rende, freiwilliger Helfer des Roten Kreuzes. »Das Gesicht des Mädchens werde ich nicht mehr loswerden. Durch den Schuss ist ihr wortwörtlich das Gesicht weggerissen worden. Das kann keiner von hier gewesen sein, wir sind hier anständige Leute, ruhig und arbeitsam.« Alver Govoni, der Wirt des Dorfes, setzt hinzu: »Das war keiner *di nòster* (übersetzt: keiner von uns). Wir sind weniger als tausend Seelen hier, wir wissen alles von allen. Außer natürlich von den Afrikanern, die außerhalb des Dorfes wohnen. Es wäre besser gewesen, man hätte Vorkehrungen getroffen, bevor jemand seine Haut riskiert.« Ob Govoni recht hat, steht uns nicht zu zu beurteilen. Sicher ist allerdings, dass das Gefühl, dem er Ausdruck verleiht, von der Mehrheit der Einheimischen geteilt wird. Die einzige Stimme, die sich vom allgemeinen Tenor abhebt, ist jedoch eine sehr wichtige: Es handelt sich um Kommissar Roberto Serra (siehe Foto, Archivbild), der überzeugt davon ist, dass der dreifache Mord das Werk von Menschen aus dem Dorf ist. Jede Meinung hat ihre Berechtigung, aber wir hoffen doch, dass nicht wertvolle Zeit vergeudet wird, indem man falschen Spuren folgt: Case Rosse und seine Menschen müssen erleben, dass die Schuldigen hinter Schloss und Riegel gebracht werden, damit sie wieder ruhig schlafen können.

3

Voller Zorn wirft Roberto die Zeitung auf Manzinis Schreibtisch. Der Kollege ist um acht Uhr dreißig zum Dienst angetreten und sieht schrecklich mitgenommen aus.

Er hat Bondis selbstzufriedenes Grinsen vor Augen, mit dem er den Notizblock zugeklappt hat. *Wenigstens hat er nicht die Fotos von den Leichen veröffentlicht,* denkt er. *Doch ansonsten hat er einfach gemacht, was er wollte.*

Die *Gazzetta di Modena* widmet dem Fall kaum weniger Platz als dem Streit zwischen dem Präsidenten der Republik Oscar Luigi Scalfaro und dem zurückgetretenen Premier Silvio Berlusconi oder mehr als dem Artikel über den Eintritt Österreichs, Finnlands und Schwedens in die Europäische Union oder den Empfehlungen von Johannes Paul II. für das neue Jahr.

Welche Wirkung der Artikel auf die Leute von Case Rosse haben kann, hat Roberto schon deutlich in dem verächtlichen Blick der Zwillinge Santini gesehen, die das Kiosk-Schreibwaren-Buchladen-Buchbinderei-Geschäft an der Piazza führen, als sie ihm die Tageszeitung ausgehändigt haben.

Wenn sie mich anfangs nur für einen ed fóra *gehalten haben, bin ich jetzt zum Paria geworden.*

Seine Wut erreicht allmählich den kritischen Pegelstand. In diesem Zustand würde er es nicht schaffen, sich auf irgendetwas zu konzentrieren. *Ich muss irgendwas tun, um mich wieder abzuregen.*

»Ich geh laufen«, verkündet er. Er hat angefangen zu laufen, kaum dass er nach Case Rosse gezogen war, dem Rat eines Psychologen folgend: Die Endorphine, die der Organismus während des Laufens ausschüttet, würden ihm guttun. *Wesentlich mehr jedenfalls als Psychopharmaka.*

Er läuft täglich mindestens zehn Kilometer, wobei er auf den Straßen, die sich durch die Berge ziehen, und in der Anstrengung eine Art Frieden findet. Ein effektives Ventil, um Dampf abzulassen.

4

Auftreten, Schritt, einatmen. Auftreten, Schritt, ausatmen. Roberto verschlingt Nebel. Über dem weißen, schweißgetränkten Laufshirt der Polizei trägt er eine leuchtend gelbe Regenjacke, damit er in dem unwahrscheinlichen Fall, dass ihm ein Auto begegnen würde, gesehen wird. Je steiler die Straße sich den Berg hinaufwindet, desto schneller schlägt sein Herz, und er beginnt, sich wirklich leicht zu fühlen.

Nach acht schnellen Kilometern lichtet sich der Nebel zu einem dünnen Mantel über einer Wiesenfläche, auf der sich eine abgestorbene Eiche und ein Gedenkstein erheben. Keine Autos heute, niemand. Der Monte della Libertà ist eine eisige Wüste, umgeben von einem kahlen Kastanienwald.

Langsam geht er auf die Mitte der Fläche zu, begleitet nur vom Knistern des gefrorenen Grases und dem Flüstern des Windes. Schon nach den ersten Metern hatte er sehr genau gewusst, wohin seine Schritte ihn führen würden. *Ich musste hierher zurückkehren. Gestern habe ich versucht, möglichst nichts zu empfinden. Keinerlei Bindungen aufzubauen. Heute hat sich das alles geändert.* Lieber keine Zeit damit verlieren, darüber nachzudenken, ob das nun gut oder schlecht war. Er versucht empfänglich zu werden für jeden Eindruck, den der Ort ihm übermittelt.

Er duckt sich unter dem Absperrband mit der Aufschrift »Halt, Polizei« hindurch. Drei Umrisse, von der Kriminaltechnik mit roter, glänzender Farbe nachgesprüht, damit sie im Nebel besser zu sehen sind, verewigen die Position der Leichen.

Plötzlich füllt sich die morgendliche Luft mit dem Duft verrotteter Blumen. Nun weiß Roberto, woher das dringende Verlangen kam, das ihn hierher zurückgetrieben hat.

Seine Muskeln verspannen sich. Er beißt die Zähne zusammen. Seine Augen sind geschlossen, suchen nach einem Licht, das nur in seinem Inneren zu sehen ist. Wie am Vortag, wie viele andere Male. Der Unterschied heute besteht darin, dass Roberto sich nicht dagegen sträubt. Er will sehen. Er will verstehen.

Als er sich fast sicher ist, dass er wie ein trockener Ast zerbrechen wird, zieht sich die Energie, die ihn ergriffen hat, zurück. Seine Füße setzen sich allmählich auf einem großen Kreisbogen in Bewegung.

Der Tanz beginnt.

Roberto gibt es nicht mehr. Er sieht mit den Augen eines anderen Menschen.

Ich knie. Es liegt viel Schnee, aber ich trage nur leichte Kleidung, unpassend für diese Kälte. Frauenkleider.

Mir ist nicht kalt. Ich empfinde widerstreitende Gefühle. Liebe, stark und uneingeschränkt. Hass. Enttäuschung. Verständnis. Wut. Resignation. Ein Meer ergießt sich in mir. Ein Meer aus entgegengesetzten Strömungen.

Ich hebe die Augen und sehe einen Mann, der an einer großen Eiche aufgehängt wurde. Sein Gesicht ist verquollen, blutend. Die Beine, in einem unnatürlichen Winkel angezogen, sind auf aufgehäuften Heubunden abgestützt. Eigentlich müsste er längst tot sein, bei allem, was sie ihm angetan haben. Stattdessen schreit er. Sie wollten ihn zum Weinen bringen, wollten ihn brechen. Stattdessen schreit er und stößt wilde Drohungen aus.

Ich liebe ihn, und ich liebe das Kind, das ihn Papa nennt und neben mir kniet. Neunzehn Menschen knien im Schnee. Hinter jedem eine bewaffneter Soldat. Sie warten auf die Befehle eines Offiziers mit runder Brille und einer Reitpeitsche in der Hand.

Eine Hand hebt mein Gesicht an. Ein Lederhandschuh hält ein Messer. Ich kann mich nicht bewegen, meine Handgelenke sind gefesselt. Ein Mann in schwarzer Uniform schlitzt mir die Wange auf. Zwei Schnitte, schnell und präzise. Das Blut ergießt sich übers Gesicht. Ich klage nicht. Ich muss dieselbe Stärke zeigen wie mein Mann.

Überraschend trifft mich der Peitschenschlag des Offiziers, genau im selben Moment, wo der andere mich geschnitten hat. Der Knebel fällt heraus.

Ich würde gern schreien. Brüllen. Aber das Wasser dieses Meeres, das ich in mir trage, erstickt mich. Ich blicke den Mann an, den sie erhängen, und hoffe, er versteht.

Etwas explodiert. Die Schneedecke rast auf mich zu. Nein. Ich bin es, die zusammenbricht. Ich schaffe es nicht, die Augen zu schließen. Ich sehe, wie der Schädel meines Sohnes durch einen Gewehrschuss zerrissen wird. Der kleine Körper kippt gegen mich.

Roberto schreit mit aller Kraft seinen Schmerz hinaus über den Verlust des Mannes, den er liebt, und des Kindes. Er schreit, um den Albtraum zu verlassen und wieder in sich selbst zurückzukehren. Er findet sich neben der Eiche wieder, die er während des Tanzes vom Gewicht des Gehängten beschwert gesehen hatte.

Wer war er? Wer waren diese Leute, die da im Schnee knieten?

Er selbst ist auch auf Knien. Sein Körper ist ein einziges schmerzendes Bündel. Das Denkmal ragt über ihm empor. Zum ersten Mal sieht er mehr darin als nur einen Teil der Landschaft. Wie ein riesiger Grabstein scheint es über den drei roten Umrissen zu wachen.

Er sucht in sich nach den letzten Fünkchen Wärme und versucht, wieder aufzustehen, wobei er sich wundert, dass er nicht im Schnee versinkt. Er muss sich an dem kalten Stein festhalten. Er zittert.

Auf der zum Monte della Libertà zeigenden Seite des Monolithen befindet sich ein schwarzes Marmorkreuz. Der senkrechte Balken trennt zwei lange Spalten mit Gravierungen. Auf der linken Seite ein Namensverzeichnis mit Namen und Altersangaben. *Die Toten, die ich während des Tanzes gesehen habe. Ein Massaker.*

Auf der rechten Seite ein langes Gedicht.

Frage nicht, Vorübergehender, wer wir waren,
denn wir sind weniger als Nebel und Worte,
Erdkrumen sind unsere Tränen,
die in dünnen Rinnsalen aus Dampf versickern.
Es keimen die Früchte des Grolls
aus dem verfaulten Schoß der Erinnerung,
in herber Blüte
auf euren Feldern und euren Häusern.
Nur dieses schwarze Leichentuch wärmt uns
im faulen Eis unserer Nächte:
Der schlaflose Zorn, der unser Herz verzehrt,
Oh, Lebende, das ist die einzige Wärme,
das ist für uns der Frieden, dies allein
die Gerechtigkeit der Märtyrer.

Diese Verse, hart und tief wie die Wurzeln der Kastanien, die den Horizont von allen Seiten umschließen, lassen in seiner Erinnerung die Litanei wieder erklingen, die der Mörder gemurmelt hat, bevor er die Zanarinis tötete.

Das Datum des Massakers ist auf dem horizontalen Arm des Kreuzes eingraviert:

ERSTER JANUAR 1945

Vor Robertos Augen erscheinen die schwarzen Uniformen. Das Gesicht des Offiziers mit der Reitpeitsche. *Ein Massaker,* schließt er. *Ein nazifaschistisches Massaker, das genau vor fünfzig Jahren am Monte della Libertà stattgefunden hat. Kann das Schicksal so einen Zufall konstruiert haben?* Er korrigiert sich. *Das Schicksal spielt hier keine Rolle. Es sind Menschen, die morden. Menschen wie ich. Wie die Opfer.*

Der Geruch der verrotteten Blumen ist beinahe verschwunden, obwohl er hinter dem Denkmal einen vertrockneten Strauß findet, erfroren. Chrysanthemen. *Die Blumen der Toten. Und sie wurden nicht erst gestern oder heute für die Toten von 1995 hier abgelegt. Sie sind älter.*

Ein Windstoß, der heftiger ist als die anderen, drückt ihm die Regenjacke und das schweißgetränkte Hemd an die Haut. Mit immer sicherer werdenden Schritten geht er auf den Feldweg zu, der zu Guerzonis Haus führt. Er will sich selbst die Reifenspuren ansehen und die weiße Farbe an dem vorstehenden Ast, von dem Sernagiotto gesprochen hat.

Am Abzweig des bergan führenden Wegs bleibt er stehen. Gestern stand hier der Traktor. Er erinnert sich an die Worte aus Manzinis Bericht. Guerzoni war um sechs Uhr aufgestanden. Er war in den Wald gegangen, um Holz zu sammeln. Er war zum Monte della Libertà gekommen. Hatte die Leichen gesehen. War nach Hause zurückgelaufen, um zu telefonieren. Er hatte alles zu Fuß gemacht. Warum hatte also der Traktor hier gestanden? Eine Unstimmigkeit. Eines jener Details, über die man nicht hinweggehen durfte.

Es gibt nur einen Menschen, der Licht in diese Sache bringen kann. Der Feldweg verschwindet ein bisschen weiter oben. *Guerzonis Haus ist nicht weit von hier.* Roberto braucht eine Sekunde, um sich zu entscheiden.

Als er beginnt, bergan zu steigen, hält er sich in der Mitte des unbefestigten Wegs und versucht, Spuren eines Fahrzeugs auszumachen, die sich von denen des Traktors unterscheiden. Nach mehr als der Hälfte des Anstiegs löst sich der Nebel auf, und die Suche wird angenehmer. Er findet sie an einem Platz, der frei von jeglichem Bewuchs ist, wo der Boden sich leicht absenkt. *Ein großes Fahrzeug wie der kleine Landini von Guerzoni. Ein Geländewagen? Ein Lieferwagen?*

Etwas weiter streckt eine verkrüppelte Kastanie ihre Äste über den kleinen Weg. Ein Streifen aus weißem Lack, beinahe zwei Meter über der Erde, vermischt mit vielen anderen orangefarbenen Spuren. *Und dennoch waren gestern hier keine weißen Lieferwagen. Eine Frage mehr an Guerzoni, wenn man bedenkt, dass es überhaupt keinen Beleg dafür gibt, dass diese Spuren von gestern sind.*

Gerade als er beginnen will, den letzten Abschnitt der Strecke zum Haus des Bauern etwas schneller zu laufen, lässt ihn eine Stimme in seinem Rücken erstarren.

»Ziemlich leichtsinnig, sich so allein hier an diesem Ort des Todes herumzutreiben.«

Er bleibt wie gelähmt stehen. *Ich bin unbewaffnet. Allein. Ich suche einen Mörder, der keine Skrupel hatte, ein kleines Mädchen zu ermorden, indem er ihr in den Kopf geschossen hat.* Er spürt das Gewicht einer realen Bedrohung im Nacken, zum Greifen nah. Bis das Klicken eines Fotoapparats und ein unbändiges Lachen die Identität des Eindringlings enthüllen.

Das Blut rauscht in seinen Adern, er dreht sich blitzartig um und wirft sich auf Mattia Bondi.

Der Journalist versucht, die Kodak festzuhalten. »Das würde ich an Ihrer Stelle nicht tun«, ist das Letzte, was er sagen kann, bevor er umgerissen wird. Schmächtig, wie er ist, hat er Robertos Wut nichts entgegenzusetzen und kugelt den Hang hinunter. Der Fotoapparat landet einige Meter weiter unten. Roberto packt Bondi am Kragen seiner ausgeleierten Windjacke und reißt ihn wieder hoch.

»Mit solchen Scherzen fängt man sich leicht eine Kugel ein! Nach dem Mist, den du geschrieben hast, wär das vielleicht nicht mal das Schlechteste für dich!«, brüllt er ihn an, dann lockert er den Griff.

Der Journalist fasst sich theatralisch an den Hals, als wäre er einer versuchten Strangulation ausgesetzt gewesen. »Ich habe wortgetreu das wiedergegeben, was Sie mir gesagt haben, genauso wie bei den anderen.« Er beugt sich vor, um den Fotoapparat wieder aufzuheben.

Roberto rempelt ihn erneut an. Der andere zerreißt das Absperrband mit dem Rücken und fällt zu Boden. Die Brille fliegt weit davon.

»Du willst alles wortgetreu wiedergegeben haben? Dann erklär mir mal, wie Rende es geschafft hat, ganz erschüttert vom Anblick des Mädchens gewesen zu sein: Der ist doch gar nicht an die Leichen rangekommen!«

Die Überraschung des Journalisten scheint echt zu

sein. Mit tränenerstickter Stimme stammelt er: »Er hat den Krankenwagen gefahren …«

»Der Krankenwagen hat da drüben gehalten.« Roberto zeigt auf einen Platz kurz hinter der Straßeneinmündung. Salvatore Rende ist ein pensionierter Maurer aus Sizilien, der tageweise als Freiwilliger im Rettungsdienst arbeitet. Sehr wahrscheinlich hatte tatsächlich er am Steuer des Krankenwagens gesessen, der mit Alice zusammen gekommen war, aber dank ihrer Anweisungen hatte er sich vom Tatort ferngehalten. Er konnte das Gesicht des Mädchens nicht gesehen haben.

»Ich schwöre Ihnen, dass er es mir genau so gesagt hat«, erklärt Bondi. Auf allen vieren sucht er die Brille. Als er sich wieder aufrappelt, behält er Roberto misstrauisch im Blick, um weiteren Angriffen zuvorzukommen.

»Ich weiß gar nicht, warum Sie sich so aufregen«, jammert er. »Ich hab die Fotos nicht gebracht.«

»Wenn du das gemacht hättest, würdest du jetzt auch nicht mehr auf zwei Beinen nach Hause zurückkehren.«

Bondi hebt auch den Fotoapparat auf. Die Kamera in der Hand und mit ein paar Schritten Abstand zwischen sich und Roberto fasst er neuen Mut. »Ich könnte Ihnen noch nützlich sein, Ihnen helfen zu verstehen, wie die Leute hier denken. Zum Beispiel zu verstehen, was das Denkmal da in Ihrem Rücken bedeutet. Sie werden diesen Fall nicht lösen, wenn Sie nicht denken wie einer *di nóster.* Wir wollen doch dasselbe, Sie und ich. Wir sind gleich.«

Robertos Blick wird härter. *Der Schädel eines Kindes, weggerissen durch einen Schuss aus einem Gewehr. Der Körper, der gegen die Mutter sackt, die auf dieselbe Weise ermordet wurde.* »Ich denke, dass ich schon viel zu gut verstehe. Vergleich mich nicht mit dir. Ich muss herausfinden, wer diese Leute umgebracht hat, damit sie in Frieden ruhen können. Davon, was du machst und warum du das machst, will ich nichts wissen. Pass bloß auf, dass du mir nicht mehr vor die Füße kommst.«

Im Laufschritt schlägt er den Weg zurück zum Dorf ein und lässt den Journalisten zwischen den zwei im Wind flatternden Enden Absperrband stehen. Schnell findet er wieder in den Rhythmus seiner Schritte und Gedanken.

Schritt, auftreten, atmen. Schritt, auftreten, atmen. *Der weiße Kleinbus.* Schritt, auftreten, atmen. *Rende hat die Leichen nicht gesehen.* Schritt, auftreten, atmen. *Guerzonis Traktor, der nicht an seinem Platz steht.* Schritt, auftreten, atmen. *Ich muss denken wie einer von hier, einer* di nòster. Schritt, auftreten, atmen.

5

Als er im Kommissariat über die Schwelle tritt, hält er die Stoppuhr an seiner Armbanduhr an, und ihm wird klar, dass er den ganzen Morgen weg gewesen ist. Manzinis vorwurfsvoller Blick und Ton bestätigen es ihm.

»Questore Bernini wollte dich sprechen. Besser, ich wiederhole dir nicht wörtlich, was er gesagt hat.«

Scheiße, ich habe ihn nicht informiert. Er stürzt sich direkt, ohne zu duschen, ans Telefon in seinem Büro. Manzini ruft ihm aus dem Zimmer gegenüber zu: »Sernagiotto hat auch angerufen. Mindestens ein Dutzend Mal. Der hat dich auch mit Komplimenten überschüttet.«

Ein Beamter informiert ihn, dass der Questore nicht gestört werden dürfe, aber dass er ihm eine Nachricht hinterlassen wolle, um ihn an den Anruf zu erinnern. *Daran wird er sich wohl von ganz allein erinnern, fürchte ich.* Wenn es etwas gab, was Bernini wirklich wütend machte, dann war es Disziplinlosigkeit. Er diktierte die Regeln, seine Männer mussten sie respektieren. *Ich hatte nur eine einzige und hab's geschafft, mich nicht daran zu halten.* Der zweite Gedanke ist noch schlimmer. *Abgesehen davon, was habe ich ihm schon zu sagen? Welche Fortschritte habe ich gemacht?*

Während er auf das Klingeln wartet, ruft Sernagiotto an. »Sag mal, findest du es in Ordnung, mitten in einer Ermittlung einfach so mal für vier Stunden zu verschwinden?«, bellt der Vizequestore.

»Entschuldigung«, gibt Roberto seelenruhig zurück. »Ich wollte eigentlich das Sekretariat der Kriminaltechnik sprechen, scheint, als hätte ich stattdessen die Zeitansage gewählt.«

Sernagiotto schnaubt. »Du verschwendest als Polizist dein Talent, du solltest lieber zum Kabarett gehen! Während du deinem Privatleben nachgegangen bist, habe ich gearbeitet. Es gibt keine Zweifel: Die drei sind Sergio, Elsa und Benedetta. Die Filipina hat sie wiedererkannt, allerdings mehr an der Kleidung als an den Gesichtern. Sie hat geheult wie ein Schlosshund.«

Die Tränen der Frau scheinen ihm in erster Linie lästig gewesen zu sein. Sein Tonfall ändert sich sofort: »Leute mit Kohle. Schließlich hat nicht jeder eine Villa am Colle della Guardia. Das ist die teuerste Gegend Bolognas. Und sie waren sogar dabei, sie zu renovieren. Ich versteh nicht, wie man da auf die Idee kommen kann, bei dir da am Arsch der Welt Urlaub zu machen.«

Vielleicht haben sie einen sicheren Zufluchtsort gesucht wie ich. Und auch sie haben ihn nicht gefunden. »Wusste die Filipina, wo?«

»In einem Dorf, das sich ...« Einen Moment lang hört man nur das Rascheln von Papieren. »... Zocca nennt. Der Hausangestellten zufolge hatten sie vor, die Silvesternacht in einem Haus zu verbringen, das sie da hatten. Ich hab eine Streife hingeschickt, auch wenn sie dort nicht ermordet worden sind.«

Er macht eine kunstvolle Pause. Als er merkt, dass Roberto nicht anbeißt, fährt er enttäuscht fort: »Willst du mich nicht fragen, woher ich das weiß?«

Ich hasse es, zu betteln, aber er hat das Heft in der Hand. Brav sagt er sein Sprüchlein auf: »Und, woher weißt du das?«

»Hört, hört, die Zanarinis sind nicht mal losgefahren! Meine Leute haben gesagt, dass in der Villa alles voller Blut und Hirnmasse ist. Also«, fährt er fort, ohne seine Begeisterung noch länger zu verbergen, »sind sie dort ermordet worden. Es ist schwer, da was zu finden, überall sind massenhaft Fingerabdrücke von den Arbeitern des Unternehmens, das mit der Sanierung beauftragt ist. Die Autopsie wird jedoch allerspätestens morgen Nachmittag sein, ich hab's geschafft, dass sie sie vorziehen. Nicht schlecht, was?«

Roberto ist angewidert. *Sernagiotto freut sich darüber, herausbekommen zu haben, dass eine Familie ermordet wurde. Freut sich, weil überall Blut und Hirn eines Kindes an einer Mauer klebt.* Er will gerade etwas sagen, da hält er inne. Eine Erinnerung blitzt auf. *Ich habe diese Mauer gesehen. Ich habe davor gekniet.*

»Und du? Was hast du für Neuigkeiten?«, bedrängt ihn der Vizequestore.

Eindrücke, fehlende Details. In diesem Sandkastenspiel gerate ich ins Schwimmen. In einem Meer, ach was, einem Ozean. Und ausgerechnet der Vizequestore kann ihm einen Rettungsring zuwerfen.

»Hör mal, ich könnte deine Hilfe brauchen«, sagt er und ist sich nur allzu bewusst, wie sehr er damit das Ego seines Gesprächspartners aufbaut.

»Also keine Fortschritte da bei euch, wenn ich mich nicht drum kümmere. Was kann ich für dich tun?«

»Kennst du jemanden bei der SIP? Jemand Vertrauenswürdiges?«

»Ich kannte mal wen bei der SIP, jetzt kenn ich ihn bei der Telecom. Die haben den Namen gewechselt, auch wenn ihr da unten das noch nicht gemerkt habt.«

Roberto schluckt alle schneidenden Antworten herunter, die ihm auf der Zunge liegen. *Ich brauche ihn.* »Ich muss wissen, welche Anrufe in der Silvesternacht von einem bestimmten Anschluss abgegangen sind. Über die offiziellen Kanäle würde das zu lange dauern.«

Sernagiotto, geschäftstüchtig, kehrt zurück, das Tier mit dem eiskalten Blut. »Ich sag dir jetzt, wie das läuft, Serra. Wenn du willst, dass ich dir helfe, musst du mit offenen Karten spielen. Wenn du irgendwelche Ergebnisse erzielst, gebührt die Ehre beiden.«

»Die Ehre kannst du für dich allein haben. Die ist mir schnurzegal.«

»Sicher, genau wie die erste Seite der *Gazzetta di Modena.* Ich bin nicht erst seit gestern auf der Welt. Berühmtheit interessiert alle in unserem Beruf.«

»In *deinem* Beruf, willst du wohl sagen. *Meiner* zielt nicht darauf ab, Werbung für mich selbst zu machen. Und auf diesen Artikel hätte ich sehr gut verzichten können.«

»Ich tu mal so, als ob ich das glauben würde. Von welchem Anschluss redest du?«

»Von Berto Guerzoni.«

»Warum interessiert dich der?«

Ich habe keine Wahl. »Ich glaube, dass er noch vor Manzini jemand anderen angerufen haben muss, um das Auffinden der Leichen zu melden. Dieser jemand könnte mit einem Fahrzeug zum Monte della Libertà gekommen sein, das Spuren auf dem Feldweg hinterlassen haben könnte.« *Eine Menge Konjunktive.*

»Die, die ich entdeckt habe?«, gluckst Sernagiotto.

Als würden sie nicht über einen Mord sprechen. Als ginge es darum, wer die meisten Punkte erringt.

Roberto schließt die Augen. Hinter den Lidern sieht er rot. »Kannst du mir nun helfen oder nicht?«

Sernagiotto wägt ab, ob die Anfrage mehr Risiken oder Vorteile verspricht. »Ja«, sagt er schließlich. »Ich habe einen Kontakt bei der Telecom.«

»Wann kann ich die Informationen haben?«

»Wir werden sehen. Normale Menschen sind um diese Jahreszeit in den Ferien.«

»Versuch, es dringend zu machen. Ich will nicht, dass das so endet wie mit der Autopsie. Du hattest gesagt, du würdest die Ergebnisse heute Morgen bekommen, jetzt redest du von morgen Nachmittag.«

»Was glaubst du denn? Glaubst du, euer kleiner Scheißfall stünde hier in der Stadt bei allen ganz oben auf der Liste?«, antwortet er aufgebracht. »Die Mutter des Direktors der Handelskammer ist gestorben. Sie war allein zu Hause. Da ist eine Autopsie Pflicht, wie du weißt. Eine Person, die im Licht der Öffentlichkeit steht. *Ubi maior, minor cessat,* Serra. Mit dir zu sprechen ist immer ein Vergnügen, aber jetzt ist es spät geworden. Ich muss zu meinen Leuten in der Villa.«

Roberto kennt den Vizequestore erst seit einem Tag, aber er glaubt, dass er seine Prioritäten schon ganz gut erkennen kann. »Du hast eine Pressekonferenz einberufen. Schon wieder.«

»Deine deduktiven Fähigkeiten machen mich sprachlos. Nutze sie für deine Ermittlungen. *Muso duro e baretta fracada,* Arschbacken zusammenkneifen und weitermachen, wie man hier so sagt. Sobald ich kann, rufe ich meine Freundin an. Denk dran, du schuldest mir jetzt einen Gefallen, Partner.«

»Von wegen Partner. Heute mit der Presse zu sprechen ist eine Dummheit. Je weniger der Mörder über unsere Fortschritte erfährt, desto wahrscheinlicher macht er Fehler. Das ist Grundwissen. Wer immer nur in die Kameras lächelt, dem ist das vielleicht nicht so klar.«

Bevor er etwas erwidern kann, hört Sernagiotto nur noch das Freizeichen.

6

Sie sind mir vielleicht ein Armleuchter!«, leitet Bernini das Gespräch ein. Dann kotzt er zehn Minuten seine eigene Enttäuschung aus, hustend und knurrend. »Ich habe Vertrauen in Sie gesetzt, aber nicht unbeschränkt! Ich will, dass Sie mir jeden Abend über die Entwicklungen berichten, von dieser Regel gibt es keine Ausnahmen!«

Sein Ton wird vertraulich. »Du hast ja keine Ahnung, wie ich hier angegriffen werde, weil ich dir den Fall übertragen habe und auch noch gleichberechtigt mit einem Stehaufmännchen, das deutlich ranghöher ist. Und er verpasst keine Gelegenheit, um das zu unterstreichen.«

»Ich hatte Ihnen gesagt, dass es besser wäre, wenn Sernagiotto den Fall übernimmt«, erwidert Roberto.

»Und ich hatte dir gesagt, dass das Blödsinn ist, und ich wiederhole das hiermit. Hört-hört ist nicht mit dem Herzen dabei. Nicht mal mit dem Hirn, angenommen, er hat überhaupt eins. Wenn's nach ihm geht, wird dieser Fall schnell abgeschlossen, ganz egal, wie. Wenn sich ein Schuldiger findet, wird die Ehre ihm gebühren. Wenn nicht, dann bist du schuld. Und ich, auch wenn er mir gegenüber den Arschkriecher spielt. Als Ermittler ist der nicht mal ein Zehntel so gut wie du, selbst wenn du nicht ...«

Bernini führt den Satz nicht zu Ende. Roberto spürt das Zögern des Questore, das Thema anzusprechen. »Der Tanz ist zurückgekehrt. Gestern und heute«, enthüllt er ihm.

Der besorgte Seufzer, der aus dem Hörer dringt, wiegt mehr als tausend Worte.

»Ich ... ich habe gespürt, was dieses Mädchen erlebt hat, während es ermordet wurde«, fährt Roberto fort. »Und ich habe etwas sehr viel Älteres gesehen. Ein Massaker aus dem Zweiten Weltkrieg, glaube ich.«

»Als ich dich nach Case Rosse geschickt habe, habe ich das gemacht, damit du dich selbst finden kannst. Du wolltest diese schreckliche Sache loswerden. Ich wollte, dass du lernst, damit umzugehen und sie nicht zu vergeuden.«

»Im Moment habe ich nur ein paar Bilder im Kopf und dazu eine ganze Reihe von Fragen ohne Antwort.«

Bernini wechselt erneut das Register. »Ohne Fragen keine Antworten, wissen Sie das nicht? Haben Sie schon das Perimeter des Falles angelegt?«

»Ach, das ist doch was für die Polizeischule.«

»Serra, machen Sie mich nicht sauer. Opfer, Tatort, Zeitpunkt, Hergang, Motiv. Wie viele Fälle haben wir in der Spezialeinheit gelöst ohne das Perimeter?«

»Keinen.« *Auch weil wir gezwungen wurden, es für alle Ermittlungen zusammenzustellen.*

»Also, dann bereiten Sie es vor. Wenn Sie noch einmal vergessen, mich auf dem Laufenden zu halten, komme ich persönlich vorbei, um Ihnen in den Arsch zu treten.«

7

Roberto schält eine Handvoll großer Mandeln und gibt sie in eine heiße Pfanne. Während sie rösten, zerdrückt er in einer Terrakottakasserolle zwei Zehen Knoblauch, Peperoncini und Basilikumblättchen. Er gibt gewürfelte Tomaten hinzu und die gerösteten Mandeln, dann übergießt er das Ganze mit etwas Weißwein und ein paar Tropfen Öl. Er legt den Deckel darauf und lässt das Ganze auf kleinem Feuer köcheln. In der Zwischenzeit verrührt er drei Eier mit Mehl. Nachdem der Teig ausreichend lange unter einem Leinentuch geruht hat, walzt er ihn mit dem Nudelholz aus und erhält eine rohen und porösen Teig, der noch trocknen muss. Dann gibt er den Inhalt der Kasserolle, der inzwischen fast kalt geworden ist, in den Mixer, zusammen mit einer großzügigen Menge Ricotta salata. Kurz darauf hat er ein Pesto. Mit einem sehr scharfen Messer macht er sich an das Schneiden der Tagliatelle. Sobald das Wasser in dem großen Topf kocht, gibt er Salz hinzu und lässt die Pasta ins Wasser gleiten.

Er folgt keinem Rezept. Er muss nicht abschmecken. Er schmeckt im Geist, während er den Geschmack Stück für Stück komponiert. Währenddessen denkt er nach, reflektiert. Konstruiert Szenarien. Entspannt sich. *Balsam. Balsam für meine Seele.*

Um halb drei am Nachmittag, sehr spät, gemessen an den Gewohnheiten des Dorfes, stellt er einen dampfenden Teller mit Tagliatelle und rotem Pesto auf den Tisch. Manzini kaut und spricht gleichzeitig Komplimente aus, begießt das Ganze mit Lambrusco, fragt nach dem Rezept für Teresa, wohl wissend, dass es keines gibt.

Während sein Kollege beide Portionen verschlingt und dann noch den Teller mit Brot abwischt, spielt Roberto mit dem Besteck herum und denkt an anderes. Schließlich steht er auf und geht hinaus. Er kehrt mit einem großen DIN-A3-Blatt und einem schwarzen Filzstift zurück.

Er zeichnet gleichmäßig verteilt fünf Kreise, hypertrophe Ecken eines gedachten Pentagramms. In den oberen Kreis schreibt er: OPFER, dann links darunter: TATORT, unten: ZEITPUNKT, TATHERGANG und in den rechten: MOTIV.

Als Antwort auf Manzinis fragenden Blick erklärt er: »Das Perimeter des Falls. Idee von Bernini. Einfach, fast schon banal. Aber man behält den Überblick über die Ermittlung. Es funktioniert wie diese Rätselspiele – wenn man erst einmal alle Punkte miteinander verbunden hat, erscheint die Lösung.«

In die Mitte des Pentagramms zeichnet er einen sechsten Kreis und schreibt hinein: SCHULDIGER, etwas dicker.

Manzini ist neugierig geworden. »An welchem Punkt stehen wir?«, fragt er.

Ohne den Blick zu heben, fügt Roberto in den Kreis der Opfer SERGIO ZANARINI, ELISA ZANARINI, BENEDETTA ZANARINI und bei Tatort COLLE DELLA GUARDIA (Bologna) ein.

»Wir haben auch eine präzise Vorstellung vom Tatzeitpunkt, zwischen drei und fünf Uhr morgens in der Nacht zwischen dem 31. Dezember 1994 und dem 1. Januar 1995, und eine glaubhafte Idee davon, wie sie ermordet wurden.«

In den Kreis Tathergang schreibt er: EXEKUTION. Und dabei denkt er nicht nur an jene weiße Wand und den Gewehrlauf in den Händen des Ungeheuers mit den blutenden Augen. Er sieht auch eine Gruppe Menschen im Schnee knien. Und einen Gehängten.

»Was das Motiv angeht, tappen wir noch vollkommen im Dunkeln.«

8

Alice wandert wie gestört durch die Zimmer. Ohne Ziel, mit nervösen, hüpfenden Schritten. Zu wenig Schlaf und zu viele Gedanken. Sie hat sich gerade geschickt aus einem überaus nervtötenden Mittagessen mit irgendeinem Anwaltskollegen ihres Vaters herausgewunden, dem Inhaber einer Kanzlei in Ferrara. Und der, welch Zufall, einen Sohn etwa in ihrem Alter hat. Junggeselle.

Sie hat ihn an der Tür getroffen. Gewogen und für zu leicht befunden. Hochgewachsen, die Haare voller Gel, den Blick voll gespielter Selbstsicherheit, gut aussehend und sich dessen bewusst. Zu einer anderen Zeit wäre sie mit ihm ausgegangen. Dann hätte sie ihn fertiggemacht. Worüber kann man denn schon mit einem wie dem reden, wenn nicht über Verfahren und Fälle, Ferien in Cortina d'Ampezzo, Porsche (als Symbol, nicht als Auto, ein Thema, das sie ja wenigstens noch interessiert hätte)?

Innerhalb von drei Minuten hat sie ihn unter dem enttäuschten Blick ihres Vaters abserviert, um dann wieder im Leeren zu kreisen. Sei es nun der Schlafmangel, sei es die Müdigkeit, aber ihre Gedanken kehren immer wieder nach Case Rosse zurück. Ununterbrochen strömen die Fragen herbei.

Sie klatscht sich mit offenen Handflächen auf den Kopf. »Warum rufst du ihn nicht einfach an? Es kann ja wohl nicht so schwierig sein, das Kommissariat von

Case Rosse im Telefonbuch zu finden.« Sie hat mit sich selbst gesprochen. Besorgt beobachtet sie die Türen auf jeder Seite des Salons. Niemand. Sie blickt zu dem kunstvollen Kronleuchter aus Muranoglas empor und streckt die Arme aus. Sie würde wirklich gern wissen, was gerade geschieht. Ach, lieber doch nicht.

Sie fängt eine zornige Stimme auf, die aus einem der anliegenden Zimmer dringt. Ruggero Maria Capelveneri brüllt herum. Er hat sich vorgenommen, bis zum Dreikönigstag zu Hause zu bleiben, aber der Unterschied zu den Tagen, die er in der nur ein paar Häuser weiter in Richtung der zwei Türme liegenden Kanzlei verbringt, ist marginal, um nicht zu sagen kaum wahrnehmbar. Akten studieren, Arbeitsessen, Verträge aufsetzen. Und ständig Telefonate mit Mandanten, Anwälten, Richtern.

Das eine oder andere Wort schnappt sie auf.

»Halt dich von ihr fern! Hast du das verstanden? Ich hab's dir schon vor vier Jahren gesagt, aber du hast wohl nicht richtig zugehört. Wenn du es wagst und ihr wieder wehtust, dann werde ich dich eigenhändig fertigmachen.«

Alice stürmt ins Arbeitszimmer ihres Vaters. Ohne anzuklopfen und ohne um Erlaubnis zu fragen, sie verstößt gegen alle ungeschriebenen Regeln.

Ruggero Maria Capelveneri sitzt hinter einem riesigen Schreibtisch aus dem 18. Jahrhundert, umgeben von Ölgemälden, die ernste Gesichter zeigen, und alten Bücherregalen voller Fachliteratur. Eingehüllt in den Rauch der Zigarre, die er in der linken Hand hält, mit der er die Luft zerhackt.

»Tu, was am besten ist: Verschwinde einfach wieder!«, brüllt er mit hochrotem Gesicht in den Hörer. Kleine Schweißtröpfchen treten auf seinen kahlen Schädel.

»Gib ihn mir.« Alices Stimme ist bestimmt.

Ruggero Maria Capelveneri bemerkt sie erst in diesem Augenblick. »Wie bist du denn hier hereingekommen?«, fragt er, überrascht durch den Ton und das Verhalten der Tochter.

»Ich sag's nur noch ein einziges Mal, dann mach ich's wie Mama: Ich geh aus dem Zimmer, packe meine Sachen, und du siehst mich nie wieder. Ich werde nicht mal einen Zettel dalassen. Gib ihn mir.«

Der Anwalt ist zutiefst verblüfft. Er ist an Unterwürfigkeit gewöhnt, daran, hofiert, umschmeichelt, gefürchtet zu werden. Er überlegt, ob er sie anschreien und zum Teufel schicken soll. Alice tut es leid. Sie weiß, dass sie ihn mitten ins Herz getroffen hat.

»Ich muss ihn sprechen.« Ihr Tonfall ist wieder der der Tochter, die mit dem Vater spricht.

Auch der Ausdruck im Blick des Vaters ändert sich. Er steht auf und lässt den Hörer auf der Mahagonitischplatte liegen. Während er aus dem Raum geht, pafft er heftig an seiner Zigarre, um sie wieder zu entzünden.

Alice nimmt das Telefon. »Roberto?«, flüstert sie.

Er hat nichts von der Auseinandersetzung verstanden, nur unbestimmte Geräusche gehört. Als er ihre Stimme erkennt, öffnet und schließt er so schnell hintereinander den Mund, dass er riskiert, sich zwischen den klappernden Zähnen auf die Zunge zu beißen.

»Mein Vater kann wirklich schrecklich sein.«

»Ich schwöre dir, bei dir zu Hause anzurufen, war meine allerletzte Option. Ich hab's in der Poliklinik versucht, aber sie haben mir gesagt, dass du deinen Dienst erst heute Abend antrittst.«

Alice versteht ihn sehr gut. Berninis Reaktion auf sie war geradezu liebevoll im Vergleich dazu, wie ihr Vater Roberto aufgenommen hatte bei dem einzigen Mal, bei dem sie sich begegnet waren.

»Mich erwarten auch heute Nacht zwölf Stunden Dienst. Das ist das Leben in der Facharztausbildung. Man arbeitet wie ein vollwertiger Arzt, aber für achthunderttausend Lire im Monat. Brutto. Aber du hast sicher nicht riskiert, dich von meinem Vater durch den Wolf drehen zu lassen, um dich über meine beruflichen Unannehmlichkeiten zu informieren, kann ich mir vorstellen.«

»Ich brauche deine Hilfe«, antwortet er und bemüht sich, ruhig zu klingen.

»Genau wie in Rom. Na gut, schieß los.« Sie bereut es schon, Rom erwähnt zu haben, bevor sie den Satz beendet hat. Zum Glück fährt er fort, als hätte er es nicht gehört.

»Während du Bereitschaftsdienst in Case Rosse gemacht hast, hast du da einen Einsatz gehabt?«

»Verschiedene. Vor allem, um Leuten zu Hilfe zu kommen, die's mit dem Wein übertrieben oder sich geprügelt hatten, gefallen oder ohnmächtig geworden waren oder sich übergeben mussten. Oder alles zusammen. Die sind alle Alkoholiker in deinem Dorf da.«

»Wie läuft das? Fährt jedes Mal der Krankenwagen los?«

»Nein, wenn niemand transportiert werden muss oder man die Reanimationsausstattung nicht braucht, bleibt er in der Rettungswache, falls ein ernster Fall reinkommt. Der Arzt fährt mit dem Panda, auch wenn mir mein Celica ganz bestimmt andere Gefühle bescheren würde, nachts, auf dem Eis.«

Treffer, denkt Roberto. »Bist du zwischen sechs und sieben im Einsatz gewesen?«

Alice denkt still nach. »Kurz nach sechs bin ich zu einer Party von Jugendlichen auf einem alleinstehenden Hof gerufen worden. Kein Einziger von ihnen war noch nüchtern genug, um zu fahren, also bin ich lieber hingefahren, bevor ich noch einen von denen auf dem Gewissen hatte. Ich habe eine Augenbraue hochgezogen, hab MCP-Tropfen und ein paar Ohrfeigen verteilt. Ich bin ziemlich viel losgeworden.«

»Und der Krankenwagen ...«

»Ist in der Station geblieben.«

Zweiter Treffer. »Bist du allein hingefahren?«

»Zu einem alleinstehenden Haus voll mit einem Haufen halbwüchsiger Betrunkener und unter Strom stehender Jungs? Was meinst du?«

»Wer hat dich begleitet?«

»Einer von den Freiwilligen. Ein kräftiger Typ, der die Bande im Zaum gehalten hat. Der war auch bei mir, als wir zum Monte della Libertà gefahren sind.«

»Wie lange seid ihr weg gewesen?«

Alice wird allmählich ungeduldig. »Weniger als eine

Stunde, eher vierzig Minuten, inklusive Hin- und Rückfahrt. Das kommt mir vor wie ein Verhör. Brauche ich einen Anwalt? Mein Vater ist zwar kein Strafanwalt, aber ich bin sicher, dass er mich mit Freuden gegen dich verteidigen würde.«

»Ich versuche nur, Informationen zu sammeln. Sobald das Bild komplett ist, erkläre ich dir alles. Immer unter der Voraussetzung, dass es da überhaupt was zu erklären gibt.«

Alice stöhnt. »Das will ich doch hoffen. Mach weiter.«

»Wer ist in der Station geblieben, während du weg warst?«

»In der Silvesternacht waren wir zu viert im Dienst, mich eingeschlossen. Da war so ein Stier von einem pensionierten Sizilianer, ein Arschloch und Macho. Der hat mich die ganze Zeit *Signorina* statt *Dottoressa* genannt. Raffaele? Sante? Warte ... sie nennen ihn den Philosophen. Der redet und redet und erzählt Anekdoten und Sprichwörter. Er ist mit seinem Sohn dageblieben. Er ist gefahren, als wir zum Monte della Libertà gekommen sind.«

Salvatore Rende. Dritter Treffer, fehlt nur noch einer. »Und wo war der Krankenwagen, während du bei den betrunkenen Jugendlichen warst?«

Alice sagt lange nichts. Dann: »Ich werde nie verstehen, wie du das machst«, murmelt sie. »Vor der Rettungswache sind drei Parkplätze. Einer für den Wagen des Arztes, da hat sich an Silvester mein Wagen den Hintern abgefroren. Der zweite für den Panda und der dritte für den Krankenwagen. Patienten und Freiwillige parken irgendwo entlang der Straße. Als ich zurückgekommen bin, hatte ich den Eindruck, dass der Krankenwagen an dem Platz stand, wo vorher der Panda gestanden hatte. Ich hab gefragt, ob es irgendwelche Notrufe gegeben hat, aber dieser Typ – Sante oder was – hat Nein gesagt. Also habe ich gedacht, ich hätte mich geirrt, weil ich anfing, müde zu werden.« Sie erkennt den roten Faden, den Roberto verfolgt. »*Santapolenta,* du denkst doch wohl nicht, dass er es war. Sieh mal, die Zeiten stimmen nicht überein. Der Mord ist, meiner Meinung nach, zwischen drei und vier passiert.«

»Die Leichen sind aber erst um sieben entdeckt worden. Und zwischen dem Mord und dem Auffinden hat jemand sie von einem Ort zum anderen gebracht.«

Der wichtigste Treffer. Was ist denn ein Krankenwagen anderes als ein großer weißer Lieferwagen?

9

Auf der Rückseite des Blattes, auf dem er das Perimeter des Falles aufgezeichnet hat, stellt Roberto ein Verzeichnis derjenigen zusammen, die bereits am Monte della Libertà waren, als er dort eintraf. Neben die Namen schreibt er eine Nummer. Die Priorität.

1. Berto Guerzoni. *Er verbirgt etwas.*
2. Salvatore Rende. *War nicht da, als ich angekommen bin. Nach allem, was Bondi und Alice gesagt haben, hätte er*

aber vorher da sein können. Guerzoni hätte in der Rettungswache anrufen können, zusätzlich zur Polizei. Das wäre logisch gewesen. Er korrigiert sich. *Er hat nicht die Polizei angerufen, sondern den Polizisten: Manzini. Auch das hat seine eigene Logik, wenn auch eine etwas verquere.*
3. Luigi Raimondi, Alver Govoni und seine Mutter Argìa. *Scheinen weniger interessant.*
4. Mattia Bondi. *Den hab ich getroffen, als er schon auf dem Rückweg war, er hat mich fast von der Straße gedrängt. Aber mit dem hab ich schon fast zu viel geredet.*

Er verlässt das Büro und pflanzt sich auf Manzinis Schwelle auf. Der starrt nach draußen in den Nebel, der sich in dichten Schwaden vor dem Fenster ballt.

»Wir müssen noch mal zum Monte della Libertà. Zu Guerzonis Haus«, fängt Roberto an, was Manzini zusammenfahren lässt. Er legt die Schlüssel auf den Schreibtisch. »Fahr du, bei der Dunkelheit und dem Wetter würde ich es nicht mal heil von der Piazza schaffen.«

»Soll ich ihn anrufen und uns ankündigen?«

Roberto schüttelt den Kopf. »Ich ziehe es vor, ihn zu überraschen.«

Genau in diesem Augenblick klingelt es. Manzini steht auf und geht zur Tür. »Ah, Sie sind es, Herr Bürgermeister. Bitte, machen Sie es sich im Büro des Kommissars bequem. Er kommt sofort zu Ihnen. Möchten Sie einen Kaffee?« Eine Serie fester Schläge auf dem Boden. Die Krücke.

Als der Kollege zurückkehrt, breitet Roberto mit anklagendem Blick die Arme aus.

»Wie soll ich denn den Bürgermeister draußen vor der Tür stehen lassen?«

»Indem du ihm sagst, dass wir mitten in einer wichtigen Ermittlung stecken.«

»Was glaubst du denn, worüber er mit dir reden will? Darüber, dass es noch keinen Schnee gegeben hat?«, gibt Manzini zurück und setzt sich wieder.

Roberto beruhigt sich. »Du hast recht. Bring mir auch einen Kaffee.« *Er stand weiter hinten auf der Liste, früher oder später hätte ich sowieso mit ihm sprechen müssen.*

Er findet Raimondi in seinem Büro sitzend vor. In den Fünfzigern, kaum einen Meter siebzig groß und nachlässig gekleidet. Das einzige Gepflegte an ihm ist der Schnurrbart, noch tiefschwarz wie auch das Haar. Er hat die Hände und das Kinn auf den Griff der Krücke gestützt, die es ihm trotz einer Missbildung des linken Beines erlaubt zu gehen.

»Es tut mir leid, dass Sie bei diesem Nebel extra herkommen mussten.«

»Machen Sie sich keine Gedanken, ich komme aus dem Rathaus. Für mich wäre heute ein ganz normaler Arbeitstag gewesen, auch wenn nicht passiert wäre, was passiert ist. Ich dachte, ich schaue mal vorbei, um mit Ihnen zu reden, bevor ich nach Hause gehe.« Seine kräftige Stimme wird durch ein leichtes Näseln getrübt. Raimondi gilt als unermüdlicher Arbeiter, weshalb ihn die Einwohner des Dorfes auch schon zum zweiten Mal in seinem Amt bestätigt haben.

»Ich habe im Fernsehen gehört«, fährt er fort, »dass die drei Leichen identifiziert worden sind.«

Sernagiotto hat keine Zeit verloren. »So ist es, aber ich darf Ihnen nicht mehr dazu sagen. Die Informationen sind vertraulich.«

Raimondis Lippen unter dem Schnurrbart verziehen sich und nehmen einen harten Zug an. »Die Opfer sind nicht von hier, wie ich vermutet habe.«

»Ändert das was?«

»Sicher. Ich bin bereit zu wetten, dass auch der Mörder keiner *di nòster* ist.«

Das ist also der Grund des Besuchs. Eine weitere Folge von Bondis Artikel.

»Eine massakrierte Familie ist eine massakrierte Familie, und ein Mörder ist ein Mörder. Es spielt keine Rolle, wo sie geboren sind.«

»Jetzt hören Sie doch, die Bürger von Case Rosse sind zu solchen Grausamkeiten einfach nicht fähig.«

Roberto kann diese Leier nicht mehr ertragen. »Ausgerechnet am Monte della Libertà steht ein Denkmal, das an ein Massaker am 1. Januar 1945 erinnert. In Case Rosse!«

Raimondi verbirgt seine Feindseligkeit nicht mehr. »Sie sind einer *ed fòra,* sonst würden Sie nicht so leichtfertig daherreden. Die Dorfbewohner sind '45 Opfer des Massakers vom Prà grand geworden. Ohnmächtige Zuschauer, genau wie dieses Mal.«

Die gleichen Worte wie in dem Artikel. Das spricht für Bondis Glaubwürdigkeit.

In dem Augenblick kommt Manzini mit dem Kaffee.

Raimondi trinkt einen Schluck und schnalzt mit der Zunge. »Dem hast du einen Schuss von deinem Nusslikör verpasst, was?« Manzini nickt zufrieden. Der Bürgermeister wendet sich an Roberto. »Der ist der beste auf dem ganzen Apennin.«

Trotz der scheinbaren Herzlichkeit vermittelt die Stimmung in dem Zimmer Manzini nicht den Eindruck, als sei es angebracht, noch länger zu bleiben. Er schließt die Tür so leise wie möglich hinter sich. Die beiden Männer konzentrieren sich auf den Kaffee. Als Roberto wieder das Wort ergreift, ist die Spannung alles andere als gelöst.

»Ich bin einer *ed fòra,* ich hoffe, dass die Leute von Case Rosse mit mir zusammenarbeiten. Auch Sie.«

Raimondi glättet sich mit zwei Fingern den Schnurrbart. »Ich stehe zu Ihrer Verfügung.«

»Dann erklären Sie mir doch mal, wie es kam, dass Sie schon da waren, um die Leichen zu bewundern, als ich am Monte della Libertà angekommen bin.«

»Nicht in diesem Ton. Ich habe nichts bewundert. Mein Amt verpflichtet mich dazu, dort zu sein, wo die Bevölkerung mich braucht. Ganz genau wie Ihres.«

»Sie haben mir nicht geantwortet.«

Raimondi poltert los: »Jeden Neujahrsmorgen gehe ich zu Alver. Das ist Tradition, dass der erste Bürger der Stadt den ersten Kaffee des Jahres trinkt. Kuriositäten des Lebens auf dem Lande, die Sie ganz sicher nicht interessieren. Wie auch immer, jemand in der Wirtschaft hat gesagt, es lägen Leichen auf dem Prà grand. Ich weiß nicht mehr, wer«, erklärt er.

»Dieser Jemand war nicht zufällig Salvatore Rende?«

Raimondi runzelt die Stirn. »Ich erinnere mich nicht, ehrlich.«

»Erinnern Sie sich wenigstens, ob Rende auch bei Alver war?«

Wie unter großer Anstrengung nickt Raimondi. Seine Stimme wird noch näselnder. »Er war da. Was wollen Sie denn, die ganze Nacht auf der Rettungswache, der Arme. Da ist ein Espresso zur Stärkung doch das Mindeste.«

Dann tönt er wieder mit lauter Stimme: »Dieses arme Mädchen tut mir so unendlich leid. Und wie mir auch all den anderen braven Bürgern von Case Rosse. Ich verstehe nicht, wie Sie Ihre Ermittlungen überhaupt hier durchführen können.«

»Ich dagegen verstehe nicht, wie ich sie irgendwo anders durchführen sollte. Es sei denn, Sie könnten mich davon überzeugen, dass der Mörder den Ort, an dem er die Leichen abgelegt hat, zufällig ausgewählt hat, denn sie wurden nicht am Monte della Libertà ermordet.«

»Ich habe Ihre Meinung in der Zeitung gelesen. Ich kann Ihnen nur raten, vorsichtiger zu sein, vor allem wenn die Ermittlungen so vertraulich sind, wie Sie sagen. Die Leute sind sehr nervös. Die ganze Zeit im Nebel, da kann man schon mal den Kopf verlieren. Das hat es noch nie gegeben, dass es Anfang Januar noch nicht geschneit hat, wissen Sie.«

Roberto schlägt mit der Faust auf den Schreibtisch. »Ist das eine Drohung?«

Der Bürgermeister bewahrt die Fassung. »Glauben Sie an Gott?«

»Was hat Gott denn damit zu tun?«

»Gott hat mit allem etwas zu tun. Und die göttliche Gerechtigkeit mag manchmal unverständliche Wege gehen, aber sie folgt immer einer Logik.«

Roberto schweigt und mustert seine Fingerspitzen, die zittern. »Ein neunjähriges Mädchen ist mit einem Gewehrschuss in den Nacken ermordet worden. Wollen Sie mir erklären, wo hierin die göttliche Gerechtigkeit liegt?«

»Ich zweifle nicht daran, dass es sie gibt, auch wenn Sie und ich sie nicht erkennen können.«

Mehr gibt es nicht zu sagen. Der Bürgermeister greift zur Krücke und begibt sich, hinkend, zur Tür. In der Eingangshalle wendet er sich an Manzini.

»Versuch mal, dem Kommissar ein bisschen zu helfen, die Leute von hier zu verstehen. Nur so kann er einer *di nòster* werden.«

»Dazu habe ich nicht die geringste Lust«, antwortet Roberto, ohne Raimondis ausgestreckte Hand zu drücken.

Alles andere als uninteressant. Jemanden, der im Mord an einem kleinen Mädchen göttliche Gerechtigkeit erkennt, musste man sofort anhören.

10

Der Nebel verhindert den Blick auf die eisglatte Oberfläche der Straße. Die Wolken verdunkeln die Sterne und den Mond. Manzini fährt mit einer Sicherheit, um die Roberto ihn beneidet. »Es reicht, einfach nicht zu bremsen«, erklärt der Kollege, als wäre es das Natürlichste der Welt. »Es reicht, einen Gang runterzuschalten, um langsamer zu werden.«

Schaukelnd arbeitet sich der Campagnola den Anstieg zu Berto Guerzonis Hof hinauf. Der Lichtkegel der Scheinwerfer leuchtet einen Teil eines alten zweistöckigen Bauernhauses an. Der bröckelige Putz weist eine düstere Farbe auf, deren genauer Ton im Dunkeln nicht zu erkennen ist. Das heruntergekommene Dach ist nur lückenhaft mit Dachpfannen bedeckt.

Die Fenster sind mit schweren Läden verschlossen, bis auf eines, das sich direkt neben der Eingangstür befindet. Es sieht aus wie das einzige Auge eines großen Tieres. Kein Licht, kein Rauch, der aus dem Kamin steigt. Alles lässt darauf schließen, dass Guerzoni nicht zu Hause ist.

»Wir machen erst mal eine Runde ums Haus«, beschließt Roberto. *Die Atmosphäre, die über diesem Ort hier liegt, gefällt mir nicht.*

Hinter dem Haus taucht ein zweites Gebäude auf, aus unverputzten Backsteinen, dem die ganze Vorderseite fehlt, als hätten die Maurer ihre Arbeit nicht zu Ende geführt. Die Scheinwerfer beleuchten die Vorderreifen des Landini, der in dieser Remise geparkt ist. *Guerzoni kann nicht weit sein.*

»Bleib stehen.« Roberto steigt aus, bevor Manzini eine Frage stellen könnte. Die Stille wird nur durch den eiskalten Wind unterbrochen, der zwischen den kahlen Bäumen flüstert und in Gesicht und Hände beißt. Robertos Schuhe bringen den gefrorenen Mantel aus toten Blättern zum Knacken. Vorsichtig tritt er in das Gebäude. Darin steht ein unangenehmer Geruch. Tastend findet er einen Lichtschalter zwischen Spinnweben. Die armselige Funzel, die von der Decke baumelt, verströmt ein schwaches Licht. In einer Ecke steht auf dem Lehmboden eine Ansammlung von Käfigen. Die Kaninchen blicken ihn an, ohne ihre Beschäftigung zu unterbrechen: kauen. Auf der anderen Seite picken ein dicker Hahn und ein paar zerrupfte Hennen in einem rudimentären Hühnerstall aus einem Stück Maschendraht und zwei Paletten herum. Rundherum an den Wänden liegt eine Ansammlung aller landwirtschaftlichen Geräte, die man so braucht: Pflugschar, Pflug, Egge, Spaten, Hacke und andere Werkzeuge, deren Gebrauch er nicht kennt. Alle mit Erde und Mist verklebt, dem Gestank nach zu urteilen.

Glücklicherweise mischt sich in den Geruch des alten Mists nichts vom Duft verrotteter Blumen. Roberto nähert sich einer wackeligen Leiter, die in einer Luke in der Decke aus ungehobelten Brettern verschwindet. Dahinter sind unordentliche Haufen aus Heubunden erkennbar, die mit einem dicken Eisendraht zusammengehalten werden.

Er verwirft die Idee, hinaufzuklettern, sondern macht sich daran, den Traktor zu inspizieren. Er muss kräftig ziehen, um die Tür aufzubekommen. In der Fahrerkabine sind Erdspuren und schmutzige Lumpen. Neben dem Sitz steckt eine durchsichtige Flasche: Er zieht den Korken heraus und schnuppert. Sie enthält kein Wasser. Die Reifen sind dieselben, die die Spuren in den Zufahrtsweg gegraben haben. Einige der Schrammen und Beulen, die überall über die orangefarbene Karosserie verteilt sind, stammen mit Sicherheit von der ausladenden Kastanie.

Kein einziger Blutfleck. Nichts Verdächtiges.

Er kehrt zum Campagnola zurück; die Kälte ist beinahe unerträglich. »Wir kehren zur Vorderseite zurück«, sagt er.

Der Geländewagen fährt an einem Häuschen aus Ziegelsteinen vorbei, wahrscheinlich die Toilette, dann richtet er die Scheinwerfer auf den Eingang des Hauses, von dem sich der Putz löst wie beim Rest des Hauses.

»Hast du die Pistole?«, fragt Roberto, bevor er aussteigt. *Verdammte Angewohnheit, die ständig zu vergessen!* Manzini zuckt zusammen, dann nickt er.

In der Mitte der Tür hält unpassenderweise ein Löwe aus Eisen den Klopfer im Fang. Er sieht aus, als wollte er einen eher davon abhalten zu klopfen als umgekehrt. Roberto lässt sich nicht einschüchtern. Die Schläge hallen im Inneren des Hauses wider und verlieren sich draußen zwischen den Kastanien. Keine Reaktion. Er drückt gegen die Tür. Wieder ohne Erfolg.

»Abgeschlossen«, bestätigt er dem Kollegen, der reglos hinter ihm steht, eine Hand an der Pistolentasche. Sie gehen ein paar Schritte zur Seite zu dem Fenster mit den offenen Läden. Von Nahem entpuppt sich der abblätternde Putz als dumpfes Grün.

Durch die von Regen und Staub verschmutzten Scheiben erleuchten die Scheinwerfer des Geländewagens einen Teil eines großen Raumes, der das gesamte Erdgeschoss einnimmt. Zu ihrer Rechten befindet sich ein großer, geschwärzter Kamin. In der Mitte ein weißer Tisch mit nur einem Stuhl davor. Vor der Wand ein alter Kohleherd. An den Wänden sind Schwarz-Weiß-Fotografien aufgehängt. Er kann nur ein Porträt erkennen: Benito Mussolini im Profil.

Das verlassene Haus eines verlassenen Mannes.

»Gehen wir rein«, murmelt er.

»Bräuchten wir dafür nicht einen Durchsuchungsbefehl?«

»Ja, bräuchten wir, aber wir haben keine Zeit. Was auch immer da drin auf uns wartet, wir werden es sein, die es entdecken. Jetzt.« Er spricht nicht über die schwarze Unruhe, die ihn ergriffen hat. *Guerzoni ist geflohen. Oder noch schlimmer.*

Roberto lässt sich die Beretta geben, sieht nach, ob sie gesichert ist, und knallt den Knauf mit Wucht gegen die Fensterscheibe. Der Lärm scheint sich in der Luft zu vervielfältigen. Sie warten ein paar Sekunden ab. Nichts geschieht.

Vorsichtig, um sich nicht zu schneiden, steckt er die Hand hindurch und öffnet das Fenster von innen. Er gibt die Waffe zurück. Mit einem Sprung gelangt er auf die Fensterbank und ist im nächsten Augenblick im Inneren des Hauses. Er sieht sich wachsam um. Ein dumpfer Plumps hinter ihm. Manzini ist ihm gefolgt.

Er findet den Schalter und schaltet das Licht ein. Die unpersönliche Ärmlichkeit des Raumes und der Geruch nach Holz und aufgewärmten Suppen erzählen von der Einsamkeit desjenigen, der hier wohnt. Im Spülbecken auf der dem Kamin gegenüberliegenden Seite ein einzelner Teller und ein einzelnes Glas. Der Espressokocher für eine Person steht auf einem Regalbrett, neben dem Glas für die Graupen, das geöffnet ist.

Es ist kalt. In der Asche ist kein Funken Glut mehr zu sehen. Roberto hält eine Hand an die Küchenhexe, auf der eine kleine Pfanne steht, die zur Hälfte mit einer zähflüssigen, weißlichen Flüssigkeit gefüllt ist. Keine Spur von Wärme.

Es ist, als würden wir hier jemandes Schlaf stören. Er bemüht sich, langsam und tief zu atmen, durch die Nase. Ein Läufertrick, der ihm Klarheit bringt.

»Guerzoni?«, ruft er, sich der Nutzlosigkeit seines Versuchs bewusst.

Sie gehen um den kleinen Tisch herum, der wie alle anderen Küchenmöbel ebenfalls in gebrochenem Weiß gestrichen ist, und wenden sich der einzigen Tür zu. Sie gehen an den aufgehängten Fotografien vorbei. Mussolinis Gesicht lenkt Robertos Aufmerksamkeit auch auf die anderen Bilder. Fünf Landschaften in Schwarz-Weiß, Dörfer, die durch Bombenangriffe zerstört sind, lange Militärkolonnen. Vier Fotos sind aus Case Rosse, was an dem Glockenturm erkennbar ist, der sich stolz der Katastrophe entgegenstellt; das fünfte zeigt ein anderes Dorf. Die Bildunterschrift besagt: Zocca.

Manzini probiert den Türgriff, der dem Druck nachgibt. Roberto zeigt auf die Pistole und bedeutet ihm, ihm Deckung zu geben. Der Kollege nickt und umfasst die Waffe mit beiden Händen.

Roberto zählt langsam mit den Fingern bis drei und reißt die Tür auf. Ein Treppenabsatz. Alles dunkel und still, auch hier. Mit angehaltenem Atem tritt er ein. Er findet den Lichtschalter an der Wand. Ein schwaches Lämpchen erleuchtet ausgetretene Stufen. Er folgt ihnen mit dem Blick.

Es kostet ihn Kraft, zu verstehen. Vielleicht weigert sich auch das Gehirn, zu verarbeiten, was die Augen aufgenommen haben. »Nein«, flüstert er.

»Nein, nein, nein!«, schreit er.

Manzini ist sofort an seiner Seite, die Pistole im Anschlag. Roberto blickt ihn mit schmerzerfüllten Augen an. Er drückt die Waffe herunter und sinkt auf der untersten Stufe zusammen. Er zeigt nach oben. »Du brauchst sie nicht.«

Sie haben den Tod vor Augen, wieder. Der Geruch liegt in der Luft. Manzini stößt einen Schreckensschrei aus.

Ein Mann baumelt von einem Dachbalken. Das Gesicht ist blau angelaufen, die Augen weit aufgerissen. Aus dem halb offenen Mund quillt die bläuliche Zunge. Vom Fuß der Treppe aus kann man nicht viel sehen, aber es gibt keinen Zweifel: Es handelt sich um Berto

Guerzoni. Die Schlinge, die ihm beinahe den Kopf abgerissen hat, ist der Grund, warum er nicht geantwortet hat.

Roberto zwingt sich, wieder aufzustehen. Er versucht, sich auf irgendetwas anderes zu konzentrieren als das durch den Todeskampf entstellte Gesicht. Ein Gesicht, das sich über das eines anderen Mannes legt, den er während des Tanzes gesehen hat, der auf dieselbe Weise an der Eiche am Prà grand gehängt worden war.

Er befielt seinen Beinen, die Treppe hinaufzugehen. Auf der ersten Stufe sieht er auch den Oberkörper des Erhängten. Auf der zweiten erscheinen die Arme, die neben dem Körper baumeln. Die rechte Hand umklammert etwas.

Die letzten Stufen nimmt er im Laufschritt.

11

Der Nachtdienst in der Poliklinik Sant'Orsola ist einer der schwierigsten, die Alice jemals mitgemacht hat. Sie kämpft damit, zwischen einer Behandlung und der nächsten nicht einzuschlafen. Wieder aufzuwachen, wenn der nächste Patient kommt, wäre ein titanisches Unterfangen.

Es ist nicht nur die Müdigkeit, auch wenn sie das gern glauben würde. Roberto hat sich hinter ihre schwächer gewordene Abwehr geschlichen. Wieder, ohne überhaupt irgendetwas zu tun, der verdammte Kerl.

Nach zehn Uhr abends schaut sie mehr oder weniger alle drei Minuten auf die Zeiger der Uhr, die an der Wand der Notaufnahme hängt. Schließlich gibt sie auf. Aus der Tasche ihres Kittels zieht sie ein zerknittertes Stück Papier, auf dem sie die Telefonnummer notiert hat. Sie ist sich absolut bewusst, dass sie eine Dummheit begeht, und vor allem, dass sie nicht die geringste Ahnung hat, was sie sagen will. Dennoch ruft sie das Kommissariat in Case Rosse an. Niemand hebt ab.

Ein Teil von ihr fühlt sich erleichtert, sagt ihr, dass es so besser ist. Ein anderer beklagt sich. Dieser Schritt hat sie so viel Nerven und Energie gekostet, ein Jammer, dass er vergebens war. Ganz zu schweigen von dem ärgerlichen Gedanken, der sie jetzt beschäftigt: Wer oder was hätte Roberto dazu veranlassen können, das Haus zu verlassen? Die Eifersucht kitzelt sie. Er könnte eine feste Beziehung haben, eine Freundin. Oder nur ein Abenteuer wie sie. Was wäre schon dabei?

In der Kitteltasche befindet sich noch ein anderer Gegenstand, der mit jeder Sekunde schwerer zu werden scheint. Kaum in der Notaufnahme angekommen, hatte sie in der Arzttasche nach dem Stethoskop gesucht. Und hatte die Zwille gefunden. Sie hatte vergessen, sie wieder auf diese Wiese zurückzulegen. Etwas in ihr hält daran fest, dass dieses Stück Holz auf irgendeine Weise mit den drei Leichen zu tun hat.

»*Santapolenta,* wenn ich nur wüsste, wie ...«, sagt sie.

»Was würdest du tun? Würdest du zu ihm gehen, um es ihm zurückzugeben?«

Sie sagt das laut. Der einzige Kollege in der Notaufnahme sieht sie befremdet an, sie macht eine beschwichtigende Handbewegung. Im Stillen beschimpft sie sich als Idiotin. Und antwortet sich selbst. Aus welchem Grund auch immer – sie muss Roberto wiedersehen. Wenn es schlecht laufen sollte, wäre sie endlich eine schwere Last los. Wenn es aber gut läuft… Daran will sie lieber nicht denken.

»Morgen geht's nach Case Rosse«, verkündet sie dem Holzstück. Und dem Kollegen, der nur den Kopf schüttelt.

12

Es ist drei Uhr nachts.

Roberto liegt mit offenen Augen ausgestreckt auf dem Bett. Er starrt in die Dunkelheit. Der letzte Funken Energie ist weg. *Der Fall ist abgeschlossen.*

Eigentlich müsste er tiefen Frieden mit sich selbst empfinden. Er ist frei. Frei, von Neuem zu verschwinden. Frei von dem Versprechen, das er Bernini gegeben hatte. Frei auch von Alice. Stattdessen hat er das Gefühl zu ersticken, fühlt sich als Gefangener von etwas, das er nicht zu begreifen vermag.

Zum hundertsten Mal durchlebt er den Augenblick, in dem er die Fensterscheibe einschlägt, ins Haus springt und den erloschenen Kamin sieht, Mussolinis Profil, die anderen Fotos. Dann die geschlossene Tür, die Treppe. Bis hin zu dem schrecklichen Anblick der Leiche, die ihn mit blutunterlaufenen Augen anstarrt. Der fette Körper, der leblos an einer primitiven Schlinge aus gebogenem Eisendraht baumelt. In der Spezialeinheit hat er gelernt, dass die häufigste Todesursache beim Erhängen ein Bruch der Halswirbelsäule und nicht Ersticken ist. Ein schneller Tod, mit wenig Leiden.

Berto Guerzoni jedoch war ein anderes Schicksal beschieden gewesen. Er wies alle Anzeichen für eine Strangulation auf. Die Augen schienen nur durch puren Zufall noch in ihren Höhlen zu stecken. Der aufgerissene Mund, der nach Luft geschnappt hatte, war von schaumigem Speichel umgeben. Auf einer Seite hing die Zunge heraus, blau und angeschwollen, wie auch die Lippen und das ganze Gesicht.

Das Schrecklichste aber war der unnatürliche Winkel, in dem der Hals nach rechts abgeknickt war. Die Schlinge hatte die Haut durchtrennt und war so weit ins Fleisch eingedrungen, dass es unmöglich erschien, dass der Kopf überhaupt noch am Körper hielt.

Zu Füßen des Leichnams lag ein Stuhl, umgestürzt, der genauso aussah wie der in der Küche. Er musste ihn weggetreten haben, nachdem er den Kopf in die Schlinge gelegt hatte. Erst als er in der Luft hing, war ihm wohl klar geworden, was ihn erwartete. *Der Todeskampf muss unendliche Minuten gedauert haben. Jede Sekunde davon stand ihm ins Gesicht geschrieben.*

Mit der rechten Hand hatte der Bauer etwas fest umklammert. Ein Blatt Papier, auf dem man ein paar verschmierte Buchstaben in blauer Tinte erahnen konnte. Während er unter Krämpfen erstickt war, hatten sich die Finger zu einem Schraubstock verspannt, den die Totenstarre verewigt hatte.

Manzini hatte sich zu dem Papier vorgebeugt, aber Roberto hatte ihn aufgehalten, obwohl auch er nichts dringender wollte, als zu sehen, was darauf stand. Sie durften es sich nicht erlauben, schon wieder einen Tatort zu verunreinigen. Es gab einen festen Ablauf, die Regeln gingen vor.

Über das Funkgerät des Campagnola hatte er den alten Doktor Cherubini angerufen, der sich heftig zur Wehr gesetzt hatte, seine Praxis zu verlassen. Dann die Kriminaltechnik in Bologna. Robertos Tonfall hatte Sernagiotto jedwede Anwandlung von Sarkasmus ausgetrieben, er versicherte, sofort mit vielen Leuten aufzubrechen.

Während sie warteten, hatten sie das Zimmer untersucht, in dem Berto Guerzoni seine einsamen Nächte verbracht hatte. Auf dem Ehebett eine fadenscheinige braune Überdecke, die nur auf einer Seite zurückgeschlagen war. Unter einem vergilbten Kissen lugte ein Stückchen schwarzer Stoff hervor.

Das Interessanteste lag allerdings unter dem Bett. Ein altes Gewehr, auf dessen Kolben aus dunklem Holz eine Prägung mit den Buchstaben S.A. zu lesen war. Daneben drei Hülsen aus Metall.

Sernagiotto und die Kriminaltechnik waren am Ende sogar noch vor dem Arzt eingetroffen, trotz der schlechten Straßen, des Eises und des Nebels. Nachdem sie Fotos gemacht und die nötigen Messungen vorgenommen hatten, hatten sie, nicht ohne Mühe, den Körper des Bauern abgenommen und auf eine Plane gelegt. Um die Schlinge zu entfernen, hatten sie den Draht durchschneiden müssen.

Während sie das heikle Unterfangen durchführten, war endlich auch Doktor Cherubini eingetroffen, bis zur Nasenspitze eingehüllt in einen blauen Wintermantel. Er hatte den Leichnam angesehen, war kreidebleich geworden und hatte sich abgewendet, um sich zu übergeben. Sernagiotto hatte einen Wutanfall erlitten.

Unter dem aufmerksamen Auge einer Videokamera war es schließlich zwei Männern gelungen, Guerzonis rechte Hand aufzuzwingen, wobei sie ein Instrument gebrauchten, das an einen kleinen Wagenheber erinnerte.

Sernagiotto hatte mit seinen langen Fingern, die in Latexhandschuhen steckten, langsam den Zettel angehoben. Alle hatten die Arbeit unterbrochen und den Atem angehalten. Der Vizequestore hatte die Atemschutzmaske, die seinen Mund bedeckte, heruntergenommen und den Augenblick sichtlich genossen.

»Es ist ein Geständnis«, hatte er verkündet. Dann hatte er mit lauter Stimme vorgelesen, was auf dem Zettel stand. Einen Moment lang hatte sich ein Mantel des Schweigens auf das Haus voller Menschen gesenkt, das jetzt das Haus des Mörders war. Manzinis Stimme hatte die Stille durchbrochen: »Es ist vorbei!«

Bei diesen Worten waren alle in lautstarken Jubel ausgebrochen, dem nur Doktor Cherubini – der immer noch mit Magenkrämpfen zu kämpfen hatte – und Roberto sich nicht angeschlossen hatten. Es gelingt ihm nicht, sich zu freuen, nicht einmal jetzt, nach einigen Stunden, in der Einsamkeit seines Zimmers. Vor seinen Augen erscheint die unsichere, nach rechts geneigte Handschrift:

Ich sterbe für meine Schuld.
Ich sterbe für die Leben, die am Prà grand genommen wurden.
Ich bitte weder um Vergebung noch um Mitleid.
Die Gerechtigkeit der Märtyrer ist vollzogen.

In Robertos Kopf verschlingen sich Fragen ineinander. *Berto Guerzoni konnte kaum mehr als drei Worte hintereinander rausbringen, und das bestenfalls im Dialekt. Ist es möglich, dass er eine solche Botschaft verfassen konnte? Wenn er sein Gewissen erleichtern wollte, warum hat er dann nicht einfach geschrieben: »Ich habe sie ermordet«?*

Leider stellen sich die Antworten nicht mit gleicher Leichtigkeit ein.

Das Bett kommt ihm vor wie ein Nagelbrett. Er steht auf und greift sich das Blatt Papier, auf dem er das Perimeter des Falles aufgezeichnet hat. Mit dem Stift schreibt er BERTO GUERZONI hinzu, in den Kreis des Täters. Er starrt ein paar Sekunden darauf.

Tatzeitpunkt und Opfer sind bekannt. Aber der Ort? Er ermordet sie in Bologna und transportiert sie dann direkt vor seine Haustür? Und wie? Mit dem Traktor? Und das Motiv? Was soll das sein?

Wütend knüllt er das Papier zusammen und wirft es auf den Boden. Ihm ist, als würde er ersticken, als sei er im Wasser, und unsichtbare Hände würden versuchen, ihn unter die Oberfläche zu ziehen, Meter um Meter hinab in dunkle Wasser.

3. JANUAR 1995, DIENSTAG
DIE WÖLFE KOMMEN

1

Nach kurzem und unruhigem Schlaf versucht Roberto die Zeit herumzubringen. Er geht hinaus und steigt die Treppe hinunter, geht ins Zimmer und wieder raus, trinkt Kaffee, als wäre es Wasser. So schafft er es bis halb acht. *Statt hier den Hamster im Rädchen zu spielen, kann ich genauso gut laufen gehen.*

Eine dicke Wolkenschicht kündigt an, dass der erste Dienstag des Jahres 1995 wieder einer der unzähligen düsteren Tage ohne Schnee werden würde. Er läuft schlecht, über einen vom Wind gepeitschten Weg, weit weg vom Monte della Libertà, den er, verschluckt vom Nebel, nicht einmal sieht. Häufige Spurts und unvermittelt langsame Abschnitte, in den Ohren Lucio Battisti.

Bei der Rückkehr über die Piazza hält er den Blick fest auf den Boden geheftet. Er hat keine Lust, die Erleichterung in den Augen der Leute aus dem Dorf zu sehen, die aus der Messe kommen, um dann in der Wirtschaft einzukehren. Er erinnert sich an Manzinis erleichterten Aufschrei in Guerzonis Haus. *Und was, wenn es noch nicht zu Ende ist?*

Viel zu viele Stunden liegen vor ihm, um sich allein dieser Frage zu stellen. Nach der Dusche beschließt er, die einzige Person anzurufen, die ihm helfen kann.

Eine Person, die weiß, wie wichtig es ist, einen Fall nicht nur zu lösen, sondern auf die richtige Lösung zu kommen.

Dieses eine Mal ist Questore Bernini gezwungen, still zuzuhören, während Roberto mit Nachdruck seinen Zweifeln Ausdruck verleiht.

»Serra, hören Sie mir zu, ohne mich zu unterbrechen«, schafft er es schließlich zu antworten. »Als Ihr Vorgesetzter sage ich Ihnen, lassen Sie die Sache auf sich beruhen. Der Fall ist gelöst und abgeschlossen ...«

»Aber Questore ...«

»Ruhe, hab ich gesagt!« Bernini hustet drei-, viermal, wütend, dann fährt er fort. »Jetzt schicken wir den Questore mal weg, und es spricht Augusto mit dir. Ich höre da auch ein paar Misstöne in Sernagiottos Sinfonie. Die Partitur ist zu komplex für ihn.«

Eine angenehme Wärme löst die Kälte ab, die der Lauf in seinem Körper hervorgerufen hat und die auch das heiße Wasser nicht hatte vertreiben können.

»Also bleibt der Fall offen?«

»Du hörst mir nicht zu. Ich wiederhole: Der Fall ist geschlossen. Die Gönner von Hört-hört stehen schon in den Startlöchern, um Belobigungen und Lorbeeren zu fordern. Du wirst, sagen wir mal, informell weitermachen. In der Freizeit. In Case Rosse wird es dir daran mit Sicherheit nicht mangeln.«

Roberto ist verblüfft. »Wer sind denn diese so mächtigen Gönner, die eine der Spitzen der Polizei daran hindern könnten, eine Ermittlung weiterzuführen?«

Bernini lacht auf und hustet. Hustet und lacht. »Der

Name Sernagiotto sagt dir wohl nichts? Denk mal scharf nach …«

Roberto versteht. Der Veneto-Akzent hätte ihn auf die richtige Spur bringen müssen. »Der Justizminister …«

»Bingo! Ein alter Christdemokrat, der den Korruptionsuntersuchungen der *Mani pulite* mit heiler Haut entkommen ist. Alle sind sie gestürzt, er aber ist immer noch da. Und der Onkel von Hört-hört, ganz dicke mit dem Innenminister, dem, wie sogar du dich erinnern wirst, die Polizei unterstellt ist. Die Regierung ist zurückgetreten, aber irgendwo taucht er wieder auf, darauf kannst du dich verlassen. Er ist ein Magier, politisch gesprochen. Dein kleiner Freund da sammelt Erfahrungen in Bologna, aber irgendwo wird schon irgendein wichtiger Sessel für ihn freigehalten. Vorausgesetzt, er landet nicht mit dem Hintern in der Scheiße, weil er irgendeinen Blödsinn verzapft. Vielleicht aber bin auch ich hier am Ende. Das hängt auch von dir ab.«

Robertos Magen krampft sich zusammen. »Riskieren Sie das nicht für mich. Ich habe keine verlässlichen Spuren. Wo auch immer ich hingehe, habe ich den Eindruck, als müsste ich umkehren.«

Ein Hustenanfall geht der rauen Stimme voraus, die durch die Telefonleitung verzerrt wird. »Früher, bevor ich mich entschieden habe, Bürokrat zu werden, war ich ziemlich gut darin, Ermittlungen zu führen. Je verwickelter, desto mehr habe ich mich reingehängt. Aber immer kam irgendwann der Moment, an dem ich nur Sackgassen vorfand, egal, wohin ich mich auch wandte.

Ich hab das immer den toten Punkt genannt. Da bist du jetzt.«

»Und wie kommt man da wieder raus?«

»Da gibt's kein Heilmittel wie gegen eine Erkältung. Ich kann dir nur sagen, was ich gemacht habe: Ich bin auf Abstand zu dem Fall gegangen, zum Tatort, zu den Laboren, zu den Gerichtssälen. So habe ich den Überblick über das Ganze zurückgewonnen. Der einzige Weg, aus einem Labyrinth herauszufinden, ist, es von oben zu betrachten. Innen drin verläuft man sich.«

Ohne einen Hintergedanken redet Bernini nicht so. »Sie haben bestimmt schon eine Idee, wie ich auf Abstand zu dem Fall gehen könnte.«

»Du bist ein schlaues Bürschchen, Serra. Ich glaube, es wäre keine schlechte Idee, zum Begräbnis der Zanarinis zu gehen. Das ist heute, in Zocca.«

»So schnell?«

»Komische Geschichte. Anscheinend hatte der Priester des Dorfes ganz genaue Instruktionen von den Zanarinis. Er ist ebenso alt wie halsstarrig und hat darauf bestanden, dass die Begräbnisfeierlichkeiten stattfinden, sobald der Fall abgeschlossen ist. Und das ist genau zur selben Zeit wie die Pressekonferenz.«

»Pressekonferenz?«

»Um eins im Saal der Kriminaltechnik. Glaubst du, Hört-hört würde sich so einen Leckerbissen entgehen lassen? Ich werde nicht daran teilnehmen können, wegen unumgänglicher, wichtigerer Verpflichtungen, wie man so sagt.«

Bernini ist zu gewitzt, um vor die Journalisten zu treten

und eine Lösung zu präsentieren, von der er nicht überzeugt ist. »Gibt es denn keine Möglichkeit, ihn aufzuhalten?«

»Ich habe es versucht, und unmittelbar danach habe ich einen Anruf bekommen, der mich nicht gerade höflich aufforderte, mich doch um meinen eigenen Scheiß zu kümmern. Umso schlimmer für ihn: Manchen Leuten kann ein Satz heiße Ohren nur guttun. Aber wenn Sie unbedingt wollen, nur zu.«

Der Übergang zum formellen Tonfall bedeutet, dass das Gespräch zu Ende ist. Roberto bereitet sich auf die Verabschiedung vor, doch überraschenderweise kehrt Bernini noch einmal zum Du zurück.

»Dein Vater wäre stolz auf dich. Man erzählt sich von ihm, dass er um jeden Preis die Wahrheit gesucht hat, ohne jemals aufzugeben.«

Eine Welle der Trauer überschwemmt Roberto. »Und es hat ihn ja in der Tat viel gekostet. Wie mich auch.« Ein bitteres Lächeln. »Vielleicht wäre er nicht ganz so stolz auf mich: Ich vergesse immer noch, die Pistole mitzunehmen. Ein unbewaffneter Polizist ist wie Rom ohne das Kolosseum. Hat er zumindest immer gesagt.«

Bernini reißt sich zusammen. »Wir sind schon wie zwei missmutige Alte, die nur noch von den guten alten Zeiten reden. Machen Sie sich an die Arbeit. Sofort. Und seien Sie diskret. Es gibt nur mich und Sie, Sie und mich. Trauen Sie niemand anderem. Niemandem.«

2

Als er sich meldet, ist Sernagiotto so aufgeregt wie ein Junge vor seiner ersten Verabredung. »Bernini wird mich die Pressekonferenz leiten lassen, ich werde verkünden, wie ich den Täter gefunden habe!« Er sprudelt förmlich über. »Ich habe Himmel und Erde in Bewegung versetzt. Ein Heer aus Experten hat die ganze Nacht durchgearbeitet. Dieses Mal, Partner, ist meine Spur die richtige. Die Resultate sind eindeutig: Wenn es nicht Guerzoni war, der die drei umgebracht hat, dann war's sein homozygoter Zwilling.«

Roberto versucht, seinen Enthusiasmus zu dämpfen. »Und hast du auch nur die leiseste Idee, welches Motiv Guerzoni für den Mord an den Zanarinis gehabt haben könnte? Hat er sie zufällig ausgewählt? Kannte er sie?«

Sernagiotto lacht höhnisch auf. »Serra, verfolg die Pressekonferenz, dann wirst du meine Beweisführung hören. Apropos: Soll ich den Journalisten sagen, dass du mir geholfen hast?«

Dieses Angebot muss nach seiner Werteskala eine Geste unermesslicher Großherzigkeit sein.

»Das ist mir vollkommen egal. Ich hätte nur gern, dass du deinen Leuten genug Zeit lässt, um in Ruhe zu arbeiten, und mir, um die Berichte zu studieren. Thesen sind nicht genug. Man braucht auch Beweise.«

Ein wieherndes Lachen dringt aus dem Hörer. »Der große Serra hört sich schon ganz wie Questore Bernini an. Aber es heißt ja auch, du wärst sein Delfin, der für ihn durch jeden Reifen springt. Sperr die Ohren auf: Ich liste dir die Beweise auf.«

Er lässt die übliche theatralische Pause verstreichen, dann hebt er in dem ebenso üblichen belehrenden Tonfall an: »Hört, hört, beginnen wir mit dem Gewehr. Guerzonis Fingerabdrücke sind auf dem Kolben, dem Abzug und dem Lauf. Der Paraffintest hat bestätigt, dass er die Waffe in den letzten vierundzwanzig Stunden benutzt hat. Das ballistische Gutachten lässt keine Zweifel offen: Das Gewehr, das er zu Hause hatte, ist auch dasjenige, mit dem die Schüsse abgegeben wurden. Ein Garand M1, altersschwach, weit verbreitet während des Zweiten Weltkriegs. Die Truppen der Vereinigten Staaten waren damit ausgerüstet, was auch eine Prägung auf dem Kolben belegt: S.A., was für ›Springfield Armory‹ steht. Die Munitionshülsen Kaliber .30-06, die unter dem Bett gefunden wurden, sind mit diesem Gewehr abgeschossen worden.«

Pause, Schnauben. »Dann sind da noch die Stofffetzen, die unter diesem dreckigen Kissen lagen. Sie wurden benutzt, um die Zanarinis zu knebeln. Auf jedem finden sich Speichel und Blut der Opfer, und auf zweien haben wir sogar Haare gefunden. Willst du wissen, welchen das Mädchen hatte?«

Noch mehr Schnauben. »Gehen wir zu dem Eisendraht der Schlinge. Durchmesser und Stärke passen zu den Malen, die an den Handgelenken der Zanarinis gefunden wurden. Aller Wahrscheinlichkeit nach handelt es sich um dasselbe Material. Ebenso wahrscheinlich stammt es aus Guerzonis Heuschober.«

Ein Geräusch, vielleicht die Zigarette, die in den Aschenbecher geworfen wurde. »Was ich beinahe vergessen hätte: Es gibt ein schriftliches Geständnis. Was willst du mehr? Einen Film von dem Mord? Ich habe die Fotos gesehen: Dieser Bauer sah doch aus wie ein Doppelgänger von Pietro Pacciani, dem Serienmörder von Florenz. Er hat bekommen, was er verdient hat. Neulich hast du gesagt, du hättest noch nie Jagd auf Gespenster gemacht, also fang nicht jetzt damit an.«

Roberto kann sich nicht mehr beherrschen. »Warum nimmt Bernini nicht an der Pressekonferenz teil?«

»Er hat wichtige Verpflichtungen. Der fliegt auf einer Höhe, die du dir da zwischen deinen Ziegen nicht mal vorstellen kannst.«

»Und jemand aus deiner Familie fliegt noch höher, was? Du hast recht, so was liegt mir sehr fern.«

Sernagiotto verharrt ein paar Sekunden schweigend, dann antwortet er mit schneidender Stimme: »Weißt du, was ich denke, Serra? Dass du neidisch bist.«

»Und du willst doch bloß vermeiden, dass eine Lösung infrage gestellt wird, die dir Ruhm und Zustimmung einbringt, ohne dich darum zu scheren, ob sie zutrifft. Willst du wissen, was in deiner Rekonstruktion alles nicht passt?«

»Wenn du unbedingt willst.«

»Wie hat Berto Guerzoni es angestellt, bis zum Colle della Guardia zu kommen? Mit dem Traktor? Das sind fünfzig Kilometer voller eisglatter Kurven. Wie hat er die Leichen auf den Monte della Libertà transportiert? Weitere fünfzig Kilometer, noch dazu bergauf. Ich hab mir diesen Traktor angesehen, wenn auch nur flüchtig, aber ich würde wetten, dass er dafür nicht verwendet worden ist. Und du? Hast du ihn untersuchen lassen? Hast du was gefunden? Sag mir, dass es anders ist, und ich steh in der ersten Reihe, um dir zu applaudieren. Und nun zu dem Brief, in den du so viel Vertrauen setzt. Du hast doch ein Schriftgutachten eingeholt? Nein, stimmt's? Das braucht Zeit. Und die Titelseiten warten nicht. Du wirst die Fotos bei Guerzoni gesehen haben, ich habe mit ihm gesprochen. Auf ein Wort Italienisch kamen zwei Worte Dialekt. Warum hat er nicht einfach geschrieben, dass er sie ermordet hat? Was bedeutet das mit der Gerechtigkeit der Märtyrer? Diese Formulierung ist auch auf dem Denkmal eingraviert, unter dem die Zanarinis aufgefunden wurden. Gibt es da eine Verbindung? Und wenn ja, welche?«

Roberto, der als Antwort nur das Klicken eines Feuerzeugs hört, fährt fort: »Und warum sollte er die Leichen in die Nähe seines Hauses transportieren und damit das Risiko erhöhen, entdeckt zu werden? Er kann nicht alle Spuren verwischt und dann eine so grandiose Dummheit begangen haben. Entweder ist er ein Genie oder ein Vollidiot, aber nicht beides zugleich. Und nehmen wir einmal an, er hätte sich selbst getötet. Warum hat er einen so schrecklichen Tod gewählt?«

Sernagiotto antwortet, kalt: »Du hast dir deinen Film schon gedreht, was? Dank dieses Falls wolltest du ein Star werden und dieses Loch am Ende der Welt verlassen, in dem du gelandet bist, stimmt's?«

Roberto ist überwältigt von einem Gefühl der Machtlosigkeit: »Ich sehe mir schon keinen Film an, und erst recht drehe ich keinen. Ich will nur mit Sicherheit wissen, dass derjenige, der die Zanarinis ermordet hat, nicht frei da draußen herumläuft.«

»Der Mörder der Zanarinis hing gestern Abend mit den Füßen einen halben Meter über der Erde, und zwar seit einigen Stunden, bedenkt man, dass er sich mit aller Wahrscheinlichkeit nachts zwischen zwei und drei aufgehängt hat. Bald wird er sie *unter* der Erde haben, versiegelt in einem Sarg. Ein einziger Schuldiger, und aus Case Rosse. Das stammt von dir, Ehre, wem Ehre gebührt. Der Fall ist abgeschlossen. Jetzt muss ich gehen. Ich muss mich auf die Pressekonferenz vorbereiten.«

Dieses Mal ist es der Vizequestore, der das Gespräch abbricht. Roberto wirft wutentbrannt den Hörer des Nebenanschlusses auf den Schreibtisch. »Es stimmt schon, für Leute wie dich wäre ein Satz heiße Ohren genau das Richtige!«

Er versucht, sich zusammenzureißen, steht auf, um etwas zu hören, was ihn auf andere Gedanken bringt. Von unten hört er Geräusche. *Manzini ist gekommen.* Er springt die Treppe hinunter, immer zwei Stufen auf einmal, und findet ihn in der Küche, wo er gerade einen Filter in die Kaffeemaschine steckt.

»Ich dachte, du könntest einen brauchen.«

Roberto lässt sich auf einen Stuhl fallen, froh, einen Freund zu haben, mit dem er seine Zweifel teilen kann. Einen erschöpften Freund, den Augenringen und dem zerfurchten Gesicht nach zu urteilen. *Ich brauche keinen Spiegel, um zu wissen, dass ich genauso aussehe.*

»Sernagiotto hat eine Pressekonferenz einberufen, um seine brillante Lösung des Falles zu präsentieren.«

Manzini setzt sich. »Macht man das nicht so, in bestimmten Fällen?«

Roberto haut voller Wut mit der flachen Hand auf die Tischplatte. »Es ist zu früh! Wir haben die anderen Fährten noch gar nicht ausgeschlossen.«

»Andere Fährten?«

»Das Gewehr unter dem Bett, die Knebel ... Erscheint dir das normal? Man versteckt doch die Dinge, die einen belasten können, und behält sie nicht im Haus.« Er steht auf. »Entschuldige, aber ich kann nicht still sitzen. Ich komme mir vor wie ein Tier im Käfig.«

Als er zum x-ten Mal in sein Büro geht, bemerkt er, dass am Anrufbeantworter das rote Lämpchen blinkt. Er drückt auf die Taste. Ein Augenblick Stille, ein Atemzug, wieder Stille. Eine Frauenstimme mit Emilia-Akzent: »Hier spricht Sonia Guerriero. Ernesto ... ich wollte sagen, der Vizequestore Sernagiotto hat mich gebeten, einen Anschluss zu überprüfen, der auf ... (Rascheln von Papier) ... einen Berto Guerzoni angemeldet ist. Von diesem Anschluss sind am Morgen des 1. Januar 1995 drei Anrufe abgegangen. Der erste ... (erneutes Papierrascheln) ...«

Drei Anrufe?

»... bei der Rettungswache von Case Rosse, der zweite an den Apparat eines Raimondo Luigi. Der erste um 6.25 Uhr, der zweite um 6.28 Uhr. Um 7.01 Uhr ist dann der letzte getätigt worden, er ging an Manzini Valerio. (Seufzer.) Ich hoffe, ich konnte Ihnen behilflich sein ...«

Eine metallische Stimme informiert ihn darüber, dass die Nachricht um 18.50 Uhr des Vorabends hinterlassen wurde. *Mehr oder weniger, während wir Berto Guerzoni erhängt aufgefunden haben. Als ich wieder nach Hause gekommen bin, habe ich es nicht bemerkt. Ich war erschöpft. Heute Morgen war ich zu nervös.*

Sein Gehirn arbeitet auf Hochtouren. Der Anruf beim Rettungsdienst kann bestätigen, dass der Fahrer des mysteriösen weißen Transporters Salvatore Rende war, der von Berto Guerzoni über das Auffinden der Leichen informiert worden war. Der beim Bürgermeister ist hingegen vollkommen unerwartet. Es erinnert ihn an den Schluss ihres Zusammentreffens.

Beinahe überhört er Alices Stimme. »Ciao, wo steckst du denn? Ich wollte nur wissen, wie's dir geht, ob alles in Ordnung ist. Also...« Ein nicht besonders fröhliches Lachen. »Ich muss dir was zurückgeben. Meld dich mal.«

Die metallische Stimmte sagt ihm, dass die Nachricht von 22.12 Uhr stammt.

Ich kann nicht nur auf mein Herz hören, Alice. Es gibt zu viele schwierige Fragen, die zu beantworten jetzt nicht der richtige Zeitpunkt ist.

Mental bereitet er sich auf die Fahrt nach Zocca vor. Er wird mehr als doppelt so lange brauchen wie ein mittelmäßig begabter Fahrer, aber er kann Manzini nicht bitten, ihn zu begleiten. Jemand muss im Kommissariat bleiben, auch wenn ihr wichtigster Fall abgeschlossen ist.

3

Nach eineinhalb Stunden Fahrt in hoffnungslosem Schneckentempo empfängt ein Ortsschild voller Graffiti zu Ehren Vasco Rossis Roberto in Zocca. Die Siebzigerjahre haben auch hier ihre Spuren hinterlassen, es ist unmöglich, das Dorf, ausgehend von dem Foto in Guerzonis Haus, wiederzuerkennen.

Er parkt vor der großen Kirche aus golden glänzendem Stein, übergroß im Vergleich zum Rest der Ortschaft, die sich entlang der Hauptstraße erstreckt. *Ich bin der Einzige mit Auto,* denkt er, während er auf den etwas tiefer liegenden Vorplatz der Kirche rollt. Nichts lässt darauf schließen, dass hier gerade eine Beerdigungsfeier stattfindet.

Er trägt Jeans und eine blaue Fleecejacke, um nicht als Polizist erkannt zu werden. *Diskretion, wie von Bernini empfohlen.*

Der Eingang zu dem geweihten Gebäude ist eine kleine Öffnung, die in ein großes Tor aus bearbeitetem Holz eingelassen ist, über dem ein halbkreisförmiges Mosaik thront, das einen segnenden Christus mit geöffnetem Thorax und einem von Speeren durchbohrten Herzen darstellt.

Roberto muss den Kopf einziehen, um einzutreten. Er wird vom typischen Geruch einer Trauerfeier empfangen, der Säure des Weihrauchs, gemischt mit Feuchtigkeit und schmelzendem Wachs. Die Augen gewöhnen sich langsam an das Halbdunkel.

Er befindet sich am hinteren Ende eines weitläufigen Kirchenschiffs, an dessen Seiten viele ausgeschmückte Nischen mit Heiligenstatuen eingelassen sind. Einige wenige Bankreihen richten sich auf den Altar, vor dem drei Särge aufgebahrt sind, die die volle Aufmerksamkeit eines Priesters in violettem Gewand bekommen. Mager, sehr alt, bewegt er sich etwas unsicher um sie herum, rezitiert dabei singend Litaneien von der ewigen Ruhe und bringt das Weihrauchfass nur schwach zum Schwingen.

Nur eine Handvoll alter Leute wohnen der Beisetzung bei: drei gebeugte Frauen in der ersten Bank und eine Reihe dahinter ein Mann. *Sieht aus, als gehörten die zum Inventar.* Roberto lehnt sich an eine der hinteren Säulen, die fast vollständig mit metallenen Votivtafeln bedeckt ist, die Hände, Füße und andere Körperteile darstellen, die von Gottes Gnade berührt wurden. Er kann den Blick nicht von dem kleinen weißen Sarg losreißen, der das Licht aufsaugt, anstatt es zu reflektieren.

Die Trauerfeier ist ein Monolog des Priesters, der vollkommen erschöpft schließlich das *Ite missa est* erreicht. Die Alten bekreuzigen sich murmelnd und streben gleich dem Ausgang zu. Roberto geht in die entgegengesetzte Richtung, ignoriert vier Paar neugieriger Augen.

Mit geschlossenen Augen stützt er beide Hände auf den weißen Sarg. *Du wirst in Frieden ruhen. Ich werde ihn kriegen. Um jeden Preis.*

»Kannten Sie sie?«

Eine schwache, zittrige Stimme. Roberto schreckt hoch. Er mustert die vom Alter gefleckte Haut und die triefenden Augen des Priesters.

»Ich kannte jemanden, der sie kannte«, antwortet er unbestimmt. »Und Sie?«

Der Priester zeigt mit einem von Arthritis verkrümmten Finger auf die Särge. »Ich habe sie in der Kirche gesehen. Im Sommer jeden Sonntag, während des übrigen Jahres seltener. Sie sind immer allein gekommen, hielten sich von den Leuten fern und gingen auch wieder allein. Sie hatten keine Freunde, zumindest nicht im Dorf. Es war traurig, dieses kleine Mädchen zu sehen, das immer nur mit den Eltern spielte.« Ein Seufzer. »Jetzt ist es natürlich noch viel trauriger.«

»Wie kommt es, dass sie wollten, dass Sie sich um ihre Beerdigung kümmern?«

»Sergio und Elisa hatten mich darum schon vor mehr als fünfzehn Jahren gebeten. Ich hatte ihnen gesagt, dass, bedenkt man unser jeweiliges Alter, es wohl eher ich hätte sein müssen, der ihnen meine Wünsche für die Trauerfeier diktiert, als umgekehrt. Und doch hat der Herr jetzt lieber einen armen alten Mann noch länger auf der Erde lassen und ein so kleines Mädchen zu sich holen wollen.«

Der Blick des Priesters unter den dichten Augenbrauen wird plötzlich drohend. »Warum stellen Sie mir all diese Fragen? Sie sind doch wohl kein Journalist?«

Roberto hält es für angebracht, die Diskretion zu beenden. Er schüttelt den Kopf. »Ich habe keine guten Beziehungen zu dieser Sorte von Leuten.« Er nennt ihm seinen Namen und den Grund seiner Anwesenheit. Der Priester mustert ihn abschätzend, als wolle er feststellen, ob jener schmächtige Mann in sportlicher Kleidung tatsächlich ein Polizist sein kann. Schließlich streckt er ihm eine knochige Hand hin.

»Don Gaspero Fusconi, Priester in Zocca seit mehr als einem halben Jahrhundert.«

Er tritt an einen großen Kerzenleuchter, es sieht aus, als koste ihn jeder Schritt Mühe. Er zündet drei Kerzen an, dann lädt er Roberto ein, sich in die erste Bank zu setzen, direkt vor die Särge.

»Mit Gottes Hilfe«, fängt er zu sprechen an, »habe ich es geschafft, die Trauermesse zu halten, während jemand anderes sich öffentlich damit brüstet, den Mörder dieser armen Familie gefunden zu haben. Ich hätte die Stille ja wesentlich passender gefunden, aber die Welt hat sich zu schnell verändert für einen armen alten Mann wie mich. Wenn während der Messe Journalisten in der Kirche gewesen wären, hätte ich sie hinausgeworfen, wie es unser Herr mit den Händlern im Tempel getan hat.«

Er hält einen Augenblick inne und betrachtet die Särge mit feuchten Augen. »Wie kommt es, dass Sie nicht an der Pressekonferenz teilnehmen?«

Roberto antwortet, ohne nachzudenken: »Ich glaube, dass die armen Leute, deren Trauerfeier Sie gerade abgehalten haben, erst in Frieden ruhen werden, wenn wir ihren Mörder haben, sei es nun der, der heute verkündet wird, oder nicht.«

Don Gaspero steht auf, lässt alle Knochen in seinem

ausgemergelten Körper knacken. Im flackernden Licht der Kerzen sieht er aus wie eine Vogelscheuche im Talar, die der erste Windstoß umschmeißen kann.

»Ich fürchte, Sie haben auf irgendeine Art und Weise recht, auch wenn ich Ihnen als Mann der Kirche eigentlich sagen müsste, dass nur der liebe Gott den Schlaf der Gerechten garantieren kann«, sagt er und zeigt mit einem krummen Finger nach oben. »Begleiten Sie mich ins Pfarrhaus. Ich werde Ihnen bei einem Glas Rotwein das wenige erzählen, was ich über diese Leute weiß. Der Herr vergibt seinem untertänigen Diener dieses kleine Laster, das es ihm ermöglicht, die Aufgabe zu erfüllen, die Er ihm anvertraut hat.«

4

Der große Raum im Erdgeschoss des Pfarrhauses wird anscheinend von Don Gaspero für alle Aktivitäten des Lebens genutzt, außer zum Schlafen. Er ist durchtränkt von dem typischen Geruch der Wohnungen alter Menschen, einer Mischung aus aufgewärmten Mahlzeiten, Naphthalin für die Kleidung, Staub.

Nicht sehr viel anders als in Guerzonis Haus, aber hier fehlt dieses Niederdrückende der Einsamkeit.

Sie setzen sich auf zwei schwere, abgenutzte Stühle, die um einen schlichten Holztisch herum stehen.

»Die übliche Gesellschaft eines alten Menschen«, sagt der Priester und zeigt auf einen Fernseher, der stumme Bilder in Schwarz-Weiß zeigt, und eine grüne Flasche, aus der er zwei Gläser bis zum Rand füllt.

»Ich komme aus Bertinoro, mitten in den schönsten Hügeln der Romagna gelegen, deshalb biete ich Ihnen Wein an und nicht Wasser, wie es ein Emilianer tun würde. Das ist ein Sangiovese und nicht dieses Sprudelzeug, das hier getrunken wird.«

»Sie stammen nicht aus Zocca?«

Der alte Priester schüttelt den Kopf. »Meine Kurie hat mich im Januar 1944 hierhergeschickt. Das Dorf war bis auf die Grundmauern geschleift. Die Alliierten haben die Häuser bombardiert, um die Nazifaschisten auszulöschen, die schon alle Leute weggeschafft hatten. Leid, das auf Leid kam. In dieser Zeit habe ich zum ersten Mal den Namen Zanarini gehört.« Er unterbricht sich, um zwei große Schlucke zu trinken, dann stellt er das Glas mit zufriedenem Gesicht wieder ab. »Ich habe mich oft gefragt, warum diese armen Leute den Namen nicht gewechselt haben. Aber dies war der Wille des Herrn.«

Roberto kann die Informationen nicht miteinander in Verbindung bringen.

»War der Name denn so bekannt?« *Die Identität der Opfer ist für den Mörder von grundlegender Bedeutung. Er hat ihnen die Papiere abgenommen.*

»Für die Leute hier in der Gegend bedeutet der Name Zanarini immer Enrico Zanarini. Ihr Akzent verrät, dass Sie von weither kommen, weshalb Ihnen das nichts sagt. Das Schlimme ist, dass auch viele junge Leute noch nie davon reden gehört haben. Aber bei den

Leuten meines Alters weckt er die schlimmsten Erinnerungen an den Krieg. Er war ein hohes Tier in der faschistischen Partei, man nannte ihn auch den Henker des Apennins.«

»War er mit Sergio Zanarini verwandt? Oder stimmen die Namen zufällig überein?«

Don Gaspero leert das Glas. »Er war sein Vater. Ich habe ihn in Ciano kennengelernt, einem Weiler, der zu Zocca gehört. Er war gerade dabei, zwanzig Menschen an Schlingen aus Draht aufzuhängen, wie man ihn damals zum Zusammenbinden des Heus benutzte.«

Eisendraht. Wie Guerzoni. Ein Bild aus dem Tanz blüht auf. *Der Mann mit den gefolterten Beinen und dem zugeschwollenen Gesicht. Um seinen Hals eine Schlinge aus Eisendraht. Und Benedettas Hände waren auch mit etwas Kaltem und Hartem hinter dem Rücken zusammengebunden. Wieder Eisendraht.*

Er zwingt sich, Don Gaspero zuzuhören.

»Zanarini stand die ganze Zeit daneben und hat zugesehen, wie ich das Sakrament der Beichte erteilt habe. Er hat mich gehindert, irgendeinen anderen Trost zu spenden, nicht einmal die Tränen zu trocknen. Ich werde niemals die Augen dieses Mannes vergessen. Sie waren leer, es sah aus, als berührte ihn die Gewalt überhaupt nicht.«

Ein dicklicher Offizier, der die im Schnee kniende Frau mit der Peitsche ins Gesicht schlägt.

»Der Herr hat uns die Möglichkeit gegeben zu wählen, und wir wählen oft das Böse.« Mit schmerzhaft knackenden Gelenken steht er auf und geht zu dem großen Bücherregal. Nach kurzem Suchen zieht er einen Band heraus. Mit dem Ärmel wischt er den Staub weg und hält ihn Roberto hin.

»*Die Wölfe kommen.* Was für ein seltsamer Titel.«

»Das war es, was die Leute gesagt haben, wenn sie den Henker kommen sahen, umringt von seinen Spießgesellen. Es berichtet von einigen Vorkommnissen während der Resistenza. Mit großer Objektivität, muss ich sagen. Denn auch die Partisanen beschränkten sich ja nicht aufs Zusehen, wissen Sie. Nur dass die Geschichte von den Siegern geschrieben wird, auch wenn ich aus dem Abstand von fünfzig Jahren immer noch nicht weiß, wer eigentlich wirklich gewonnen hat.« Er füllt das Glas bis zum Rand. »Ich schenke es Ihnen. Wundern Sie sich nicht, wenn Sie an einigen Stellen Unterstreichungen und Kommentare finden«, sagt Don Gaspero. »Alte Leute, die sehr viel mehr Zeit hinter sich haben als vor sich, meinen ja immer, sie müssten ihre eigene Version zu allem liefern.«

Roberto wiegt es in der Hand, als wollte er abschätzen, wie viele Schrecken es enthalten könnte. Von der hinteren Umschlagseite lächelt der Autor, Virgilio Adrovandi, der als Professor für Zeitgeschichte an der Universität Bologna vorgestellt wird.

»Was ist aus Enrico Zanarini geworden?«

Der Alte schüttelt kaum merklich den Kopf. »Man weiß es nicht. Es gibt Leute, die sagen, er sei nach Deutschland geflohen oder nach Südamerika. In dem Durcheinander, das nach dem Ende des Krieges herrschte, hat er offensichtlich seine Spuren sehr geschickt verwischt.

Alle waren viel zu sehr damit beschäftigt, sich um ihre eigenen Trümmer zu kümmern, als an ihn zu denken. Ganz sicher hat er aber keinen Fuß mehr in diese Gegend gesetzt. Was auch angebracht war, würde ich sagen, angesichts der Behandlung, die die Partisanen den ehemaligen faschistischen Amtsträgern zukommen ließen.«

Der alte Priester setzt sich wieder, es wirkt beschwerlich. »Und da die Wege des Herrn so unerforschlich sind, klopft eines Tages der Sohn des Henkers an meine Tür, mit der ganzen Familie.«

»Warum ist er denn ausgerechnet nach Zocca gekommen?«

»Wer weiß das schon? Vielleicht wollte er sehen, wo seine Eltern aufgewachsen sind? Vielleicht dachte er, niemand würde ihn erkennen? Ganz sicher war das, was er mit diesem Ort verbunden hat, besonders stark, sonst wäre er weggeblieben.«

»Was hat er beruflich gemacht?«

»Ich glaube nicht, dass er gearbeitet hat. Es heißt, der Vater habe wie viele Nazis und Faschisten ein Vermögen mitgenommen, als er untergetaucht ist. Wenn ich kein Mann der Kirche wäre, würde ich sagen, dass es unvermeidlich war, dass dieses Geld verflucht war.«

»Ist denn sicher, dass hier in Zocca außer Ihnen niemand weiß, wessen Sohn Sergio Zanarini war?«

»Die Sicherheit ist unserem Herrn vorbehalten, aber ich denke nicht. Die meisten wissen ja mit Mühe und Not gerade mal, dass es die Familie überhaupt gegeben hat. Sie haben seit fünfzehn Jahren jeden Sommer hier im Ort verbracht, sind aber für sich und allein geblieben. Vielleicht hatte Sergio Angst, dass die Schuld des Vaters doch auf die Nachkommen zurückschlagen könnte.«

Ein Schlag in den Magen. »Und wenn das passiert wäre?«

Der alte Priester zeigt mit einem knotigen Finger auf den unsichtbaren Himmel jenseits der Zimmerdecke. Schweigen senkt sich herab. Roberto sieht zum Fernseher hinüber. In den Nachrichten werden Bilder von Sernagiotto gesendet, triumphierend vor einem gut gefüllten Saal. Plötzlich wird bildschirmfüllend ein relativ aktuelles Foto von Berto Guerzoni eingeblendet.

»Das ist der angebliche Mörder«, sagte er.

Der Priester zieht so schnell, wie es ihm sein Alter erlaubt, eine Lesebrille hervor. Etwas weckt seine Aufmerksamkeit, denn er steht auf. Mit schnellen, kleinen Schritten trippelt er zum Bildschirm, bis er ihn beinahe mit der Nase berühren kann. Er sperrt den Mund auf und zeigt die wenigen noch verbliebenen Zähne.

»Den kenne ich«, sagt er. »Den kannten auch die Zanarinis.«

Roberto weigert sich, darüber nachzudenken, was diese Worte bedeuten. *Jedenfalls für den Augenblick, aber ich werde es tun müssen.*

»Meine Augen sind nicht mehr so gut wie früher«, fährt Don Gaspero fort, »aber ich würde schwören, dass es sich um den Mann handelt, der jeden Sommer gekommen ist, um in ihrem Haus zu arbeiten, hier am Ende der Straße. Er hat geweißelt, die Fensterläden lackiert, hat mal ein Rohr repariert, den Garten in Schuss gehalten. Das hätte jeder beliebige Einwohner von Zocca genauso machen können. Stattdessen tauchte er jedes Jahr auf. Er kam immer am Morgen und fuhr am Abend wieder nach Hause, immer in Eile.«

Roberto versinkt in seinem Stuhl. *Da ist ja eine der fehlenden Verbindungen: Berto Guerzoni kannte die Opfer.*

»Vielleicht wollte er sie bloß ausrauben, und dann ist die Sache eskaliert. Er musste das Geld dringend brauchen, sonst hätte er ja nicht diese Reise auf sich genommen, zwei Stunden von Case Rosse für solche Kleinigkeiten. Möge der Herr auch seiner Seele gnädig sein«, schließt Don Gaspero, wobei er sich rasch bekreuzigt, um danach sein Glas Wein auszutrinken.

Roberto stürzt seines in einem Zug herunter. Es kommt ihm vor, als würde er Galle trinken.

Bevor er den Heimweg einschlägt, will er noch das Haus sehen, in dem die Zanarinis regelmäßig den Sommer verbrachten. Wo sie ihn nun nicht mehr verbringen würden.

Es befindet sich am anderen Ende von Zoccas Hauptstraße, wie ihm Don Gaspero erklärt hat. Roberto nutzt die wenigen Minuten, die er braucht, um dorthin zu gelangen, für eine mentale Übung; das pure Gegenteil zu der, die er sonst immer gemacht hat: Statt den Himmel von Wolken freizufegen, bemüht er sich, eine Wolke in einen Himmel zu schieben, der ihm viel zu sauber erscheint.

Berto kannte die Zanarinis. Ein Punkt für Sernagiotto.

Aber es fehlt noch das Motiv: Er kann sie nicht wegen des Geldes ermordet haben. Sie hatten eine halbe Million Lire in der Tasche. Den Killer interessierte ihre Identität, nicht das Geld.

Er trifft ein paar Leute, darunter der Mann, der auch bei der Trauerfeier war. Er grüßt ihn mit einem Kopfnicken, ohne ihn wirklich wahrzunehmen. Vor einem kleinen zweistöckigen Haus aus grauem Stein bleibt er stehen. Am schmiedeeisernen Tor und an der Tür kleben die Siegel der Polizei. Durch den kleinen Garten führt ein Pfad, der von einem Laubengang aus Wein überdeckt wird, der jetzt allerdings keine Blätter trägt.

Das ist es.

Die wenigen Bäume im Garten sind kahl, ebenso wie die Hortensien, die in die Erde gepflanzt sind. Roberto versucht, sich mühsam die Harmonie aus Weiß und Rosa in den warmen Monaten vorzustellen. Er merkt nicht, dass er den Atem anhält.

Berto Guerzoni hat sich mit seinen eigenen Händen darum gekümmert. Mit denselben Händen hat er möglicherweise den Abzug betätigt und die ganze Familie ausgelöscht.

Es gibt keine Klingel. Wer hier wohnte, wollte keinen Besuch empfangen. Die Läden sind offen, das Innere der Zimmer wird nur von einfachen weißen Vorhängen geschützt. An einem Fenster sind sie rosa, dekoriert mit großen, bunten, lustigen Figuren.

Benedettas Zimmer. Er stellt sich das Mädchen vor, wie es sich in sein Bett kuschelt, unter einer Decke, die ebenso fröhliche Motive aufweist. Melancholie überkommt ihn.

Ich kann diesen Ort nicht mehr ertragen. Diesen ganzen Fall.

Er geht zum Auto zurück. Im tiefsten Inneren weigert er sich, der beharrlichen Stimme zuzuhören, die ihm zuflüstert, dass ja im Grunde nichts dabei wäre, wenn auch er den Fall als abgeschlossen betrachten würde.

5

Manzini steht in der Tür des Kommissariats. Er hält die Arme vor der Brust verschränkt, und auf seinem Gesicht liegt ein ungewöhnliches halbherziges Lächeln. Es passt nicht zu Robertos Stimmung, der nur trocken fragt: »Was gibt's?«

Das Lächeln reduziert sich auf ein Viertel. »Alice hat angerufen ... also, Dottoressa Capelveneri. Dreimal.« Er hält ihm einen Zettel hin, auf dem seine ordentliche Schrift zu sehen ist. »Das sind ihre Nummern. Sie hat gesagt, dass sie zurückgerufen werden will, sobald du wieder hereinkommst.«

Roberto bleibt auf der Schwelle stehen. Er unterdrückt sein Verlangen danach, ihre Stimme zu hören, und zeigt auf sein Büro. »Ich schließe mich da ein. Ich brauche absolute Ruhe. Stell niemanden durch außer Bernini.«

Die Botschaft ist klar: auch nicht Alice. Manzini ist nicht einverstanden, man sieht es an seinem Gesicht. »Sie wollte ziemlich dringend mit dir sprechen«, informiert er ihn.

»Ich hingegen will ziemlich dringend mit Salvatore

Rende sprechen. Persönlich. So bald wie möglich. Hör dich mal um, wo er ist.«

Die karge und geordnete Umgebung des Büros gibt ihm Sicherheit, ja fast Geborgenheit. Er zieht den Telefonstecker aus der Wand und vertieft sich in die Ereignisse, die während der letzten Monate eines Krieges, dessen Ende bereits feststand, die *Linea Gotica*, die Gotenstellung, von Ligurien bis zur Romagna mit Blut getränkt haben. Nach wenigen Zeilen merkt er, dass der Stil von Professor Aldrovandi nicht dem lächelnden Gesicht auf dem Umschlagfoto entspricht. Er ist trocken und belehrend. Aseptisch, auch während er die grausamsten Metzeleien beschreibt, so zahlreich und grausam, dass das »Blutbad vom Prato Grande«, wie er es nennt, kaum zwei der mehr als vierhundert Seiten des Bandes in Anspruch nimmt.

> Der Ursprung war der am häufigsten vorkommende: eine Vergeltungsmaßnahme für die Ermordung zweier Soldaten durch eine Brigade Partisanen. Vierzig Personen wurden aus ihren Häusern geholt, die doppelte Anzahl derjenigen, die später exekutiert werden würde, denn zur Vergeltung gehörte auch der Terror.

Die Worte laufen rasch, fast als führten sie ein Eigenleben.

> Nur zwanzig wurden zum Prato Grande geschafft, um dort am ersten Tag des letzten Kriegsjahres ge-

tötet zu werden. Neunzehn wurden auf die Knie gezwungen, geknebelt und durch einen Schuss in den Nacken getötet. Einem war ein anderes Schicksal beschieden. Francesco Ferri wurde an einer großen Eiche aufgehängt, neben der sich heute ein Mahnmal aus grauem Stein erhebt, das an das Geschehen erinnert.

Das habe ich also gesehen! In sich spürt er die Liebe lebendig werden, die die Frau für ihren Mann und ihr Kind empfunden hatte, bevor sie ermordet worden war.

Francesco Ferri stammte aus Case Rosse. Unter dem Kampfnamen Sfregio hatte er eine Gruppe junger Leute um sich geschart, zum größten Teil Deserteure oder nach dem Sturz des Faschismus und dem Waffenstillstand von 1943 Versprengte.

Aldrovandi erzählt, wie Ferri eine Partisanenbewegung unter dem seltsamen Namen »Brigade Ypsilon« ins Leben gerufen hatte, die weder der Brigade Garibaldi noch der Brigade Stella Rossa noch irgendeiner anderen der wichtigsten Brigaden der Region angegliedert war. »Er hatte eigene Ideale, die er nicht in den Dienst anderer stellen wollte«, schließt Aldrovandi. Es war tatsächlich ein Überfall der Brigade Ypsilon, der zum Tod von zwei Soldaten der nazifaschistischen Armee führte. Und die Vergeltungsmassaker auslöste.

Mit der Durchführung der Säuberungsaktion und der darauf folgenden Exekutionen beauftragt war Enrico Zanarini, einer der wenigen italienischen SS-Angehörigen, dem das deutsche Kommando die polizeilichen Aufgaben und die Aufrechterhaltung der Ordnung im Gebiet um Case Rosse übertragen hatte, das durch seine Lage an der Kreuzung zweier Täler als strategisch bedeutsam galt. Zanarini ging in die örtliche Geschichtsschreibung unter dem Namen »der Henker des Apennins« ein, woraus sich ahnen lässt, welche Folgen diese Entscheidung gehabt hatte. Der ideale Mann, um den Alliierten nur verbrannte Erde und Leichenberge übrig zu lassen, wie es Feldmarschall Kesselring, der Oberbefehlshaber der deutschen Streitkräfte in unserem Land, befohlen hatte.

Obwohl nicht präzisiert wird, ob bei der Hinrichtung Franceso Ferris Eisendraht eingesetzt wurde, wie man ihn zum Binden von Heubunden verwendet, würde Roberto darauf wetten. Der Erzählung Don Gasperos zufolge bediente sich der Henker dieses Materials. Das bestätigt Aldrovandis Schilderung der Massaker in Ciano di Zocca.

Roberto folgt der Blutspur, die sich über den Rücken des Apennins und seine benachbarten Täler gezogen hatte, die zu einem lang gezogenen Schlachtfeld, einer ständigen Front geworden waren. Ein Schauplatz von zahlreichen Exekutionen von Zivilisten und Militärs.

Er arbeitet sich durch die Massaker von Sant'Anna di

Stazzema, Ca' Berna, Ronchidoso, La Bettola, Monchio, Susano e Costrignano, Padule di Fucecchio… Namen, die noch nie zuvor auf den Landkarten der Geschichte aufgetaucht waren und unmittelbar danach auch wieder verschwanden. Die letzten dreißig Seiten rekonstruieren das Gemetzel von Monte Sole, in der Nähe von Marzabotto, wo zwischen Ende September und November 1944 ganze Dörfer mitsamt ihren Bewohnern ausgelöscht worden waren. Es gab drei Überlebende, die sich tot gestellt und zwischen den Leichen versteckt hatten, die überall herumlagen, zu Hunderten unbegraben, in der Kirche, den Häusern, auf den Weiden. Allein sie zu zählen war schwierig. Achtzehnhundert, vielleicht zweitausend, überwiegend Alte, Frauen und Kinder.

Am Ende des Kapitels steht in der zittrigen Schrift des alten Priesters: HOMO HOMINI LUPUS. Robertos Magen krampft sich zusammen. Der Schmerz weicht blinder Wut. *Ja, der Mensch kann eine Bestie für seinesgleichen werden. Ein Wolf.*

Im Anhang sind Schwarz-Weiß-Fotografien gesammelt. Gemetzel, zerstörte Dörfer, Menschen in den verschiedensten Uniformen und arme Leute, die ihre Habseligkeiten auf Karren geladen haben. Leichen. Dieselben Motive wie auf den Fotos, die in Berto Guerzonis Haus an der Wand hingen. *Die Zerstörung hat gewissermaßen demokratisch zugeschlagen. Alle wurden getroffen, niemand ausgeschlossen.*

Zwei Bilder wecken seine Aufmerksamkeit. Gesichter, die er schon während des Tanzes gesehen hat. Ein junger Mann in weißem Hemd, mit einem offenen Lächeln, das schwarze Haar mit Brillantine zurückgekämmt und den Blick auf einen Punkt am Horizont gerichtet. *Ein Blick, dem nicht einmal die schrecklichsten Verletzungen die Entschlossenheit nehmen konnten.* Die Bildunterschrift nennt seinen Namen: »Francesco Ferri, alias Sfregio, Kommandant der Brigade Ypsilon«.

Auf der Folgeseite der Henker Enrico Zanarini, ein Porträt, in Uniform. Ein Totenschädel auf der Mütze, weitere zwei auf den Kragenspiegeln am Hals. Totenschädel mit gekreuzten Knochen und ein finsteres Grinsen.

> Es handelt sich um den »Totenkopf«, eines der Embleme der sogenannten »Schutzstaffel«, besser bekannt als SS. Im Detail gehörte obiges Emblem zur »3. SS-Panzerdivision«, der Zanarini jedoch mit großer Wahrscheinlichkeit nie angehörte.

Er hat sie getragen, um noch mehr Schrecken zu verbreiten. Roberto starrt auf das pummelige Gesicht, dessen kleine, bösartige Augen von runden Brillengläsern beschützt sind. Dieser leere Blick musste für den Fotografen ziemlich unbehaglich gewesen sein. *Francesco Ferris Frau hat dich nicht gefürchtet. Auch nicht, als du sie mit der Peitsche ins Gesicht geschlagen hast. Auch nicht, als du den Befehl gegeben hast, sie zu töten.*

Vorsichtig schließt er das Buch, ohne jedoch die Schrecken, von denen es erzählt, damit in der Vergangenheit lassen zu können.

6

Für wen hältst du dich eigentlich, Roberto Serra!« Die Hand mit den kurz geschnittenen, gepflegten Fingernägeln trommelt heftig aufs Lenkrad. »Was glaubst du eigentlich, wer du bist?«

Röhrend mit aller Kraft seiner zweihundertfünfzig Pferdestärken und des Zorns derjenigen, die am Steuer sitzt, schießt der Toyota Celica aus der Hofeinfahrt des Palazzo. Die Passanten auf der Strada Maggiore, alle Sinne auf Shopping und eine heiße Schokolade am Ende des Tages gerichtet, springen erschrocken beiseite. Von den zwei Türmen strömen Kaskaden aus Licht. Die Tragödie von Case Rosse hatte nur einen flüchtigen Auftritt in der Stadt, während die Leute ihre erste Hühnersuppe mit Tortellini im neuen Jahr löffelten, dann wurde sie mit dem Fastenmahl des zweiten Tages davongetragen. Bologna hatte für vierundzwanzig Stunden den Atem angehalten. Jetzt zeigt es sich erneut hell und strahlend, wie es sich während der Festtage zu geben weiß.

Alices Augen bleiben fest auf die Straße gerichtet und die zwei- und vierrädrigen oder -beinigen Hindernisse. Auf dem Ring erreicht sie die hundertfünfzig. Sie schießt an einem verblüfften Polizisten vorbei und zwängt sich in einen unmöglichen Zwischenraum zwischen zwei Lastwagen.

Sie hasst Automatikgetriebe und ähnliches Teufelswerk, die nach Meinung derjenigen, die sie erfinden, das Fahren angeblich einfacher machen sollen. Fahren bedeutet für sie stets die maximale Geschwindigkeit, die das Wetter und die Straßen hergeben, was soll daran noch zu vereinfachen sein? Sie hat nicht einmal ein Autoradio: Die einzige Musik, die sie hören will, ist die der vier Zylinder des Zwei-Liter-Motors. Dafür hat sie eine Wassereinspritzung einbauen lassen, ein Sprühsystem für den Intercooler, einen Turbolader. Und Bremsen und Sicherheitsgurte, die auch in der Formel 1 Bestand hätten. Ihr bisher einziger Autounfall vor zehn Jahren hat ihr eine schiefe Nasenscheidewand beschert, die sie ständig daran erinnert, dass bei aller Begeisterung fürs schnelle Fahren die Sicherheit von grundlegender Bedeutung ist.

In den ersten Kurven außerhalb der Stadt reagiert der Wagen, als gäbe es keine Zentrifugalkräfte. Sie fliegt auf den Nebel zu, der in der Ebene noch dünn ist, hinter der scharfen Kurve an der Kreuzung in Muffa, die sie, ohne auch nur hinzusehen, überquert hat, aber zur Wand wird.

»Jetzt wird abgerechnet, Serra.« Es ist nicht nur Frustration, Alice ist besorgt. Sie hat die Pressekonferenz im Fernsehen gesehen. Guerzoni ist der perfekte Schuldige. Nicht sonderlich intelligent, ein Trinker, alleinstehend. Ein winziger Punkt, den man ausradieren kann, ohne dass es überhaupt jemand merkt. Zu einfach, Roberto wird sich damit nicht zufriedengeben. Er wird weitergraben und hässliche Dinge zutage fördern, außerhalb und innerhalb von sich.

Ein weiterer Schlag aufs Lenkrad. Der Wagen merkt es kaum, er gleitet wie auf Samt dahin.

7

Roberto tritt in Manzinis Büro, das Buch unter dem Arm. Der Kollege blickt ihm flehentlich entgegen. »Alice hat noch dreimal angerufen. Ich weiß inzwischen nicht mehr, was ich ihr sagen soll.«

Die wird stinkwütend sein. »Rende?«, fragt er.

»Ich hab ihn in der Rettungswache angetroffen. Er hat gesagt, dass sie heute Nacht nur wenige sind und dass er gern morgen vorbeikommen würde. Aber Alice …«

Er fällt ihm ins Wort. »Wie kam er dir vor?«

»In welchem Sinn?«

»Wie hat er reagiert? Überrascht? Kalt? Irritiert? Ich glaube nicht, dass es ihm alle Tage passiert, dass er von der Polizei einbestellt wird.«

»Er hat keine besondere Reaktion gezeigt.«

»Warten wir ab, wie er sich verhält, wenn er uns sieht. Wir gehen jetzt sofort zu ihm.« Sein Tonfall lässt keinen Widerspruch zu. Er legt Aldrovandis Buch auf den Schreibtisch des Kollegen, der seine Schultern dehnt. »Ich habe es gelesen. Sehr aufschlussreich. Und sehr hart.«

Manzini verbringt die unendlich langen Winternachmittage vergraben in historische Aufsätze über Case Rosse und den Apennin. Er hatte versucht, auch Roberto damit zu versorgen, der jedoch immer abgelehnt hatte. *Ich bin hier nicht zu Hause, das sind nicht meine Leute. Wie auch, wenn man mich nach wie vor für einen Fremdkörper hält?*

»Wenn ich es schon vorher gelesen hätte, hätte ich bei dem Namen Zanarini aber aufgehorcht.«

Manzini zieht den Hornkamm heraus. »Dieser Name würde jeden hier in der Gegend aufmerksam machen, jedenfalls in Verbindung mit dem Vornamen Enrico.«

»Wie kommt es, dass niemand, einschließlich dir, eine Verbindung zu den Opfern vermutet hat?«

»Gibt es denn eine?«

»Enrico Zanarini ist der Vater von Sergio Zanarini.«

Manzini steht auf, das Gesicht angespannt, der Blick düster. Er überragt Roberto um Haupteslänge. In seiner Stimme schwingt Nachsicht für denjenigen mit, der, weil er nicht von hier ist, die Dinge nicht durchschauen kann.

»Komm mit. Ich glaube nicht, dass ich dir erklären kann, was dieser Mann für die Leute in Case Rosse bedeutet hat. Du musst es selbst sehen.«

Sie verlassen das Kommissariat. Der bedrohliche Himmel umschließt sie auf den wenigen Metern über die Piazza, während der Nebel immer dichter wird. Sie bleiben vor dem Bronzeengel stehen. Roberto hat die Statue immer nur oberflächlich zur Kenntnis genommen. Eines von unzähligen Denkmälern und Gedenksteinen, die an die Gefallenen des Zweiten Weltkriegs erinnern und überall in den Dörfern stehen.

Außerdem hat dieser Engel etwas Beunruhigendes an sich. Mehr als zwei Meter hoch, gespenstisch im Licht der Straßenlaternen. Das Gesicht schmerzverzerrt. Der Mann, den er im Arm hält, richtet den leeren Blick auf eine Rettung, die nicht erreichbar ist. Manzinis Finger zeigt auf den Sockel. In derselben Schrift wie auf dem Denkmal am Monte della Libertà steht dort geschrieben:

Möge es nie wieder geschehen
mögen die Märtyrer in Frieden ruhen
möge den Märtyrern Gerechtigkeit geschehen
Case Rosse vergisst nicht.

In einer den Sockel umlaufenden Inschrift stehen zwanzig Namen, das hat Roberto schon gesehen. Enrico Zanarinis Opfer. *Kann die Schuld der Väter auf die Söhne zurückfallen?* Don Gasperos Satz wird zu einem immer wiederkehrenden Gedanken. Er öffnet den Mund, gibt aber keinen Laut von sich. Ein schwacher Duft, kaum wahrnehmbar, kündigt eine Kraft an, die ihn von einem Moment zum anderen überwältigen könnte.

Er setzt sich zur Wehr. *Nicht vor Manzini. Nicht mitten auf der Piazza.* Er konzentriert sich. Die Muskeln sind noch entspannt. *Vielleicht habe ich es mir nur eingebildet.*

»Und hier liegt der Schlüssel«, sagt er. Er macht eine ausladende Handbewegung, als wolle er das ganze Dorf einschließen. »1. Januar 1945, 1. Januar 1995. Zwei Massaker, die über Jahrzehnte hinweg durch einen Ort miteinander verbunden sind, den Prà grand, und durch die Blutsverwandtschaft der Opfer von heute mit dem Schlächter von gestern. Case Rosse vergisst nicht, es steht auf dem Sockel.«

»Case Rosse würde aber gern vergessen. Wie oft hast du schon von dem Massaker am Prà grand reden hören, seit du hier bist?«

Roberto spricht nun etwas lauter. »Bis gestern noch nie. Aber auch wenn die Leute nicht darüber sprechen, vergessen tun sie mit Sicherheit nicht. Es gab keine einzige Blume bei der Beerdigung der Zanarinis. Aber für die Toten von 1945 bringt immer noch jemand welche zum Monte della Libertà.«

Manzinis Blick verschleiert sich. »Das ist nicht einfach.«

»Das verstehe ich besser, als du es dir vorstellen kannst«, antwortet Roberto. Er denkt an das, was er während des Tanzes gesehen hat, an den Schmerz, den jene Frau empfand.

Er löst sich, um ihren Namen zu suchen. *Serena, sie hieß Serena.* Schweigend liest er die Namen, während er langsam das Denkmal umrundet. Die Männer sind mit Namen und Nachnamen aufgeführt, die verheirateten Frauen entweder mit dem Mädchennamen oder dem des Ehemannes. Der Nachname Ferri verbindet viele der Opfer. Er zählt leise mit. »Dreizehn«, murmelt er, »von zwanzig. Männer, Frauen und auch ein Kind: Renato. Er war sechs Jahre alt.«

Ich habe ihn sterben sehen. Er war der Sohn von Serena und Francesco Ferri.

»Enrico Zanarini hat die ganze Familie ausgelöscht«, erklärt Manzini.

Roberto wird von einer Welle des Mitleids überwältigt. In dem Augenblick bricht plötzlich ein blauer, metallischer Blitz durch den Torbogen und verschlingt das Pflaster der Straße. Ein paar Zentimeter vor ihren Füßen kommt er zum Stehen, bevor sie auch nur daran denken können, zur Seite zu springen. Vier Halogenscheinwerfer blenden sie.

Was nichts ist im Vergleich zu dem Funkeln in Alices Augen, als sie aus dem Auto springt.

8

Alice trägt einen weißen Angorapullover und Jeans. Sie stützt die Hände in die Hüften. »Ciao«, sagt sie säuerlich zu Roberto. »Erinnerst du dich noch an mich? Wir waren mal ...«, sie tut, als dächte sie nach, »ziemlich eng miteinander, ja.«

»Ich wollte dich gleich anrufen«, stammelt er. »Das hab ich gerade zu Manzini gesagt.« Er zeigt auf die Stelle, an der eben noch der Kollege gestanden hat. Der ist verschwunden. Er winkt ihm von der Tür des Kommissariats zu. Breitet die Arme resigniert aus. »Tut mir leid.«

»Du glaubst doch wohl nicht, dass ich dir das abnehme?«, sagt Alice hart. »Ich versuche seit gestern Abend, dich zu erreichen. Du hättest es verdient, dass ich dir eine knalle.«

»Hör zu, ich bin mitten in einer Ermittlung, ich hab keine Zeit, hinter jedem herzutelefonieren ...«

Er schafft es nicht, den Satz zu beenden. Eine Ohrfeige trifft ihn hart, trocken und gezielt. Robertos Wange rötet sich sofort.

»Du bist ein Arschloch. Und ich ein Dummkopf.

Ich bin fünfzig Kilometer gefahren, um mich zu versichern, dass es dir gut geht, und jetzt höre ich dich sagen, dass du keine Zeit hast, hinter ... hinter jedem herzutelefonieren!«

»Aber ich wollte doch ...«

Alice macht auf dem Absatz kehrt und geht zum Auto. »Ich habe sehr wohl verstanden, was du wolltest.«

Er fasst sie am Arm. Sie versucht, sich seinem Griff zu entwinden. »Seit vier Jahren versuche ich, mir ein Leben ohne dich aufzubauen, mich daran zu gewöhnen, dass du nicht mehr da bist«, erklärt Roberto. Dann unterbricht er sich, schluckt ein paarmal und fährt fort. »Vier Jahre, in denen ich versuche, irgendwie ins Gleichgewicht zu kommen. Als ich dich wiedergesehen habe, habe ich Angst bekommen. Angst, dass alles vergeblich gewesen sein könnte. Vielleicht ... vielleicht war es falsch, dass ich versucht habe, mich daran zu gewöhnen, dass du nicht mehr da bist. Vielleicht sollte ich mich daran gewöhnen, dass du da bist, nur ... anders.«

Ein längeres und intimeres Bekenntnis, als er es jemals gemacht hat. Alice fühlt einen Sturm einander widersprechender Gefühle durch sich hindurchfegen. Sie verschlingen die Wut und sammeln sich in zwei großen Tränen, die ihre Augen verschleiern. Zum Glück steht sie von ihm abgewandt, sodass er es nicht sieht.

»Na gut, wenn du mir was Schönes kochen würdest, könnte ich darüber nachdenken, ob ich dir verzeihe ...«, sagt sie. »Was nicht heißt, dass du kein Idiot wärst, wohlgemerkt.«

Roberto lässt ihren Arm los und tritt neben sie.

»Manzini ist im Kommissariat. Entweder essen wir zu dritt oder …«

Er zeigt mit dem Daumen auf die Tür zu Alvers Osteria.

Alice bemüht sich, einen leichten Ton anzuschlagen. »Glaubst du, es reicht, wenn du mich in diese Kaschemme führst, damit ich vergesse, was für ein Mistkerl du bist?« Sie dreht sich zum Auto um.

Roberto fühlt sich augenblicklich leer. »Du fährst wieder?«

Jetzt lächelt sie wirklich. »Ich zieh mir andere Schuhe an. Die, die ich anhabe, sind sehr gut zum Autofahren geeignet, aber nicht für eine Einladung zum Abendessen, selbst wenn sie so armselig ist wie deine.« Sie öffnet den Kofferraum. »Ich habe immer ein zweites Paar dabei, man kann ja nie wissen. Es macht dir doch nichts aus, wenn ich mit Absätzen größer bin als du, oder?« Es ist ihre Art, die Einladung anzunehmen.

Als sie im Eingang der Osteria stehen, blickt Roberto zum Celica zurück, der am Denkmal steht. »Willst du das Ding da stehen lassen?«

Alice funkelt ihn an. »Das Ding da ist der absolut letzte Schrei, was Mechanik und Autos angeht. Wenn er da falsch geparkt ist, schreib mir einen Strafzettel.«

Roberto verzichtet darauf zu diskutieren. Sie durchqueren die bläuliche Rauchwolke, die im Gastraum steht. Die Stammgäste unterbrechen ihre Litanei aus Flüchen, die ihr Briscola- oder Tresette-Spiel begleiten, und verdrehen die Köpfe nach Alice.

Roberto wendet sich an den großen Kerl im Hemd

hinter dem Tresen, auf dem zwei Schüsseln thronen, eine mit gekochten Kartoffeln und die andere mit Soleiern. Eine ideale Grundlage für den Wein.

»Alver, hast du einen Tisch für zwei?«

»Für Sie hab ich immer einen Tisch, *comisàri*. Ich decke Ihnen den besten ein, wir haben Sie ja noch nie in Gesellschaft gesehen.« Er nickt zu den Kartenspielern hinüber. »So weit weg wie möglich von diesen Spannern. Nicht, dass die Ihnen den Abend verderben, weil sie so glotzen. Was gibt's? Habt ihr noch nie eine Frau gesehen?«

Schallendes Gelächter bricht aus. Roberto würde am liebsten im Boden versinken, aber an Alice scheinen diese ärmlichen Komplimente abzuperlen. Sie setzen sich an ein Fenster am Ende des Gastraums. Alver stellt *Crescentine* und gebratene Kartoffelklößchen auf die ockerfarbene Papiertischdecke, dazu alle möglichen Arten von Aufschnitt, in Öl eingelegtes Gemüse, Zwiebelchen in Balsamico, frischen Schafskäse, gereiften Pecorino und Pesto montanaro, eine Mischung aus zerdrücktem Schinken, Pancetta, Knoblauch und Rosmarin.

Alice schmiert eine potenziell verhängnisvolle Menge auf eine in zwei Teile geschnittene Crescentina und bedeckt sie mit geriebenem Parmesan. Sie beißt hinein und lächelt glücklich, während sie das Ganze mit dem prickelnden Barbera des Hauses herunterspült. Roberto beschränkt sich auf ein paar kleine Häppchen.

Einige Minuten lang scheint es, als hätte keiner der beiden die Lust und den Mut, irgendeine Art von Gespräch zu beginnen. Dann, beinahe ohne es zu bemerken, fängt Roberto an, von dem Fall zu erzählen. Mit leiser Stimme, damit er nicht von den anderen Gästen belauscht werden kann. Nach anfänglicher Unsicherheit spricht er immer flüssiger und bewegt sich entlang einer absurden Zeitachse, die fünfzig Jahre umfasst. Er verbeißt sich in der Geschichte von Francesco Ferri und der Brigade Ypsilon. Und darin, was er über das Massaker am Monte della Libertà herausgefunden hat.

Sie lässt ihn reden. Erst am Schluss mischt sie sich ein, nachdem sie einen riesigen Bissen von dem gebratenen Kartoffelkloß mit frischem Schafskäse und einer Scheibe luftgetrocknetem Schinken verschlungen hat. »Du hast diese Kraft wieder zurückgewonnen, die dir neulich gefehlt hat. Die, die auf niemand Rücksicht nimmt und keine Gefangenen macht.«

Sie spricht ungestüm, als könnte sie es nicht erwarten, eine Last abzuwerfen. Ihre Hände wirbeln pausenlos in der Luft umher. Es ist reiner Zufall, dass das, was auf dem Tisch steht, nicht umgeworfen wird. Roberto setzt zu einer Antwort an, aber sie legt ihm einen Finger auf die Lippen.

»Lass mich ausreden. Es ist schon schwer genug, überhaupt darüber zu sprechen. Vorhin hast du erzählt, was *dir* wichtig ist, jetzt bin ich dran. An Neujahr habe ich dich dazu aufgefordert, den Fall nicht abzugeben, weil ich glaube, dass diese Kraft mindestens genauso zu dir gehört, wie du ihr gehörst.« Sie senkt den Blick. »Auch wenn sie mir Angst macht. Verdammt viel Angst.«

Sie trinkt einen großen Schluck, ihre Wangen sind leicht gerötet. »Ende des Sermons. Zurück zu uns. Gelten dieselben Regeln wie in Rom? Willst du, dass ich dir ein paar geniale Einfälle liefere, die es dir erlauben, einen Fall zu lösen, den du allein niemals lösen könntest?«

Roberto kann nicht anders, als zu nicken.

»Berto Guerzoni war alt genug, um am Zweiten Weltkrieg teilgenommen zu haben«, fährt sie fort. »Hat er was mit dem Massaker am Prà grand zu tun gehabt? Vielleicht kannte er den Henker?«

Roberto ist ratlos. »Ich weiß nichts über ihn, abgesehen von dem bisschen, das mir Don Gaspero erzählt hat. In Aldrovandis Buch wird er nicht erwähnt. Ich wüsste nicht, wen ...«

Eine zittrige Stimme unterbricht ihn. »Ich sag's Ihnen, *comisàri.*«

Sie drehen sich gleichzeitig zu der kleinen Frau um, die eine Flasche mit einer klaren Flüssigkeit in der Hand hält. Sie ist bis auf einen Schritt an sie herangetreten, ohne dass sie es gemerkt hätten.

»Ich muss sie um Verzeihung bitten«, sagt Argìa, während sie die leeren Schüsseln vom Tisch abräumt. Sie bemüht sich, Italienisch zu sprechen, es kommt aber nur eine seltsame Mischung mit dem Dialekt heraus. »Ich konnte nicht anders, als mithören. Jetzt kann ich Ihnen nichts sagen, Alver beobachtet mich. Ich lasse Ihnen den Grappa da. Ich komme später noch mal wieder.«

Sie stellt die ganze Flasche auf den Tisch und zwei

übergroße Gläser dazu. Der Alkoholgehalt des hausgemachten Destillats übersteigt die vierzig Prozent sicher bei Weitem.

»Nett, das Ömchen«, sagt Alice, während sie die Gläser füllt und für Robertos Mahnungen nur ein Achselzucken übrig hat. Vom Alkohol beflügelt wird das Gespräch leichter und flüssiger, während das Lokal sich allmählich leert. Obwohl Roberto sich bemüht, klar zu bleiben, verliert er sich in einer gleichsam wattierten Gefühlswelt, in der es nichts gibt außer Alices Duft und der Locke, mit der sie spielt. Er fühlt sich in einem tiefen Frieden. Und gleichzeitig alarmiert. Er ahnt nicht einmal, dass es Alice genauso ergeht.

Kurz nach dreiundzwanzig Uhr zieht sich Alver in die Küche zurück. Nur noch vier unermüdliche Kartenspieler bleiben übrig und Argìa, die so tut, als würde sie abräumen, und an ihren Tisch zurückkehrt und übergangslos den Faden wieder aufnimmt.

»Berto kannte den Henker. Er war einer von seinen Leuten, ein Deutscher!«

Roberto verwünscht die Alkoholwolken, die sein Hirn vernebeln.

»Guerzoni war Italiener durch und durch ...«

Die Alte schüttelt den Kopf. »*Comisàri,* im Krieg waren alle Deutsche, die mit den Deutschen paktiert haben! Schwarzhemden, SS, Republikaner ... Das war doch alles dasselbe. Die Italiener haben genauso gemordet wie die Deutschen.«

»Und Berto ...«, kann er kaum flüstern.

In den Augen der Alten explodiert eine überraschende Wut. »Der war ein Kaninchen, eine halbe Portion. Aber auch er hat seinen Anteil am Prà grand gehabt, damals fünfundvierzig. Ich war da!«

»Ich verstehe nicht ...«

Die Stimme der Alten wechselt zu einem anderen Tonfall. »Ich war da. Ich habe alles gesehen.«

»Mutter, vergiss nicht zu arbeiten, statt Geschichten zu erzählen«, dröhnt Alver, der mit schweren Schritten zu ihrem Tisch kommt. »Und Sie, meine Herrschaften, bequemen sich jetzt besser nach Hause. Wir müssen schließen.«

Das Gesicht des Wirts füllt Robertos Gesichtsfeld vollkommen aus. Die kräftigen Oberarmmuskeln zeichnen sich unter dem fleckigen Hemd ab. »Achten Sie nicht auf das, was sie erzählt. Sie wird allmählich alt.«

»Warum willst du nicht, dass sie mir hilft? Vielleicht, weil ich keiner von euch bin, so wie es die waren, die ermordet worden sind?« Der Alkohol legt ihm Worte auf die Zunge, die Roberto ansonsten nur gedacht hätte.

»Wenn man in Ruhe weiterleben will, ist es am besten, sich um seinen eigenen Kram zu kümmern. Ich mach das so, also machen Sie das auch so. Lassen Sie uns in Ruhe.«

In dem Augenblick versetzt Argìa ihm eine schallende Ohrfeige, obwohl sie nur halb so groß ist wie ihr Sohn. »Das hätte dir dein Vater Gino dafür gegeben, wenn er noch am Leben wäre und gehört hätte, was du gesagt hast.«

9

Langsam tauchen sie in den eiskalten Nebel ein, der vom Licht der Straßenlaternen gelb gefärbt wird. Roberto zieht seinen Mantel aus und legt ihn Alice um die Schultern, die sich bedankt und ihn anlächelt. Case Rosse schläft. Das einzige Geräusch ist das ihrer Absätze auf dem Pflaster.

Sie umrunden die Piazza einmal, langsam und schweigend, bevor sie am Celica ankommen. Sie gibt Roberto den Mantel zurück, holt den Schlüssel heraus und schickt sich an, ihn ins Schloss zu stecken. Plötzlich hält sie inne und blickt ihm direkt in die Augen.

»Gibt es im Kommissariat ein Gästezimmer? Ich hab ungefähr ein Dutzend Grappa zu viel getrunken. Es wäre nicht klug, jetzt zu fahren. Und dann bei dem Nebel ...« Sie sagt es mit Nachdruck, der all die vielen kleinen zweifelnden Stimmchen zum Schweigen bringt.

Robertos Lippen brennen vor Kälte. Er weiß, dass Alice bei so gut wie jedem Wetter fahren kann. Und den Grappa spürt sie zweifellos wesentlich weniger als er. »Es ist kein Zimmer vorbereitet«, stammelt er.

»Schade«, antwortet sie spitz und zieht die Tür auf.

Eine Sekunde, um zu entscheiden. Ein Balanceakt auf einem Seil, darunter gähnende Leere. »Wir bringen dich schon irgendwie unter«, sagt er in einem Atemzug, während sein Herz einen Schlag aussetzt. Die Aussicht, sie nicht mehr ansehen zu können, nicht mehr mit ihr zu sprechen, sie nicht mehr zu hören, ihre

Wärme nicht mehr zu spüren, ist unerträglich. »Ich kann dir mein Bett geben.«

Sie hakt sich bei ihm unter, ein Blick, der unmöglich zu entziffern ist. »Also, dann gehen wir, oder ich muss einen riesigen Eiszapfen mitschleppen.«

In der feuchten Eingangshalle des Kommissariats bewegen sie sich nur auf Zehenspitzen und senken die Stimme bis zu einem Flüstern. Sie versuchen, das Lachen zu unterdrücken, sie benehmen sich wie Teenager, die sich vor den Eltern verstecken.

Zum ersten Mal öffnet Roberto die Tür zu seinem Zufluchtsort für eine Frau. Sofort fühlt er sich beschämt. *Ich habe nie wahrgenommen, dass es so trostlos aussieht.* Alice hingegen benimmt sich wie ein Mädchen auf Reisen. Sie ist ständig in Bewegung, berührt die Gegenstände, betrachtet die mit CDs bedeckten Wände, die Platten und Kassetten, die Stereoanlage, die in einer Ecke thront, das schlichte Bett und den kleinen Schreibtisch mit dem Stuhl davor, den zweiflügeligen Schrank.

»Genauso hab ich es mir vorgestellt«, flüstert sie. In zwei Sprüngen steht sie vor dem Bett. Sie setzt sich darauf. »Fühlt sich bequem an.« Sie will gerade aufstehen, da fällt ihr ein Gegenstand auf, der ihr aus der Tasche gerutscht ist. Sie versetzt sich einen leichten Schlag vor die Stirn.

»Jetzt hätte ich das doch glatt vergessen! Ich hab was, das dir gehört«, sagt sie. Sie tut so, als würde sie einen Stein mit der Zwille abschießen.

Roberto kann es nicht fassen. »Du hast der Kriminaltechnik ein Beweisstück vorenthalten!«

Alice wiegelt ab: »Serna ... dieser Typ, diese Bohnenstange, der hätte doch eh nicht gewusst, was er damit anfangen soll.« Sie legt die Zwille auf den Schreibtisch und bleibt stehen, um sie zu betrachten. »Sieht aus wie ein Ypsilon.«

Roberto kommt es vor, als würde ihm ein Tropfen Eiswasser den Rücken hinabrinnen.

Sie springt auf. »Diese Partisanengruppe von Francesco Ferri, hieß die nicht Brigade Ypsilon? Du hast es am Tisch gesagt, vor einem halben Liter Grappa.«

Und wenn dieses kleine Stück Holz tatsächlich etwas zu erzählen hätte? Roberto nimmt es in die Hand, als könnte es mit ihm sprechen. Konzentriert, wie er ist, bemerkt er nicht, wie sie aufsteht und willkürlich auf den Tasten der Stereoanlage herumdrückt. Bevor er einschreiten kann, gelingt es ihr, sie einzuschalten.

»Und jetzt, wo ich tausend Dinge zu tun hätte, merke ich, wie meine Träume sich auflösen, aber ich kann nichts anderes tun, als an dich zu denken ...«

Luigi Tenco. Roberto hat diese Platte schon so oft gehört, dass die Tonspur ausgeleiert ist. *Ich hab mich in dich verliebt*, es war ihr Lied. Das Lied, das sie zusammen gehört haben, im Bett. Sie haben es auch getrennt voneinander gehört, überzeugt, vom anderen vergessen worden zu sein. Und jetzt hier, wieder zusammen.

Die Stimmung im Zimmer verändert sich. Alice verändert sich. Sie hat sich entschieden. Sie will nicht mehr im Ungewissen bleiben. Sie muss wissen, was möglich ist und was nicht. Sie lehnt sich gegen ihn. Ihre Körper passen perfekt aneinander. Jener magere nervöse nimmt den weichen und wohlgeformten auf, und dann fangen sie an, sich in dem engen Raum gemeinsam zum Rhythmus der Musik zu bewegen.

*»E adesso non so neppur io cosa fare, il giorno me pento d'averti incontrato, la notte ti vengo a cercare ...«**

10

Roberto findet keinen Schlaf. Im Halbdunkel, ein wenig Licht dringt durch die offenen Vorhänge herein, genießt er den warmen Körper der Frau. Er fühlt sich befriedigt, ganz und gar. Die Ängste sind für einen Augenblick weit weg. Morgen früh ist noch Zeit genug, sich ihnen zu stellen.

Als er den Geruch der verrotteten Blumen bemerkt, ist es zu spät. Er begreift, was gleich passieren wird, und dass es brutal und schnell sein wird. Er kann nichts tun, als Alices Kopf aus seiner Armbeuge zu schieben und aufzustehen. Er wirft sich auf den Stuhl und umklammert den Schreibtisch mit beiden Armen.

Ich habe das schon mal so gemacht, es hat funktioniert! Während er tanzt, bewegt er sich normalerweise erst auf unterschiedlich langen Kreisbahnen. Anfangs sind die Kreise langsamer und kleiner, später werden sie schneller und größer, dann wieder enger. Aber wenn

* »Und jetzt weiß ich nicht mehr, was ich tun soll. Am Tage bereue ich es, dich getroffen zu haben, nachts suche ich dich überall ...«

er es schafft, sich an etwas Festem zu halten, dann ist es nur der Geist, der tanzt, während der Körper von Zuckungen geschüttelt wird, aber ansonsten an Ort und Stelle bleibt. Er drückt die Zunge zwischen die Zähne, um keinen Ton von sich zu geben. Damit riskiert er, sich zu verletzen, aber Alice darf nicht aufwachen. Sie soll auf keinen Fall den Tanz sehen.

Die Muskeln spannen sich an, aber er leistet Widerstand, solange er noch eine Spur Herr seiner selbst ist. Mit dem letzten Funken Bewusstheit betet er, dass sie ihn nicht sieht. Dann lässt er los.

Ich bin auf der Piazza, vor dem Bronzeengel. Ich spüre Schmerz und Wut. Betrachte die eingravierten Namen. Mit langen, männlichen Fingern berühre ich die Buchstaben. Zuerst Francesco Ferri. Dann Serena und die anderen. Ich empfinde unendlichen Schmerz. Den Schmerz eines Menschen, dessen Familie man massakriert hat.

Stimmen dringen in meinen Kopf. Sie schreien die erlebte Pein heraus. Die Folter. Sie fordern Rache. Sie fordern Gerechtigkeit. Ihre Gerechtigkeit, die Gerechtigkeit der Märtyrer. Sie zersprengen mein Hirn. Das Leid ist so unermesslich, dass ich anfange zu weinen. Ich wische mir die Augen trocken, aber an meinen Fingern bleibt nur Blut kleben. Aus meinem Mund dringt eine Stimme, die nicht mir gehört. Das langsame und schreckliche Psalmodieren von Tausenden von Toten.

»Es keimen die Früchte des Grolls aus dem verfaulten Schoß der Erinnerung, in herber Blüte auf euren Feldern und euren Häusern …«

In mir ist nichts mehr außer Hass. Ich muss töten.

Als das Bewusstsein wieder in seinen Blick zurückkehrt, liegt Roberto mit dem Gesicht auf dem Schreibtisch. Er bemerkt, dass er über der Zwille zusammengesunken ist. Er tastet sein Gesicht ab und spürt das Zeichen des Ypsilons auf seiner Wange. Es pulsiert dumpf.

Tränen aus Blut. Die Stimme der Toten. Ein dermaßen allumfassender Hass, dass nichts ihn aufhalten kann. Ich war der Mörder. Es kann in jeder beliebigen Nacht passiert sein, diese eingeschlossen. Vielleicht hat der Mörder sein Werk noch nicht vollendet? Er wird nicht aufhören. Wer bist du? Warum rezitierst du die Inschrift von dem Denkmal?

Ein Gedanke bricht ein, der alle anderen auslöscht. *Alice.* Er fährt herum, sicher, dass sie nicht mehr da sein wird, geflohen, ein weiteres Mal verstört durch den Tanz.

Er sieht ihren nackten Rücken unter der Decke hervorlugen. Die Erleichterung lässt alle Spannung von ihm abfallen, die Müdigkeit fühlt sich auf einmal unendlich schwer an. So leise wie möglich streckt er sich neben ihr in dem kleinen Bett aus, ungeachtet der schmerzenden Muskeln. Die Wärme ihres Körpers gibt ihm Sicherheit, ihre Haut Seelenruhe.

Er umarmt sie von hinten. Drückt sie. Vergräbt sein Gesicht in ihren Haaren, küsst sie auf den Nacken. Sanft, um sie nicht zu wecken. Während sein Atem den ihren einatmet, schläft er endlich ein.

Alice reißt die Augen auf. Sie ist entsetzt, wehrlos. Zu keiner Bewegung fähig. Sie hat alles gesehen.

4. JANUAR 1995, MITTWOCH
DER STRUDEL

1

Roberto erwacht von der Kälte. Die roten Ziffern auf der Anzeige der Stereoanlage besagen, dass es kurz vor sieben ist. Alice ist nicht mehr im Bett, bei ihm. Er sieht sie am Schreibtisch sitzen, nackt.

»Ich muss los«, flüstert sie. »Um acht muss ich im Krankenhaus sein.«

Roberto fühlt sich, als hätte sie ihn mit einem Kübel Eiswasser übergossen.

»Warte. Ich mache Frühstück.«

Sie beginnt, sich anzuziehen. »Ich muss mich beeilen.«

Ein Abgrund tut sich zwischen ihnen auf. »Du bist ja wie ausgewechselt. Warum machst du das? Ich bin schließlich kein Fremder, mit dem du zufällig im Bett gelandet bist.«

Alices Wangen erglühen. Die Lippen verziehen sich zu einem bitteren Lächeln, während sie in ihre Jeans gleitet. »Ich weiß sogar zu gut, wer du bist. Was uns auseinandergebracht hat, ist lebendig und gegenwärtig.« Sie zeigt im Zimmer herum. »Hier, im Zimmer, zwischen uns.« Ihre Augen füllen sich mit Tränen. »Ich habe dich gesehen. Ich habe... den Tanz gesehen.«

Roberto kann kaum sprechen. »Es wird nicht so sein

wie früher«, hört er sich sagen, als spräche jemand anderes an seiner Stelle.

Sie schüttelt den Kopf. »Es wird genauso sein wie früher. Du tust nichts, um gesund zu werden. Es gibt bestimmt etwas, das man tun kann. Du hoffst einfach nur, dass deine Krankheit von selbst verschwindet oder dass du einen Weg findest, sie zu kontrollieren. Das wird nicht passieren. Du musst kämpfen, geh zu einem Arzt, lass dich untersuchen. Kümmer dich darum.«

»Ich hab unzählige Pillen geschluckt, und nie haben sie was genützt«, entgegnet er schwach. »Und kein Arzt hat jemals eine überzeugende Erklärung gefunden.«

Es war ausgerechnet einer der vielen Psychiater, die versuchte hatten, ihn zu heilen, der die Formulierung »der Tanz« geprägt hatte, weil es in der medizinischen Fachliteratur keinen passenden Begriff für das gab, was mit ihm geschah. Eine andere Größe von internationalem Ruf hatte nur die Achseln gezuckt, nachdem er ihn allen möglichen Tests unterzogen hatte. »Grand Mal?«, hatte er vermutet, wenig überzeugt, aber unfähig zu akzeptieren, dass er das Rätsel nicht lösen konnte. Aufgrund dieser spontanen Diagnose war Roberto auf Epilepsie behandelt worden in den wenigen Jahren, die er nach dem Tod seiner Eltern bei Onkel und Tante mütterlicherseits aufgewachsen war. Er hatte Valproat genommen und Carbamazepin und sich einer Computertomografie unterzogen, einer Radiografie und Kontrollen, Tests, Visiten. Die Resultate waren gleich null gewesen. Dieselbe Größe hatte sich noch weiter vorgewagt und Therapien empfohlen, die heute nicht mehr angewandt wurden, die aber, wie er sagte, in der Vergangenheit in den schwersten Fällen von Epilepsie sehr gute Ergebnisse gebracht hatten. Elektroschocks zum Beispiel oder die noch tiefgreifendere Leukotomie des Frontallappens, die Lobotomie.

Das war der Moment, in dem Roberto aufhörte, auf die Ärzte zu hören. Es war alles vergebens gewesen. Ob er sich behandeln ließ oder nicht, der Tanz manifestierte sich so oder so, unvorhersehbar und unkontrollierbar. Es begann immer mit dem Geruch nach verrotteten Blumen, den er mit schwülen Nachmittagen auf dem Friedhof verband. Sofort verspannten sich alle Muskeln. Jeder Zentimeter seines Körpers wurde von einer schmerzhaften Spannung heimgesucht. Auch das Gesicht, so sehr, dass es sich zu einer Grimasse verzog.

Nicht einmal Roberto selbst wusste, was danach geschah, wenn die Energie wieder abflaute. In dem Augenblick begann er eine kreisförmige Bewegung zu vollziehen, während der er mit absoluter Genauigkeit Momente aus dem Leben anderer Menschen erlebte, als wäre er sie selbst. Er sah, er fühlte. Und litt. Er konnte nichts anderes tun. Er konnte weder etwas verhindern noch irgendeine Geste oder eine Handlung ausführen. Er war Zuschauer. Am Ende erinnerte er sich an wenige ungeordnete Bilder. Gefühle. Worte.

Der Tanz trägt mich davon, er macht mich zu etwas anderem. Er lässt keinerlei Vermittlung zu, er wirbelt auf, was er auf seinem Weg findet. Er hatte sich bemüht, es zu verbergen, was dadurch erleichtert wurde, dass solche Krisen nach der Adoleszenz seltener auftraten. Aber zwei

Personen gegenüber hatte er sich offenbaren müssen. Eine war Augusto Bernini. *Die andere steht vor mir.*

Er springt aus dem Bett. Er stellt sich vor Alice. In ihren Augen sieht er nur goldfarbenes Eis. »Ich bin nicht krank«, flüstert er. »Das bin ich, ich bin so. Es gehört zu mir.« Er versucht, sie in den Arm zu nehmen. Sie ist jetzt vollständig bekleidet. Nur die verwuschelten Haare erinnern noch an das, was vor wenigen Stunden geschehen ist. Sie bewegt sich nicht, entzieht sich aber auch nicht.

In Robertos Erinnerung werden Bilder wach. Sie springt vier Jahre zurück, nach Rom. Die Nacht, in der er in Alices Zimmer in der Via del Governo Vecchio gestürzt war. Sie war wach gewesen, bereitete sich auf eine Prüfung vor. Sie hatte ihn mit einem Lächeln empfangen, das erlosch, als sie das Blatt sah, das er umklammert hielt. Eine Auskunft über den Familienstand, die ihm ein Angestellter der Stadt Bologna ein paar Stunden zuvor in einem Café an der Piazza Maggiore ausgehändigt hatte.

Einen Monat zuvor hatte der Tanz mich in einer schlaflosen Nacht überrascht, während ich den Tiber entlangschlenderte. Ich fand mich in einem Krankenhauszimmer wieder. Vor mir eine alte Frau, die zusammengekrümmt in einem weißen Bett lag. Ich tupfte ihr die ausgetrockneten Lippen mit einem feuchten Taschentuch ab, um ihr etwas Erleichterung zu verschaffen. Ich hatte Frauenhände, kurze und gepflegte Fingernägel.

Die Kreatur hatte die Augen aufgeschlagen. Vorquellende Augen, trüb. Unverwechselbare Augen, bernsteinfarben. Augen, die fest auf mich gerichtet waren. Ich hatte Erleichterung empfunden. Ich hatte Zuneigung und tiefe Zärtlichkeit empfunden. Die Zärtlichkeit einer Schwester. »Silvia«, hatte ich gesagt, gerührt.

Sie hatte das erste Wort seit Monaten ausgesprochen: »Töte mich.«

Ich war dermaßen aufgewühlt, dass ich das Zimmer verlassen musste. Dabei war ich an einem Spiegel vorbeigekommen und hatte mein Bild in einem Spiegel gesehen. Ich war Alice. Und irgendwie wusste ich, dass die alte Frau in dem Bett meine Schwester war, auch wenn sie mehr als siebzig Jahre alt aussah.

Roberto hatte an einem Scheideweg gestanden. Der Tanz hatte ihn immer Bilder von Dingen sehen lassen, die geschehen waren oder gerade geschahen. Nur Vergangenheit und Gegenwart, niemals Zukunft. Und niemals etwas, das nicht Wirklichkeit war. Aber Alice hatte ihm gesagt, sie sei ein Einzelkind. Tagelang hatte er mit sich gerungen, ob er ungeachtet der Folgen der Wahrheit nachgehen oder so tun sollte, als wäre nichts gewesen. Er hatte sich für den ersten Weg entschieden.

So war er mit jenem Blatt Papier angekommen, mit dem er ihr vor dem Gesicht herumwedelte, auf dem stand, dass Ruggero Maria Capelveneri zwei Töchter gehabt hatte, von denen eine, Silvia, sehr jung gestorben war.

Bevor Alice antworten konnte, war Roberto überwältigt worden. »Verrottete Blumen …«, hatte er gerade noch stammeln können, dann hatten sich seine Gesichtszüge verzerrt. Er hatte vor sich hin gestammelt, die Fäuste geballt. Entsetzt war sie einen Schritt zurückgewichen. Sie hatte keine Ahnung, was geschah. Er hatte angefangen, im Kreis zu gehen, erst langsam, dann immer schneller.

Ich war wieder in dem Krankenhauszimmer, sah aber alles aus einer anderen Perspektive. Ich lag in dem Bett. Ich wusste, dass ich noch jung war, fühlte mich aber wie ein schrottreifes Wrack. Ich war nicht immer so gewesen, sondern war eine ganz normale junge Frau, bis plötzlich mein Körper angefangen hatte zu verfallen. Zu altern. Irgendeine Krankheit mit einem unaussprechlichen Namen. Das Bett, an das ich gefesselt war, war meine Welt geworden.

Ich wollte zumindest selbst entscheiden, wie ich sterbe, wenn es mir schon nicht gestattet war, irgendetwas anderes zu entscheiden. Ich war wild entschlossen. Das war mein Recht. Ich hatte gesehen, wie Alice ans Bett trat, hatte gefühlt, wie sie meine Lippen anfeuchtete. Nur sie konnte ich bitten. Meine Schwester.

»Töte mich.«

Welche Freude hatte ich empfunden, als mir klar wurde, dass ich es geschafft hatte, diese Worte auszusprechen. Sie jedoch war fortgegangen.

Als sie zurückkam, sagte sie mir, dass sie es tun würde. Sie hatte mir die trockenen Lippen befeuchtet. Mir das Kissen unter dem Kopf hervorgezogen. Dann war alles schwarz geworden und immer schwärzer. Ich bekam keine Luft mehr. Das Leben wich aus mir heraus im Rhythmus der Atemzüge, die ich nicht tun konnte.

Da wusste ich, dass ich nicht sterben wollte. Auch wenn ich in den letzten Zügen lag, konnte das Leben mir noch etwas geben. Ich hatte versucht, es meiner Schwester zu sagen.

Unmöglich.

Alice drückte das Kissen und weinte. Ich hörte sie. Die Luftnot überwältigte mich. Ich musste sie aufhalten, aber ich konnte nicht sprechen. In einem letzten Aufbäumen hatte ich versucht, alle Kräfte zusammenzunehmen, um sie wegzustoßen. Dann nichts mehr.

Als der Tanz zu Ende war, hatte Roberto Alice zusammengerollt auf dem Bett liegen sehen, die Knie an die Brust gezogen. Sie weinte. »Was ist mit dir passiert?«, stammelte sie. »Wer bist du?«

»Deine Schwester ...«, hatte er schließlich geflüstert. »Du hast deine Schwester erstickt.«

Alice hatte es nicht abgestritten. Sie hatte sich nicht verteidigt. Sie hatte nur geflüstert: »Warum hast du nicht gewartet, bis ich es dir erzähle?«

In Robertos Augen stand tiefe Enttäuschung. »Warum hast du mich angelogen? Ich habe mich dir geöffnet, ich habe dich in meine Seele gelassen. Und du ...«

Sie war aufgestanden. »Ach ja? Du hast dich geöffnet? Und was ist mit dem, was dir hier gerade passiert ist? Du bist hier auf und ab gegangen mit einem schrecklich verzerrten Gesicht, hast irgendwelche unverständlichen Worte gestammelt. Wie ein Irrer. Ist das das erste Mal, dass dir das passiert?«

Roberto hatte die Augen niedergeschlagen. Er konnte ihrem zornerfüllten Blick nicht standhalten. »Das erste Mal war, als meine Eltern gestorben sind.«

Alices Stimme war schneidend geworden: »Was für eine Krankheit ist das?«

Er hatte den Kopf geschüttelt. »Das ist keine Krankheit. Es ist etwas, das zu mir gehört. Ich hätte dir davon erzählt.«

Alice hatte ihn zurückgestoßen. Einmal. Zweimal. Dreimal. Bis zur Tür. Etwas in ihr war zerbrochen. Etwas tief drinnen. Der Mann, den sie liebte, hatte ihr wehgetan. Er hatte ihre Privatsphäre verletzt und war in ihre Geheimnisse eingedrungen. Was sie gesehen hatte, war schrecklich gewesen. Und es hatte gefährlich ausgesehen.

»Das, was ich für meine Schwester getan habe, gehört auch zu mir. Ich hätte dir davon erzählt.« Sie hatte die Tür aufgerissen. »Hau ab.«

»Wir können doch ...«

Alice hatte angefangen zu schreien: »Nichts können wir mehr, du und ich! Du hast mich angelogen. Du hast in meinem Leben herumgeschnüffelt. Du hast mir nicht vertraut. Du bist doch krank. Hau ab!«

Noch in derselben Nacht hatte Roberto mit Bernini gesprochen. Er war noch einen Monat in Rom geblieben, war aber nicht mehr bei ihr gewesen. Dann war die Versetzung vollzogen worden.

Jetzt stehe ich hier, im Zimmer des Kommissariats von Case Rosse, vor einer Tür, die sich erneut zu einer Trennung öffnet. Und dieses Mal wird es für immer sein.

Alice entwindet sich seiner Umarmung. »Unserer Geschichte fehlte nur noch der Abschied«, sagt sie. »Jetzt ist es so weit.«

Sie geht, ohne sich umzudrehen. Kurz darauf heult ein Motor auf. Sie verlässt Case Rosse.

2

Alices Augen stehen voller Tränen. Sie kann nicht fahren. Nach zwei Kurven im Nebel hält sie an einer der seltenen Ausweichstellen an, die den Kastanienhang unterbrechen. Sie legt den Kopf aufs Lenkrad und weint heftig, geschüttelt von verzweifelten Schluchzern. Schluchzer, die den Dingen vorbehalten sind, die zu Ende gehen.

»Silvia«, stammelt sie. »Ich wollte doch nur, dass es dir besser geht.«

Bis diese überaus seltene, verspätete Form von Hutchinson-Gilford diagnostiziert wurde, einer Krankheit, die zu einem verfrühten Altern des Körpers und normalerweise zum Tod in den ersten fünfzehn Lebensjahren führt, war Silvia Capelveneri ein ganz normales, gesundes junges Mädchen gewesen. Nur ein bisschen hübscher als der Durchschnitt und innig mit der Schwester verbunden. In jenen schrecklichen Tagen hatte sie sich langsam, aber unaufhaltsam in eine alte Frau verwandelt, die unbeweglich im Bett einer luxuriösen Klinik lag: Sie wäre vor Hunger und Durst gestorben, wenn man sich nicht um sie gekümmert hätte. Und in klaren Momenten war sie sich ihrer Lage nur zu bewusst.

»Welchen Sinn hätte es gehabt, dich am Leben zu

lassen?«, fragt sie in den Nebel hinein. Für Silvia war die Möglichkeit zu sterben allgegenwärtig gewesen. Daher hatten die Ärzte auch, ohne zu zögern, einen natürlichen Tod festgestellt. Eine Einschätzung, die vielleicht auch durch den Einfluss des Vaters ermöglicht wurde. Alice hatte immer den Verdacht gehabt, dass ihr Vater etwas geahnt hatte. Eines Tages hatte er ihr sogar gestanden, dass, hätte er den Mut dazu gehabt, er es selbst getan hätte. Ohne näher darauf einzugehen, hatte er sie in den Arm genommen, was überaus selten geschah.

Zusammengesackt im Celica spürt sie einen quälenden Schmerz in der Brust.

»Wie soll ich Robertos Krankheit akzeptieren, wenn er sie nicht zuerst selbst akzeptiert? Wenn er nicht zugibt, dass er sich behandeln lassen muss? Wie soll ich das können?«

3

Einem vertrauten Impuls folgend, durchbricht Roberto die Erstarrung, indem er die Laufschuhe anzieht. Er läuft ohne Musik. Er läuft und zwingt sich dazu, nicht zu denken. Er wirft sich den Hang hinter dem Torbogen hinunter. Durch eine Laune des Schicksals läuft er an Alices Auto vorbei. Das Fahrzeug ist im Nebel versunken und er in etwas, das er als Leere empfindet. So verschwindet auch die letzte Möglichkeit einer Klärung.

Er erhöht das Tempo, bis es unerträglich wird. Reißt

den Mund auf und trinkt die Luft, als könnte sie ihn von innen heraus reinigen. Er hält das mörderische Tempo aufrecht. Er will sich wehtun, will so die Verzweiflung darüber, Alice verloren zu haben, auslöschen, die Enttäuschung, noch nicht herausgefunden zu haben, wer Benedetta ermordet hat, ihre Familie und Berto Guerzoni, die Qual, weil sein Leben um ihn herum eingestürzt ist, ohne ihm auch nur die Chance zu lassen, etwas davon zu verhindern.

Irgendetwas erschüttert ihn tief im Inneren und wendet sich in Wellen nach außen. Der Atem bricht sich in Schluchzern, die unmöglich zurückzudrängen sind. Die Tränen werden zu eisigen Nadeln, die die Wangen durchdringen.

Kaum hat er den Wald erreicht, bleibt er stehen und überlässt sich unbekannten Empfindungen. Es gibt Versprechen, die man als Kind gibt und ein Leben lang hält. Oder zumindest so lange, bis etwas so Großes geschieht, dass man es nicht mehr schafft.

Entschuldige, Mama, denkt er. Und weint. Weint verzweifelt. Weint lange. Als es ihm gelingt, sich zu beruhigen, bricht er am Fuß eines dicken Stammes zusammen, gefrorenes Gras unter seinen Händen. Er bleibt so lange auf der Erde liegen, bis er wieder so etwas wie Kontrolle über sich zurückgewonnen hat. Dann steht er auf und läuft in einem ruhigeren Tempo weiter.

Und denkt wieder über den Fall nach. *Das ist das Einzige, was mir bleibt. Danach kann ich wieder untertauchen.*

Er kommt erneut an dem kleinen Ausweichplatz vorüber, an dem Alice angehalten hatte. Der Nebel hat sich gerade so weit gelichtet, um zu erkennen, dass der Platz leer ist.

4

Als er zurückkommt, wendet Roberto sich direkt der Osteria zu. Durchgeschwitzt, die leichte Laufjacke bedeckt mit feinen Tröpfchen. *Ich will alles aufklären.*

Das Lokal ist noch nicht vom Rauch der Zigaretten und Zigarren verqualmt. Es sind gerade mal zwei Stammgäste da, die Köpfe über die Zeitung gebeugt, ein Glas in der Hand. Hinter den Tresen gezwängt, auf dem die gleichen Kartoffeln und Eier wie gestern Abend aufgebaut sind, erinnert Alver an einen Gorilla in einem zu engen Käfig.

»Was darf ich Ihnen bringen?«, fragt er, als hätte es nie eine Auseinandersetzung zwischen ihnen gegeben. »Ein bisschen Wasser, um den Durst nach der Gymnastik zu stillen?« Robertos Sport zählt zu den Dingen, die ihn von den Leuten im Dorf trennen. Hier wird man entweder durch Arbeit auf dem Feld oder durch andere schwere Tätigkeiten müde, oder man ruht aus. Man ermüdet sich nicht vorsätzlich. Die Jungen spielen ohne Ehrgeiz Fußball, die Alten werfen die Ruzzola – eine schwere Holzscheibe – die *treppi* entlang, die kleinen Trampelpfade durch die Felder. Einfach nur ziellos zu rennen, ohne irgendwo ankommen zu wollen, ist nicht zu verstehen.

»Einen Kaffee«, antwortet Roberto, der allmählich zu seiner Atemfrequenz zurückfindet. »Filterkaffee, stark und in einer großen Tasse.«

»Soll ich ihn Ihnen mit einem Schuss Grappa verfeinern? Ein kleines Schlückchen hebt die Auswirkungen des Rauschs vom Vortag wieder auf«, erklärt der Wirt, während er mit der alten Faema beschäftigt ist.

Robertos Stimmung wird mit einem Schlag noch finsterer als die Flüssigkeit, die ihm eher grob serviert wird. »Wo ist deine Mutter?«, fragt er barsch.

»Sie ist müde und zu Hause geblieben.«

»Also unterhalten wir zwei uns jetzt. Wie kommt es, dass du am Neujahrstag am Monte della Libertà warst? Wie hast du's angestellt, noch vor mir dort zu sein?«

Alvers Gesicht nimmt denselben drohenden Ausdruck an wie am Vorabend. Im Dorf kursieren einige Geschichten darüber, wie viele Menschen er mit seinen Faustschlägen schon ins Krankenhaus befördert hat. »Was geht Sie das an?«

Ungeachtet der vollkommen unterschiedlichen Statur beugt sich Roberto über den Tresen und packt ihn am Hemd. »Auch wenn es dir und allen anderen aus dem Dorf vollkommen egal ist, ob der wahre Schuldige Berto Guerzoni ist oder nicht«, knurrt er den Wirt wenige Zentimeter von seinem Gesicht entfernt an, »werde ich nicht aufhören, Fragen zu stellen, bevor ich nicht die Wahrheit herausgefunden habe. Verstanden?«

Alver befreit sich mühelos aus seinem Griff. Er senkt die Stimme, um nicht von den wenigen Gästen gehört zu werden. »Sie sind zäh, *comisàri*. Aber in vier Jahren haben Sie wirklich nichts über uns verstanden. Glauben Sie, Sie könnten jetzt damit anfangen? Und dann, was gibt's da schon groß rauszufinden? Guerzoni hat doch einen Brief hinterlassen.«

»Vielleicht hat er ihn nicht selbst geschrieben.«

Alver starrt ihn weiterhin mit Ochsenaugen an. Dann antwortet er auf Robertos Frage, als hätte er sich jetzt erst wieder daran erinnert. »Ich habe gearbeitet wie immer, als das Gerücht aufkam, es wären Leichen am Prà grand gefunden worden.«

»Gerüchte kursieren nicht von allein, es braucht jemanden, der sie in Umlauf bringt. Wer war das?«

Der Wirt fängt an, ein Glas zu polieren, als wäre das jetzt das Dringendste. »Wer weiß das schon. Am Ersten des Jahres waren nur meine Mutter und ich hier in der Wirtschaft, der Bürgermeister und dieser Schreiberling, Bondi.«

»Und Rende?«

»Der ist in Ordnung, für einen Sizilianer.«

»Mach mich nicht noch wütender, als ich es schon bin. Rende war nicht in der Wirtschaft?«

Alver betrachtet das Glas gegen das Licht. »Jetzt, wo ich genauer darüber nachdenke – ja, er ist gekommen, um einen Espresso zu trinken. Aber der Erste, der zu seinem Schrotthaufen gerannt ist, um zum Prà grand zu fahren, war Bondi. Ein Aasgeier.«

»Wenn er ein Aasgeier ist, was bist dann du? Du bist doch direkt nach ihm losgefahren!«

Das Glas zerbricht, und in der großen Hand des Wirtes öffnet sich ein Schnitt, aus dem dickes, dunkles Blut quillt. Er drückt den Lappen auf die Wunde, mit dem er eben noch das Glas poliert hat.

»Das war meine Mutter. Ab einem gewissen Alter wird man wieder zum Kind. Man glaubt, dass die Märchen wahr sind, genau wie Sie das tun.«

»Deine Mutter hat mehr im Kopf als du, Alver. Und sehr viel mehr gesunden Menschenverstand. Sag ihr, dass sie noch heute aufs Kommissariat kommen soll.« An der Tür dreht er sich noch einmal um. »Setz den Kaffee auf die Liste zu dem Essen von gestern Abend.«

Vor der großen Tür des Kommissariats bleibt Roberto stehen. Er blickt zu der des Rathauses direkt daneben. Unter der Jacke spürt er das schweißnasse Hemd auf der Haut kleben, die Erschöpfung nach dem Lauf umgibt ihn mit ihrem sauren Geruch. Nicht ganz der Zustand, in dem man den ersten Bürger des Ortes aufsuchen sollte, nicht einmal in einem Dorf mit weniger als tausend Einwohnern.

Warum denn nicht? Mein Fall existiert ja gar nicht. Es gibt nichts Offizielles an dem, was ich mache. Mit dieser Einstellung wendet er sich der Treppe zu Luigi Raimondis Büro zu. Immer zwei Stufen auf einmal nehmend, rennend, wobei er die Rufe der Alten ignoriert, die den Kopf aus dem Einwohnermeldeamt steckt.

Er klopft an die dunkle Holztür. Tritt ein, ohne die Antwort abzuwarten. Der Bürgermeister sitzt an einem großen Schreibtisch. Er lächelt, es ist nicht klar, ob zur Begrüßung oder wegen seines seltsamen Aufzugs. Er greift zur Krücke und steht auf, um ihm die Hand entgegenzustrecken.

»Meine Tür ist immer offen für meine Mitbürger«, fängt er an. Ihr letztes, stürmisches Aufeinandertreffen steht freilich zwischen ihnen. »Ein Glück, dass diese schreckliche Geschichte zu Ende ist«, fährt er fort.

Genau das, was Roberto sich erhofft hatte. »Vor zwei Tagen waren Sie noch überzeugt davon, dass der Mörder unmöglich einer *di nòster* sein könne. Jetzt, wo der Schuldige gefunden ist und aus Case Rosse ist, ist Ihnen das aber auch nicht unrecht. Seltsam.«

»Verstehen Sie mich nicht falsch, Commissario. Die Dorfgemeinschaft hat die Nachricht, dass eines ihrer Mitglieder sich mit einem Verbrechen von solch unerhörter Grausamkeit befleckt hat, sehr schlecht aufgenommen.«

Robertos Geduld ist am Ende. *Keine Nachsicht mehr für niemanden. Für mich hat auch keiner welche.* »Ich bin nur stellvertretender Kommissar. Und Sie, sparen Sie sich Ihre Politikerphrasen für die nächsten Wahlen auf. Erklären Sie mir lieber, warum Guerzoni Sie sofort angerufen hat, nachdem er die Leichen entdeckt hat.«

Die Überraschung ist nicht zu übersehen. Raimondi bricht der Schweiß aus. Sein sorgfältig getrimmter Schnurrbart zittert. Im Boxring würde der Schiedsrichter ihn jetzt anzählen. Er stammelt. »Guerzoni hat mich nie angerufen.«

»Die Protokolle sagen etwas anderes.«

Raimondi denkt eine Weile schweigend nach. Dann hellt sich seine Miene auf. »Gegen ... so gegen halb sieben am Neujahrstag hat das private Telefon geklingelt. Meine Frau und ich lagen noch im Bett. Sie ist aufgestanden. Sie hat mir gesagt, dass aufgelegt wurde, als sie abgehoben hat. Wir dachten an einen Scherz.« Der Bürgermeister holt Luft. »Ich glaube, dass man überprüfen kann, dass der Anruf nur wenige Sekunden gedauert hat.«

»Auch wenn das wahr wäre, bleibt immer noch zu klären, warum ein Mann, der sich selbst des Mordes an drei Menschen bezichtigt hat, Sie zu Hause anruft.«

»Ich habe keine Ahnung. Wir waren ganz sicher keine Freunde. Und er gehörte nicht zu meinen Unterstützern, politisch gesprochen. Er war ... ein Nostalgiker, das war er.«

»Mir kommt es vor, als gebe es in Case Rosse einige davon.«

Raimondi zeigt auf die Fahne, die an der Wand hängt. Sie zeigt einen Vogel, der aus einem Feuer auffliegt. »Das ist das Wappen des Dorfes: der Phönix, der sich aus seiner Asche erhebt. Wir haben uns ebenfalls wieder aufgerichtet nach dem Krieg, aber wir tragen die Narben immer noch. Ich vor allen anderen. Ich bin am 22. April 1945 geboren, wenige Stunden nach dem Eintreffen der Alliierten. Als hätte meine Mutter noch die Befreiung abwarten wollen, bevor sie mich in die Welt hinauslässt. Sie war Kurier für die Partisanen, sie gehörte zu denen, die geholfen haben, die Märtyrer vom Prà grand zu begraben, obwohl sie schon im achten Monat schwanger war. Ich glaube, das, was sie dort gesehen hat, hat mir mein schlechtes Bein beschert.«

Auf die Krücke gestützt, steht er auf, um zu zeigen, dass für ihn das Gespräch beendet ist. »Niemand aus meiner Familie hat mit Berto Guerzoni gesprochen. Das können Sie gern überprüfen.«

5

Es ist nach zehn Uhr, als er ins Kommissariat zurückkehrt. Zähneklappernd, weil die Kälte ihm inzwischen bis in die Knochen gekrochen ist. Bevor er sich eine heiße Dusche gönnt, steckt er den Kopf noch in Manzinis Büro. Der Kollege hebt den Blick von dem Buch, das er liest, und schaut ihn an. Eine Frage nimmt in seinem Blick Gestalt an, aber Roberto kommt ihm zuvor: *»Die Wölfe kommen?«*

»Ich habe Lust bekommen, es noch einmal zu lesen.«

»Hat niemand angerufen?« Am Vortag waren diverse Anrufe von Alice in der Warteschlange gewesen. Heute nur Manzinis verneinendes Kopfschütteln, der es dennoch fertigbringt, ihn zu fragen: »Wo kommst du denn her, so aufgelöst?«

»Ich war laufen, sieht man das nicht?«

Nach der Dusche zieht er sich in sein Zimmer zurück. Er hält eine Tasse Kaffee in den Händen, um die Kälte zu vertreiben, während er sich auf die drei Anrufe vorbereitet, die er erledigen muss.

Berninis raue Stimme wirkt beruhigend. »Es geht alles seinen Gang, Sernagiotto wartet auf seine Beförderung, und die offiziellen Ergebnisse der Analysen der Kriminaltechnik und der Ballistik treffen demnächst ein, auch wenn ich bezweifle, dass es da noch irgendwelche Überraschungen gibt. Dafür bist du zuständig, mein Junge«, sagt er ihm. »Und dann gehen wir zusammen in einem kleinen Restaurant feiern, das ich entdeckt habe. Die haben eine phänomenale Küche und ein extra Raucherzimmer, in dem man die besten Zigarren rauchen kann, mit Rum dazu.«

Roberto ist ganz und gar nicht nach Feiern zumute. Er möchte nur verschwinden. »Alice hat die Nacht hier verbracht.«

Die Überraschung in Berninis Schweigen ist echt. »Du weißt nicht, wie mich das für dich freut.« In der rauen Stimme schwingt etwas mit, das tiefer reicht. Gefühle, die nur schwer zu entziffern sind.

Roberto fährt fort, als hätte er nichts gehört. »Der Tanz ist ausgerechnet zurückgekehrt, als sie hier war. Sie hat es gesehen und Angst bekommen. Sie ist weg. Für immer. Sie hat wieder gesagt, dass ich krank bin. Kann sein, dass sie recht hat. Vielleicht sollte ich doch wieder anfangen, mich behandeln zu lassen.«

Ein langes Schweigen und ein schwerer Seufzer. »Auch beim letzten Mal sollte es für immer sein. Mir hat ja dieses Papatöchterlein noch nie gefallen, das weißt du. Aber wenn ihr füreinander geschaffen seid, dann werdet ihr euch wiedertreffen. Das ist natürlich nichts, was du von einem unausstehlichen Alten wie mir zu hören erwartest, aber auch ich habe ein Herz, was glaubst du denn? Ein bisschen zerlöchert vielleicht, aber ein Herz. Was die Krankheit angeht, Serra, so verspreche ich Ihnen, dass Sie am Ende dieses Falles alle Zeit der Welt haben werden, um sich behandeln zu lassen.«

Die Rückkehr zum Sie bedeutet, dass dies eine Verpflichtung ist, die Bernini offiziell auf sich nimmt. Aber Roberto reicht das nicht. »Das wird mein letzter Fall sein. Wenn ich mich den Schrecken eines solchen Falles aussetze, weckt das das Schlechteste in mir. Ich kann den Tanz nicht zurückdrängen. Ich brauche einen sicheren Zufluchtsort. Mit oder ohne Alice.«

»Halt durch, mein Junge.«

»Immer dieselben Ratschläge: Halt durch, gib nicht auf. Aber sogar Sie haben eines Tages die Spezialeinheit aufgegeben und die Toten, die Sie mit sich geschleppt haben. Warum sollte ich das nicht dürfen?«

»Das ist jetzt nicht der rechte Augenblick, um darüber zu sprechen, Serra. Sie sind zu aufgewühlt.« Dem Tonfall des Questore nach ist er da nicht der Einzige.

Das zweite Telefonat soll die Aussage des Bürgermeisters verifizieren. *Geboren am Ende des Krieges, aber mit einer schweren Bürde: die Behinderung und die Erinnerungen seiner Mutter. Sein Motiv wäre stärker als das von Berto Guerzoni.* Er schüttelt den Kopf. *Du suchst schon wieder die Gründe für das, was 1995 geschehen ist, in den Ereignissen von 1945.*

Er wählt die Nummer, die ihm Sernagiottos Freundin auf dem Anrufbeantworter hinterlassen hat. Sonia

Guerriero bestätigt, dass der Anruf von Berto Guerzoni bei Raimondi weniger als zwei Sekunden lang war. Derjenige bei der Rettungswache hingegen hatte über drei Minuten gedauert.

Guerzoni hat mit Rende gesprochen. Aber als er die Stimme von Raimondis Frau hörte, hat er auch schon wieder aufgelegt. Er wollte nur mit dem Bürgermeister sprechen, der aber behauptet, er wisse nicht, warum.

Bleibt noch das letzte Telefonat. Er sucht die Nummer der Universität Bologna heraus. Nach diversen Weiterleitungen wird er von einem Assistenten der Geschichtsfakultät gestoppt: »Der Professor genießt seinen wohlverdienten Urlaub, der Glückliche, und ich bin nicht autorisiert, Ihnen seine Privatnummer zu geben.«

Virgilio Aldrovandi ist kein häufiger Name. Im Telefonbuch von Bologna taucht er nur einmal auf. *Warum es nicht probieren?* Nachdem er es lange hat klingeln lassen, meldet sich eine gebieterische, aber müde Stimme, die zu einem sehr viel älteren Menschen zu gehören scheint, als auf dem Umschlagfoto abgebildet.

In Formulierungen einer längst vergangenen Zeit bestätigt er, »jener Professor Aldrovandi zu sein, der *Die Wölfe kommen* geschrieben hat«, und erklärt sich zu einem Treffen am morgigen Tag bereit. Er entschuldigt sich, dass er nicht nach Case Rosse kommen kann, weil »sich die Sicht hin und wieder eintrübt, wofür kein anderer Grund als mein Alter heranzuziehen ist. Unglücklicherweise handelt es sich dabei um ein Übel, das nicht reversibel ist.« Er nennt eine Bar auf der Piazza Maggiore, dem Hauptplatz der Stadt. »In einem

Kraftakt überbordender Phantasie haben sie es Caffè Maggiore genannt. Es ist nichts Besonderes, aber sie servieren dort einen sehr guten Tee.«

Robertos Magen verkrampft sich. Unter den unzähligen Bars und Restaurants einer Stadt, die für die Vielfalt ihrer Lokale berühmt ist, hat der Professor ausgerechnet jenes ausgewählt, in dem das Treffen mit dem eilfertigen Angestellten des Einwohnermeldeamts stattgefunden hatte, der ihm Alices Geheimnis bestätigt hatte. *Es kehrt alles wieder. Nichts vergeht.*

Als er gerade wieder aufstehen will, fällt sein Blick auf eine Papierkugel unter dem Schreibtisch. Er hebt sie auf und streicht sie mit den Händen auseinander. Das Perimeter des Falls, weggeworfen nach der Entdeckung von Berto Guerzonis Leiche. *Ich dachte, es sei alles zu Ende. Stattdessen muss alles erst noch anfangen.*

Mit Kugelschreiber zeichnet er einen weiteren Kreis neben jeden der bereits vorhandenen. In den neuen Kreis »Opfer« schreibt er ZWANZIG GEFALLENE, DREIZEHN MITGLIEDER DER FAMILIE FERRI. Bei Tatzeitpunkt steht ein weiterer Neujahrstag, der von 1945. Der Tatort ist der Monte della Libertà. Mit einer Linie verbindet er ihn mit dem Kreis, in dem steht COLLE DELLA GUARDIA. Der Tathergang ist derselbe: Exekution. Diese Mal jedoch steht der Schuldige mit Sicherheit fest. Unter BERTO GUERZONI, so kräftig unterstrichen, dass das Papier eingerissen ist, schreibt er ENRICO ZANARINI, DER HENKER DES APENNINS.

Die Toten der Vergangenheit strecken denjenigen der Ge-

genwart die Hand hin. Es sind zwei Fälle, in denen ermittelt werden muss.

Es fehlen die Kreise für das Motiv. Der für den Mord von 1995 bleibt leer, in den für 1945 schreibt er DIE WÖLFE KOMMEN und zeichnet es noch einmal nach.

6

Es klingelt, während Roberto die Treppe hinuntergeht. »Ich öffne«, informiert er Manzini. In dem bleiernen Licht erkennt er kaum den kleinen Umriss, der aus demselben Nebel gemacht zu sein scheint, der die Piazza einhüllt.

»Alver hat mir gesagt, dass Sie mich sehen wollen«, sagt Argìa. Sie tritt gebeugt mit furchtsamen Schritten ein. Ihr Kopf ruckt hin und her, während sie den Flur absucht. *Hier stimmt irgendwas nicht.*

In der Tat, nachdem sie in seinem Büro Platz genommen hat, bricht sie in ihrem starken Dialekt in eine ganze Serie abwiegelnder »Ich weiß nicht«, »Mein Gedächtnis ist auch nicht mehr das, was es mal war«, »Ich meinte was anderes« aus.

Sieht aus, als hätte ihr jemand Angst gemacht. Roberto stellt seinen Stuhl neben den der Alten und nimmt die faltigen und mit Altersflecken überzogenen Hände. Er blickt ihr tief in die Augen, die vom grauen Star getrübt sind und vielleicht auch von zurückgehaltenen Tränen.

»Wer hat dich dazu gedrängt, mir diese Dinge zu sagen? Oder besser, nichts zu sagen?«

Sie weicht zurück. Wendet den Blick ab und zieht die Hände zurück. »Niemand, ehrlich.« Immer wieder blickt sie sich um.

Er versucht, ihr Sicherheit zu geben. »Du hast nichts zu befürchten. Hier bist du sicher.«

»*Comisàri,* man ist nirgendwo in Sicherheit«, gibt sie mit kaum hörbarer Stimme zurück. Dann seufzt sie. »Geben Sie sich mit dem Schuldigen zufrieden, den Sie haben. Wenn alle sagen, dass es Berto war, dann werden sie schon recht haben. Sie sind keiner von hier. Lassen Sie sich nicht von der Schlechtigkeit der Menschen hier anstecken. Vergessen Sie.«

Roberto schüttelt den Kopf. »Ich muss bis auf den Grund gelangen. Ich habe Angst, dass das hier noch nicht zu Ende ist und dass noch mehr Schreckliches passieren könnte. Und ich brauche deine Hilfe, um das zu verhindern. Wenn etwas dir Angst macht, brauchst du nichts zu sagen. Mir reicht ein Kopfnicken, ein Ja oder ein Nein. Tu es für die kleine Benedetta. Erinnerst du dich noch an Alver, als er ihr Alter hatte? Wie hättest du dich gefühlt, wenn du ihn so aufgefunden hättest wie dieses kleine Mädchen?«

Zwei schwere Tränen quellen aus den trüben Augen der Greisin. Sie zieht ein Stofftaschentuch heraus, um sie zu trocknen, dann behält sie es im Schoß und knetet es. Sie schließt die Augen und bleibt für mehr als eine Minute unbeweglich sitzen. Ohne sie wieder zu öffnen, macht sie eine zustimmende Kopfbewegung.

»Danke«, murmelt Roberto. Er formuliert die erste Frage: »Gestern Abend hast du mir gesagt, dass du am 1. Januar 1945 am Monte della Libertà warst. Warst du bei den Hinrichtungen dabei?«

Die Frau stöhnt. Sie bewegt den Kopf. *Ja.*

»Willst du darüber sprechen?«

Argìa kneift die Augen noch fester zu. Unter den Lidern treten neue Tränen hervor. Eine entschiedenere Kopfbewegung. *Nein.*

»1945 war in Case Rosse ein deutsches Kommando stationiert. Das Dorf war geteilt. Einige unterstützten die Deutschen, andere die Alliierten. Und die Partisanen.«

Das ist keine Frage, Argìa nickt dennoch. *Ja.*

»War die Mutter des Bürgermeisters ein Kurier der Partisanen?«

Ja.

»Und gestern Abend hast du gesagt, Berto Guerzoni sei ein Deutscher gewesen.«

Ja.

»War Salvatore Rende 1945 auch schon in Case Rosse?«

Ein Zusammenzucken, dann kommt die Antwort. *Ja.*

»Auf welcher Seite stand er?« Die Frage kann nicht mit einem Nicken oder einem Kopfschütteln beantwortet werden. Dennoch gibt es keinen Grund, sie umzuformulieren. Argìa reißt wuterfüllt die Augen auf.

»Deutsch!«

Roberto verarbeitet diese Information im Hinblick auf das Treffen. Er sieht sie scharf an.

»Ist es möglich, dass heute jemand im Namen dessen, was 1945 geschehen ist, mordet?«

Die Falten am Hals ziehen sich zusammen und auseinander. Ein *Ja* ohne jede Unsicherheit.

»War es Berto?«

Nach einem langen Schweigen fängt die Frau an, den Kopf zu bewegen, doch bevor die Bewegung eindeutig wird, streckt sie eine Hand aus. Sie streichelt Robertos Gesicht. Ihre Hand ist rau und warm, es ist die Hand eines Menschen mit einer guten Seele, deren Schale rau geworden ist durch das, was ihr das Leben gebracht hat.

»Ich sag Ihnen was. Sie tun gut daran, Angst zu haben, dass noch was Scheußliches passieren kann. Aber denken Sie nicht nur an die anderen. Achten Sie auch auf sich, *comisàri*. Passen Sie auf.«

Mühevoll steht sie auf und geht langsam zum Ausgang. Roberto folgt ihr, erschüttert. Er hält ihr die schwere Tür auf und sieht ihr nach, bis sie fast vom Nebel verschluckt ist.

»Sie hatten auch mich gefangen genommen. Ich sollte am Prà grand ermordet werden. Dass ich noch am Leben bin, verdanke ich Francesco Ferri und dem Glück«, sagt die Alte plötzlich. »Berto war einer von denen, die geschossen haben. Er hat bekommen, was er verdient hat.«

7

Roberto setzt sich an den Schreibtisch und stützt die Stirn auf die zusammengefalteten Hände. *Ich suche einen Mörder, der fähig ist, aus nächster Nähe ein Mädchen zu erschießen. Warum also sollte ich nicht um meine eigene Unversehrtheit fürchten?* Instinktiv legt er die Hand an die Seite, wo, wie eigentlich immer, die Pistolentasche nicht ist.

Gedanken, die ihn quälen, bis es lange klingelt und Manzini schließlich einen Mann in der Uniform der Freiwilligen des Roten Kreuzes hereinführt und wieder geht, wobei er die Tür hinter sich schließt. *Salvatore Rende, endlich.*

»Zu Befehl, *commissà*.«

Er macht es sich auf dem Stuhl bequem. Der sizilianische Akzent hat sich in den dreißig Jahren, die er schon in Case Rosse lebt, nicht abgeschwächt.

Roberto mustert ihn, als könnte ihm das Aussehen etwas über den Mann verraten. Er ist über siebzig, aber immer noch massig, bedrohlich. Die Augen sind dunkle Teiche, die unter den schweren Augenlidern kaum zu sehen sind. *Nichts, was an einen Philosophen denken ließe, auch wenn alle ihn so nennen.*

Er hat keine Lust, mit dem Austausch von Höflichkeiten Zeit zu verschwenden.

»Kanntest du Berto Guerzoni?«

»Ich war einer der wenigen, die ihn gegrüßt haben. Er hat wie ein Eremit gelebt.« Er tippt sich mit dem dicken Zeigefinger an die Schläfe, um eine vollkommen andere Lebensweise anzudeuten.

»Wir haben Grund zu der Annahme, dass er sich nicht selbst getötet hat.« *In Wirklichkeit bin ich der Einzige, der das denkt.*

Rendes Gesichtsausdruck verrät keine Überraschung. »Er ist ermordet worden?«

Roberto breitet die Arme aus. »Ich weiß es nicht, was meinst du?«

»Eh, *commissà,* ich sage, dass der Teufel immer auf den größten Haufen scheißt.«

»Was heißt das?«

»Es geraten immer die in Schwierigkeiten, die sowieso schon welche haben. Warum bin ich hier?«

»Wir vernehmen die Leute, die als Letzte mit Guerzoni Kontakt hatten.«

»Ich weiß nichts. Ich bin ein braver Sizilianer, der sich jeden Tag in den Dienst der Gemeinschaft begibt. Tue Gutes und erinnere dich daran, tue Schlechtes und denk drüber nach, wie man so sagt.«

»Hübsche Maxime. Dann sag mir, worüber du gerade jetzt nachdenkst. Was hast du Schlechtes getan?«

»Ich? Ich hab mich mein ganzes Leben als Maurer abgerackert. Seit ich in Rente bin, verbringe ich mehr Zeit auf der Rettungswache als zu Hause.«

»Und während des Krieges? Du hast gekämpft, oder?«

»Man kann sagen, dass ich Glück gehabt habe. Ich habe die Uniform getragen, aber ich habe nicht gekämpft. Ich habe Nachrichten von einer zur anderen Seite der *Linea Gotica* gebracht. Case Rosse lag genau in der Mitte. Ich habe so viel Leid gesehen, so viele Tote, aber ich habe niemanden getötet.«

»Dein Freund Berto dagegen ...«

»Berto hat getötet, um nicht selbst getötet zu werden. Er war schwach.«

»Die Kraft, um eine Familie auszulöschen, hat er aber gefunden ...«

Die Lässigkeit verschwindet von Rendes Gesicht. »Denke zweimal, eh du einmal sprichst. *Commissà*, wenn Sie etwas wissen wollen, fragen Sie direkt.« Er lächelt hämisch und zeigt dabei eine Reihe brauner Zähne, die mit einigen aus Gold abwechseln. »Und sagen Sie es mir ins Gesicht, statt rumzulaufen und zu fragen, ob ich dieses oder jenes getan habe.«

Mag sein, dass er auch ein Briefträger war, aber ich hätte ihm im Krieg nicht gegenüberstehen wollen.

»Direkte Frage: Berto Guerzoni hat dich am Neujahrstag um halb sieben angerufen. Unmittelbar nachdem er die Leichen entdeckt hatte. Warum?«

Im Unterschied zum Bürgermeister zeigt er, als er die Frage hört, nicht die geringste Unsicherheit. »Er hat die Rettungswache angerufen, nicht den Unterzeichnenden. Er hat einen Arzt gesucht oder jemanden, der dem entspricht. Er war vollkommen durcheinander. Er hat immer nur geschrien, dass da auch ein Mädchen, *'na cìna,* dabei wäre.«

»Er hat nicht dich sprechen wollen, aber du bist zum Monte della Libertà gefahren.«

»Das war meine Pflicht. Diese hübsch parfümierte Signorina war mit einem anderen Einsatz beschäftigt.

Ich bin schon lange als Freiwilliger im Dienst, ich weiß, wie man Erste Hilfe leistet. Ich bin allein hingefahren, über Silvester waren wir nur zu viert. Die Leute amüsieren sich lieber, als sich für das Gemeinwohl zu engagieren. Ein Freiwilliger war mit der Signorina unterwegs, mein Sohn musste auf der Wache bleiben.«

»Was hast du am Monte della Libertà getan?«

Er bekreuzigt sich mit seinen schaufelgroßen Händen. »Ich habe die Leichen gesehen und gewusst, dass die keine Behandlung mehr brauchten.«

»Wo war Berto?«

»Zu Hause. Ich bin hingefahren, um zu sehen, wie es ihm geht, am Telefon war er außer sich.«

Das erklärt den weißen Streifen an der Kastanie und die Reifenspuren.

»Also stand der Traktor da noch nicht an der Einmündung des Feldwegs, wo ich ihn gefunden habe, sonst wärst du mit dem Krankenwagen nicht durchgekommen.«

Das Licht in Rendes dunklen Augen verändert sich. Vielleicht dämmert ihm, dass die Lage ernster ist, als er geglaubt hat. »Sie sind gut, *commissà,* lassen Sie sich das sagen. Der Traktor stand in der Remise.«

»Wo war Guerzoni?«

»Der hing schon wieder an der Flasche. Lallte nur noch.«

»Und du hast ihm nicht zufällig gesagt, dass diese Leichen direkt vor seinem Haus ihn in Schwierigkeiten bringen könnten? Und dass es eine gute Idee sein könnte, sie woanders hinzulegen?«

»Sehen Sie, *commissà*, ich hatte doch recht: Der Teufel scheißt immer auf den größten Haufen.«

Roberto schlägt mit der flachen Hand auf den Tisch. Er denkt an den Satz, den Argìa zum Abschied gesagt hatte.

»Guerzoni war der Teufel! Du weißt, was er während des Krieges getan hat!«

Der andere reagiert mit der gleichen Härte. »Berto war eine Mücke, kein Teufel. Ein Wesen, das niemand wahrnimmt und das, wenn es sich nähert, auf übelste Weise davongejagt wird. Oder einfach zerquetscht. Er hat für seine Sünden gebüßt, immer vorausgesetzt, dass er überhaupt welche auf sich geladen hatte. Er war weder ein Dämon noch ein Engel, nur einer von vielen, die keine Wahl hatten.«

»Hast du ihn während des Krieges schon gekannt? War er einer deiner Kameraden?«

»Ganz genau.«

»Folglich war dein Befehlshaber Enrico Zanarini, der Henker des Apennins.«

Ein tiefer Schatten verdunkelt Rendes Blick. »Ein Sadist, der es genossen hat, zu töten und, noch viel mehr, zu foltern. Er hat gut daran getan, die Beine in die Hand zu nehmen, bevor der Krieg zu Ende war. Die Leute hätten sich drum geschlagen, ihn wegzuputzen.«

»Du und Guerzoni, ihr seid dagegen hiergeblieben. Seltsam. Vor allem, weil er geschossen hat, während du den Briefträger gespielt hast.«

Rende breitet die Arme aus. »Nach dem Krieg lagen auf den Friedhöfen nicht nur die begraben, die erschossen worden waren, sondern auch die, die sich geweigert haben zu schießen. Die Leute wissen das. Berto hatte keinen anderen Ort, wohin er hätte gehen können. Seine Strafe waren Einsamkeit und Isolation. Wenn er getötet worden wäre, hätte er weniger gelitten, lassen Sie sich das gesagt sein.«

»Und du? Warum bist du hierhergezogen?«

Die schwarzen Augen starren in den Nebel vor dem Fenster. »Es gibt eine Redensart in meiner Heimat: Weihnachten haben wir mit einem Rotkehlchen gefeiert. Ich hab den Schnabel und die Flügel bekommen, mein Kamerad die Krallen. Sie wären auch abgehauen, wenn Sie bei Ragusa auf dem Land als Letzter von acht Söhnen geboren worden wären.«

»Aber warum ausgerechnet Case Rosse?«

»Das müssen Sie den fragen, der mich nach Case Rosse geschickt hat. Kaum war dieser verfluchte Krieg zu Ende, hab ich meine Siebensachen in einen Sack gepackt. Nichts hat mich mehr hier gehalten, und doch hab ich die Abreise von Tag zu Tag aufgeschoben. Am Ende hab ich den Sack wieder ausgepackt, und nach fünfzig Jahren bin ich immer noch hier. Ich hab Arbeit gefunden, und es ging mir nicht schlecht. Meine Söhne sind in Case Rosse geboren. Der Ort hier, mit seiner Gemächlichkeit und dem Geräusch des Windes in den Kastanien, der lullt dich ein, und im selben Augenblick fickt er dich. Dieses Kaff hier ist ein Strudel. Ein Strudel, der dich nach unten bis auf den Grund zieht. Schwer, da wieder rauszukommen. Das müssten Sie ja nur zu gut wissen, der Sie jetzt auch schon vier Jahre hier sind.«

Ein Strudel. Roberto weiß nicht, was er darauf antworten soll. »Dir ist schon klar, dass deine Lage ernst ist? Berto hat dich angerufen, als die Leichen noch warm waren. Und du hast ihm nahegelegt, sie woanders hinzubringen.«

»Das haben Sie gesagt, nicht ich. Mal angenommen, das wäre wahr, dann ist Berto entweder der Mörder, wie alle sagen, und der Fall ist abgeschlossen, oder er ist nicht der Mörder, aber was gibt's da noch für ein Problem?«

»Viele, für dich und für den Bürgermeister, denn den hat Guerzoni auch angerufen.«

Rende entblößt die Zähne in einer hässlichen Grimasse zu einem Lächeln. »Das muss ihn wirklich aufgewühlt haben. Er konnte ihn noch nie leiden.«

»Jedenfalls warst du der Zweite, der die Leichen gesehen hat.«

»Der Dritte. Sie vergessen den Mörder.«

»In Reihenfolge: der Mörder, Guerzoni und dann du. Also ist deiner Meinung nach Guerzoni nicht der Schuldige.«

»Schöne Logikübung! Lassen Sie mich Ihnen auch eine vorschlagen. Wenn Berto sich aus Reue umgebracht hat, dann ist das, als hätten die Zanarinis ihn umgebracht, der die Zanarinis getötet hat. Aus einer Rose wächst ein Dorn, und aus einem Dorn wächst eine Rose.«

Roberto erträgt dieses unverfrorene Gehabe nicht mehr. »Soll ich dir sagen, welche Schäden dein freches Mundwerk schon angerichtet hat? Es hat dir nicht gereicht, Guerzoni einen kriminellen Ratschlag zu geben, du bist auch noch in die Wirtschaft gegangen und hast damit angegeben, dass du die Leichen gesehen hast. Bondi hat seine Chance gewittert und ist zum Monte della Libertà gerast, was Guerzoni daran gehindert hat, sie wegzuschaffen. Ich glaube, das war das Sinnvollste, was er je in seinem Leben gemacht hat, wobei das keine Absicht war. Aber damit noch nicht genug: Der Bürgermeister und Alver, der Argìa begleitet hat, sind zwar wegen Behinderung und Alter etwas langsamer gewesen, aber sie sind immer noch rechtzeitig gekommen, um den Tatort zu kontaminieren, was für die Kriminaltechnik die Arbeit beinahe unmöglich gemacht hat. Deshalb tu mir einen Gefallen und verschone mich mit deinen Sprichwörtern! Du bist nicht in der Position, hier irgendjemandem Moralpredigten zu halten.«

Salvatore Rende verstummt. Er ist bleich und müde und sieht jetzt weniger massig aus als zu Beginn des Gesprächs, aber in der Tiefe seines dunklen Blicks pulsiert etwas Abweisendes. Gefährliches. »Kann ich jetzt gehen?«, fragt er.

»Geh nur«, entlässt er ihn, »aber verlass Case Rosse nicht, ohne mir oder Manzini Bescheid zu geben. Es könnte sein, dass wir dich noch brauchen.«

»Wo soll ich denn hingehen, *commissà?* Ich bin zu alt, um noch aus dem Strudel rauszukommen. Sie finden mich jeden Tag auf der Rettungswache, wo ich Gutes tue.«

8

Als die Dunkelheit hereinbricht, verdichtet sich zum ersten Mal seit Monaten der Nebel nicht. Auch die Kälte ist nicht ganz so beißend.

»Der Wind hat gedreht«, erklärt Manzini. »Er wird den ersten Schnee bringen.«

Roberto hat ihn unter dem Vorwand, den aktuellen Stand festzustellen, gebeten, noch zu bleiben. In Wirklichkeit möchte er nicht allein sein nach einem solchen Tag. Er hegt keinerlei Zorn auf Alice, auch wenn sie plötzlich mit einer einzigen Geste die vorangegangene Nacht wie mit einem Schwamm von der Tafel ausgewischt hat und damit alles, was sie miteinander verbunden hat. Er kann ihre Gründe sehr gut nachvollziehen. Ja, er teilt sie sogar.

Ich fühle mich dennoch leer.

Das übliche Gegenmittel: Er stellt sich an den Herd. Er siebt Kichererbsenmehl, rührt es mit lauwarmem Wasser an, bis es eine cremige Konsistenz annimmt, fügt gehackte Petersilie hinzu. Dann bringt er die Masse unter stetigem Rühren mit einem Holzlöffel zum Kochen. Als es zu einer kleinen Polenta geworden ist, gibt er sie auf ein großes Holzbrett und streicht sie aus, bis er eine gleichmäßige Schicht von etwa einem halben Zentimeter erhalten hat. Während sie abkühlt, setzt er ein paar besonders gelbfleischige, festkochende Kartoffeln auf. Während sie noch heiß sind, schält er sie, zerdrückt sie, gibt weiche Butter hinzu, ebenfalls etwas

Petersilie, Parmesan, Eigelb, Salz und Pfeffer. Er knetet die Masse mit den Händen durch, um dann unregelmäßige Bröckchen zu formen. Er schneidet Scheiben aus frischem Schafskäse und luftgetrockneter Wurst in kleine Würfel und steckt sie in die Bröckchen. Er wendet sie in Mehl, dann in geschlagenem Eischnee und zum Schluss in Semmelbröseln. Dann backt er sie in reichlich Öl aus.

Schließlich bringt er zwei Tabletts mit bergeweise Kichererbsenfladen und Kroketten auf den Tisch. Sizilianische Gerichte. Sie haben keinen dazu passenden Wein aus der Region, aber der Pignoletto, den Manzini mitgebracht hat, trinkt sich, dass es eine Freude ist. Um Mitternacht sind drei Flaschen geleert.

Manzini benachrichtigt Teresa, dass er die Nacht im Kommissariat verbringen wird. Roberto, blau, wie er ist, schafft es, ihm dankbar zu sein. Er weiß, was es für den Kollegen bedeutet: Seine Töchter werden nur noch bis zum Dreikönigstag in Case Rosse sein, dann kehren sie nach Bologna zurück. Bei allem, was geschehen ist, hat er praktisch überhaupt keine Zeit gemeinsam mit ihnen verbracht.

Nach dem Essen kommen die Dominosteine und die Flasche Nusslikör auf den Tisch. Das ist der Gnadenstoß für Roberto, der sich gerade den schlimmsten Rausch seines Lebens einhandelt. Bis zu seinem Umzug nach Case Rosse hatte er nicht einen Tropfen Alkohol angerührt. Dann hatte er sich der Tatsache ergeben, dass der Wein zum täglichen Leben des Dorfes gehört und als stete Quelle des Wohlbefindens und des Vergessens dienen kann. Er vollführt sinnlose Spielzüge, die Manzini postwendend bestraft. Als er an der Reihe ist, die Steine neu zu mischen, fallen ihm einige runter. Er kniet sich hin, um sie zu suchen. Als er sich wieder hinsetzt, hält er inne.

»Guerzoni kannte die Opfer. Guerzoni hat gestanden. Guerzoni ist der perfekte Schuldige. Das denkst auch du, auch wenn du nicht den Mut hast, es laut zu sagen. Ich dagegen ... Der Strudel reißt mich mit sich.«

Verständnis schwingt in Manzinis Stimme mit: »Dieser Fall macht dich fertig.«

»Es ist mein letzter«, antwortet Roberto mit belegter Stimme. »Ich habe es Bernini schon angekündigt. Aber jetzt kann ich nicht aufhören. Das bin ich diesem Mädchen schuldig. Und mir auch, weil mir nichts anderes bleibt.«

Er betrachtet die Flüssigkeit in dem kleinen, schweren Glas, dann leert er sie in einem Schluck. »Und ich bin es meinem Vater schuldig.«

»Deinem Vater?« Die Frage verletzt ihr stillschweigendes Diskretionsabkommen, aber Manzini schafft es nicht, sie nicht zu stellen. Roberto hat nie darüber gesprochen.

»Eine Scheißgeschichte. Stell dir vor: Es war einmal eine glückliche Familie. Ein Vater, eine Mutter und ein Sohn. All so was. Die Mutter war Köchin in einem kleinen Restaurant, der Vater arbeitete als Polizist, und der Sohn ging auf die Oberschule. Der Vater nahm an gefährlichen Einsätzen teil. Für ihn gab es nur wenige und einfache Regeln: Finde den Bösen, fang den Bösen;

wenn der Bösewicht Widerstand leistet, erschieß ihn, bevor er dich erschießt. Wenn er wüsste, dass sein Sohn nie eine Pistole mit sich trägt, würde er ihn fragen, ob er überhaupt ein richtiger Polizist ist. Rom ohne das Kolosseum wäre nicht Rom, stimmt's?«

Roberto unterbricht sich, um sein Glas zu füllen. »August 1976. Siebzehnter Geburtstag des Sohnes. Die Familie beschließt, diesen am Meer zu feiern. Wo wir gerade dabei sind, geben wir ihnen doch Namen: Der Vater heißt Saverio, die Mutter Miriam. Der Sohn ist der Besoffene, der hier vor dir sitzt. Klugerweise fahren sie noch vor dem Morgengrauen los. Saverio sitzt am Steuer, Miriam daneben. Das Kind auf dem Rücksitz. Ein Motorrad fährt neben sie. Ein schwarzes Motorrad, auf dem zwei schwarz gekleidete Männer sitzen. Der Mann auf dem Rücksitz hat ein Maschinengewehr im Arm.«

Roberto schweigt, starrt auf einen Punkt auf dem Tisch. Manzini hat nicht den Mut, ihn anzusprechen.

»Er eröffnet das Feuer. Die Schädel von Miriam und Saverio explodieren. Ihr Blut trifft den Jungen ins Gesicht, auf die Arme. Es fließt ihm in den Mund. Sie werden irgendwo dagegenknallen. Der Junge, aus welchem Grund auch immer, bleibt unverletzt. Er schafft es, aus dem Wagen herauszuklettern, bevor er in Flammen aufgeht. Ein verdammtes Wunder.«

Er kippt ein weiteres Glas Nocino herunter. »Ende der Geschichte. Ah, nein, ich vergaß. Dem Vater haben sie einen Orden verliehen. Seinem Andenken zu Ehren.«

»Wer war das?« Ein Flüstern. Manzinis Augen sind riesengroß.

Roberto schüttelt den Kopf. Ein Knoten schließt seine Kehle. »Das Einzige, was mit Sicherheit feststeht, ist, dass es sich um eine organisierte Gruppe handelte. Der Vater musste irgendjemandem auf die Füße getreten sein. Jetzt kocht dieses Kind wie seine Mutter und ist Polizist wie sein Vater, aber es benutzt keine Waffen. Ein Fest für alle Psychologen. Ja, zu denen bin ich auch jahrelang gegangen, ich hab bei allen möglichen gesessen. Angefangen von denen, die mir gesagt haben, es würde mir guttun, laufen zu gehen, bis hin zu denjenigen, die mir einen Teil des Gehirns entfernen wollten.«

»Ich verstehe«, mehr bringt Manzini nicht heraus. Die Erzählung muss bittere Erinnerungen in ihm geweckt haben.

»Ich hatte dich gewarnt, dass es eine Scheißgeschichte ist«, entschuldigt Roberto sich beinahe. Unbeholfen steht er auf. »Es ist Zeit, zu Bett zu gehen, aber vorher stoßen wir ein letztes Mal an.«

Sie erheben die Gläser. »Auf Case Rosse. Auf den Strudel.« Roberto leert sein Glas, dann muss er sich plötzlich am Tisch abstützen, um nicht umzufallen. Das Zimmer dreht sich um ihn herum, ihm wird schlecht.

Manzini steht auf, um ihm zu helfen. Er bleibt wie erstarrt stehen. Wortlos zeigt er auf eine Stelle auf dem Fußboden. Nur mit Mühe kann Roberto genau hinsehen. Vorsichtig beugt er sich vor und sucht tastend.

Er lacht zu laut und hebt die Zwille auf. »Die muss heruntergefallen sein, als ich die Dominosteine gesucht habe.« Er kann kaum weitersprechen, geschüttelt von Lachanfällen. »Ich hab nicht mal mehr gewusst, dass ich sie noch bei mir habe. Ich bin dermaßen fertig, dass ich nicht mal mehr weiß, wie die hier reingekommen ist, das sagt schon alles.« Er kneift ein Auge zu. »Mein Ass im Ärmel, das Ypsilon. Morgen zeige ich es Professor Aldrovandi, und er wird mir sagen, dass ich den Fall gelöst habe! Oder er ruft das nächste Irrenhaus an.«

Mit unsicheren Fingern lässt er das Stückchen Holz vor Manzinis Gesicht hin und her baumeln, der den Blick abwendet. Er konzentriert sich auf einen unbestimmten Punkt vor dem Fenster.

»Es ist Zeit, ins Bett zu gehen.«

5. JANUAR 1995, DIENSTAG
TEE IN BOLOGNA

1

Ein hartnäckiges Klingeln durchbohrt Robertos Schläfen. Das Telefon. Blind streckt er eine Hand aus und schafft es wundersamerweise, den Hörer abzunehmen. Mit einem halb geöffneten Auge blickt er auf die Anzeige der Stereoanlage und erkennt eine rote Acht. Der Alkohol hat ihn mehrere Stunden betäubt, aber er fühlt sich alles andere als erholt. Er fühlt sich, als wäre er mit einem Rucksack voller Steine auf dem Rücken einen Marathon gelaufen.

»Wer da?«, nuschelt er. *Mir ist, als hätte ich eine Kartoffel im Mund. Verfault, dem Geschmack nach.*

»Alles in Ordnung?«

Bernini! Roberto formt mit offenem Mund alle Vokale des Alphabets. Danach schafft er es in beinahe akzeptabler Weise, ein paar Wörter zu bilden: »Gut, danke, und Sie?«

Er lügt, aber seine Antwort muss beruhigend genug auf den Questore wirken. »Die Berichte sind gekommen. Es gibt einen Fehler in der Rekonstruktion von Hört-hört. Einen enormen Fehler. Ich fürchte, der Fall wurde zu früh abgeschlossen.« Er spricht diese Worte in einem so beiläufigen Ton aus, dass er ihn nicht beibehalten kann. »Dieser Idiot hat dieses Mal so richtig ins Klo gegriffen. Der Rechtsmediziner hat einen Befund entdeckt, ich zitiere wörtlich: ›Eine Kontusion auf der rechten Seite des Kopfes, verursacht durch einen Schlag mit einem stumpfen Gegenstand, der auf der rechten Seite sowohl das Schläfenbein als auch das Scheitelbein eingedrückt hat.‹ Alles war dermaßen angeschwollen, dass niemand es bemerkt hatte. Aber dafür sind Autopsien schließlich da, nicht wahr? Und Berichte sollten auch gelesen werden, nicht nur geschrieben. Ich habe die Fotos gesehen: Ich wette meine letzte Lucky Strike, dass der stumpfe Gegenstand der Kolben des Gewehrs war.«

In seiner Stimme schwingt keine Spur von Genugtuung mit. Nur Bitterkeit gegenüber jemandem, der trotz wiederholter Warnungen einen kolossalen Fehler gemacht hat.

Roberto versucht, klar zu denken, aber der glühende Nagel, den er in seinem Kopf spürt, macht das schwierig. »Also …«, brummt er.

»Also könnte er erst bewusstlos geschlagen und dann aufgehängt worden sein. Mord, kein Selbstmord. Oder er könnte von selbst auf den Kolben des Gewehrs gefallen sein. Ich weiß es nicht, Serra. Aber ich weiß, dass du gut daran getan hast, nicht nachzulassen. Jetzt steh auf, es ist Zeit zu arbeiten. Ich geh jetzt und mach Sernagiotto die Hölle heiß. Persönlich.«

Aufstehen. Ein Wort. Nach neun schafft er es. Wie eine riesige Schnecke ohne Haus schleppt er sich ans Fenster. Das milchige Licht, das durch die Wolken dringt, löst ein wildes Trommelkonzert in seinem Kopf aus. Die Piazza ist frei von Nebel. *Endlich.* In vollen Zügen atmet er die kalte Luft ein, die seine Rückkehr in die Welt der Lebenden befördert. Sie hat einen sauberen Geruch, beinahe süß.

Nie wieder werde ich so viel trinken, gelobt er, wie man das so tut unter solchen Umständen, während er mit Zahnbürste und Zahnpasta versucht, diesen schlammigen Geschmack im Mund loszuwerden. Aus dem unteren Stockwerk dringt ein angenehmer Kaffeeduft nach oben. Bevor er nach unten geht, kehrt er in sein Zimmer zurück. Nach kurzem Zögern streicht er Berto Guerzoni aus dem Kreis »Täter« und fügt ihn zu den Opfern hinzu, unter die Zanarinis.

Die Puzzleteilchen fangen an, an ihren Platz zu rutschen. Wer weiß, was für ein Bild sich daraus ergibt. Es gelingt ihm nicht, nicht an die Schwarz-Weiß-Fotos in Aldrovandis Buch zu denken. Ein durch Bombardierung zerstörtes Dorf, durchquert von Militärkolonnen.

Im Zimmer im ersten Stock wird er von Manzinis verständnisvollem Lächeln empfangen. Er ist beinahe froh, auch in seinem blassen Gesicht dunkle Augenringe zu entdecken.

»Also hat's dich auch erwischt«, sagt er zu ihm, als er die bis zum Rand gefüllte Tasse entgegennimmt.

Der andere nickt, ohne den Mund aufzumachen. Als sie sitzen, vertieft sich jeder in seinen Kaffee. Der Kollege schenkt ihm eine zweite Tasse ein. »Fahr so bald wie möglich los, es wird Sturm geben.«

2

Vor Alvers Osteria sind die üblichen Gesichter zu sehen. Agnese, anderthalb Meter Körpergröße auf mindestens einem Doppelzentner Gewicht, ordnet Obst und Gemüse gut sichtbar vor seinem Laden, direkt neben dem Delikatessengeschäft von Ilvaro Prostrati, in dem Roberto sich für gewöhnlich eindeckt. Aus dem Kiosk der Zwillinge tritt Bürgermeister Raimondi, die Zeitungen unter dem Arm. Als er Robertos Weg kreuzt, wünscht er ihm mit einem seltsamen Lächeln einen guten Tag.

Ein ganz normales Lächeln. Du wirst allmählich paranoid. Kaum ist er in den Campagnola gestiegen, stellt er die Musik an, die er für den fünfzig Kilometer langen Kreuzweg, der vor ihm liegt, ausgewählt hat: das Album *Cambio* von Lucio Dalla.

Der Nebel hat sich endlich aus dem Apennin zurückgezogen, aber die Fahrt gestaltet sich dennoch nicht gerade angenehm. Die Straße ist dermaßen vereist, dass man sich darin spiegeln könnte. *Erinner dich an Manzinis Ratschläge. Das Bremspedal gibt es nicht. Man muss mit dem Motor bremsen, indem man herunterschaltet. Leichter gesagt als getan.*

Er muss nur heil bis zu dem Abzweig zum Monte della Libertà kommen. Danach weichen die Serpentinen dem sogenannten »drittone«, einer langen Geraden bergab. Daran klammert er sich, während er sich durch das ständige Schalten eher sprunghaft fortbewegt. Dritter-zweiter, zweiter-dritter, dritter-zweiter …

Als die Straße direkt auf das Tal zeigt, ist Roberto schweißgebadet. *Das Schlimmste habe ich hinter mir.* Er pfeift sogar mit bei *Le cicale e le stelle.*

Auf der Hälfte der Geraden versucht er, das Bremspedal zu treten. Der Wagen reagiert nicht. *Zu zaghaft.* Er tritt das Pedal bis nach unten durch. Nichts geschieht.

Er senkt den Blick auf die Tachonadel, die über die neunzig klettert und weiter nach oben wandert.

Hektisch dreht er am Lenkrad. Nutzlos. Er tritt wahllos auf die Pedale. Nutzlos. Er kann nichts tun, um den Campagnola zu bremsen.

Die Nadel übersteigt einhundertzehn. Vor ihm eine Haarnadelkurve. Und eine Wand aus Baumstämmen. *Ich muss mich hinauswerfen.* Er umklammert den Türgriff.

Die Tür ist blockiert.

Eine Falle, kann er nur noch denken, bevor sich die Welt auf den Kopf dreht. Einmal. Dann noch einmal. Und wieder. Eine riesige Kastanie füllt den umgedrehten Horizont.

Der Aufprall ist schrecklich. Die Windschutzscheibe explodiert. Ein stechender Schmerz durchfährt die rechte Schulter. Tausende von scharfen Nadelstichen quälen das Gesicht. Dann nimmt ihm ein heftiges Brennen im Brustkorb den Atem und raubt ihm die Sicht.

Das wenige, was noch von dem Geländewagen übrig bleibt, kommt auf dem Grund einer Schlucht zum Liegen, die Räder in der Luft. Aus der Fahrgastzelle dringt die Stimme von Lucio Dalla.

*»Senti, io ti guardo ma non mi senti. Urlo forte, ma non mi senti. Se muoio tu non mi senti. Ecco, vedi, siamo soli nel silenzio della notte. A guardare e ascoltare ...«**

3

Roberto treibt auf einem Meer aus dickflüssigem Pech dahin, das ihm Licht und Luft entzieht. Er gerät mit dem Kopf unter die Oberfläche, schluckt Dunkelheit. Bekommt keine Luft.

Er öffnet die Augen oder glaubt es zumindest. Er kann nur vage Formen wahrnehmen. Schatten von Menschen, die seine Welt und seine Albträume bevölkern.

Mattia Bondi murmelt etwas Unverständliches. Roberto fuchtelt vergeblich mit den Armen herum, ohne ihn zu berühren, bevor er erneut versinkt.

Argìa ruft ihm eine Warnung zu und verschwindet.

Alice kommt näher. Sie küsst ihn leidenschaftlich und erbricht dabei einen dicken Klumpen schwarzes Pech in seinen Mund, bevor sie selbst von dieser klebrigen Dunkelheit fortgerissen wird, aus der sie zu bestehen scheint.

Raimondi taucht nur für einen Augenblick auf, um ihm eine gute Reise zu wünschen.

* »Hör mich, ich sehe dich an, aber du hörst mich nicht. Ich schreie laut, aber du hörst mich nicht. Selbst wenn ich sterbe, hörst du mich nicht. Sieh nur, wir sind allein im Schweigen der Nacht. Sehen und hören die Zikaden und die Sterne ...«

Manzini, mit ausgestrecktem Zeigefinger, setzt zum Sprechen an. Der schwarze Strom reißt ihn mit.

Rende, in seiner Freiwilligenuniform, spricht mit jemand anderem, der ebenso gekleidet ist.

»Ich bin in den Strudel gefallen«, würde er ihnen gern sagen, aber er ist zu schwach, und sie konzentrieren sich auf anderes. Da liegt ein übel zugerichteter Typ: Er atmet nicht, sein Herzschlag wird langsamer. Er wird nicht durchhalten bis ins Krankenhaus.

Der Strom verlangsamt sich, er wird warm und tröstlich. Roberto lässt sich treiben, wehrlos. Er wird hinweggetragen, weit weg.

Ein Schlag trifft Roberto auf die Brust. Er dringt in ihn ein, umfasst das Herz und quetscht es zwischen stählernen Klauen.

Mit einem Schrei taucht er aus der Dunkelheit auf. Das Licht ist blendend. Er schlägt um sich. Rende und der andere Mann sind noch da. Sie heben ihn hoch.

Der Sizilianer blickt ihn immer noch an. »Wenn du wirklich den Dingen auf den Grund gehen willst, musst du durchhalten«, sagt er. »Wenn die Birne reif ist, fällt sie von selbst vom Baum.«

Inmitten der Schmerzen, die ihn peinigen, spürt Roberto einen Stich.

Danach das Nichts.

4

Sekunden, Minuten, Stunden streichen gleichförmig dahin, unterteilt nur durch den unregelmäßigen Rhythmus der Atemzüge. Wie viel Zeit vergeht? Es herrscht ewige Nacht, unendlich.

Unsicher gräbt sich eine feine Klinge aus Licht einen Spalt in die Düsternis. Roberto versucht, eine Hand auszustrecken, um ihn zu erreichen, aber empfängt nur einen dumpfen Schmerz. Er kann nicht einmal den Hals drehen. Aber er schafft es, die Augen aufzuschlagen. Er fixiert eine hässliche rechteckige Neonleuchte.

Ich bin gelähmt. Unmittelbar danach: *Ich lebe.*

Ein scharf geschnittenes Gesicht füllt jenes begrenzte Gesichtsfeld. Grüne Augen und eine Maske.

»Sie können ein paar Minuten mit ihm sprechen, aber ermüden Sie ihn nicht«, sagt sie.

Sie macht einem großen, gebräunten Gesicht Platz. Vergilbter Schnurrbart, ein besorgtes Lächeln. Der Geruch vieler nervös gerauchter Zigaretten.

»*Piscinìn,* mein Kleiner, was machst du denn nur?«

Roberto würde gern lächeln, aber die Gesichtshaut spannt sich schmerzhaft zwischen diversen Nähten.

»Signor Questore ... guten Tag.« Wenig mehr als ein mattes Flüstern. Jede Silbe ist ein Messer, das sich in seine linke Schulter bohrt.

Wenn es mir wehtut, bin ich nicht gelähmt. Er würde gern den Arm ansehen, zur Bestätigung, aber der Kopf scheint am Kissen festgenagelt zu sein.

»Sag ruhig Guten Abend, du hast einige Stunden im Koma gelegen. Aber so schlecht, wie die Ärzte sagen, geht's dir wohl doch nicht«, versucht Bernini das Ganze herunterzuspielen, auch wenn seine Stimme eine gewisse Angespanntheit verrät.

»Wo ... bin ich?«

»In Bologna, im Krankenhaus.«

Geräusche. Die Welt auf dem Kopf. Der große Baumstamm. Die explodierende Scheibe. Die Erinnerung an den unkontrollierbaren Wagen und die verriegelte Tür tauchen aus den Untiefen der Erinnerung auf.

»Es war kein ... Unfall, oder?«

Der Vorgesetzte zögert. »Man hat mir gesagt, ich soll nicht mit dir darüber sprechen.«

»Es ist aber ... wichtig.« Er legt die ganze – geringe – Kraft, die er hat, in die Stimme. Das Gesicht verzieht sich vor Schmerz.

Bernini denkt keine Sekunde länger darüber nach. »Zum Teufel mit den Ärzten! Der Journalist in dem Wagen hinter dir hat gesehen, wie der Campagnola mit Höchstgeschwindigkeit auf eine Kurve zuraste, die er dann nicht mehr gekriegt hat. Ein Fehler, der sogar für einen, der fährt wie du, zu dicke war. Jemand hat versucht, dir einen üblen Scherz zu spielen, mein Junge. Weißt du, wer den Schrotthaufen untersucht? Hörthört mit seinen Technikern.« Ein raues Lachen, das sich in einem trockenen Hustenanfall auflöst. »Sie suchen nach Manipulationen. Sie werden welche finden.«

»Ein ... Journalist?«

»Von der *Gazzetta di Modena* nach Case Rosse geschickt. Sagt er zumindest. Nach dem Unfall hat er sich versichert, dass du geatmet hast, dann ist er losgefahren, um den Rettungswagen zu holen. Er wäscht sich nicht, hat nicht gerade ein kluges Gesicht, aber er hat dir das Leben gerettet. Er steht draußen, falls du dich bei ihm bedanken möchtest.«

Ich lebe, weil Bondi mich beschattet hat. Er hätte gern noch andere Fragen gestellt, aber eine Myriade kleiner scharfer Zähnchen beißt in sein Gesicht.

»Wenn jemand versucht hat, dich aus dem Weg zu räumen«, fährt der Questore fort, »bedeutet das, du bist auf der richtigen Spur. Auch wenn ich das lieber auf eine andere Art entdeckt hätte, und du sicherlich auch. Denk du erst mal nur daran, wieder gesund zu werden. Danach sprechen wir noch mal über das, um was du mich gestern gebeten hast.«

Roberto weiß, was diese Worte bedeuten. *Jemand anderes wird sich um meinen Fall kümmern. Um meine Opfer. Um Benedetta.*

»Ich möchte ... den Fall ... weitermachen.«

»Kommt gar nicht infrage!« Bernini gibt jemandem ein Zeichen zu warten. »Wolltest du nicht aufhören? Für ein Weilchen wirst du dazu gezwungen sein. Apropos, darf man erfahren, wo du eigentlich hinwolltest?«

Im Augenblick liegt Robertos fiebrigem Geist nichts ferner als aufzuhören. »Um Tee zu trinken ... mit einem alten Professor ... für Geschichte.«

Der Questore schüttelt den Kopf. »Das hat auch dein Kollege mit den seltsamen Augen gesagt. Ich dachte noch, ich hätte es nicht richtig verstanden. Das muss ja wichtig genug gewesen sein, um zu versuchen, dich auszuschalten.«

Das Gesicht mit der Maske erscheint und verschwindet wieder. Bernini kommt ihm zuvor. »Ich geh ja schon.« Dann streicht er Roberto über die Stirn, mit aller Zärtlichkeit, zu der er in der Lage ist.

»Heute Nacht bleibt ein Beamter im Krankenhaus. Für alle Fälle.«

»Virgilio Aldrovandi ... lassen Sie den auch schützen.«

»Wen?«

»Den Professor ... mit dem ich mich treffen wollte. Die Adresse ... steht im Telefonbuch.«

»Zu Befehl«, antwortet der Questore. »Denken Sie erst mal nur daran, wieder gesund zu werden.« Solange sie allein waren, hatte er ihn in aller Ruhe geduzt. Das Sie ist erst mit dem Arzt hereingekommen.

»Noch ... was«, kann er gerade noch flüstern. »Warum ... haben Sie die Spezialeinheit verlassen?«

Bernini bleibt auf der Schwelle stehen. Er krümmt die Schulter und klopft seine Taschen auf der Suche nach den Zigaretten ab. Der Augenblick, um diese Phase ihres Lebens zu klären, ist gekommen.

»Zu viele Tote. Zu viele Seelen, die jede Nacht zurückkamen, um Gerechtigkeit zu fordern. Deshalb konnte ich diese scheußliche Geschichte, die dir da passiert, gut verstehen. Ich hab das nicht, aber es war, als stürbe mit jedem Opfer, mit dem ich mich befasste, ein Teil von mir. Ich habe sie nie als Lumpensäcke betrachtet, wie ich es euch geraten habe, zu eurem Besten.«

»Wie ist es ... hinterher? Wie lebt man, nachdem man ... alles hinter sich gelassen hat?«

Ein müder Seufzer. »Die Seelen kommen trotzdem, aber du kannst nichts mehr tun, um ihnen zu helfen.«

»Erlauben Sie mir, die Seelen ... der Zanarinis zur Ruhe zu betten. Danach ... höre ich auf.«

Der Arzt kann sich die Veränderung nicht erklären, aber die Leidenschaft in Robertos Blick beeindruckt ihn.

5

Nachdem es ihm endlich gelungen ist, Bernini hinauszukomplimentieren, fängt der Arzt an, die Daten auf einer Karte zu aktualisieren. Grau melierte Haare an den Schläfen, der drahtige Körper eines Menschen, der regelmäßig Sport treibt. Vielleicht sogar läuft. *Wer weiß, ob ich das noch können werde.* Das Schild an dem Kittel gehört Doktor Davide Sassi.

»In welchem ... Krankenhaus ... sind wir hier?«

»In der Poliklinik Sant'Orsola«, antwortet er zerstreut. »Wie fühlen Sie sich?«

Wo Alice arbeitet. Ein bohrender Schmerz zwingt ihn zu einer Grimasse. »Könnte ... besser sein.«

»Aber auch sehr viel schlechter, glauben Sie mir. Ich gebe Ihnen ein Beruhigungsmittel, dann können Sie sich ausruhen. Wenn Sie aufwachen, werden sie überall Schmerzen haben. Ein gutes Zeichen, es bedeutet, dass die Nervenenden intakt sind. Was man von den Knochen nicht sagen kann, aber die werden wieder heilen.«

Roberto gibt sich mit einer so allgemeinen Versicherung nicht zufrieden.

»Was ... hab ich mir getan?«

Der Arzt blickt auf die Karte, als fürchtete er, etwas zu vergessen. »Linker Oberarmknochen, ein Haufen Arbeit: multiple Frakturen, verschoben und offen. Linkes Schlüsselbein: zweifach gebrochen. Zwei gebrochene Rippen, diverse weitere Traumata, darunter die Quetschung des dritten, vierten, fünften und sechsten Halswirbels. Deshalb ist ihr Hals mit einer orthopädischen Halskrause fixiert. Die Hälfte Ihres Oberkörpers liegt in Gips, abgesehen vom rechten Arm. Wir haben Sie am Kopf und im Gesicht mit ungefähr zwanzig Stichen genäht, nachdem wir die Glassplitter rausgezogen hatten. Ihre Körpertemperatur liegt derzeit bei achtunddreißig Grad. Ach, ich vergaß: Wir haben Sie kahl geschoren. Aber die neue Frisur steht Ihnen.«

»Die ... Beine?«

»Abgesehen von ein paar Prellungen in Ordnung. Sie können der Madonna eine Kerze anzünden: Aus Unfällen wie Ihrem kommt man normalerweise nicht lebend heraus. Sie dagegen werden mit ein paar Wochen Krankenhaus und einer langen Rehabilitation davonkommen.«

Wenn es nicht zu sehr wehtäte, würde Roberto lächeln. Er verdreht die Augen, um sich umzusehen. Links ein Fenster und ein freies Bett. Rechts taucht ein vertrauter Umriss auf, der auf dem Flur auf und ab geht. Er zeigt mit der rechten Hand darauf. »Ich möchte … mit dieser Person da reden.«

Doktor Sassi bereitet gerade die Injektion vor. Er will widersprechen, doch Robertos Blick bringt ihn davon ab. »Das wird aber nicht leicht mit Ihnen«, brummt er.

6

Als die fettigen Haare sich materialisieren und die schiefe Brille, die Bondis Augen unnatürlich vergrößert, beglückwünscht Roberto sich dazu, noch einen Rest Kraft aufbringen zu können, um mit ihm zu sprechen.

»Du kommst mir … immer zwischen die Füße.«

»Zum Glück. Wenn ich nicht gewesen wäre, dann lägen Sie immer noch an der Straße.«

»Hast du mich … verfolgt?«

Die Augen werden noch größer. »Ich war in dieselbe Richtung unterwegs. Ist das verboten?«

»Ich hab keine Zeit … für Dummheiten. Ich bin zu schwach … und mir tut alles weh.«

Bondi senkt den Blick. »Ja, ich bin Ihnen gefolgt. Ich weiß, dass Sie Alver und dem Bürgermeister eine Szene gemacht haben. Dass Sie weiter ermitteln. Dass Sie nicht überzeugt sind.« Der Journalist zögert, als sei es ihm peinlich. »Es wird Sie nicht interessieren, aber ich bin es auch nicht. Ich muss wissen, was wirklich passiert ist. Die anderen lassen es gut sein, aber das genügt mir nicht. Ich habe mal einen Menschen sehr gern gehabt, der gewollt hätte, dass wir in dieser Geschichte klarsehen.«

Vielleicht sind wir uns tatsächlich ähnlich, überlegt Roberto, überrascht von dieser Erkenntnis. Er grübelt eine Weile darüber nach. »Hör zu … ich werd's noch bereuen, aber ich hab mich entschlossen, dir zu vertrauen. Es wird nach meinen Regeln laufen. Die erste ist, dass keiner … den anderen reinlegt. Klar?«

Der andere nickt, verwundert, sodass die Haartracht wippt. In einer enormen Kraftanstrengung fasst Roberto ihm die springenden Punkte des Falles zusammen. Sein neuer, unerwarteter Verbündeter kritzelt eifrig in sein Notizbuch, während er schweigend der unglaublichen Verflechtung zwischen weit entfernten Geschichten lauscht.

»Mein Großvater gehörte auch zur Brigade Ypsilon«, sagt er am Schluss, während er den Blick hebt, den er fest auf die Seiten gerichtet hatte. »Sein Kampfname war Briscola. Er ist es, für den ich die Wahrheit suche. Im Gedenken an ihn. Ich schulde ihm alles, er hat mir alles beigebracht.«

»Hat er dir jemals … von Francesco Ferri … erzählt?«

»Sehr oft. Er hat ihn wie einen Helden beschrieben, der noch den Mut hatte, im Angesicht des Todes Enrico Zanarini zu verfluchen, während der ihn aufhängte.«

»Ein … Fluch.« *Ich habe ihn gesehen, habe ihn fluchen gehört, habe gehört, wie er ihn verwünscht hat.*

»Mein Großvater hätte gesagt, dass der Fluch sich

mit dem Tod der Nachkommen des Henkers erfüllt hat«, antwortet er. »Leider können wir ihn nicht fragen. Er ist schon gestorben, als ich noch ein Kind war. Ich habe ihn sehr geliebt.«

»Wir reden später noch einmal darüber. Jetzt bin ich ... müde. Hör zu, das ... erwarte ich von dir.«

Bondi kritzelt atemlos mit. Am Ende nickt er überzeugt.

»Ich wusste, dass wir Großes erreichen können, Sie und ich.«

»Geh jetzt ... bevor ich's mir noch anders überlege. Lass mich ausruhen, ich bin völlig zerstört ... im wahrsten Sinn des Wortes.«

Als der Journalist schon in der Tür steht, flüstert Roberto: »Danke.« Er muss nicht genauer sagen, wofür.

»Ich bin es, der zu danken hat. Ohne Sie hätten sich alle in Case Rosse abgewandt, weil sie denken, dass es hilft zu vergessen. Obwohl ihnen das nun schon ein halbes Jahrhundert nicht gelungen ist.«

7

Kurz vor siebzehn Uhr gleitet Roberto in einen tiefen, dem Fieber und den Medikamenten geschuldeten Schlaf. Mehr oder weniger zur selben Zeit beginnt in Case Rosse Schnee zu fallen, so heftig und viel, dass das Ganze zum Maßstab für viele kommende Jahre werden wird. Schwere, nasse Flocken fallen unaufhörlich.

Die Dächer, die Piazza, der Bronzeengel hüllen sich in einen gleichförmigen Mantel. Die Äste der Kastanien beugen sich zu Boden, um sich von der überraschenden Bürde zu befreien, und brechen. Das Geräusch, das sie dabei verursachen, und der Wind sind das Einzige, was man in dieser unwirklichen, wie mit Watte gedämpften Welt hört. Hinzu kommt nur noch das langsame Knirschen der Schneepflüge, die während des Unwetters auf eine harte Probe gestellt werden.

Das einzige Auto, das sich auf die Straße wagt, ist ein Fiat Marea. Manzini weiß, wie gefährlich es ist, aber er wird keinen Frieden finden, solange er nicht weiß, wie es wirklich um Roberto steht. Im Dorf zirkulieren die unterschiedlichsten Gerüchte. Verletzt, gelähmt, nur noch Gemüse. Tot.

Zum Glück verwandelt sich der Schneesturm nach zwanzig Kilometern in normalen Schneefall, und die Fahrt geht schneller voran. Als er vor den ehemaligen Kasernen parkt, die jetzt das Krankenhaus beherbergen, fallen aus dem Himmel über Bologna nur noch ein paar eisige Flöckchen, die wie Styropor aussehen. Unmöglich, sich auszumalen, dass weniger als fünfzig Kilometer entfernt eine Hölle aus Schnee und Wind losgebrochen sein soll.

Das schwierigste Hindernis, das es zu überwinden gilt, liegt allerdings noch vor ihm: ein kleiner, stämmiger Beamter mit niedriger Stirn und dunklen, dichten Augenbrauen, der sich als Ciro Colajanni vorstellt. Er ist der Schutzengel, dem Bernini Roberto anvertraut hat. Er ist nicht gerade der Hellste, aber er hält sich mit brennendem Eifer an seine Anweisungen. Und die besagen, niemanden unbegleitet in das Krankenzimmer zu lassen, außer den Ärzten, auf die er aber nichtsdestotrotz ein Auge haben soll während der Behandlung.

Daher lässt er auch Manzini nicht einen Augenblick allein, ungeachtet der Tatsache, dass er ein Kollege ist. Mit gewichtiger Miene hält er kaum einen Schritt hinter ihm die Stellung, als Manzini neben dem Bett stehen bleibt und in mitfühlendem Ton ein paar wenige Worte murmelt, bevor er mit glänzenden Augen geht.

Die gleiche Behandlung erfährt der spindeldürre Beamte, der nach ihm kommt. Vizequestore Sernagiotto versucht, die Blockade mit Gewalt zu brechen, hört jedoch auf zu beleidigen und zu drohen, als ihm klar wird, dass Colajanni auf Berninis direkten Befehl handelt. Er ist nicht mehr in der Position, sich noch irgendetwas herauszunehmen. Er hält sich nur eine Minute auf, und seine Worte sind überaus klar. »Serra, nur du kannst mir jetzt noch den Arsch retten, also sieh zu, dass du wieder gesund wirst.« Dann geht er hinaus, ohne Colajanni noch eines Blickes zu würdigen, der sich großzügig aus der Thermoskanne mit Kaffee bedient, den er mitgebracht hat. Er versucht, auch Doktor Sassi eine Tasse anzubieten, als dieser kommt, um eine weitere Dosis Schmerzmittel zu verabreichen.

Gegen Mitternacht präsentiert sich ein weiterer Besucher. Ein alter Mann, klein und rundlich, mit plumpen Bewegungen. Colajanni zieht den naheliegendsten Schluss und folgert, dass es sich um den Vater des Patienten handeln müsse, über dessen Sicherheit er wachen muss. Bevor er geht, bittet er ihn um die Bestätigung. Mit einem Blick bar jeden Gefühls nickt der Alte. Roberto hingegen hätte ihn wie jemanden angesehen, den er irgendwo einmal flüchtig getroffen hatte, ohne sich zu erinnern, wann und wo.

Um zwei, während Colajanni mit bleichem Gesicht auf dem Flur hin und her geht, um den Schlaf und die Kälte zu vertreiben, kommt eine Frau im Kittel und mit einem wilden roten Haarschopf um die Ecke. Sie bittet darum, allein hineingehen zu dürfen. In der Hand hält sie ein weiches Päckchen, in braunes Papier eingeschlagen.

Nach kurzem, aber angestrengtem Nachdenken und nachdem er sich versichert hat, dass das Päckchen nichts anderes als Kleidung enthält, stimmt Colajanni zu. Als er sieht, wie sie sich auf einen Stuhl neben dem Bett setzt, als wollte sie die ganze Nacht bleiben, fragt er sich nur, warum sie nicht das freie Bett daneben nimmt. Doch ihn geht das sowieso nichts an. Worauf es ankommt, ist, dass sie eine Ärztin ist.

6. JANUAR 1995, FREITAG
EPIPHANIAS, HEILIGE DREI KÖNIGE

1

Alice schreckt aus dem Schlaf hoch. Sie hat von Silvia geträumt, nur dass dieses Mal sie diejenige war, die bewegungsunfähig in dem Bett lag. Die Schwester hatte danebengestanden und ein Kissen in der Hand gehalten. Plötzlich hatte sie es hochgehoben und ihr aufs Gesicht gedrückt, ohne irgendetwas zu sagen. Und ohne irgendeine Form von Anteilnahme zu zeigen.

Sie atmet in vollen Zügen die stickige Krankenhausluft ein, um so das Gefühl des Erstickens wieder loszuwerden. Sie sieht, dass Roberto die Augen offen hat und an die Decke blickt, weil ihm die Halskrause nichts anderes ermöglicht.

»Alice …«

Sie steht aus dem unbequemen Sessel auf und fängt an, den nicht eingegipsten Arm zu streicheln. Sie bringt sich in sein Gesichtsfeld, im schwachen Dämmer der Notfallbeleuchtung, die die ganze Nacht eingeschaltet bleibt.

»Woher wusstest du, dass ich hier bin?«, flüstert sie.

Roberto blickt auf die zerzausten Haare und den zerdrückten Kittel.

»Dein … Duft«, schafft er zu sagen und entlockt ihr damit ein gerührtes Lächeln. Dann überlässt er sich einem wattigen Gefühl. Er weiß nicht, warum sie hier ist. Er weiß nur, dass er keine Worte findet, um ihr zu sagen, wie glücklich er darüber ist.

Alices Stimme empfängt ihn, als er viele Stunden später wieder erwacht.

»Wie geht es dir?«

»Was ... für ein Tag ist heute?«

»Epiphanias. Es ist sieben Uhr morgens. Du hast vierzehn Stunden geschlafen. Wie geht es dir?«, fragt sie noch einmal.

»Gut ... sieht man das nicht?« Er versucht ein Lächeln, aber die Nähte im Gesicht zwingen ihn, zu einem ernsteren Gesichtsausdruck zurückzukehren. »Bist du ... die ganze ... Nacht hiergeblieben?«, fragt er mühsam.

Sie hebt die Schultern. »Jemand musste sich schließlich um dich kümmern, oder? Du siehst ja, was passiert, wenn man dich allein lässt.« Ihre Stimme bricht. »Es ist auch meine Schuld, dass du jetzt so daliegst. Ich hätte dich nicht allein lassen dürfen, aber nach der Nacht neulich ...«

Roberto schafft es, die rechte Hand zu bewegen, bis er die ihre berührt. »Du kannst überhaupt nichts dafür ... das ist nicht der richtige Augenblick, um ... darüber zu sprechen. Wir machen das irgendwann ... aber nicht jetzt.«

Alices Augen glänzen, ihr Lächeln ist sanft. »Ich wollte nur, dass du es weißt.«

Roberto schließt die Augen und versucht sogar zu nicken. Lange Minuten sagt niemand mehr etwas. Am Ende bricht sie das Schweigen, als fände sie es schwierig, es länger aufrechtzuerhalten.

»Dein lieber Bernini hat heute Morgen schon dreimal angerufen, um zu fragen, wie es dir geht. Gestern hat er sich aus Mailand hierher begeben, sobald er von deinem … Unfall erfahren hat.«

Roberto hat wieder die raue Stimme des Questore im Ohr, der ihm verkündet, Sernagiottos Rekonstruktion sei falsch. *Ich will, dass der wahre Mörder der Zanarinis verhaftet wird. Und ich will es sein, der das tut.*

Obwohl er sich fühlt, als sei ein Lastwagen über ihn hinweggerollt, versucht er aufzustehen. Mit übermenschlicher Anstrengung gelingt es ihm gerade so, sich aufzusetzen. Den Gipsblock anzuheben, der Oberkörper, Schulter und linken Arm miteinander verbindet, entreißt ihm ein Stöhnen.

»Was hast du vor?«

Einen Schmerzensschrei unterdrückend, schafft Roberto es aufzustehen. »Der Arzt … hat gesagt … dass es mir gut geht.«

Alice blitzt ihn an. »Ich bin auch Arzt. Es geht dir überhaupt nicht gut, du musst dich ausruhen und gesund werden.«

»Das mach ich ja … wenn alles zu Ende ist. Jetzt kann ich nicht.«

Auf dem freien Bett liegen Kleidungsstücke. Unterwäsche, ein Paar Hosen und ein Pullover. Alles in Schwarz, große und bequeme Kleidungsstücke. Wer sie gebracht hat, hat Rücksicht auf seine Einschränkungen genommen. Das Parfum, das noch in ihnen hängt, lässt wenig Zweifel daran, wer das gewesen ist.

Nur mit der rechten Hand gelingt es ihm schließlich, das Krankenhausnachthemd abzustreifen und die Hosen anzuziehen. Mit dem Pullover ist das aber etwas vollkommen anderes. Kaum versucht er, ihn über die linke Seite zu streifen, durchfährt ihn ein Blitz, von der Schulter bis in die Magengrube, der ihn beinahe zu Boden wirft. Alice tritt zu ihm, um ihm zu helfen.

In diesem Augenblick betritt Doktor Sassi das Zimmer. Als er ihn vor dem Bett stehen sieht, reißt er die Augen auf. »Hören Sie, Sie können jetzt nicht einfach so gehen!«, ruft er, als ihm klar wird, was er vorhat.

»Ich nehme ... die ganze Verantwortung auf mich.« Roberto zeigt auf das kleine Gläschen, das der Arzt in der Hand hält. »Sind die ... für mich?«

Der Arzt nickt. »Schmerzmittel, Entzündungshemmer und Antibiotika.«

»Die nehme ich ... jetzt gleich.«

»Das ist der erste vernünftige Satz, den ich von Ihnen höre. Aber glauben Sie bloß nicht, Sie könnten das Krankenhaus verlassen. Ich habe äußerst genaue Anweisungen des Chefarztes.«

Roberto schluckt die Tabletten. »Dann lassen Sie ihn eben herkommen ...«

Doktor Sassi sucht bei Alice Unterstützung. »Sagen Sie ihm als Ärztin doch, dass er eine unglaubliche Dummheit begeht und riskiert, dafür zu bezahlen. Wer so ein verdammtes Glück gehabt hat wie er, der darf das Schicksal nicht gleich noch mehr herausfordern.«

Alice schüttelt den Kopf. »Das habe ich ihm schon gesagt, aber mit dem Dickkopf, den er hat, könnte man Steine zertrümmern.«

Der junge Arzt warnt Roberto, sich nicht zu rühren, bis er nicht mit dem Chefarzt gesprochen hat, und geht aus dem Zimmer.

Als hätte er es nicht gehört, öffnet Roberto den kleinen Kleiderschrank und findet darin die Brieftasche, den Dienstausweis der Polizei und das Holzstück in Ypsilonform. Die Pistole ist natürlich nicht da. *Ich wollte mit einem alten Professor Tee trinken, was sollte daran schon gefährlich sein?*

»Wo hast du denn ... deinen Boliden gelassen?«, fragt er Alice, die ihn weiterhin mit in die Hüfte gestemmten Armen missbilligend beobachtet.

»Auf dem Krankenhausparkplatz.«

»Würdest du mich ... ins Zentrum fahren?«

Im ersten Moment würde Alice ihn am liebsten zum Teufel schicken. Dann denkt sie noch einmal darüber nach. »Du bist dermaßen dickschädelig, du würdest schon irgendeine Möglichkeit finden, um hinzukommen, wenn ich dich nicht fahren würde. Also begleite ich dich lieber, so kann ich dich wenigstens im Auge behalten.«

»Also, gehen wir ... bevor die zurückkommen.«

Vor der Tür finden sie Agente Ciro Colajanni, der auf seinem Stuhl döst. Die Medikamente wirken, sodass Roberto es schafft, ihn mit fester Stimme anzusprechen.

»Man schläft nicht im Dienst!«

Colajanni reißt die Augen auf, verwirrt durch die plötzliche Rückkehr in die Wirklichkeit.

»Entschuldigen Sie, Signore, ich ...«

»Gib mir die Waffe und die Handschellen.«

Die dichten Augenbrauen ziehen sich in einem zweifelnden Ausdruck zusammen.

»Das ist ein Befehl!«

Colajanni gehorcht. Er händigt dem Höherrangigen die Waffe und die Handschellen aus.

»Danke. Noch etwas: Doktor Sassi wird gleich mit dem Chefarzt zurückkommen. Sag ihnen, ich bin ins Bad gegangen. In Ordnung?«

Das ist leicht. Colajanni nickt entschlossen.

»Du bist ein guter Agente, ich werde das Questore Bernini berichten«, lobt er ihn. Die Augen des Mannes glänzen.

Sie gehen so schnell, wie Robertos Zustand es erlaubt, den Flur entlang, also sehr langsam. Dennoch gelingt es ihnen, ungestört die schon vor Betriebsamkeit summende Eingangshalle des Krankenhauses zu durchqueren. Eine Minute später verlässt das Auto den Parkplatz.

2

Roberto bittet Alice, in der Nähe einer Telefonzelle anzuhalten. Er lässt sich von der Auskunft mit Virgilio Aldrovandi verbinden und vereinbart einen neuen Termin wenig später.

Danach schlägt der Wagen in ungewöhnlich moderater Geschwindigkeit über Umgehungsstraßen den Weg in Richtung Zentrum ein. Alice fährt, als würde sie eine Ladung roher Eier transportieren, um zu vermeiden, dass die Erschütterungen Robertos Schmerzen verschärfen.

»Ich bin da«, verkündet er und zeigt auf die Schaufenster des Caffè Maggiore unter dem Bogengang zwischen dem kleinen Platz, auf dem die imponierende Statue von Giambolognas Neptun thront, und dem Palazzo, der das letzte Gefängnis von König Enzio war, dem unglücklichen Sohn von Friedrich II.

»*Wir* sind da, wolltest du sagen. Ich parke direkt davor, immerhin ist das hier eine Polizeioperation, oder?«

Roberto wird klar, dass es keinen Zweck hat, Einwände zu erheben. Er ist sogar bereit, sich beim Aussteigen helfen zu lassen.

Die Fünfzigerjahre-Einrichtung in dunklem Holz hat sich nicht verändert seit dem letzten Mal, als er hier war, um sein Schicksal von einem anonymen Angestellten umformen zu lassen. Um diese Zeit und an einem Feiertag sitzen vor allem alte Leute an den kleinen Tischchen, die *Il Resto del Carlino* lesen und die Missgeschicke des FC Bologna erörtern, der sich nach einer glücklichen Vergangenheit jetzt in den unteren Tabellenrängen abmüht.

Roberto bestellt einen starken Kaffee, Filterkaffee, in einer großen Tasse. Noch nie hat er sich so sehr nach einem Kaffee gesehnt. Während er serviert, beäugt ihn der Kellner, ein junger Mann von knapp über zwanzig Jahren, misstrauisch.

Ich muss wohl nicht besonders hübsch aussehen.

Auf einem Tisch liegt eine Ausgabe der *Gazzetta di*

Modena. Er macht Anstalten aufzustehen, um sie zu holen, aber Alice kommt ihm zuvor.

»Ich fühle mich gut in Form. Die Tabletten, die ich im Krankenhaus genommen habe, haben Wunder gewirkt.«

Sie hält ihm kopfschüttelnd die Zeitung hin. »Das wird nicht lange anhalten. Du musst mit deinen Kräften haushalten, du spielst mit dem Feuer.«

Auf der ersten Seite unter der ganzseitigen Überschrift prangt dasselbe Foto, das neben dem Artikel vom 2. Januar gestanden hatte. *Ich bezweifle, dass mich in dem Zustand, in dem ich jetzt bin, noch jemand wiedererkennen würde.*

Blutiger Neujahrstag,
Fall wird wieder geöffnet

Beunruhigende Verbindungen zu einem Massaker aus dem Jahr 1945

Von unserem Reporter Mattia Bondi – Das letzte Wort ist noch nicht gesprochen in den Ermittlungen zu einer der grausamsten Bluttaten, die je auf dem Apennin geschehen sind. Der dreifache Mord an Sergio, Elisa und Benedetta Zanarini wird zu einer anderen Lösung kommen als derjenigen, die Vizequestore Sernagiotto von der Kriminaltechnik Bologna übereilt verkündet hat. Kommissar Roberto Serra (Foto) hat, indem er die Ermittlungen vertiefte, neue Aspekte entdeckt und dabei auf der hartnäckigen Suche nach der Wahrheit das eigene

Leben riskiert. Gegen zehn Uhr des gestrigen Tages ist der Wagen, an dessen Steuer er saß, nicht weit von Case Rosse entfernt von der Straße abgekommen. Nach einer ganzen Reihe von Überschlägen ist er am Grund einer Schlucht liegen geblieben. Den Ermittlungsbehörden nahestehende Quellen bestätigen, dass es sich nicht um einen normalen Verkehrsunfall handelte: Der Wagen war manipuliert worden.
Die Szenarien, an denen der Kommissar arbeitete und die ihn beinahe das Leben gekostet haben, sind überaus beunruhigend. Am Neujahrstag 1945 fand am Monte della Libertà oder Prà grand ein blutiges Massaker von Nazifaschisten mit zwanzig Opfern statt, darunter auch Francesco Ferri, der als Partisan Sfregio in die Geschichte eingegangen ist, und weiteren zwölf Mitgliedern seiner Familie. Es handelt sich um denselben Ort, an dem vor wenigen Tagen die misshandelten Leichen der Zanarinis aufgefunden wurden. Am ersten blutigen Neujahrstag in Case Rosse, dem von 1945, hatte Enrico Zanarini, genannt der Henker des Apennins, den Oberbefehl über das Gemetzel. Ein italienischer Offizier der SS, der sich während des Krieges noch anderer blutiger Verbrechen schuldig gemacht hat. Er war der Vater von Sergio Zanarini und der Großvater von Benedetta, den Opfern des zweiten blutigen Neujahrstages, dem von 1995. Ist es möglich, dass genau ein halbes Jahrhundert später die einzigen Nachkommen des für

das Massaker Verantwortlichen ermordet und an denselben Ort gebracht werden, an dem das Massaker geschehen ist? Die Logik würde Nein sagen.

Roberto schließt die Zeitung. *Wer auch immer du bist: Jetzt weißt du, dass ich dir auf den Fersen bin. Komm aus der Deckung.*

3

Roberto sieht einen alten Mann näher kommen, der sich auf einen Spazierstock stützt. Feist, in einem karierten grauen Anzug. Als er das Lokal betritt, ist die Papillonfliege in Farbe des Anzugs nicht zu übersehen und auch nicht der fuchsiafarbene Rucksack, den er auf dem Rücken trägt und der sogar zu knallig gewesen wäre für jemanden, der nur ein Viertel so alt war wie er. Er erkennt Professor Virgilio Aldrovandi, noch bevor er seinen ungeachtet der achtzig Jahre festen Händedruck empfängt. Alice wird mit einem untadeligen Handkuss, begleitet von einem »*Enchanté*«, bedacht.

Aldrovandi bestellt einen Tee mit Rum, wobei er darauf besteht, nicht zu sparsam mit dem Alkohol zu sein. »Bei dieser Kälte«, rechtfertigt er sich lächelnd. Dann mustert er Roberto. »Mein lieber Junge, was mag Ihnen nur zugestoßen sein? Erlauben Sie mir zu sagen, dass Sie nicht gerade gut aussehen. Die Signora hingegen, um nur wenig zu sagen, sieht phantastisch aus.«

»Das ist der Grund, weshalb ich Sie gestern versetzt habe.«

»Ich würde mir wünschen, dass Sie von der Signora sprechen, aber ich fürchte, es waren die Verletzungen, die Sie aufgehalten haben«, scherzt er. In der Zwischenzeit kommt das Getränk, das den süßen Duft des Alkohols verströmt.

Ausgehend von Bondis Artikel, fasst Roberto die Ereignisse, die Case Rosse und sein Leben erschüttert haben, kurz zusammen. Alice fragt sich, wo er so viel Energie hernimmt, in seiner Verfassung.

»Ich lese keine Zeitungen und sehe kein Fernsehen, um mir nicht die Laune zu verderben, aber ich habe davon gehört. Eine abscheuliche Sache«, bemerkt Aldrovandi.

»Wie schon gesagt, habe ich *Die Wölfe kommen* gelesen. Es gibt nur zwei Seiten über das Massaker vom Prato grande. Ich habe mich gefragt, ob Sie noch mehr Informationen darüber haben.«

Aldrovandi schiebt die leere Tasse beiseite und öffnet den Rucksack. Er fischt einen großen Umschlag mit einem Stapel zerknitterter Papiere darin hervor. »Weil Sie so freundlich waren, mir das im Vorhinein mitzuteilen, habe ich mich beeilt, Ihnen die Aufzeichnungen mitzubringen, die ich während meiner, ich bitte um Verzeihung für die unpassende Bezeichnung, Forschung über das Blutbad gemacht habe.«

Roberto streckt die freie Hand aus. Aldrovandi bremst ihn jedoch. »Bitte gestatten Sie mir, Ihnen zuvor noch zu erläutern, warum ich von Forschung spreche, und Ihnen die Figur Francesco Ferri alias Comandante Sfregio vorzustellen. Nach meinem Dafürhalten ist es von grundlegender Bedeutung.«

Alice, besser vertraut mit dem akademischen Umfeld, ahnt, dass Aldrovandi den professoralen Habitus derart verinnerlicht hat, dass die einzige Möglichkeit, Informationen aus ihm herauszubringen, darin besteht, ihn eine kleine Vorlesung halten zu lassen. Während sie unter dem Tisch Robertos Hand drückt, antwortet sie: »Ich bitte Sie, Professor, versuchen Sie, sich kurz zu fassen. Jede Sekunde ist wertvoll.«

»Ich werde mich überaus kurz fassen, Signora. Lassen Sie mir nur die Zeit, noch einen Tee zu bestellen.« Aldrovandi bestellt wieder einen Tee mit reichlich Rum und führt erneut die Kälte als Entschuldigung an. Nach einem großzügigen Schluck, gefolgt von einem befriedigten Schnalzen, fängt er schließlich zu sprechen an.

»Wie zu Recht angemerkt, habe ich in meiner Studie die Episode, die Ihnen am Herzen liegt, nur flüchtig gestreift. Diese Entscheidung ist allerdings wahrhaftig nicht der Tatsache geschuldet, dass ich sie für wenig bedeutsam im Gesamtbild dieser umstrittenen Seite halte, die die Resistenza dargestellt hat. Ganz im Gegenteil. Ich war gezwungen, mich zwei Schwierigkeiten geschlagen zu geben: *In primis* ist der Ruhm des Comandante Sfregio überwiegend von lokaler Bedeutung. In dem anmutigen Dörfchen Case Rosse wird er wie ein neuer Achilles verehrt, doch entfernt man sich nur einige wenige Kilometer, weiß schon niemand mehr, dass es ihn überhaupt gegeben hat. *In secundis,* aber direkt damit in Zusammenhang stehend, hat es sich als wesentlich beschwerlicher erwiesen, Informationen zu beschaffen, als ich es mir vorgestellt hatte. Andere Gemeinden haben sich die Gelegenheit, die eigenen patriotischen Tugenden ihrer Partisanen aufzupolieren, nicht entgehen lassen. Im Gegensatz dazu hat das Dorf, in dem Francesco Ferri das Licht der Welt erblickt hat, sich derart zugeknöpft gegeben, dass es schon an Omertà erinnerte.«

Roberto überrascht das nicht, aber er sagt nichts, um die Rede nicht zu unterbrechen.

»Der wahre Grund aber, warum ich dem Blutbad nur wenige Seiten gewidmet habe, ist ein anderer: eine Form von Eitelkeit. In mühsamer Kleinarbeit ist es mir gelungen, in den Besitz einiger Informationen über die Brigade Ypsilon und ihren charismatischen Gründer zu gelangen. Ich hätte ihm gern ein eigenes Werk gewidmet.«

Als der Professor den Namen ausspricht, greift Roberto einem Impuls folgend in die Tasche und zieht die Zwille heraus. Er legt sie auf die Papiere, unsicher über die Reaktion, die sie hervorrufen könnte. Aldrovandi setzt sich eine Brille auf die Nase, deren Gestell nicht weniger auffällig gefärbt ist als der Rucksack. Er nimmt das verrottete kleine Stück Holz mit einer Ehrfurcht in die Hand, wie sie sonst Reliquien vorbehalten ist. Er nickt langsam.

»Als ich heute Nacht die Ordnungskräfte über meinen Schlaf wachen gesehen habe, ist mir klar geworden, dass die Frage, in der Sie mich hinzugezogen haben, von großer Wichtigkeit ist. Und dieses Objekt nicht weniger, das meiner Meinung nach gar nicht hoch genug geschätzt werden kann«, erklärt er, während er es vorsichtig zurücklegt. »Doch es ist gute Sitte, dass jede Geschichte mit dem Anfang beginnt.«

NEUJAHRSTAG 1945, MONTAG
SFREGIOS GESCHICHTE

1

Für die Menschen in Case Rosse war von den fünf Kriegswintern der letzte der härteste. Es war der Winter des Patts.

Bis zu jenen Tagen waren es die Leute aus dem Dorf gewesen, die in den Krieg gezogen waren. Jetzt war der Krieg bei ihnen zu Hause angekommen.

2

Er schreckte aus dem Schlaf hoch, durchgeschwitzt trotz der beißenden Kälte. Hellwach setzte er sich auf und legte die Hand an das Gewehr, das er, wenn er schlief, immer neben sich liegen hatte.

Sfregio schaute sich um. Im rötlichen Licht der wenigen Holzscheite in der Feuerstelle, die noch glommen, sah er eine Handvoll junger Männer, erschöpft und übel zugerichtet, die einer an den anderen geschmiegt schliefen, um sich in dem Stall am Ca' de Fràb gegenseitig zu wärmen.

»Ein schlimmmer Traum«, murmelte er und stieß dabei Atemwölkchen aus. Er würde keinen Schlaf mehr finden. Seit einiger Zeit suchten ihn Albträume heim, an deren Handlung er sich später nicht erinnerte, nur an die Protagonisten: seine Frau Serena und ihre Söhne, Renato, sechs Jahre, so klein, dass ihn alle Renatino nannten, und Valerio, drei Jahre. Er hatte dafür gesorgt, dass sie in Sicherheit waren außerhalb des Dorfes, sie waren in das Kloster von Braglie geflohen, hinter dem Monte San Giacomo.

Und dennoch kehrte dieser verfluchte Traum jede Nacht wieder. Eine Stimme in ihm fragte hinterhältig, ob es überhaupt noch sichere Orte gab. Das Massaker von Marzabotto hatte bewiesen, dass es nicht einmal für Jesus Christus noch Respekt oder Erbarmen gab; nicht einmal für die Kinder, waren sie dort doch mit Maschinengewehrsalven und Handgranaten direkt vor dem Altar oder zwischen den Gräbern ihrer Verwandten niedergemäht worden.

»Sfregio, wir haben eine wichtige Mission vor uns. Wenn du so weitermachst, weckst du noch alle auf.« Zustimmendes Gemurmel.

»Du hast recht, Professore. Ich kann mir genauso gut ein bisschen die Beine vertreten.« Er warf sich den Wehrmachtmantel über, den er als Decke benutzte, und schickte den frierenden Briscola schlafen, der Wache stand.

Kaum hatte er die Tür aufgestoßen, traf ihn der schneidende Wind ins Gesicht. Im Licht des halben Mondes glitzerten der Schnee und das Eis in unendlichen silbernen Spiegelungen. »Heute Nacht tanzt der Fuchs«, sagte er ins Nichts hinein. Es war so kalt, dass der Fuchs die Füße auf dem Eis nicht still halten konnte, sodass es aussah, als tanzte er. Eine Redensart seiner Mutter.

Ein weiterer Anlass zur Sorge. Veronica hatte Ca' Libertà nicht verlassen und ins Kloster fliehen wollen. Mit ihr waren drei Kinder zurückgeblieben: die beiden Mädchen, Anna und Pia, und Efrem, der Kleinste. Von den beiden Älteren wusste man schon seit einiger Zeit nichts mehr. Arrigo und Livio waren zu den Gebirgsjägern eingezogen und vor Jahren schon an die unglückselige Ostfront geschickt worden, die Hitler in Russland eröffnet hatte und der Mussolini sich angeschlossen hatte, um dort ebenfalls jene tausend Toten beizutragen, die ihm, so glaubte er, es erlauben würden, am Tisch der Sieger Platz zu nehmen.

Es hatte einmal eine Zeit gegeben, in der auch er, damals noch einfach nur Francesco, dem italienischen Heer angehört hatte. Wie die anderen jungen Männer aus dem Apennin auf den Balkan und den Peloponnes geschickt, hatte er – nach dem Waffenstillstand vom 8. September 1943 und der Geburt jener Republik, die von Salò aus die Agonie eines bereits in die Knie gezwungenen Italiens noch verlängern wollte – allmählich nicht mehr gewusst, wer Freund oder Feind war. Es wurde ihm erneut auferlegt, ein schwarzes Hemd zu tragen. Zwischen Mitgehen oder Sterben wählte er den dritten Weg: Er ging in die Macchia und widmete sich ab da einem Kampf, der seiner sein sollte und nicht der von anderen.

Die Anonymität und die Fähigkeit, sich in den Wäldern unsichtbar zu machen, war die einzige Verteidigung der Partisanen. Um Rückschlüsse auf ihre Familien zu vermeiden, ließen sie sich mit Kampfnamen rufen und schlossen sich Brigaden an, die weit weg von ihren Heimatorten operierten. Er hingegen hatte entschieden, *auf seinem* Land *für sein* Land zu kämpfen. Auch der Feind, Enrico Zanarini, der Henker, war in diesen Bergen aufgewachsen. Wie Sfregio hatte er in Griechenland und Albanien gekämpft. Wie Sfregio war er gezwungen worden, eine Wahl zu treffen, aber er entschied sich genau entgegengesetzt. Er wurde erst Republikaner, dann SS-Mann und stieg immer weiter in der Hierarchie auf, indem er die Leute schikanierte, in deren Mitte er aufgewachsen war.

Der Blick verlor sich zwischen den kinderfaustgroßen Sternen. Er dachte an den Professore, den Partisanen, der ihm vorgeworfen hatte, alle aufzuwecken. Ein junger Biologieassistent an der Universität Bologna, ein brillanter Geist, den ein brennender Hass gegenüber denjenigen antrieb, die er – waren sie nun Deutsche oder Italiener – Invasoren nannte.

Sie waren sich sofort sympathisch gewesen, gezwungen, einander zu vertrauen, um zu überleben. Und es war der Professore gewesen, der ihnen vorgeschlagen hatte, sich zu organisieren. »Nur so können wir Leuten die Hoffnung zurückbringen, die schon vergessen haben, was das Wort eigentlich bedeutet«, hatte er eines Sommerabends gesagt, während sie ausgestreckt auf einer Wiese lagen und in den Himmel schauten. »Sie müssen erfahren, dass es noch Leute gibt, die den Mut haben, sich den Invasoren entgegenzustellen. Und da der Feind bekannt ist, ist es unerlässlich, dass auch diejenigen bekannt werden, die ihn herausfordern. Wir brauchen ein Symbol.«

»Ich wette, du hast schon eins im Kopf«, hatte Briscola eingeworfen, der gerade versuchte, im Licht der Öllampe etwas zu schnitzen. Er war einer der Ersten gewesen, die sich zu ihnen gesellt hatten. Seinen Kampfnamen schuldete er seiner Geschicklichkeit bei Kartentricks, mit denen er trotz einer starken Kurzsichtigkeit zu zaubern verstand.

Der Professore war aufgestanden. »Im Krieg verhalten wir uns wie Tiere. Umso wichtiger ist es, sich daran zu erinnern, dass wir Menschen sind. Ich schlage vor, dass wir ein Chromosom als unser Zeichen nehmen.«

Angesichts der fragenden Gesichter seiner Kameraden, von denen viele nicht einmal die drei obligatorischen Volksschuljahre absolviert hatten, hatte er erklärt: »Das sind winzig kleine Fäden, die uns zu dem machen, was wir sind. Sie tragen unsere Zugehörigkeit zur menschlichen Rasse in sich, die Abkunft von unseren Eltern und davor von unseren Großeltern, und noch weiter zurück. Sie enthalten unsere Essenz und unsere Geschichte.«

»Und wie sehen diese Dinger aus?«, hatte jemand skeptisch gefragt.

»Sie ähneln zwei Buchstaben, x und y.«

Briscola, einer der wenigen, der bis zur fünften Klasse gekommen war, war jetzt auch aufgestanden. »Wir wären also so was?«, hatte er gefragt und dem Professore, der ihn um gut eine Handbreit überragte, den Gegenstand hingehalten, den er gerade schnitzte. Das Holzstück einer Zwille, ein perfektes Ypsilon.

So waren sie in einer lauen Sommernacht zu einer Brigade geworden. Es schien allen nur natürlich, dass Francesco Ferri ihr Anführer werden sollte, und er setzte durch, dass sie unabhängig von anderen Partisanengruppen agierten. Der Kampf, den er im Kopf hatte, hatte keine Fahne. Die Brigade Ypsilon kämpfte für die Leute, und damit war es gut.

Wenige Wochen später wurde er zum Comandante Sfregio. Eine Gruppe Deutscher verschleppte zwei Mädchen von nicht einmal achtzehn Jahren. Die Befehlshaber des Kommandos, das sich in Case Rosse niedergelassen hatte, hatten von den Entführern nur verlangt, dass sie die Mädchen an einen einsamen Ort brachten, sodass man von offizieller Seite den Vorfall ignorieren konnte. Die Mädchen wurden in einer Baracke im Wald eingeschlossen, einige Kilometer talabwärts von Case Rosse. Tagelang missbrauchten die Entführer sie; auch einige höhere Dienstgrade waren sich nicht zu schade mitzumachen, einschließlich Enrico Zanarini, der sie sein Leben lang gekannt hatte.

Das Schicksal der Mädchen war besiegelt. Wenn die Deutschen ihrer müde geworden wären, würden sie sie umbringen, falls sie nicht schon vorher durch die Torturen oder bei einem verzweifelten Fluchtversuch zu Tode kämen. Es war nicht das erste Mal, dass so etwas geschah, aber die Brigade Ypsilon beschloss, dafür zu sorgen, dass es das letzte Mal war. Eines Nachts überraschten sie den einzigen Wachtposten des Gefängnisses, entwaffneten und fesselten ihn.

Als Francesco Ferri sah, in welchem Zustand die beiden Mädchen waren, schien es seinen Kameraden, als verlöre er die Beherrschung. Er zog das schwere Messer und trat auf den Wachtposten zu, der zu zittern und um Erbarmen zu flehen begann. Er tötete ihn nicht, sondern schnitt ihm tief ein Ypsilon in die Wange, sodass alle wussten, wer es gewesen war. Dann nahm er ihm den schweren Mantel ab, den er trug, und ließ ihn in der Kälte zittern. Trotz des auf der Brust aufgenähten Adlers und des Hakenkreuzes war ein solches Kleidungsstück wertvoll, um sich vor der Kälte zu schützen.

Das war die letzte Handlung des Francesco Ferri. In jenem Augenblick wurde Comandante Sfregio, »Kommandant Schmiss«, geboren.

3

Sfregio beschloss, seine letzte Zigarette zu rauchen, um die Mission zu feiern. Der Krieg war zu einer Abfolge verzweifelter Situationen geworden. Ein aus einem Schornstein aufsteigendes Rauchwölkchen konnte bedeuten, dass etwas kochte, und die Deutschen anlocken. Die Leute riskierten lieber, vor Kälte zu sterben, anstatt einen Herd anzuzünden. Es gab auch Partisanen, die ihrerseits noch einen Beitrag einforderten von den zermürbten Familien, die dem Gott des Krieges bereits ihr vom Hunger besiegtes oder geplündertes Vieh geopfert hatten, sodass die Felder von den Stiefeln der Armeen zerfurcht wurden und nicht von den Pflügen.

Je düsterer die Verzweiflung wurde, desto heftiger wurde die Gewalt. Am 28. Dezember war Remo Succi, ein alter Mann, der mit den Übriggebliebenen von drei Generationen seiner Familie in Ca' di Cort lebte, zum Einkaufen gegangen. Sein Sohn Fulvio war nie aus dem Großen Krieg zurückgekehrt, und sein einziger männlicher Enkel war an der Front. Succi hatte eine Handvoll Deutscher beschimpft, die gekommen waren, um Lebensmittel zu requirieren. Er hatte sie angegriffen, indem er sie an die Kopfnüsse erinnerte, die er Enrico Zanarini versetzt hatte, als dieser noch ein kleiner Junge im Schwarzhemd war, und bekräftigt, dass er nicht zögern würde, es wieder zu tun, wenn die Gelegenheit sich böte.

Das reichte, um sich eine heftige Tracht Prügel einzuhandeln, ohne jede Rücksicht auf sein Alter. Während sie versuchte, ihm zu Hilfe zu eilen, musste auch seine Frau Onelia viele Schläge einstecken, ebenso wie die Enkelin Erminia, ein geistig behindertes Mädchen, die letzte Erinnerung, die Fulvio dagelassen hatte, bevor er in wer weiß was für einem Schützengraben verschwunden war. Als der alte Succi nicht mehr gehen konnte, hatten ihn sich die Deutschen schließlich über die Schulter geworfen. Das erforderte keine allzu große Kraftanstrengung, er war ja nur noch Haut und Knochen. Er aß beinahe nichts mehr, sagte stets, er habe lange genug gelebt, die Nahrung sollte lieber an die Jüngeren gehen.

Die Verhandlungsversuche, die der Bürgermeister von Case Rosse, Prospero Raimondi, unternahm, prallten an Zanarini ab wie an einer Mauer. Also hatte Sfregio beschlossen, den alten Succi zu befreien, der in einer der Wohnungen an der Piazza gefangen gehalten wurde, wenige Meter von der Kommandantur entfernt. Was kein gutes Zeichen war, denn somit handelte es sich nicht um eine Entführung, sondern um einen offiziellen Arrest, der die amtliche Billigung irgendeiner dämlichen Obrigkeit besaß. Was, nach dem Erlass zur Bandenbekämpfung vom August 1944, das Schicksal des Mannes noch unsicherer machte.

Besetzt von den Deutschen, Tag und Nacht von Wachtposten beschützt und von zwei Panzern belagert, die ständig auf dem Platz standen, war das Geviert von Case Rosse zu einer wahren Festung geworden. Um darin einzudringen, hatten Sfregio und der Professore einen gewagten Plan ausgeheckt: Sie wollten in einem etwas vom bewohnten Zentrum abgelegenen Holzschuppen eine Explosion auslösen, um viele Soldaten nach draußen zu locken, vielleicht auch die Wachen, die den Torbogen bewachten. Andernfalls bliebe ihnen nichts anderes übrig, als offen das Feuer zu eröffnen. »Entweder wir oder die«, hatten sie den Kameraden erklärt.

Geduckt, das Garand-M1-Gewehr umklammert, brachte er die wenigen Schritte hinter sich, die ihn von dem Stall trennten, in dem die anderen schliefen. Viele

Partisanen besaßen die gleiche Waffe, die aus den Lieferungen der Alliierten stammte. Nur wenige hatten es bevorzugt, das alte Carcano aufzubewahren, mit dem das italienische Heer schon dreißig Jahre zuvor, im Ersten Weltkrieg, ausgerüstet worden war.

4

Am Vormittag änderte sich plötzlich alles. Atemlos keuchend traf in Ca' de Fràb ein blasser Partisan ein, mit dunklen Haaren, den man Tabacco nannte, nach seinem Laster, das ihn mangels Nachschub dazu trieb, Zigaretten aus Lavendel, Rosmarin und sogar Stroh zu rauchen. Er hatte die Aufgabe gehabt, Remo Succis Gefängnis im Auge zu behalten. Es musste etwas Schlimmes geschehen sein, um ihn von seinem Posten zu vertreiben.

Schwer atmend blieb er vor Sfregio stehen. Nachdem der alle Fragen unterbunden hatte, lieferte er einen aufgeregten Bericht, wobei er sich immer wieder verhaspelte. Enrico Zanarini hatte seinem schlimmen Ruf alle Ehre gemacht. Im Morgengrauen hatte er den Alten an einem Fenster aufhängen lassen, das auf die Piazza hinausging. Dann hatte er ihm eigenhändig ein Schild mit der Aufschrift »Feind des Faschismus« auf die Brust genagelt und ihm dabei rücksichtslos noch die Rippen gebrochen. Den Hammer in der Hand, hatte er verkündet, dass der Leichnam dort hängen bleiben würde und die Einwohner von Case Rosse unter das Fenster geschleift werden sollten, um ihn ansehen zu müssen, angefangen mit Succis Angehörigen. Das würde sie lehren, was passiert, wenn sie es ihm gegenüber an Respekt fehlen ließen.

»Dieses Mal müssen wir ihn ins Herz treffen«, knurrte Sfregio, als Tabacco mit seinem Bericht zu Ende war. Spontan entwickelte er eine Idee. »Wir lassen die Panzer in die Luft fliegen mit den Granaten, die wir für den Holzschuppen nehmen wollten. Heute Nacht.«

Verblüffung zeichnete sich auf den Gesichtern der anderen ab. Die Panzer, bis zum Herbst noch zur Verteidigung genutzt, standen seither wie eine Art Mahnmal unbeweglich in Case Rosse.

»Wie sollen wir das machen?«, fragte der Professore. »Die Piazza ist quadratisch, vollständig eingerahmt von Gebäuden, und es gibt nur eine einzige Zufahrtsstraße, die Tag und Nacht von den Deutschen überwacht wird.«

»Die Piazza scheint nur für diejenigen abgeriegelt, die noch nie versucht haben, bei Gino eine Salami zu klauen«, erklärte Sfregio, während der eine oder andere nickte, weil er bereits verstanden hatte, worauf er hinauswollte. »Die Osteria hat zwei Fenster, die auf die Außenseite hinausgehen, wir werden den Wirt bitten, sie angelehnt zu lassen. Er und seine Frau Argìa sind auf unserer Seite. Dann braucht man nur noch aus dem Lokal zu treten und steht auf der Piazza.«

»Ich biete mich als Freiwilliger an«, versicherte Briscola, ohne dabei mit dem Mischen eines Stapels abgenutzter Karten aufzuhören. Sfregio legte ihm eine Hand auf die Schulter. »Du wirst dabei sein. Wir werden zu viert sein: ich, der Professore und Tabacco. Ich und der Professore, wir werfen die Granaten in die Panzer. Aber vorher schneidest du zusammen mit Tabacco den Strick des alten Succi durch, und ihr nehmt den Leichnam mit. Er muss der Familie zurückgegeben werden. In diesem Krieg gibt es schon viel zu viele, die unbegraben irgendwo herumliegen und denen niemand mehr den Trost eines Abschieds spenden kann.« Sein Blick verdüsterte sich. Er dachte an seine Brüder Livio und Arrigo, die vielleicht in irgendeiner eisigen Steppe gefallen waren und die niemals ein Grab bekommen würden, an dem man sie beweinen konnte.

»Du vergisst die Wachen«, wandte Assenzio ein. Als Lehrer für Literatur war er der Älteste der Brigade. Er war desertiert, kaum dass er von der Armee in die *Repubblica Sociale* im Apennin geschickt worden war. Er zog das Wort dem Handeln vor, deshalb hatte er sich als Kampfnamen den eines Likörs gewählt, der die Sinne verfluchter Poeten umnebelte.

»Wir greifen auf unseren Plan mit der Ablenkung zurück. Wir haben nur zwei Granaten und keine Zeit, auf die Lieferungen der Alliierten zu warten. Die brauchen wir für die Panzer, deshalb müssen wir was anderes nehmen«, antwortete er. »Du, Assenzio, zusammen mit Rosso«, er zeigte auf einen rothaarigen Jungen, »ihr besorgt euch einen Karren voll Holz und ein Pferd und fahrt bis zur letzten Kurve der Straße, wo die Wachtposten euch gerade noch nicht sehen können. Wenn wir in die Osteria steigen, geben wir euch ein Zeichen, und ihr legt Feuer. Dann flieht ihr durch den Wald.«

»Das ist aber sehr gefährlich«, meinte Assenzio.

»Das ist mir bewusst, aber wenn wir nichts unternehmen, wird die Gewalt immer schlimmer werden. Wer nicht an der Operation teilnehmen möchte, soll es nur sagen, es wird niemand gezwungen«, schloss Sfregio.

Die Blicke aller Kameraden versicherten ihm, dass niemand einen Rückzieher machen würde. Auch Assenzio nicht.

5

Kaum begannen die Schatten der Abenddämmerung zu fallen, trennte Sfregio sich von den anderen. Schweigend betete er für seine Mutter, seine Frau, Renatino und Valerio. Für sie setzte er diesen riskanten Plan in die Tat um, damit ihre Zukunft eine bessere sein würde. Er bedauerte, dass sie keinen Priester hatten, bei dem er beichten konnte. Der von Case Rosse war geflohen. Von dem, der gerade erst in Zocca eingetroffen war, hörte man zwar viel Gutes, aber es war zu weit weg.

Als die Dunkelheit vollständig war, setzten sie sich in Bewegung. Sfregio, der Professore, Briscola und Tabacco postierten sich im Schutz der schneebedeckten Bäume an dem Hang über dem Pfad der Buße, der direkt vor der Ortschaft begann. Aus den Fenstern der

Osteria, den einzigen erleuchteten, drangen schmutzige Lieder von Betrunkenen, teils auf Deutsch, teils im Dialekt.

»Die wissen nicht, dass Gino damit angibt, den Invasoren ein Destillat zu servieren, dessen Ausgangsmaterial direkt aus dem schwarzen Brunnen stammt, sonst würden sie nicht so singen«, flüsterte der Professore, wurde aber mit einer eindeutigen Geste von Briscola zum Schweigen gebracht.

Sfregio war sicher, dass er Zanarinis Stimme heraushören konnte: Er feierte nur wenige Meter vom Leichnam des alten Succi entfernt. Er schwor, dass er ihm diese Lieder wieder in den Hals zurückstopfen würde.

Bis nach Mitternacht mussten sie der eisigen Kälte trotzen, dann gingen die Lichter mit einem Mal aus. Einen Augenblick später stellte eine unsichtbare Hand eine angezündete Kerze vor ein Fenster. Sie waren alle angespannt und verängstigt, bemühten sich jedoch, es sich nicht anmerken zu lassen. Sfregio sah den Professore an, der ihm zuzwinkerte. Tabacco stieß einen Pfiff aus, um Rosso und Assenzio, die vor der letzten Kurve postiert waren, das Zeichen zu geben, dass sie freie Bahn hatten.

Aus dem Versteck der Kameraden blitzte der Schein eines Feuers auf, das anfing, sich auf das Dorf zuzubewegen, begleitet von panischem Wiehern. Was sie da opferten, war vermutlich das letzte Pferd, das es noch in Case Rosse gegeben hatte.

Sie stiegen den Hang bis zur Außenmauer der Osteria hinauf. Während sie den kurzen Abschnitt des

Pfades entlanggingen, donnerten die Geräusche ihrer Schritte wie Kanonenschläge in ihren Ohren. Das Fenster war offen, wie von Gino versprochen. Sie kletterten auf das eineinhalb Meter höher liegende Fensterbrett. Vorsichtig betraten sie den Raum, als befürchteten sie einen Hinterhalt, obwohl sie wussten, dass das Lokal verlassen war.

Kaum waren sie drin, löschten sie die Kerze. In der Luft hing noch der Geruch von Alkohol und Tabak. Einer hinter dem anderen huschten sie am Tresen entlang und erreichten in wenigen Schritten die Vordertür. Sfregio stieß sie einen Spalt weit auf und erblickte die Panzer, die kaum mehr als fünfzehn Meter entfernt standen. Der Mond, der sich in dem Stahl spiegelte, ließ sie noch bedrohlicher aussehen. Er beleuchtete auch den steif gefrorenen Leichnam des armen Remo Succi.

Die Stille wurde nur von den Stimmen der Wachtposten unter dem Torbogen durchbrochen. Sie unterhielten sich aufgeregt auf Deutsch. Plötzlich rannten sie in Richtung des Feuerscheins los.

Die Piazza lag verlassen da. »Jetzt!«, gab Sfregio das Zeichen.

Alles ging schnell. Über den von vielen Füßen festgetretenen Schnee rannte jeder an seinen Platz. Tabacco lehnte die aus der Osteria mitgenommene Leiter an die Mauer, um den Strick durchzuschneiden, an dem der Leichnam baumelte. Briscola legte ihn sich über die Schulter. Als sie wieder in das Lokal kamen und aus dem Fenster kletterten, waren drei Minuten vergangen.

Sfregio nutzte die Zeit, um mit einem Stück Kohle ein großes Ypsilon an eine der Säulen des Bogengangs zu malen. Hinter dem Torbogen waren zwei Schüsse zu hören, dann hörte das Pferd auf zu wiehern. Die Wachtposten mussten es erschossen haben. Sie mussten sich beeilen.

Die beiden Panzer ragten drohend auf wie schlafende Ungeheuer. Sfregio und der Professore sprangen auf die Ketten. Sie zogen den Sicherheitssplint der Handgranaten und öffneten gleichzeitig die oberen Luken, die zum Innenraum führten, und warfen sie hinein.

Beide sahen sich einem Paar weit aufgerissener Augen gegenüber, die ihnen dumpf vom Alkohol entgegenstarrten.

»Da ist jemand drin!«, rief der Professore viel zu laut.

»Weg da, weg da!«, schrie Sfregio. Sie hatten nur noch wenige Sekunden.

Das Schicksal nahm seinen Lauf. Eilig brachten sie die wenigen Schritte hinter sich, die die Osteria von den Panzern trennte, die gleich explodieren würden, zusammen mit denjenigen, die sie sich als Ort ausgewählt hatten, um ihren Rausch auszuschlafen.

Einer der italienischen SS-Leute war kurz zuvor aufgestanden, um seine Blase zu entleeren. Während er die bei Gino konsumierten Getränke in den Schnee pinkelte, hörte er Stimmen. Aus Angst, es könnte sich um einen Vorgesetzten handeln, machte er hektisch den Hosenlatz wieder zu, wobei er sich in die Hose pinkelte, und versteckte sich hinter einer Säule.

In dem Augenblick zerrissen zwei schreckliche Donnerschläge die Nacht, Stichflammen schossen in die Höhe und hüllten die Panzer ein.

Zwei Männer rannten an ihm vorbei. Für einen kurzen Augenblick trafen sich ihre Blicke mit denen des SS-Mannes Berto Guerzoni. Es reichte, um ihm einen Namen in den Sinn kommen zu lassen.

6

Die Nachricht verbreitete sich in Windeseile: Zwei Soldaten waren in den Panzern gestorben, zerfetzt von Handgranaten. Die Antwort würde grausam sein. Noch vor dem Morgengrauen hatte Sfregio Boten ausgeschickt, um die Partisanengruppen der benachbarten Regionen zu warnen, weil alles Mögliche passieren konnte. Dann hatte er die Brigade Ypsilon in Gruppen zu je zwei Leuten aufgeteilt, die nur den einzigen Befehl hatten, in den Kastanienwäldern zu verschwinden.

Er und der Professore versteckten sich in einem Trockenspeicher für Kastanien. Ein Häuschen, mehr lang als hoch, mit rußgeschwärzten Wänden, wo sie nichts weiter taten, als schweigend zu warten, während die Zeit stehen zu bleiben schien. Nachmittags kam Rina zu ihnen, die Frau des Bürgermeisters. Obwohl sie im achten Monat schwanger war, wollte sie nicht aufhören, Botschaften hin und her zu tragen. Sie behauptete, in ihrem Zustand sei sie unverdächtig.

»Ich bringe Nachrichten«, sagte sie. »Es sieht so aus, als wollten die Deutschen zwanzig Einwohner von Case Rosse ermorden, zehn für jeden der toten Soldaten, aber sie haben die doppelte Anzahl zusammengetrieben. Sie haben Gino, den Wirt, festgenommen und seine Frau Argìa. Und alle Angehörigen des alten Succi, einschließlich Onelia und Erminia.«

Hier stockte Rina, als wollten die Worte nicht mehr herauskommen. Sfregio gefror das Blut. Er begriff, wie teuer ihn der Schatten hinter der Säule zu stehen kommen würde.

»Das Kloster von Braglie haben sie auch nicht verschont. Die Deutschen haben Serena und deine Söhne. Nicht nur das: Sie haben auch Veronica mit Efrem, Pia und Anna aus Ca' Libertà geholt. Und alle deine Verwandten, die sie finden konnten. Irgendjemand muss dich erkannt haben. Sie wissen nicht, dass du der Kommandant bist, aber sie wissen, dass du bei dem Anschlag dabei warst.«

»Wann werden sie hingerichtet? Und wie?«, fragte er kaum hörbar.

Rina brach fast in Tränen aus. »So genau weiß man es nicht, aber es sieht alles danach aus, als sollten sie morgen früh am Prà grand erschossen werden. Jetzt haben sie sie erst einmal ins Dorf gebracht. Es tut mir so leid.«

»Morgen früh ...«, murmelte Sfregio und stieß den letzten Rest Atem aus. Irgendetwas in ihm setzte sich in Gang, als wollten sich Körper und Seele voneinander trennen, um jeder für sich einem anderen Schicksal entgegenzugehen. Er verzerrte das Gesicht zu einem Lächeln, das der Professor niemals vergessen würde.

»Ich werde tun, was meinen Chromosomen eingeschrieben ist, also das, wofür ich geboren bin. Schreib einen Brief für mich, du bist geschickter mit Worten als ich.«

Auf einer improvisierten Feuerstelle innerhalb des Speichers tauten sie die Tinte auf. Dann schrieb der Professore, was ihm diktiert wurde. Nach dem letzten Punkt zerbrach er die Feder, und einer lief los, den Brief zu überbringen.

Durch die Hand seines Kameraden hatte Francesco Ferri dem Henker des Apennins gestanden, Comandante Sfregio zu sein. Wenn alle Geiseln freigelassen würden, wäre er bereit, sich zu stellen.

7

Nachdem er die Botschaft losgeschickt hatte, erließ Sfregio noch einige Instruktionen an die Kameraden. Dann umarmte er den Professore lange und ging, um sich zwischen den Bäumen in der Nähe des Torbogens zu verstecken, durch den die befreiten Gefangenen kommen würden, wenn der Austausch akzeptiert würde. In der Kälte zusammengekauert, tat er das Einzige, was er tun konnte: Er wartete, das Fernglas an den Augen und eine unerträglich schwere Last auf dem Herzen.

Als der Nachmittag halb vergangen war und das Licht allmählich schwand und mit ihm seine Hoffnungen, fingen die Deutschen an, die Menschen auf übelste Weise zusammenzutreiben: Alte, Kinder und einige Frauen. Die kampffähigen Männer waren bereits alle auf irgendein Schlachtfeld geschickt worden. Unter den Gesichtern fand er das von Serena, die Valerio auf dem Arm trug, während Renatino sich an eines ihrer Beine klammerte. Sie sahen eingeschüchtert aus, aber es schien, als hätte man ihnen noch nichts angetan.

Ein Soldat verließ mit einem Maschinengewehr im Anschlag das Dorf. Die Gefangenen drängten sich zusammen. Jemand fing zu weinen an. Sie stöhnten und sie beteten. Eine Frau schrie.

Der Soldat zielte in die Luft. Er gab drei Salven ab. Sekundenlang Stille, dann weitere drei. Das Zeichen. Sie hatten angenommen. Doch keine Geisel wurde gehen gelassen, im Gegenteil, es kamen weitere Soldaten herbei, um sie zu umzingeln.

Sfregio begriff nicht, was da vor sich ging, aber er hatte Angst, dass sich irgendjemand zu einer Verzweiflungstat hinreißen lassen und so eine Reaktion der Deutschen auslösen könnte. Vielleicht die wilde Veronica, auf deren Gesicht ein grimmiger Ausdruck lag, während sie die anderen Mitglieder der Familie tröstete.

»Warum lasst ihr sie nicht frei, ihr Mistkerle«, flüsterte er und unterdrückte den Wunsch, es laut hinauszuschreien.

Ein Mann in SS-Uniform trat aus dem Bogen. Sfregio drückte sich das Fernglas an die Augen, bis es schmerzte. Am ganzen Körper angespannt, beobachtete er, wie der andere sich ein Megafon an den Mund hielt. Auf dem Kragen der Uniform und an der Mütze die unverwechselbaren Totenköpfe. Jener Mann war Enrico Zanarini, der Henker.

»Ferri Francesco, ich weiß, dass du mich hören kannst oder dass irgendjemand dir berichten wird, was ich dir jetzt sage. Trotz deiner niederträchtigen Fahnenflucht und des grausamen Anschlags auf das Kommando, das ich anführe, und somit auch auf den Führer des Dritten Reiches, habe ich beschlossen, das Leben der Gefangenen zu verschonen.«

Ein Murmeln erhob sich aus der Gruppe. Kaum einer hatte gehofft, wieder nach Hause zurückzukehren.

»Auch wenn die Versprechen eines Kriminellen keine Garantie bieten, werden wir sofort siebenunddreißig von ihnen entlassen. Wir werden deine Frau und deine Söhne behalten. Innerhalb von fünfzehn Minuten wirst du uns entgegenkommen, unbewaffnet und mit erhobenen Händen. Dann werden wir auch sie freilassen. Wenn du irgendeinen Trick versuchst, werden sie genau da hingerichtet, wo sie gerade stehen, und ebenso, wenn du die Frist nicht einhältst. Das Angebot ist nicht verhandelbar.«

Er senkte das Megafon und gab ein barsches Zeichen. In der Mauer der Soldaten, die mit im Anschlag gehaltenen Waffen die Gefangenen umringten, öffnete sich ein Durchgang. Der Erste, der herauskam, war Gino. Er machte ein paar unsichere Schritte und blieb dann stehen, um auf seine Frau zu warten. Argìa schien in den Armen ihres Mannes zu verschwinden.

Einer nach dem anderen kamen sie heraus. Mager und abgerissen gingen sie in einer Reihe schweigend die Straße entlang. Aus seinem Versteck heraus beobachtete Sfregio sie, mit gemischten Gefühlen. Er erkannte Erminia Succi an der Hand ihrer Mutter. Veronica, mit der er nie wieder jene so einfache und intime Geste würde teilen können, kam als Letzte heraus, nach Pia, Anna und Efrem. Ihr Gesicht zeigte ihre Stärke. Ihre Augen suchten ihn überall.

»Fünfzehn Minuten«, brüllte Zanarini, als nur noch Serena, Renatino und Valerio von den grauen und schwarzen Uniformen umgeben waren. Er fing an, auf und ab zu gehen und immer wieder auf seine Taschenuhr zu sehen.

Sfregio empfand ein quälendes Verlangen danach, seine Frau und seine Söhne in die Arme zu nehmen. Er hasste sich dafür, dass er das Leben der Menschen, die er am meisten liebte, in die Hand eines blutrünstigen Irren gelegt hatte. Sein Leben war ihm nicht wichtig, er hatte es in dem Augenblick verloren, in dem er den Austausch vorgeschlagen hatte. Oder vielleicht auch schon, als er dem Soldaten im Schatten der Säule in die Augen gesehen hatte. Er lächelte bei dem Gedanken. Ein leeres Lächeln, gefroren. Das eines toten Mannes.

Ohne das Verstreichen der ihm zugestandenen Frist abzuwarten, verließ er sein Versteck aus dem schrecklichsten und bedingungslosesten Beweggrund, den man haben konnte: Es gab keine Alternative. Er ging mit hoch erhobenem Kopf und sicherem Schritt über den gefrorenen Schnee zu der Kurve. Seine Frau und seine Kinder sollten nur die allerbeste Erinnerung an jenen Moment haben, in dem sie ihn zum letzten Mal lebend sahen.

8

Sfregio hörte, wie Waffen angelegt wurden. Die Deutschen hatten ihn ins Visier genommen. Er erhob die Hände über den Kopf. Das Gewehr und der Wehrmachtsmantel waren bei den Kameraden geblieben. Ihnen würden sie mehr nützen.

»Papa ... Papa ...«, begann Valerio zu rufen. Serena drückte das Kind an sich, um es zum Schweigen zu bringen. Renatino stand neben ihr, vielleicht, um der Mutter, dem Bruder und auch dem Vater Sicherheit zu geben. Es schien, als hätte er verstanden, dass er nun sehr schnell in die Rolle des Mannes in der Familie würde hineinwachsen müssen.

Sfregio ging mit gleichmäßigen Schritten weiter, um niemandem einen Vorwand für eine Reaktion zu liefern. Fünfzig Meter von der Gruppe entfernt blieb er stehen und rief so laut wie möglich: »Ich stelle mich. Lasst die Gefangenen frei.«

Der Henker machte keine Anstalten, sich zu bewegen. Er konnte dessen leere Augen sehen. Er schrie noch einmal lauter. Als wieder nichts geschah, dachte er, dass seine schlimmsten Befürchtungen Wirklichkeit wurden. Plötzlich jedoch gab Zanarini den Soldaten ein Zeichen, worauf diese den Kreis öffneten. Serena und die Kinder kamen heraus. Sie gingen etwa zehn Meter.

Zanarini nahm das Megafon wieder auf. »Halt! Stehen bleiben! Sonst eröffnen wir das Feuer!«

Die erschreckendsten Gedanken gingen Sfregio durch den Kopf. Sie würden seine Frau und seine Kinder ermorden. Sie würden auf ihn schießen, und seine Lieben müssten zusehen.

»Das glorreiche nazifaschistische Heer respektiert die Vereinbarungen. Sehen wir mal, ob die verräterischen Partisanen es ebenso halten. Komm auf uns zu, jetzt.«

Sfregio überwand die letzten Meter, die ihn von seinen Lieben trennten, ohne den Blick von den schwarzen, eindringlichen Augen seiner Frau zu lassen.

Als er an ihrer Seite war, streichelte er ihr die Wange. Er beugte sich vor und umarmte die Kinder fest, die ihm an den Hals sprangen und ihn mit Küssen überschütteten. Er strich Renatino durchs Haar. Um Valerios krampfhaftes Schluchzen zu besänftigen, griff er in die Tasche und zog die Zwille heraus, die Briscola geschnitzt hatte. »Das ist etwas sehr Kostbares«, legte er ihm ans Herz, »behalte sie immer bei dir, damit du dich an deinen Papa erinnerst.«

Valerio war noch zu klein, um zu verstehen, was diese Worte bedeuteten. Er hörte auf zu weinen und betrachtete den Gegenstand mit großen, verwunderten Augen.

Sfregio richtete sich auf und legte die Hände auf Serenas Schultern. »Nicht weinen«, sagte er zu ihr.

Sie rührte sich nicht, erstarrt, unfähig zu antworten. Also umarmte er auch sie. Er hatte immer gedacht, alles Böse in der Welt ausschließen zu können, wenn er sie umarmte. Er unterdrückte den Wunsch, sich dieser Illusion hinzugeben. Es war noch so viel Wichtiges zu sagen.

»Ich traue diesen Leuten nicht«, flüsterte er ihr ins Ohr. »Nicht wieder nach Hause gehen. Auch nicht ins Kloster. Geh zu dem Trockenspeicher, in den wir vor dem Krieg immer die Kastanien gebracht haben. Da wirst du meine Kameraden finden. Vertrau dich ihnen an.«

»Beweg dich, oder wir kommen dich holen!«, brüllte Zanarini.

Er löste sich, sah sie an, um sich jede Einzelheit ins Gedächtnis einzuprägen. Die Trennung war herzzerreißend. Die Kinder und die Mutter machten sich auf den Weg ins Dorf, ohne den Blick von Sfregios Silhouette zu lassen, der mit ruhigen Schritten dem Tod entgegenging.

»Ich werde dich immer lieben«, sagte Serena leise zu seinem Rücken.

»Für immer«, wiederholte er, während er dem Henker in die Fratze blickte.

9

Er wurde von einer ganzen Anzahl Bewaffneter in Empfang genommen, die eigens für ihn abgestellt waren. Sie stießen ihn grob in ein Gebäude an der Piazza, das in der faschistischen Ära den vielsagenden Namen Palast des Bürgermeisters bekommen hatte, wo er gefesselt und in ein leeres Zimmer geworfen wurde.

Sie versuchten, ihn zu verhören, aber es war, als wollte man eine Mauer zum Sprechen bringen. Verärgert über sein Schweigen ließen die Folterknechte ihren Zorn an ihm mit Fußtritten und Faustschlägen aus, bis sie ihm schließlich die Hoden quetschten, Mund und Zähne zerschlugen und diverse Rippen brachen. Sie brachen ihm die Finger an den Händen, einen nach dem anderen. Am Ende hob Zanarini den schweren Vorschlaghammer mit dem Eichengriff und ließ ihn mit roher Gewalt auf sein rechtes Bein herabsausen. Er brach es ihm auf Höhe des Schienbeins.

Es war mehr, als ein menschliches Wesen ertragen konnte, ohne verrückt zu werden oder zu sterben.

Comandante Sfregio blieb bei Bewusstsein, bis der 31. Dezember 1944 dem 1. Januar 1945 Platz gemacht hatte. Dann senkte sich endlich Dunkelheit auf seinen Geist herab.

Auch wenn es niemand wissen konnte, war das letzte Jahr des Krieges angebrochen.

10

Sfregio spürte, wie er hochgehoben und hin und her geworfen wurde, ohne Widerstand leisten zu können. Er unterdrückte einen Schrei. Als er die zugeschwollenen Augen öffnete, erblickte er einen schweren Tisch aus dunklem Holz. Sie hatten ihn in ein anderes Zimmer gebracht.

Er sah zum Fenster hinaus. Die Sonne stand noch tief. Er fragte sich, wie es wohl wäre, sich mit diesem indigofarbenen Himmel zu vereinen, den es nur an klaren Wintertagen gab. Er deutete ein Lächeln an. Jemand löschte es mit einem Eimer Wasser. Tausend Nadeln, eiskalt und glühend heiß zugleich, durchbohrten ihn.

Während er Blut erbrach, fand er sich mit dem Blick zum Fußboden wieder. Seine Hände waren hinter dem Rücken gefesselt, zusammengehalten von etwas Kaltem und Hartem. Der Winkel, in dem sein rechtes Bein unterhalb des Knies abgespreizt war, ließ keinen Zweifel daran, dass es gebrochen war. Er folgte mit dem Blick den Fugen zwischen den Ziegeln, bis er an einem Paar schwarzer Stiefel hängen blieb, von Schlamm und schmutzigem Schnee verdreckt.

Hinter dem Schreibtisch blickte der Henker ihn mit ausdruckslosen Augen an. Er gab einem Soldaten, der näher trat, einen Befehl.

»Nichts für ungut, ne?«, sagte er, als er sich neben ihm herunterbeugte. Sfregio hob mit Mühe die geschwollenen Augenlider. Er hätte ihn nicht von den zahllosen anderen unterscheiden können, die ihn während der Nacht gefoltert hatten. Sein Blick blieb an den Augen hängen.

Der Junge, der gepinkelt hatte. Endlich erkannte er denjenigen, der ihn zum Tod verurteilt hatte. Sie waren zusammen auf die einzige Schule in Case Rosse gegangen, wenn auch in verschiedene Klassen.

»Berto ... Guerzoni«, flüsterte er, dann begann er noch mehr Blut zu erbrechen. Mit einem empörten Aufschrei sprang der Soldat von diesem Ungeheuer mit den zerschlagenen Zähnen weg, die von rotem Schaum umhüllt waren.

»Du wirst doch wohl keine Angst haben?«, fragte Zanarini. »Es wäre schon ein Wunder, wenn der den Prà grand lebend erreichen würde.«

»Aber er hat meinen Namen ausgesprochen!«

»Das bedeutet, dass er bei klarem Verstand ist. Er wird so nur noch mehr leiden. Führ die Befehle aus, wenn du nicht genauso enden willst!«

Zögerlich kniete Guerzoni sich wieder hin. Ohne Sfregio in die Augen zu sehen, stülpte er ihm eine schwere schwarze Kapuze über das gemarterte Gesicht.

Von da an konnte er nur noch ahnen, was mit ihm geschah. Sie rissen ihn mit Gewalt hoch, was ihm stechende Schmerzen bereitete. Dass er nach draußen geschleift wurde, merkte er an der Kälte, die jedoch bald wieder nachließ. Die Geräusche und die Erschütterungen, die er wie tiefe Schnitte spürte, ließen ihn ein Fahrzeug erkennen. Dann verlor er erneut das Bewusstsein.

Er kam wieder zu sich, als man ihn zu Boden warf, ohne ihm die Kapuze abzunehmen. Kälte und Feuchtigkeit. Sie würden ihn im Freien töten. Sie trieben ihn auf die Beine und hielten ihn gewaltsam aufrecht. Bei den wenigen Schritten, die sie ihn zwangen auf einem Bein zu hüpfen, das sich anfühlte, als bestünde es aus Pudding, ergab er sich dem Schmerz. Er hatte das Leben derjenigen gerettet, die er am meisten liebte. Das war das Einzige, was zählte.

Jemand half ihm, ein paar Stufen hinaufzusteigen, weich und unregelmäßig. Jetzt war es, als würde das gebrochene Schienbein in kochendes Öl getaucht.

»Heubunde«, sah sich einer von denen, die ihn mit sich schleiften, genötigt, klarzustellen. Aus welchem Grund auch immer. Er hatte keine Schwierigkeiten, Berto Guerzonis Stimme zu erkennen.

Sie legten ihm etwas um den Hals. Die Kälte an seiner Haut überraschte ihn. Es handelte sich um Metall, nicht um ein Seil. Wichtig war nur noch, dass man ihm einen schnellen Tod bescherte, aber er zweifelte daran, dass sie ihm solches Erbarmen schenken würden.

In seinem Geist wurde die Dunkelheit, die ihm von der Kapuze aufgezwungen wurde, durch einen indigoblauen Himmel ersetzt, in dem er schwerelos und ohne Schmerzen dahintrieb.

11

»Papa …«

Eine Kinderstimme bahnte sich den Weg in sein Bewusstsein.

»Papa …«

Er träumte vom letzten Treffen mit seiner Frau und seinen Kindern. Es war Valerio, der ihn rief. Er versuchte, sich den verblüfften Gesichtsausdruck des Kindes in Erinnerung zu rufen, als er ihm die Zwille in die Händchen gegeben hatte. Der Schmerz, der ihn durchfuhr, zeigte ihm, dass er noch am Leben war. Es gelang ihm nicht, sich darüber zu freuen.

»Papaaa …«

Die Stimme im Traum wurde immer lauter. Und schrecklich wirklich. Sfregio zwang seine Sinne dazu, das Bewusstsein wiederzuerlangen. Die Dunkelheit unter der Kapuze wurde unerträglich.

»Papaaa …«

Ein Blitz fuhr ihm durchs Gehirn. Das war nicht Valerio, das war Renatino. Und die Stimme gehörte zu keinem Traum.

Er fing an zu brüllen wie ein Tier in einem Käfig. Für einige Sekunden war sein Klagen der einzige Laut, der zu hören war. Unsichtbare Hände zogen ihm die Kapuze vom Kopf. Das Sonnenlicht, vom Schnee reflektiert, blendete ihn. Die Kälte war in seinen Wunden wie Folter zu spüren. Er blinzelte mit den Augenlidern, zwang die mit Blut bedeckten Augen, sich zu öffnen.

Er konzentrierte sich auf einen Umriss. Das Schwarz der Uniform befleckte die Makellosigkeit des Schnees. Der Henker fixierte ihn mit leerem Blick. Als er bemerkte, dass er bei Bewusstsein war, fing er an, betont langsam von einem Blatt abzulesen, das er in der Hand hielt. Unter den Arm hielt er eine Reitpeitsche geklemmt.

»Heute, am 1. Januar 1945, kraft der uns vom Führer des Dritten Reiches übertragenen Gewalt und in Übereinstimmung mit dem Kriegsrecht, verurteilen wir Ferri Francesco zum Tod durch den Strang wegen Hochverrats ...«

Sfregio berührte es nicht, sein Urteil zu hören, und ebenso wenig, wie es ausgeführt werden sollte. Er musste herausfinden, woher Renatinos Stimme kam. Wild drehte er den Kopf von rechts nach links, wodurch der Draht in seine Haut eindrang. Frische Blutstropfen kamen zu denen hinzu, die aus den anderen Wunden quollen.

Er erkannte formlose Flecken auf dem Schnee, hörte aber, abgesehen von der lauten Stimme Zanarinis, keine weiteren Stimmen.

»Für den Mord an zwei in Case Rosse stationierten deutschen Soldaten, nach dem Erlass Feldmarschall Kesselrings vom 12. August 1944, werden weitere neunzehn Kriminelle sterben, ausgewählt ...«

Bei diesen Worten nahm die Welt wieder Konturen an. Die Flecken auf dem Schnee waren Menschen, die in einem Halbkreis um seinen Galgen aufgereiht waren.

Kniend. Geknebelt. Die Hände auf dem Rücken gefesselt.

Im Rücken eines jeden stand ein bewaffneter Deutscher. Mit Entsetzen erkannte er Veronica, mit Entsetzen sah er Serena. Und seinen Bruder. Und die Schwestern. Und die Schwiegertöchter. Seine Tante. Seinen Onkel. Und Renatino, den Einzigen ohne Knebel. Offensichtlich ein sadistischer Einfall Zanarinis, um ihn die Rufe seines Sohnes hören zu lassen.

Er fand noch einmal die Kraft zu schreien: »Lasst sie in Ruhe! Nur ich! Nur ich soll sterben!«

Der Henker lachte höhnisch, ohne ihn eines Blickes zu würdigen. Er ging die wenigen Schritte, die ihn vom Podest des Galgens, dem Haufen aus Heubunden, getrennt hatten, und stieg hinauf. Mit einer raschen Handbewegung, als könnte Sfregio sich in irgendeiner Form zur Wehr setzen, nahm er das Gesicht des Partisanen zwischen die Hände und drehte es.

»Sieh nur, was du angerichtet hast. Das ist alles ganz allein deine Schuld.« Die Stimme war vollkommen gefühllos. »Du wirst sie sterben sehen. Wir betätigen den Abzug, aber der Mörder bist du.«

Kaum ließ Zanarini ihn los, spuckte Sfregio ihm einen Klumpen Speichel und Blut ins Gesicht.

»Eines Tages wirst du erleiden, was ich erleide!«, schrie er ihn mit letzter Kraft an, erfüllt von einem Hass, den er nicht für möglich gehalten hätte. Wild riss er an den Fesseln in seinem Rücken, ohne auf den Schmerz zu achten.

Der Henker hatte schon zu viele Menschen hingerichtet, um sich um die Flüche zu scheren, die ihm im Augenblick des Todes entgegengeschleudert wurden. Er wandte sich zu den Soldaten um, als sei nichts gewesen.

»Weitermachen!«, befahl er.

Die Deutschen zogen in perfektem Gleichmaß die Bajonette. Sie hoben die Gesichter der Menschen an, die vor ihnen knieten. Unter von Knebeln ersticktem Stöhnen und übertönt von einem einzigen langen Schrei Renatinos, schlitzten sie jedem ein Ypsilon in die Wange.

Zanarini schritt die Reihe der Verurteilten ab. »So wisst ihr, wer für euer Ende verantwortlich ist.«

Während sie gezeichnet wurden, gab Serena keinen Laut von sich. Sie hielt die tiefgründigen dunklen Augen fest auf Sfregios Augen gerichtet. In diesem Blick fand er die ganze Liebe und das Verständnis einer Frau. Seiner Frau. Und den Schmerz einer Mutter.

Verärgert über das Schweigen der Frau, blieb der Henker vor ihr stehen. Mit der Peitsche schlug er ihr direkt ins Gesicht, auf die verletzte Wange.

Der Knebel fiel. Serena hätte sprechen können, tat es aber nicht. Sie beschränkte sich darauf, verneinend den Kopf zu schütteln. Als wollte sie ihrem Mann sagen: Ich weiß, dass es nicht deine Schuld ist. Oder um ihrer Ungläubigkeit als Frau und als Mutter über das, was hier geschah, Ausdruck zu verleihen.

Am Ende lächelte sie sanft.

»Sie wird die Erste sein, die stirbt!«, brüllte Zanarini. Der Soldat gehorchte sofort. Ein einziger Schuss in den

Hinterkopf, aus nächster Nähe. Eine Explosion im Geist und im Herzen von Francesco Ferri.

Serena fiel mit dem Gesicht nach vorn und befleckte den Schnee mit dem Schwarz ihrer Haare und dem Rot ihres Blutes. Renatino versuchte, sich zu ihr umzudrehen.

»Mama ...!«, schrie er, bevor ein anderer gehorsamer Henker ihn zum Schweigen brachte. Der leichte Körper wurde durch den Schuss in die Luft geschleudert. Der Tod vereinte Mutter und Sohn in einer Umarmung.

Es folgten weitere siebzehn Schüsse, alle tödlich. Der letzte war der, mit dem, nach den Brüdern, Schwestern und Tanten, Berto Guerzoni Veronicas Leben auslöschte. Der Henker fluchte. Es war alles viel zu schnell gegangen.

In Sfregio überstieg der Schmerz der Seele den des Körpers. Er trat heftig um sich, um die Heubunde wegzutreten, die er unter den Füßen hatte.

Der Henker sah das und lief herbei, um ihn daran zu hindern. Er wollte der Leiter des Schauspiels bleiben. Er kam nicht mehr rechtzeitig.

Der Eisendraht brach Sfregio das Genick und ersparte ihm den schrecklichen Tod durch Ersticken, umgeben von den Leichen seiner Lieben: das grausame Spektakel, das Zanarini für ihn vorgesehen hatte.

Nach dem Massaker blieben auf dem Prà grand nur noch das Schweigen und zwanzig Tote im Schnee.

12

Der Henker hatte nie vorgehabt, sich an die Abmachung zu halten. Er hatte die Zeit genutzt, um sorgfältig die grausame Falle zu errichten. Er hatte so getan, als ob, hatte Illusionen geweckt.

Während Sfregio in der Überzeugung, dass das Opfer, welches er brachte, seinen Lieben das Leben retten würde, die Folter ertrug, hatten die Deutschen seine Frau und die anderen Gefangenen verfolgt, die glaubten, freigelassen zu sein.

Als zwei Soldaten der Wehrmacht versucht hatten, Serena zu überwältigen, hatte das Kind, das sie auf dem Arm trug, angefangen zu schreien. Zum Glück waren sie schon nahe genug am Trockenspeicher gewesen. Zwei Partisanen, einer hochgewachsen und dunkel, der andere kleiner mit dicken Brillengläsern, waren mit gezogenen Waffen herausgekommen.

Die Deutschen hatten nicht mit einem Gefecht gerechnet, sie hatten instinktiv gehandelt. Einer hatte sich vor Serena und das kleinere Kind gestellt. Der andere hatte Renatino genommen. Sie waren jünger als zwanzig Jahre. Beide hielten die Pistole an den Kopf ihrer jeweiligen Geisel.

Es war der Anfang eines langsamen Balletts, bei dem die Partisanen um die SS-Männer kreisten, stets darauf bedacht, keinen Fehler zu machen, der die Geiseln das Leben kosten könnte.

Plötzlich hatte sich Serena losgewunden, gerade so

weit, dass sie Valerio auf den Boden setzen und ihn in Richtung der Partisanen schubsen konnte. Der Deutsche hatte sie sofort wieder gepackt. Wie durch ein Wunder hatte niemand die Kontrolle verloren und zu schießen angefangen.

Das Kind war losgerannt, um sich hinter den Beinen des großen Partisanen zu verstecken. Der Deutsche, der Renatino hielt, hatte angefangen, sich zurückzuziehen, sein Kamerad war ihm gefolgt.

»Wir lassen kleines Kind, aber wir gehen mit Frau und anderem Kind, wenn nicht, Zanarini uns kaputt«, hatte einer in gebrochenem Italienisch gesagt.

Der große Partisan war auf sie zugegangen.

Da war es Serena gewesen, die aufgeschrien hatte. Alle hatten innegehalten. Sie hatte Luft geholt und im festen Ton eines Menschen, der lange über seine Entscheidung nachgedacht hatte, gesagt: »In Ordnung. Behalte Valerio bei dir. Du wirst wissen, wie du ihn großziehst. Sorg dafür, dass er nicht vergisst, wer sein Vater war und wofür er gekämpft hat.«

Der große Partisan hatte eingesehen, dass sie recht hatte. Hätten sie angefangen, aufeinander zu schießen, wären alle umgekommen.

»Ich verspreche es dir«, hatte er mit belegter Stimme herausgebracht.

Dann hatte Serena sich an das Kind gewandt, das hinter dem Knie des Mannes hervorlugte. »Sei brav. Denk immer daran: Deine Mama und dein Papa lieben dich.«

Das Kind hatte ein unsicheres Ja von sich gegeben.

Mehr gab es nicht zu sagen. Es waren gnadenlose Zeiten, in denen eine Mutter sich zwischen ihren Kindern entscheiden musste. Deutsche und Partisanen hatten sich getrennt, ebenso wie sich diejenigen, die ins Leben gingen, von denjenigen trennten, die in den Tod gingen. Serena hatte ununterbrochen Renatinos Haar gestreichelt, die hoffnungsvollen Blicke des Kindes belogen.

13

Die *Linea Gotica*, später auf den weniger hochtrabenden Namen Grüne Linie 2 getauft, wurde im Februar von den alliierten Truppen durchbrochen.

Am 22. April 1945 war Case Rosse vollständig befreit. Die Brasilianer des FEB, des Expeditionskorps, kamen sowie die Amerikaner der zehnten Bergdivision.

Mit der gelassenen Ergebenheit derjenigen, die wissen, dass sie für immer mit der Last der Erinnerung leben müssen, ließen sich die Männer und Frauen des Dorfes nicht von dunklen Gesichtern einschüchtern, obwohl sie so etwas noch nie gesehen hatten, und lernten »Sänk ju« zu sagen, wenn sie ein Stück Schokolade bekamen oder ein Päckchen Zigaretten.

Das erste Grab derer, an die man sich später als die Märtyrer vom Prà grand erinnern würde, war die Erde, die bereits mit ihrem Blut getränkt war. Auf der allgemeinen Gefühlswelle nach dem Krieg wurden die Leichen exhumiert und unter dem Hauptplatz des Dorfes begraben, der den Namen »Platz der Märtyrer« bekam. Als Grabstein wurde von einem Bologneser Künstler eine Bronze gegossen: ein Engel, der den Körper eines toten Mannes aufhob, um ihn in den Himmel zu tragen.

Als sie errichtet wurde, war der Henker des Apennins längst geflohen. Der Prà grand wurde wieder in Monte della Libertà, Berg der Freiheit, umgetauft.

6. JANUAR 1995, FREITAG
DIE GERECHTIGKEIT DER MÄRTYRER

1

Professor Aldrovandi fischt mit dem Teelöffel die letzten Tropfen vom Boden der Tasse, dann blickt er Roberto forschend durch die gefärbten Brillengläser an. »Haben Sie die, wenn auch nur evokative, Bedeutung des Stücks Holz verstanden, das Sie mir vorhin gezeigt haben?«

Roberto antwortet nicht. *Das Denkmal in der Mitte der Piazza ist ein Grab,* wiederholt er ständig innerlich. Im Grunde seiner Seele pulsiert ein dumpfer Groll. Ihm kommt der Gedanke, dass das Ende der Nachkommen des Henkers ein Akt der Gerechtigkeit war. Dann erscheint das zerstörte Gesicht der kleinen Benedetta vor seinen Augen, und es bleibt nur noch Scham übrig.

Alices Augen glänzen. Zwei Tränen rollen ihr über die Wangen. »Folglich«, versucht sie anzuheben, muss sich aber unterbrechen, um zu schlucken. Dieses Mal ist es Roberto, der ihr die Hand drückt. Sie reißt sich zusammen und fängt noch einmal an: »Folglich wurden von der Familie Ferri ermordet ...«

Der Professor zieht aus seiner Mappe ein großes Foto der Gedenktafel. »Also, meine empfindsame Signorina, ihre Namen.« Er beginnt eine lange Aufzählung, während er mit dem Finger auf dem Bild entlangfährt. »Francesco Ferri, oder besser gesagt Comandante Sfregio, Serena, seine Frau, sein Söhnchen Renato, genannt Renatino. Sfregios Bruder Efrem, die Schwestern Anna und Pia. Maria und Olga, die Ehefrauen der in Russland vermissten Brüder. Dann Veronica. Sfregios Tante und Onkel: Gemma und Gualtiero, Schwester und Bruder von Veronica. Bianca, Gualtieros Frau und ihre einzige Tochter, Romana. Alles in allem dreizehn Mitglieder der Familie, neun Frauen und vier Männer, darunter ein Kind. Es war nicht selten, dass im Krieg die Verwandten der Partisanen bestraft wurden; dieser Gewaltausbruch war allerdings besonders heftig.«

Roberto zwingt sich, weiterzudenken. Die Wirkung der Schmerzmittel lässt allmählich nach, und er muss sich beeilen. »Sind Arrigo und Livio aus Russland zurückgekehrt?«

Aldrovandi schüttelt den Kopf. Er holt ein anderes Blatt Papier hervor. »Das ist das Verzeichnis der Vermissten aus der ARMIR, eine Abkürzung, die für ›Armata Italiana in Russia‹ steht. Sie als ›vermisst‹ zu bezeichnen ist freilich ein scheinheiliger Euphemismus: Es sind die Toten, deren Leichen in der eisigen Hölle der Steppe nie gefunden wurden.« Zwei Namen sind hervorgehoben: Arrigo Ferri und Livio Ferri. Ihre Spuren haben sich am selben Tag am selben Ort verloren: Arbusowka, 22. Dezember 1942. »Zwei der fünfundzwanzigtausend, die gefallen sind. Mit sommerlicher Ausrüstung und bei Temperaturen von fünfzig Grad minus versuchten sie, das rettende Ziel zu erreichen, das für sie Tschertkowo hieß. Wenige haben es geschafft.«

Roberto nimmt das Foto vom Prà grand zur Hand.

Er sucht nach Sfregios Geburtsdatum. *12. Mai 1919.* Er kontrolliert auch Serena, die zwei Jahre älter war. *Arrigo und Livio, seine älteren Brüder, wären jetzt über achtzig, wenn sie noch am Leben wären. Es gibt nur einen Ferri, der in einem Alter wäre, um einen Mord zu begehen.*

»Was ist aus ihm geworden?«, flüstert er.

»Was ist aus wem oder was geworden, um Himmels willen?«

»Aus dem Kind, das überlebt hat, immer vorausgesetzt, dass es das tatsächlich gegeben hat.«

Der alte Professor beginnt, mit einem Zipfel des karierten Jacketts seine Brille zu putzen. »Mein Lieber, wenn Sie von mir eine Einschätzung als Historiker bekommen möchten, dann bin ich nicht in der Lage, sie Ihnen zu liefern, weil ich nicht über die notwendigen Instrumente dafür verfüge. Ich kann Ihnen jedoch sagen, dass in den Kirchenbüchern von Case Rosse die Taufe eines Kindes auf den Namen Valerio Ferri, Sohn von Francesco und Serena Ferri, im Jahr 1941 verzeichnet ist. Insofern, abgesehen von der romanhaften Aura, die die ganze Angelegenheit umgibt, bleiben keine vernünftigen Zweifel an der Tatsache, dass es dieses Kind gegeben hat.«

Mit großer Geste reicht er ihm die Fotokopie einer Seite aus dem Kirchenregister herüber. Er lässt Roberto Zeit, um das Dokument zu lesen, dann fährt er fort.

»Um auf Ihre Frage zurückzukommen, muss man sich mit einer eher persönlichen Einschätzung zufriedengeben, die keinerlei Widerhall in der von mir zusammengetragenen Dokumentation findet. Es würde mich nicht verwundern, wenn dieses Kind von einem von Sfregios Kameraden adoptiert worden wäre und folglich heute, etwas älter als fünfzig, einen dieser Nachnamen tragen würde.«

Aldrovandi schiebt das nächste Dokument über den Tisch: eine fein säuberlich mit Schreibmaschine getippte Seite, die zwei Listen nebeneinander enthält. Die erste, in Großbuchstaben, führt die Kampfnamen der Angehörigen der Brigade auf. Die zweite verzeichnet die dazugehörigen Vornamen und Namen. Es sind genau fünfzehn Paarungen.

Die erste liegt auf der Hand:

SFREGIO: Francesco Ferri

Die zweite ist Roberto ebenfalls bereits bekannt.

BRISCOLA: Ermes Bondi

Die dritte raubt ihm den Atem. Vor seinem inneren Auge sieht er das Blatt mit dem Perimeter des Falls. Trotz des steigenden Fiebers zieht er präzise Verbindungslinien. Alles kehrt zurück. Daten. Namen. Gelegenheiten. Motiv. Alles.

Er springt auf. Für einen Augenblick vernebelt sich sein Blick. Er schwankt.

Alice stützt ihn. »Was machst du da?«

»Ich muss telefonieren. Ich habe jemanden in Gefahr gebracht.« Ohne weitere Erklärungen humpelt er zum Tresen.

Der junge Kellner bedenkt ihn mit demselben misstrauischen Blick wie zu Anfang. »Das Telefon ist nur für das Personal. Auf der Piazza Maggiore gibt es eine Telefonzelle.«

Roberto kramt in seiner Tasche und zieht den Dienstausweis hervor. »Ich bin von der Polizei. Lassen Sie mich telefonieren. Sofort.«

Der junge Mann zuckt die Achseln, steckt den Geldschein ein und lässt Roberto sich hinter den Tresen setzen. Er hebt vorsichtig den Hörer ab. Er ist schwer. *Ich habe keine Kraft.* Er lässt sich von der Auskunft die Nummer von Mattia Bondi geben. Die Verbindung ist schlecht. *Der Schnee muss eine Leitung gestört haben. Oder ein Mast ist umgefallen.*

Zwischen Knistern und Rauschen kann er jedoch das Signal hören. Es klingelt einmal, zweimal, dreimal ... zehnmal. Bis die Vermittlung ihn schließlich informiert: »Er nimmt nicht ab.«

»Probieren Sie's noch mal.« Der Artikel, den ich ihn habe schreiben lassen, könnte ihn das Leben kosten. Mach, dass nichts passiert ist. Ich hab schon zu viel bei dieser Geschichte verloren.

»Er ist nicht zu Hause«, wiederholt dieselbe Stimme nach einem zweiten vergeblichen Versuch.

Oder er kann nicht antworten. Er schließt die Augen. Er stützt sich auf den Tisch, sodass die dicht gedrängten Flaschen mit Alkohol in allen Farben klirren. *Ich muss eiskalt sein. Wie eine Maschine.*

Er sammelt seine Kräfte, und mit der letzten Energie, die er noch hat, wählt er eine andere Nummer. Während er es klingeln hört, bleibt in der Bar die Zeit stehen. Seine Sinne sind bis aufs Äußerste angespannt.

Geh dran, flüstert er. Der Kellner wirft ihm einen besorgten Blick zu.

»Hallo?«

Das Telefon fällt ihm beinahe aus der Hand. *Die Stimme … Es ist die des Ungeheuers, das die Inschrift der Gedenktafel zitiert hat, bevor es Benedetta erschossen hat.*

»Ich weiß, wer du bist«, flüstert er. Sein Mund ist trocken.

Am anderen Ende hört er nur ein hohles Keuchen.

»Zu spät«, fällt die Stimme das Urteil. Und legt auf.

»Zu spät wofür?«, ruft Roberto in den stummen Apparat. Hektisch drückt er noch einmal die Tasten und wählt erneut. Wieder das Klingeln, aber niemand hebt ab.

»Komm schon! Komm schon!«, wiederholt er, bis seine Stimme zu einem Flüstern erstirbt. »Ist das die Gerechtigkeit der Märtyrer?«, fragt er vor sich hin, bevor er wieder auflegt.

Als er sich umdreht, steht Alice neben ihm. Aldrovandi steht auf der anderen Seite, auf seinen Spazierstock gestützt, während der Kellner so tut, als müsse er einen weit entfernten Tisch abräumen.

»Was ist los?«, fragt sie.

»Ich muss nach Case Rosse. Sofort.«

Alice nickt und zeigt auf ihr Auto vor dem Fenster. »Gehen wir.«

»Ich geh allein. Es kann gefährlich werden.«

»Soll ich dich in deinem Zustand etwa fahren lassen? Kommt nicht infrage.«

»Wir spielen hier nicht Räuber und Gendarm, Alice. Hier geht's um Mord, das ist ein Mordfall.«

»Auch wenn du so tust, als hättest du's vergessen:

Das ist hier auch eine Ermittlung wegen versuchten Mordes. Und zwar an dir. Du bist viel zu schwach, um das allein durchzustehen. Und wenn dich das nicht überzeugt ...« Alice lässt die Autoschlüssel um den erhobenen Finger kreisen und geht Richtung Ausgang. Die Geste ist unmissverständlich.

Roberto gibt nach. »Wir reden später darüber«, sagt er, er weiß, er hätte es nie geschafft, sie zu überzeugen. Als er Aldrovandi die Hand geben will, riecht er den Rum in dessen Atem.

»Wissen Sie, was mich am meisten ärgert an der Sache?«, fragt ihn der Professor erregt.

Roberto versucht, sich dem unerwartet entschiedenen Händedruck zu entziehen. »Ich muss los.«

»Dass es mir nicht gelungen ist, den Henker aufzuspüren, um ihm ein paar Fragen zu stellen. Ich bin sicher, dass er wichtige Elemente zur Rekonstruktion der Geschichte hätte liefern können.«

Roberto erstarrt und glotzt den alten Wissenschaftler an wie einen Außerirdischen.

2

Es gibt keinen Beweis dafür, dass der Henker tot ist. Aldrovandi hat ein paar Spuren in Südamerika verfolgt, aber es ist ihm nicht gelungen, auch nur irgendeine seiner Bewegungen nachzuvollziehen«, erklärt Roberto, kaum dass er ins Auto eingestiegen ist.

Alice starrt ihn verblüfft an.

»Ich glaube, er ist nach Italien zurückgekehrt, um dem Begräbnis seiner Verwandten beizuwohnen«, fährt er fort. »Ich denke sogar, dass ich ihn getroffen habe. Und dass ich weiß, wo ich ihn finde.« Er sagt ihr die Adresse.

In seinem Blick liest sie eine Entschlossenheit, die sie keine Fragen mehr stellen lässt. »Schnall dich an«, sagt sie nur.

Dieses Mal achtet sie nicht auf die Schmerzen, die sie Roberto zufügen könnte. Sie versteht, wie eilig er es hat. Mit quietschenden Reifen fährt sie los, durchquert die Stadt mit einer irren Geschwindigkeit, und in weniger als zehn Minuten voll riskanter Überholmanöver, ignorierter roter Ampeln und nur um einen Hauch vermiedener Unfälle hat sie die Entfernung zwischen der Piazza Maggiore und dem steilen Anstieg unter dem barocken Torbogen des Meloncello hinter sich gelassen. Die Straße wird zu einer Asphaltschlange, die sich um die 666 Bögen windet, die die Pilger traditionell zu Fuß oder auf Knien hinter sich bringen, um die orientalische Ikone der Madonna zu verehren, die in dem runden Sakralbau, der den Colle della Guardia beherrscht, den Weg vorgibt.

Am steilsten Stück, hinter der Kurve der Orfanelle, macht das neuerliche Quietschen der Reifen klar, dass sie am Ziel sind. Roberto hat das deutliche Gefühl, schon einmal hier gewesen zu sein, auch wenn dies nicht der Fall ist. Die elegante Architektur der Villa, die Gerüste, der große kahle Garten, auch die Stille, die das Haus umgibt – es erscheint ihm, als hätte er das alles schon einmal gesehen und erlebt. *Die Mauer, auf die Benedetta geblickt hat, bevor sie ermordet wurde, befindet sich in diesem Haus.*

Die Schritte auf dem Pfad aus Kies, der zu dem Gebäude führt, sind das einzige Geräusch. Im Hintergrund erstreckt sich ein unter dem weißlichen Himmel unerforschliches Bologna.

Während er auf die teilweise von der Einrüstung verdeckte Klingel drückt, zittert Roberto. In seiner Tasche hat er Colajannis Beretta und Handschellen, und er weiß nicht, was davon er lieber benutzen würde.

Im Inneren hört man schleppende Schritte. Der Spion in der massiven Tür wird geöffnet und gleich wieder geschlossen. Lange Sekunden der Stille, dann klacken verschiedene Riegel.

Bleib ganz ruhig, es könnte auch die Haushälterin oder ein Immobilienmakler aufmachen.

Stattdessen erscheint ein kleiner alter Mann in der Tür, mit Bäuchlein, gebräunt. Er trägt einen hellgrauen Anzug und ein himmelblaues Hemd. Es ist der Mann, der in Zocca in der Kirche war. Älter, aber mit Sicherheit derselbe, der auf den Schwarz-Weiß-Fotos die SS-Uniform getragen hat. *Derselbe, der Serena Ferri ins Gesicht geschlagen hat. Enrico Zanarini, der Henker des Apennins. Der Schlächter vom Prà grand.*

»So sieht man sich wieder«, murmelt er mit dem, was noch von der Stimme übrig ist, die Hunderte von Menschen zum Tode verurteilt hat. »Ich habe nicht erwartet, dich so schnell wieder auf den Beinen zu sehen. Ich bin gestern Nacht im Krankenhaus gewesen, um nach dir zu sehen, da sahst du nicht besonders gut aus.«

Roberto legt alle Kraft, die er in seinem gesunden Arm hat, in einen Faustschlag. Der Schmerz durchzuckt seine Brust wie ein Blitz.

Der Mann geht schwer zu Boden, und seine Brille fliegt bis ans andere Ende des Flurs.

Alice springt los und legt ihre Arme von hinten um Roberto, so sanft, wie sie kann. »Halt, halt. Das ist doch ein alter Mann.«

»Und genau das ist falsch daran! Er ist alt geworden, aber so viele konnten seinetwegen nicht alt werden.«

Zanarini versucht, sich wieder aufzurappeln. Das Blut, das ihm aus der Nase strömt, färbt sein Hemd rot. »Meinst du nicht, ich hätte schon genug bezahlt?«

»Du wirst niemals genug bezahlen können für das, was du getan hast!«, schreit Roberto. Der andere fängt an zu lachen. Ein schrilles Lachen, kalt, leer wie seine Augen.

»Die Gespenster meiner Vergangenheit kommen jede Nacht, um mich zu quälen. Das war schon vorher so, jetzt haben sich mein Sohn, meine Schwiegertochter und meine Enkelin dazugesellt. Reicht dir das nicht?«

»Sieh nur, was du angerichtet hast. Es ist deine Schuld«, stammelt Roberto. Dieselben Worte, Aldrovandi zufolge, die der Henker zu Sfregio gesagt hatte. »Andere haben den Abzug betätigt, aber getötet hast du sie.«

Zanarini findet seine Brille und setzt sie auf, obwohl die Gläser zersprungen sind. »Weißt du, warum ich hier bin?«, fragt er. »Ich wasche das Blut und das Hirn der einzigen Menschen, die mir je etwas bedeutet haben, von den Fußböden und Wänden ab. Ich habe dich gesehen, in der Kirche in Zocca. Ich bin sicher, dass du meinen Schmerz verstehst.«

In dem Moment bemerkt Roberto einen Eimer mit rot gefärbtem Wasser zu Füßen des Alten. Er hat keinerlei Mitleid.

»Seit fünfzig Jahren weinen Menschen dessentwegen, was du getan hast. Der Kreis hat sich geschlossen.«

»Wir wissen beide, wer ihn geschlossen hat. Er wird noch einmal zuschlagen, wenn du ihn nicht aufhältst.«

»Das werde ich, Zanarini. Und ich werde auch dich aufhalten.« Langsam entwindet er sich Alices Griff und steckt die freie Hand in die Tasche, die Schmerzen ignorierend.

Einen Augenblick lang fürchtet Alice, er könnte die Waffe ziehen. Aber es kommen die Handschellen zum Vorschein.

»Du bist verhaftet wegen der Ermordung von zwanzig Menschen am 1. Januar 1945.«

Zanarini schüttelt den Kopf. »Du hast ja keine Ahnung, wie das damals war und zu was man damals gezwungen wurde. Entweder hat man geschossen, oder man wurde erschossen«, sagt er verächtlich. »Man hatte keine Wahl. Du hattest eine und hast dich entschieden, hierherzukommen, um mich zu quälen, anstatt den Mörder aufzuhalten. Gut möglich, dass du jetzt schon weitere Tote auf dem Gewissen hast.«

Roberto geht entschlossen auf ihn zu, taub für Alices Einwände. Er will den Henker noch einmal schlagen. Ihm wehtun. Aus dem Augenwinkel erblickt er jedoch am Ende des Flurs eine offen stehende Tür und dahinter eine Wand, die weiß wäre, wenn sie nicht größtenteils mit Blut bedeckt wäre, verwischt und weiter verteilt durch den sinnlosen Versuch, es abzuwischen.

Ich habe sie schon während des Tanzes gesehen. Hier hat alles angefangen, denkt er mit einem Kloß im Hals. Die Hand hält mitten in der Bewegung inne. Er sieht wieder Zanarini an. »Du wirst von mir nicht die Absolution bekommen, die du dir wünschst«, sagt er. Er gibt Alice die Handschellen. »Kette ihn an einen Heizkörper«, weist er sie an. »Mit einer Hand schaffe ich das nie.«

Der Henker streckt ihr die Handgelenke entgegen. »Keine Angst«, ermutigt er sie mit einem Kichern, als er sieht, wie ihr die Hände zittern. »Wenn du mit Serra zusammenbleibst, wirst du dich an wesentlich Schlimmeres gewöhnen müssen.«

Roberto beugt sich über den Henker. »Du hast immer eine Wahl gehabt«, flüstert er ihm ins Ohr. »Und du hast immer schlecht gewählt. Der Moment ist gekommen, an dem du dafür bezahlst.«

Bei jenen Worten füllt ein bösartiges Licht die Augen des Alten.

Da ist er, der Blick des Henkers.

3

Alices Hände zittern noch, als sie den Kofferraum des Celica öffnet.

»Wir dürfen keine Zeit verlieren«, wirft ihr Roberto vor, der will, dass sie sich sofort wieder hinters Steuer setzt.

»Du hast Glück, aus zwei Gründen. Der erste ist, dass ich dich liebe, obwohl du so einen Scheißcharakter hast. Der zweite ist, dass ich Ärztin bin und in meiner Tasche Schmerzmittel habe.« Sie streckt ihm zwei Tabletten hin. »Lass sie unter der Zunge zergehen, die werden dich auf den Beinen halten.« Sie blickt ihn ernst an. »Nur für ein Weilchen«, schließt sie, bevor sie sich ans Steuer setzt.

Roberto nimmt die Medikamente ohne jedes weitere Wort.

»Wenn ich du wäre, würde ich mich ausruhen«, ermahnt sie ihn, kaum dass sie wieder unterwegs sind. »Du siehst nicht gerade gut aus.«

Die Versuchung, sich gehen zu lassen, ist schier übermächtig, aber Roberto widersteht. Er muss Alice die ganze Geschichte erzählen und ihr sagen, wohin sie fahren. Wen sie suchen. Er hebt den Blick zu ihrem Ziel, das in den Wolken verborgen liegt, und beginnt zu erzählen.

Als sie plötzlich in den Schneefall eintauchen, ist es wie der Wechsel in eine andere Dimension. Der Schneefall verdichtet sich, während die Straße immer steiler und kurviger wird, bis er schließlich zu einem richtigen Schneesturm wird.

Es scheint, als würde der Schnee nie wieder aufhören zu fallen. Nur Alices Geschicklichkeit ist es zu verdanken, dass der Wagen eine Geschwindigkeit beibehält, die Roberto nicht einmal bei gutem Wetter erreichen würde.

Der Fall der Flocken wirkt wie ein stummes Wiegenlied. Roberto, erschöpft, ergibt sich. Ein wattiges Gefühl umfängt ihn, dem er keinen Widerstand entgegensetzt. Nach wenigen Sekunden sackt er in seinem Sitz zusammen.

Alice achtet allein auf die unterschiedlichen Geräusche des Wagens, um so gut wie möglich zu reagieren. Die Sicht wird immer schlechter, aber sie löst doch hin und wieder ihren Blick von den Kurven und sieht Roberto an. Sie ist von seiner Sturheit beeindruckt. Und erschrocken über den gewalttätigen Ausbruch gegenüber Zanarini.

Ihre Blicke und Gedanken müssen so schwer sein, dass sie Roberto an dem Ort erreichen, an den er sich zurückgezogen hat, um dem Schmerz und dem Fieber zu entfliehen. Er bewegt die Lippen und flüstert: »Ich lasse mich behandeln, das versprech ich dir. Ich gehe zu Ärzten, ich nehme Medikamente. Aber du, bleib bei mir.«

Alice ist so verblüfft, dass sie das Lenkrad plötzlich herumreißen muss, um auf der Straße zu bleiben. Der Celica schleudert, und Roberto reißt die Augen auf.

»Was ist los?«, fragt er mit belegter Stimme.

Sie hält einen Daumen hoch und täuscht Sicherheit vor. »Alles unter Kontrolle.« Sie hofft, dass er die Tränen nicht bemerkt, die ihre Augen füllen.

»Wie lange hab ich geschlafen?«

»Eine halbe Stunde, es sollte nicht mehr weit sein.«

Sie folgen dem Streifen aus flachem Schnee, den der Schneepflug in der Mitte der Straße freigelegt hat. Würden sie auf den vierzig Zentimeter breiten Straßenrand kommen, würde sie die Kontrolle über das Fahrzeug verlieren. Einige Kilometer weiter ist der Schneefall so dicht, dass Roberto jede Orientierung verliert. Die Scheinwerfer dringen kaum durch. Wären sie zu Fuß, könnte man sagen, sie würden sich vorantasten.

Er hat keine Ahnung, wie Alice es anstellt, immer noch weiterzufahren. Ihr Blick aus den amberfarbenen Augen ist fest auf die Straße gerichtet. Plötzlich sieht er, wie sie sich weiten. Er ahnt, was geschieht.

Hektische Bilder. Die Straße bergauf, eine Reihe Kastanien an der Seite, die Straße, diesmal bergab. Ein Schneehaufen. Die Straße, Alices Hände am Lenkrad. Das Auto dreht sich um sich selbst, hält auf die Bäume zu, dann wechselt es die Richtung. Ein dumpfer Aufprall auf der Fahrerseite wird zu einer Explosion in Robertos Brustkasten. Die Räder drehen durch. Der Motor heult auf, dann geht er aus.

Sie stecken irgendwo mitten im Schneesturm fest.

Alice lässt den Motor wieder an, legt den Rückwärtsgang ein und versucht anzufahren. Die Reifen drehen durch. Sie lässt den Wagen ein paar Meter talabwärts rollen, dann dreht sie das Lenkrad, um ihn wieder in die richtige Richtung zu bringen. Sie schafft es lediglich, ihn zu drehen, während er weiter den Berg hinunterrutscht. Wieder landen sie im tiefen Schnee.

»Scheiße!«, ruft sie und haut auf das Lenkrad. »Wir sitzen fest.«

»Du hast schon ein Wunder vollbracht, indem wir überhaupt so weit gekommen sind. Lass uns rausfinden, wo wir sind.«

Mit Mühe drückt er die Tür auf. So weit das Auge reicht, ist die Welt ein einzige makellose Fläche. Himmel und Erde kann man nur durch die Richtung unterscheiden, in der die Flocken fallen, die kurz auf den Kleidungsstücken liegen bleiben, bevor sie schmelzen. Er spürt sie auf dem rasierten Nacken, sie dringen in den Mund ein und überwinden seinen schweren Atem. Eine junge Kastanie am Straßenrand neigt sich in einer Art Verbeugung vor der gewaltigen Kraft der Natur über die Straße. Sie hält nicht stand. Mit dumpfem Krachen zerbricht sie und verschwindet in der weißen Decke. *Wir sind im Nirgendwo.*

»Hier ist eine Straße«, ruft Alice. Obwohl sie nur wenige Schritte entfernt ist, ist sie kaum zu sehen. Die Anstrengung, zu ihr zu kommen, macht ihn schwindelig. *Ich bin sehr schwach, es gibt kein Schmerzmittel, das das ausgleichen kann.*

»Via Bel...ve...de...re. Via Belvedere!«, ruft sie aus. »Die kenne ich! Da ist die Rettungswache!«

Roberto fährt zusammen. *Eine gute Nachricht. Ja, sogar zwei.* »Also sind wir nur einen Kilometer von Case Rosse entfernt. In dieser Straße wohnt Mattia Bondi.« Er versucht, sie so resolut wie möglich anzusehen. »Geh zum Auto zurück, ich geh seine Wohnung überprüfen und danach ins Dorf hoch.«

»Machst du Witze? Du wartest im Auto auf mich, du kannst doch nicht einmal einen Kilometer gehen!«

»Das ist kein Spiel hier, ich sag's dir noch einmal. Es besteht das Risiko, Auge in Auge einem Killer gegenüberzustehen, der mindestens vier Menschen umgebracht hat, der jetzt vielleicht sogar noch gefährlicher ist, weil er sich in die Enge getrieben fühlt.«

Alices Wangen, schon von der Kälte gerötet, färben sich noch röter. »Ich kenne dich viel zu gut. Du glaubst nicht, dass Bondi der Mörder sein könnte. Du glaubst nicht, dass er – trotz des Artikels – gemordet hat. Du willst es nur überprüfen, weil kein Detail so klein ist, dass es übergangen werden darf«, zitiert sie.

Roberto macht den Mund auf, schließt ihn jedoch sofort wieder. *Es stimmt. Den Enkel des Partisanen Briscola zu ermorden passt nicht ins Bild des Mörders. Er rächt Sfregio, Bondi hat nichts damit zu tun.* Er holt Luft, ohne zu antworten.

Alice breitet die Arme aus, als wäre die Debatte zu Ende. »Wir verschwenden hier nur unsere Zeit im Schneesturm, und dir tut das ganz sicher nicht gut. Die Wirkung der Medikamente hält nicht unendlich lange an. Ich gehe zu Bondis Wohnung. Du wartest im Auto auf mich.«

»Nein. Ich gehe nach Case Rosse, ich muss das alles verstehen. Ich brauche das.«

Robertos Blick ist von einer Entschlossenheit erleuchtet, die ihr klarmacht, dass sie es nicht schaffen wird, ihn davon abzubringen. »Und ich gehe zu Bondi. Punkt«, kann sie nur noch antworten.

Roberto seufzt. *Wir können nicht so weiterdiskutieren. Die Zeit ist mein schlimmster Gegner.* »In Ordnung. Aber sei vorsichtig. Seine Wohnung ist in dem Palazzo neben der Pizzeria. Wenn du irgendetwas Seltsames bemerkst, ruf sofort Bernini an.«

»Der wird aber sehr froh sein, von mir zu hören«, bemerkt sie ironisch. »Das letzte Mal, als er mich angerufen hat, ist es nicht gerade gut gelaufen. Und heute hab ich dir geholfen, aus dem Krankenhaus zu fliehen, obwohl es dir schlecht ging.«

»Scheiß drauf. Du rufst ihn an und basta.«

Sie nickt. Der Wind fährt durch ihre Haare. Sie zieht sich die Jacke aus und legt sie Roberto um die Schultern. »Warm zu bleiben wird dir nicht schaden.«

Er lässt es zu, er spürt, wie das Fieber steigt. Er nimmt die Beretta aus der Tasche.

»Nimm du sie. Ich hole meine im Kommissariat. Kannst du damit umgehen?«

Alice nimmt sie vorsichtig entgegen. »Ja, aber ich hoffe, ich muss sie nicht benutzen.«

Schweigen senkt sich zwischen sie herab. Plötzlich umarmt sie ihn, drückt ihren eigenen weichen Körper gegen den Gips. Legt ihre Wange an seine, die von Nähten überdeckt ist.

»Während du im Auto geschlafen hast, hast du was gesagt ...«

Roberto schiebt sie von sich weg und blickt ihr fest

in die Augen. »Das ist mein letzter Fall. Danach werde ich mir die Zeit nehmen, die es braucht, um herauszufinden, ob ich krank bin und was für eine Krankheit es ist. Und um gesund zu werden«, flüstert er.

Sie vergisst jede Rücksicht und küsst ihn. In diese Geste legt sie alles, was sie nicht sagen kann. Trotz der schmerzenden Nähte erwidert Roberto den Kuss. Er hat das Gefühl, die richtige Entscheidung getroffen zu haben. Bleibt nur noch eins zu tun, vorher. Den Mörder zu stoppen. Um Benedetta Zanarini und den anderen Opfern zu erlauben, in Frieden zu ruhen.

Sie gehen los. Im fallenden Schnee werden sie nach wenigen Schritten unsichtbar füreinander.

4

Eine halbe Stunde, eine Stunde oder vielleicht einen Monat. Roberto, allein mit seiner Erschöpfung und dem Knirschen seiner in den Schnee einsinkenden langsamen Schritte, vermag nicht zu sagen, wie lange das Gehen dauert. Er kämpft gegen das wilde Tier an, das sich in seine Schulter verbissen hat.

Als endlich zu seiner Rechten die Außenmauer des Dorfes auftaucht, verlangt er von seinem Körper eine letzte Anstrengung. Doch unter dem Torbogen angekommen, muss er sich an der Wand abstützen, um nicht hinzufallen. Er muss sich übergeben, der heftige Würgereiz raubt ihm den Atem und lässt ihn erschöpft zurück, mit einem bitteren Geschmack im Mund. Im Schnee nur Galle und Kaffee: Er hat seit dem Vorabend nichts mehr gegessen.

Durch den Vorhang aus Schnee kann er kaum das Denkmal in der Mitte der Piazza erkennen. *Das Grab der Opfer vom Neujahrstag 1945. Der Engel hebt keinen Verletzten auf, sondern die Leiche eines Märtyrers.*

Er biegt in den Bogengang ein, wobei er sich ständig beobachtet fühlt. Er sucht dafür keine Bestätigung, denn es sind nicht die Lebenden, die ihn beobachten.

Die große Tür zum Kommissariat steht sperrangelweit offen. Der saubere und süße Geruch des frischen Schnees bleibt auf der Türschwelle zurück. Er weicht feuchter, abgestandener Luft. Die Eingangshalle ist in Halbschatten getaucht. Auch das Geräusch des Windes bleibt draußen, seine nassen Schritte hallen in der Stille.

Die Türen zu beiden Büros sind geschlossen. Die Schauder, die Roberto überlaufen, kommen nicht vom Fieber. Als er angerufen hat, war der Mörder hier. Bei dem Versuch, seinen Atem unter Kontrolle zu bringen, lehnt er sich an die Tür seines Büros. Kein Laut ist zu hören. Er öffnet sie misstrauisch, schreckt zusammen, als die Angeln quietschen.

Niemand.

Auf dem Boden entdeckt er seine Kaffeetasse, zerbrochen. Er wirft einen Blick zum Fenster hinaus. Der Wind pfeift jetzt in heftigen Böen. Das langsame Fallen der Flocken hat sich in ein verrücktes Wirbeln verwandelt.

Er geht zu Manzinis Büro. Angespannt bleibt er stehen.

Ein Seufzen.

Er kann nicht ausmachen, woher es kam. Vielleicht von direkt hinter der Tür, auch wenn er den Eindruck hat, dass das gesamte Innere des Gebäudes geseufzt hat. Das gesamte Dorf.

Pazifist, du brauchst eine Waffe. Ohne die Tür aus dem Blick zu lassen, geht er die Treppe hinauf. Die Wände sind ihm noch nie so bedrückend vorgekommen. Im ersten Stock angekommen, überrascht es ihn nicht, auch die Tür zum Wohnzimmer geschlossen vorzufinden. *Jemand hat sie alle zugemacht. Und dieser Jemand könnte hinter jeder von ihnen lauern.*

Von drinnen dringt kein Geräusch nach draußen. Er beschließt, dass diese oberflächliche Kontrolle ausreicht. Er steigt die anderen Stufen hinauf.

Er spürt einen Blick in seinem Rücken. Ihm wird klar, dass er einen Fehler begangen hat. Der Mörder kann jeden Moment die Tür des Wohnzimmers aufreißen und ihm in den Rücken schießen.

Es ist zu Ende.

Er dreht sich um. Niemand. Stille. Halbschatten.

Halblaut flucht er. *Schlichte Einbildung.*

Als er den Absatz des zweiten Stocks erreicht, ist er erschöpft. Die Wirkung der Schmerzmittel lässt nach.

Es bleibt noch eine letzte Tür zu öffnen.

5

Auch wenn sie nur einen Wollhut hat, um sich vor dem schlimmsten Schneefall zu schützen, an den sie sich erinnern kann, spürt Alice die Kälte nicht. Ihr Blut kocht vor Adrenalin.

Sie umklammert die Beretta wie einen Talisman, versucht die Stimme zu ignorieren, die ihr zuflüstert, dass sie in Kürze dem Killer gegenüberstehen könnte, wenn Roberto sich geirrt hat. Allein.

Die Via Belvedere besteht aus einer Reihe unschöner Mehrfamilienhäuser, die sich nur durch den Ton des jeweiligen rosafarbenen Anstrichs voneinander unterscheiden. Anfang der Siebzigerjahre hatten die Städter aus Bologna und Modena ihr Anrecht auf Urlaub und bald darauf die Hügel, die bereits in die Berge des Apennins übergingen, entdeckt. Hastig wurden Häuser für sie hochgezogen, ohne allzu sehr darauf zu achten, ob sie zu den Steinhäusern auf dem Land oder der rechteckigen Anlage eines Dorfes passten oder nicht. Nach nicht einmal zwanzig Jahren war die Welle der Sommerurlauber in derselben Geschwindigkeit, mit der sie aufgelaufen war, wieder abgeebbt: Sie hatten die Karibik entdeckt. Nur die großen Bauten waren geblieben, heute zu zwei Dritteln leer stehend. Hier hatten sich die wenigen Ausländerfamilien niedergelassen, die die Einwohner von Case Rosse so sehr zu beschäftigen scheinen, und dazu der eine oder andere ältere Mensch, der eine Fehlinvestition getätigt hat, sowie ein paar junge Leute, denen es gelungen ist, zu moderaten Preisen ein Dach über dem Kopf zu ergattern.

Die halb mit Schnee bedeckte grüne Markise der Pizzeria Vesuvio, offensichtlich geschlossen, ist klar zu erkennen. Mit dem Handschuh streift Alice den Schnee von dem Schild neben der Pforte zum Nachbargebäude. Die Hausnummer 1120. In den Bergen heißt das, dass sie seit der Straßeneinmündung nur etwas mehr als einen Kilometer gegangen ist. Sie hätte gewettet, dass es zehnmal so weit gewesen ist. Die Rettungswache, bei diesem Wetter nicht zu sehen, hat die Nummer 2000 und ein paar Zerquetschte, glaubt sie sich zu erinnern.

Das Haus hat einen verwaschen rosafarbenen Anstrich, zwei Stockwerke mit Balkonen über das Tal hinweg wie alle anderen. Sie hat den Eindruck, als seien seine Fenster die einzigen erleuchteten. Sie durchquert den verschneiten Garten, wobei sie sich ständig umschaut. Mit der Pistole zeigt sie auf alles, was sich bewegt. Schneeflocken, überwiegend.

»Wie bescheuert«, wirft sie sich selbst mit lauter Stimme vor. Zu laut. »Sag ich doch.«

An der Haustür angekommen, macht sie sich Sorgen wegen der Fußabdrücke, die sie hinterlassen hat, und fragt sich, ob sie sie irgendwie verwischen kann. Die Feststellung, dass es die einzigen Abdrücke sind, heitert sie ein wenig auf. Die vorübergehende Beruhigung löst sich sofort wieder auf: Bei solchem Schneefall dauert es nicht länger als ein paar Minuten, bis irgendwelche Spuren verschwunden sind. Möglicherweise ist jemand ins Gebäude gegangen und hält sich noch darin auf.

Das Klingelschild befindet sich in einem überdachten Atrium, das mit einer runden Neonleuchte ausgestattet ist. MATTIA BONDI, 2. STOCK, INNEN 19. Sie ist hier richtig, auch wenn sie sich kaum stärker am falschen Ort vorkommen könnte.

Die Hand, die die Pistole umklammert, zittert. Sie versucht, allen Mut zusammenzunehmen, um weiterzugehen. Wenn der Mörder in diesem Gebäude ist, ist sie bereit, das Feuer zu eröffnen.

»Ich hoffe, ich krieg das hin«, sagt sie leise. Sie zieht die Handschuhe aus, um einen besseren Griff zu haben.

Sie bewegt den Messingknauf der Glastür, die zum Inneren des Gebäudes führt. Mit einem Knoten im Magen stellt sie fest, dass offen ist. Wahrscheinlich schließt in so kleinen Dörfern niemand seine Haustür mit dem Schlüssel ab. Wahrscheinlich.

Sie beginnt, das anonyme Treppenhaus in nachgemachtem weißem Marmor hinaufzugehen.

6

Durch das Zimmer ist ein Wirbelsturm gefegt. Überall aufgerissene Hüllen. Schallplatten, wütend an die Wand geworfen. Meterlange Tonbandschlangen, aus den Musikkassetten gezogen. Zerbrochene CDs. Roberto spürt den Verlust. *Er hat etwas gesucht. Etwas, das er nicht gefunden hat.* Er legt eine Hand an die Hosentasche. *Etwas, das ich bei mir habe.*

Auf das Blatt mit dem Perimeter des Falls hat jemand in den Kreis für »Motiv« in kleinen, säuberlichen Buchstaben geschrieben: DIE GERECHTIGKEIT DER MÄRTYRER. *Ein Grafologe würde die Hand erkennen, die dieselben Wörter auf den Zettel geschrieben hat, den Berto Guerzoni in der Hand hatte.*

Er schüttelt den Kopf, als er an die Fehler denkt, die in der Eile, den Fall abzuschließen, begangen worden waren. Doch jetzt ist keine Zeit, darüber zu klagen, dieses Durcheinander ist nicht das Schlimmste im Zimmer. An die Wand ist ein riesiges Ypsilon geschmiert, mit demselben Stift, der mit abgebrochener Spitze auf dem mit Schallplattenscherben übersäten Bett liegt. Und die Beretta ist aus dem Tresor im Schrank entwendet worden.

Der Mörder ist außer Kontrolle. Mein Tod hätte eigentlich gar nicht in sein Bild gepasst, ich habe mit den Ereignissen von 1945 nichts zu tun. Aber ich bin ein Hindernis. Eine Erkenntnis, die ihm das Blut in den Adern gefrieren lässt.

Bondi ist in Gefahr. Und Alice auch.

7

Die Tür zu Mattia Bondis Wohnung ist so leicht, dass sie nicht einmal den Eindruck macht, aus Holz zu sein. Sie ist nur angelehnt. Von drinnen sind Geräusche zu hören. Stimmen.

Alice rührt sich nicht, aber ihr Herz fühlt sich wie

ein Zug an, der mit irrer Geschwindigkeit dahinrast. Sie denkt an Robertos dringenden Rat, zur Rettungswache zu gehen, um Bernini anzurufen, sobald sie etwas Außergewöhnliches bemerkt. Das Problem ist, dass sie nicht genau sagen kann, ob das der Fall ist. Sie kann die Stimmen von mindestens zwei Personen unterscheiden, vielleicht der Journalist, der sich mit einem Freund unterhält. Oder er amüsiert sich mit seiner Freundin. Sie erinnert sich an die fettigen Haare und die hässliche Brille, die sie am Neujahrstag gesehen hat. Automatisch schließt sie die zweite Möglichkeit aus.

Im Halbschatten sieht sie einen langen Flur, etwa fünfzehn Meter lang. Eine Tür zur linken, zwei zur rechten Seite, eine am gegenüberliegenden Ende. Alle aufgerissen. Die Stimmen kommen aus dem Zimmer am anderen Ende.

»Scheiß auf die Vorsicht«, sagt sie. Und rennt los. Wie in einem Film sieht sie die Tür auf sich zukommen. In wenigen Sätzen ist sie durch den Flur, einen Aufschrei auf den Lippen. Sie wirft sich auf den Teppich mitten im Zimmer, die Waffe im Anschlag.

Zwei Männer. Auf dem Bildschirm des Fernsehers, in Schwarz-Weiß. Zwei Schauspieler, mit einem der ältesten Gags der Welt, sich gegenseitig eine Torte ins Gesicht werfend.

Wie betäubt bleibt sie einen Augenblick stehen, dann löst sich die Anspannung in einem lauten, hysterischen Lachanfall. Sie lässt die Waffe sinken. Sie steht auf und schaltet das Gerät aus. Mit einem Mal fühlt sie sich sehr müde, weil die Anspannung von ihr abgefallen ist. Sie mustert die Einrichtung. Möbel aus den Siebzigerjahren, die der Journalist bei seinem Einzug bereits vorgefunden haben muss. Am gegenüberliegenden Teil des Flurs sieht sie die immer noch offen stehende Eingangstür. Sie macht das Licht an. Schlagartig erkennt sie, dass ihre ganze Erleichterung unbegründet war. Ihr gefriert das Blut in den Adern.

Über den halben Flur ist an der rechten Wand mit einer roten, noch feuchten Flüssigkeit ein riesiges Ypsilon geschmiert. Es gibt kaum Zweifel, worum es sich handelt. Jetzt endlich bemerkt sie auch den Geruch.

»O mein Gott.« Sie hält die Beretta hoch. »Wenn du hier bist, heb die Hände hoch und komm raus!«, will sie rufen, doch sie bekommt nur einen schrillen Ton heraus. Er überzeugt nicht einmal sie selbst. Sie zittert. Nichts geschieht. Keine Bewegung.

Sie muss sich der Situation stellen. Sie ist am Zug. Sie beschließt, mit der ersten Tür zur Rechten anzufangen. Mit einer Hand richtet sie die Waffe ins Innere. Mit der anderen schaltet sie das Licht an.

Und sieht ihn.

Mattia Bondi liegt in einer Lache aus Blut mit dem Gesicht nach unten auf dem Boden, vor dem, was sein Bett sein muss. Ein Einzelbett, durchwühlt. Er trägt nichts als einen bläulichen, abgetragenen Schlafanzug. Der Mörder muss ihn im Schlaf überrascht, aus dem Bett gezerrt und hier im Zimmer getötet haben.

Alice beginnt zu überlegen, sie überwindet ihre Panikgefühle. Das Blut ist noch flüssig, es kann noch nicht lange her sein, dass er erschossen wurde. Vorsichtshalber tastet sie nach der Schlagader. Nichts. Er ist tot. Ein Schuss in den Nacken, aus einer weniger zerstörerischen Waffe als dem Gewehr, das bei den Zanarinis verwendet wurde. Und er ist nicht gefesselt worden wie sie. Sie versucht, ihn umzudrehen. Es ist nicht schwer, der Körper des Journalisten ist klein, und die Totenstarre wird erst in ein paar Stunden eintreten. Die Augen hinter den vom Aufschlag auf dem Boden zerbrochenen Brillengläsern sind geschlossen. Die Wangen jedoch sehen ungewöhnlich rund aus. Aus dem Mund quillt ein Knebel aus Papier.

Obwohl sie ganz genau weiß, dass es falsch ist, legt sie die Waffe aufs Bett und greift mit zwei Fingern nach dem zusammengeknüllten Papier. Als sie die andere Hand zu Hilfe nimmt, gelingt es ihr, dem Leichnam die Papierkugel aus dem Mund zu ziehen. Noch bevor sie sie auseinanderfaltet, erkennt sie die Zeitungsseite mit dem Artikel, der die Wiederaufnahme des Falls beschreibt. Jenen Artikel, den sie im Caffè Maggiore gelesen haben.

Ihre Augen füllen sich mit Tränen. Sie kannte Mattia Bondi nicht, aber sie weiß, dass er in irgendeiner Weise Roberto geholfen hat. Dieser Gedanke lässt erneut die Alarmglocke in ihrem Kopf schrillen. Eine laute und durchdringende Glocke. Dieses Mal gibt es kein Ritual, keine Inszenierung. Nur einen brutalen Mord. Der Mörder hat seinen Modus Operandi geändert. Er tötet alle, die ihn behindern, nicht nur diejenigen, die direkt oder indirekt in das Massaker von 1945 verwickelt waren.

Wenn er noch in der Nähe wäre, würde er nicht zögern, auch sie zu ermorden: Sie behindert ihn, jetzt. Sie muss zur Rettungswache gehen, um Bernini anzurufen. Sie muss rennen.

»Und wer zum Teufel bist du jetzt?«

Eine Männerstimme in ihrem Rücken, so nah, dass sie seine Gegenwart spürt. Sie hat die anderen Türen im Flur nicht überprüft. Sie hat nicht einmal mehr Zeit, um Angst zu bekommen. Sie fährt herum, bereit, das ganze Magazin abzufeuern.

Sie denkt an Silvia. Wo auch immer sie sich befinden mag, sie bittet sie um Hilfe.

8

Roberto durchsucht jeden Winkel des Kommissariats so sorgfältig, wie es ihm sein eingegipster Oberkörper erlaubt. Er reißt die Tür zu Manzinis Büro auf, nur um zu entdecken, dass die Seufzer nichts anderes sind als der Wind, der durch das offene Fenster hereinweht und die Seiten von *Die Wölfe kommen* bewegt, das auf dem Schreibtisch liegt.

Wer auch immer dieses Gemetzel in seinem Zimmer angerichtet hat, hat auch die Waffe gestohlen und ist damit fortgegangen. *Vielleicht in die Via Belvedere.* Der Gedanke quält ihn. Er hat den entschlossenen Ausdruck in Alices Blick vor Augen. Die Angst krampft sich um seinen Magen, fügt Schmerz dem Schmerz hinzu. *Wenn du mich nur hättest machen lassen, wie ich es wollte!*

Hinter seinem eigenen Schreibtisch sitzend versucht er, ein letztes Körnchen Kraft zurückzugewinnen. Das Zimmer erscheint ihm anders, als er es sonst immer gesehen hat. Fremd. *Nichts wird mehr sein wie früher,* denkt er, während er das Funkgerät anstarrt, an dem er vor fünf Tagen den Anruf entgegengenommen hat, der sein ganzes Leben auf den Kopf gestellt hat. Gelbe Scherben liegen überall auf dem Boden verstreut.

Er streckt die rechte Hand zum Hörer aus. Ein Telefonanruf, den er länger hinausgeschoben hat, als er gedurft hätte. Bevor der Schneesturm ihn zum Schweigen verdammt, wählt er eine Nummer. Er hat keine Ahnung, wie er die richtigen Worte finden soll. Er weiß nicht mehr, ob er sie überhaupt finden kann.

Teresa, Manzinis Frau, meldet sich beim ersten Klingeln, als hätte sie auf den Anruf gewartet. In ihrer Stimme schwingen Zärtlichkeit und Besorgnis mit. Was für eine Qual.

»Roberto! Ist Valerio bei dir?«

»Nein«, antwortet er. Er weiß nicht, was er sonst sagen soll. *Ich wollte dir dieselbe Frage stellen.*

»Seit Neujahr schon schläft er nicht mehr zu Hause. Ihr müsst euch irgendwann auch mal ausruhen. So macht ihr euch fertig.«

Arme Teresa, sie weiß nichts. »Er war nicht mal über Silvester zu Hause?«

Ein Zögern. »Er war doch bei dir im Kommissariat, oder? Er ist erst um sechs Uhr morgens nach Hause gekommen, um das Frühstück zu machen. Das ist eine Familientradition, dass er es am Ersten des Jahres macht.«

Wut überfällt ihn, vermischt mit ebenso großer Traurigkeit. *Ich war das Alibi des Mörders. Die Zanarinis sind in der Silvesternacht ermordet worden. Wo war Manzini? Guerzoni ist in der Nacht zum 2. Januar gestorben. Wo war Manzini? Mein Auto ist in der Nacht zum 5. manipuliert worden. Wo war Manzini?* Während er, vollkommen betrunken, demjenigen, den er für seinen Freund hielt, vom Tod seiner Eltern erzählte, wartete der nur darauf, seinen Plan, ihn zu ermorden, in die Tat umzusetzen.

Teresa gibt ihre Zurückhaltung und ihr Schweigen auf. Als wäre ein Korken gezogen, und die Worte könnten nun frei heraussprudeln. »Ich mache mir Gedanken. Seit sein Vater gestorben ist, ist Valerio nicht mehr derselbe. Paride hat Monate ans Bett gefesselt verbracht, er hatte eine unheilbare Krankheit, einen Hirntumor. In den letzten Wochen delirierte er, hat nur noch vom Krieg gesprochen. Die Hölle war das. Valerio hat ihn sehr geliebt, er hat bis zum Ende an seinem Bett gewacht.«

Paride Manzini, der Professore, der rechte Arm von Sfregio. Der Partisan, der Valerio adoptiert hat, den einzigen Ferri, der das Massaker vom Prà grand überlebt hat.

»Seitdem redet und weint Valerio im Schlaf. Ich muss ihn stundenlang im Arm halten, bis er sich wieder beruhigt. Auch Veronica und Serena sind schon ganz verunsichert, wenn sie zu Hause sind.«

Die beiden Namen sind wie eine Ohrfeige. *Er hat seine Töchter nach der Mutter und der Frau von Francesco Ferri benannt. Nach seiner Mutter und seiner Großmutter, die durch die Hand des Henkers gestorben sind.*

»Er redet vom Krieg, genauso wie Paride. Schreit immer, dass jemand nicht ermordet werden soll, verflucht …« Teresa zögert kurz. »Und er benutzt eine andere Stimme. Gruselig. Als steckten mehrere Personen in ihm. Mein Gott, du glaubst bestimmt, ich wäre verrückt.«

Roberto glaubt das ganz und gar nicht. Er denkt an die Stimme, die ihm vor ein paar Stunden am Telefon geantwortet hat. Jene, die er während des Tanzes das Epitaph hat rezitieren hören.

»Ich habe Angst, dass er die Krankheit seines Vaters geerbt hat. Es heißt, dass man leichter einen Tumor bekommt, wenn schon andere in der Familie einen hatten.«

Paride Manzini kann ihm nichts vererbt haben. Er ist nicht sein biologischer Vater.

»Entschuldige bitte«, fährt Teresa fort, nachdem sie sich die Nase geputzt hat. Vielleicht war es auch nur eine Störung in der Verbindung, die Bedingungen werden zunehmend schwieriger. »Ich kann einfach nicht mehr. Wir sind seit so vielen Jahren verheiratet, aber mit ihm zusammen zu sein ist noch nie so schwierig gewesen wie jetzt. Er ist ganz verschlossen, voller Groll. Und er verhält sich vollkommen unsinnig. Weißt du, wohin er bei dem Wetter gefahren ist?«

Robertos Schmerzen scheinen verschwunden. Seine Sinne sind aufs Äußerste wach, trotz des Fiebers. »Wohin?«

»Zum Grab seiner Eltern!«, schreit sie beinahe. »Ihre Gräber liegen auf dem Friedhof della Certosa, in Bologna! Normale Menschen sprechen nicht mit den Toten. Und außerdem, wie kann man sich nur ins Auto setzen bei dem …«

Die Verbindung bricht ab. Der Hörer pendelt stumm und nutzlos in der Luft. Roberto beobachtet den Schneesturm durch das Fenster hindurch. Irgendwo da draußen, in dem schwachen Licht, ist der Bronzeengel.

Valerios wirkliche Eltern sind nicht auf dem Certosa-Friedhof begraben. Viel näher, sehr viel näher.

9

Alice dreht sich mit blitzenden Augen um. Sie legt die Waffe an.

»Was machst du denn da?«, jammert ein Männchen mit großem Kopf, dessen Haar auffällig über die Glatze gekämmt liegt. Er trägt ein kurzärmeliges Unterhemd, das auf Höhe der Schultern leer zu sein scheint und über dem Bauch spannt. Instinktiv hebt er die skelettartigen Arme hoch und zeigt seine Handflächen. Der Fleck, der sich über seiner Hose ausbreitet, drückt seinen Zustand besser aus als jedes Wort.

Sie senkt die Pistole nicht, auch wenn sie nicht denjenigen vor sich hat, mit dem sie gerechnet hatte. »Wer bist du?«

»Tarcisio Ferroni. Ich wohne in der Wohnung gegenüber. Ich bin gekommen, um zu sehen, wie es ihm geht …« Erst jetzt bemerkt er Bondis Leichnam am Boden. »O mein Gott! Warst du das? O mein Gott, o mein Gott. Mattia, Mattia ...«

Pure Verzweiflung tritt in die Augen des Mannes. Zuneigung. Alice spürt, dass trotz des Altersunterschieds zwischen ihm und Bondi eine Beziehung bestand, die über eine einfache gute Nachbarschaft weit hinausging. Sie steckt die Beretta wieder in die Tasche.

»Es tut mir leid«, flüstert sie. »Ich habe ihn so gefunden. Ich wollte sehen, ob es ihm gut geht.«

»Bist du von der Polizei?«, fragt Tarcisio, während er die Tränen herunterschluckt.

Alice schüttelt den Kopf. »Nein, aber Roberto hat mich hergeschickt ... ich wollte sagen, Kommissar Serra. Zu spät, leider.«

»Wer war das?«

Sie seufzt. »Ich brauche ein Telefon«, sagt sie nur.

Tarcisio fragt nicht weiter. Das Einzige, was für ihn zählt, ist, dass Mattia für immer gegangen ist, ihm ist es nicht wichtig, wer ihn auf dem Gewissen hat. Er zeigt auf die Wohnzimmertür. »Da ist das von Mattia. Ansonsten kannst du auch zu mir gehen. Aber ich weiß nicht, ob du durchkommst bei dem Unwetter.«

Einem Impuls folgend umarmt Alice Tarcisio. Verblüfft versteift sich das Männlein, dann entspannt er sich mit einem Schlag. Er legt den Kopf an ihre Schulter und fängt haltlos an zu schluchzen. »Er war alles für mich«, kann er nur noch stammeln.

Sie weint ebenfalls. Vor Anspannung. Vor Schmerz. Vor Sorge. Vor Hoffnung. Alles, was sie bis jetzt unterdrückt hat, bricht aus ihr heraus. Nachdem sie sich in den Armen eines nach Schweiß und Urin riechenden Unbekannten hat gehen lassen, findet Alice ihre Selbstkontrolle wieder.

Sie schiebt den Mann von sich weg, dessen Haar jetzt von einer Seite des Kopfes heruntergeklappt hängt, und geht telefonieren. Zum Glück findet sie ein Telefonbuch. Ein noch größeres Wunder ist, dass sie sogar eine Verbindung bekommt, auch wenn es sich anhört, als würde jemand sie braten.

Sie wird durch eine Telefonzentrale geschleust, bevor sie denjenigen an den Apparat bekommt, den sie sprechen möchte. Eine raue und schwer atmende Stimme fährt sie grob an: »Darf man erfahren, was ihr da vorgehabt habt, du und dieser andere Trottel? Man entlässt sich in einem solchen Zustand nicht selbst aus dem Krankenhaus, das müsstest du wissen, du bist schließlich Ärztin! Ich wusste, dass du irgendwelches Chaos anrichten würdest. Sag mir, wo ...«

»Seien Sie still und hören Sie mir zu«, fährt sie ihm bestimmt dazwischen. »Ich fürchte, dass die Verbindung abbricht.«

Sie erzählt ihm alles. In knappen, aufgeregten Worten, verschweigt die Passagen, die Berninis analytischer Verstand selbst rekonstruieren kann. Am Ende ist sie erschöpft. Am liebsten würde sie wieder weinen.

»Wir kommen«, kann sie nur noch hören. Dann Stille. Sie versucht, eine andere Nummer zu wählen. Nichts. Auch das Licht im Haus erlöscht. Sie wird es nicht mehr schaffen, mit Roberto Kontakt aufzunehmen.

Im Schlafzimmer, im Halbschatten, sieht sie Tarcisio im Blut knien. Er hat Mattia Bondis Kopf auf seine Knie gelegt und streichelt ihn. Mit halblauter Stimme summt er irgendetwas vor sich hin.

Alice geht zum Ausgang. Dann rennt sie die Treppen hinunter.

10

Roberto taucht ins Nichts ein. Der Schneesturm verschlingt die Piazza und hüllt sie in ein ungesundes, düsteres Licht, das das Rot der Häuser verblassen lässt. Der Wind fährt unter die Arkaden, wirft sich gegen die Mauern. Auf dem Boden eine unberührte Schneedecke, die keinerlei Spuren aufweist.

Er hat sich einen Mantel übergeworfen. Er fühlt, wie der Schnee auf den Wunden an seinem Kopf brennt. Das Fieber stumpft seine Sinne ab und dämpft zugleich den Schmerz. Mit unsicheren Schritten geht er weiter.

Der Bronzeengel zeichnet sich durch den Sturm hindurch ab, die ausgebreiteten Flügel und die angespannten Arme, die den Leichnam anheben. *Das Grab der Opfer von 1945. Noch ein Betrug, noch etwas, das nicht das ist, was es zu sein scheint.*

Er versteht jetzt die Angst in Argìas Blick und die Worte von Alver und Raimondi. *Als hätten es alle gewusst. Oder zumindest geahnt. Als hätte Case Rosse irgendetwas in der Art erwartet. Eine Rache. Eine Befreiung von einem stets gegenwärtigen Gedanken, der sich wie besessen im Kreis dreht.* Ihm kommt es vor, als verstünde er auch endlich, warum Guerzoni den Bürgermeister angerufen hatte. *Er wollte ihm sagen, dass es geschehen ist. Den ersten Bürger informieren, einen, der auf der anderen Seite gestanden hat. Vielleicht.*

Ein Mann sitzt auf dem Sockel der Statue, vornübergebeugt, die Haare im Wind. Unbeweglich, mit geschlossenen Augen, unempfindlich gegenüber dem Schneefall. Wie eine kleinere Ausgabe des Engels, der über ihm aufragt. Er trägt einen langen grauen Mantel, abgewetzt. Auf der Brust ein unverwechselbares Zeichen: ein schwarzer Adler mit ausgebreiteten Flügeln. In den Klauen ein Hakenkreuz.

Der Wehrmachtsmantel, den der Vater dem Wachtposten abgenommen hatte. Valerio, Comandante Sfregios und Serenas Sohn, adoptiert von Paride Manzini, dem Professore. Mein Kollege, der mich in das Leben des Dorfes eingeführt hat. Mein Freund. Ein Mehrfachmörder, der einem kleinen Mädchen in den Kopf geschossen hat. Beute der Gespenster seiner Seele.

In dem Augenblick wendet der andere ihm das Gesicht zu. Der Blick wirkt wie eine Klinge, die durch lebendes Fleisch dringt. Er denkt wieder an Teresas besorgte Worte. Irgendetwas in ihm ist definitiv zugrunde gegangen. Die Augen des Wesens – *das ist nicht Valerio, das ist er nicht mehr!* – sind von einem stumpfen Weiß, ohne Licht darin. Ohne Pupillen. *Wer solche Augen hat, kann keine Seele mehr haben.*

Der erste Impuls besteht darin, diesem Albtraum zu entfliehen. Er drängt ihn zurück. *Ich muss es wissen.*

»Wer bist du?«, fragt er. Er erwartet die Stimme der Toten, die des Ungeheuers aus dem Tanz.

Doch es antwortet ihm Manzinis Stimme. Die ganz normale, durchdrungen von einer tiefen Traurigkeit. Auch die Augen scheinen ihre normale Farbe wieder angenommen zu haben, eines dunkel, eines blau. *Es war eine Halluzination. Das Fieber und die Erschöpfung werden schuld daran sein.*

»Du weißt es.«

»Ich weiß nichts über dich. Nicht einmal deinen richtigen Namen.«

»Valerio Manzini ist einer meiner Namen. Ich habe meine Eltern beide geliebt. Ich habe meine Leben beide gelebt.«

Ich muss diese Geschichte beenden. Rasch. Von dem Mann, dem er gegenübersteht, empfängt er Verzweiflung und Schmerz. Um ihn herum schwingt eine negative Aura. Gefährlich. *Er ist bewaffnet. Vergiss das nicht.*

»Ich habe den Henker des Apennins verhaftet«, sagt er, wobei er vergeblich seine Schwäche zu verbergen sucht. »Er erleidet das, was Sfregio erlitten hat. Du hast dein Ziel erreicht.«

Valerio starrt zu Boden. Schließlich zeigt er auf einen Punkt auf dem Sockel.

»Auf diesem Denkmal, dem Grab meiner Familie«, flüstert er kaum laut genug, um den Wind zu übertönen, »ist eingraviert: ›Mögen die Märtyrer in Frieden ruhen, möge den Märtyrern Gerechtigkeit widerfahren.‹ Die Gerechtigkeit der Märtyrer ist mein Ziel.«

»Indem du ein kleines Mädchen und seine Eltern ermordest? Erfüllt sich so die Gerechtigkeit der Märtyrer?«

»Mein Bruder war ein kleiner Junge«, sagt Valerio schließlich, mit kläglicher Stimme, »er ist auf Knien gestorben, durch einen Schuss in den Kopf. Während er seinen Vater – meinen Vater! – angerufen hat, der im selben Moment gehängt wurde! Seine Mutter – meine Mutter! – war wenige Augenblicke vorher ermordet worden. Alles vor seinen Augen. Und vor meinen. Ich war da, ich habe es gesehen.«

»Ein grauenvolles Verbrechen, schrecklich. Es hätte nicht geschehen dürfen. Und es hätte sich nicht wiederholen dürfen. Vor allem anderen besagt die Inschrift auf dem Sockel: ›Möge es nie wieder geschehen.‹ Man darf nicht unendlich Blut vergießen.«

»Die Märtyrer.« Ein Seufzer, kaum zu hören.

»Die Märtyrer?« Roberto macht ein paar langsame Schritte auf ihn zu.

»Die Märtyrer haben mir befohlen zu töten. Ihre Stimmen sind quälend.«

Roberto bleibt wie erstarrt stehen. »Die Stimmen der Märtyrer?« *Ich habe sie gehört, als ich getanzt habe. Ich war in seinem Kopf.*

»Sie lassen meinen Kopf zerspringen mit ihren Schreien, ich spüre das Fleisch, das von der Folter gepeinigt ist, die sie erlitten haben. Ich kann mich nicht dagegen wehren. Ich bin nur ein Werkzeug. Sie wissen, was richtig und was falsch ist. Ich nicht.«

Diese Worte wecken eine überraschende und unaufhaltsame Energie in Roberto. Er riecht, wie sich der Geruch der verrotteten Blumen unter den sauberen Duft des Schnees mischt und ihn überdeckt. Der Wind kann ihn nicht zerstreuen, ja, er scheint eher noch mehr davon zu bringen.

Er kehrt dem Mörder den Rücken zu, macht sich verwundbar. Er kämpft, er widersteht. *Es darf nicht passieren, nicht jetzt!* Er beißt die Zähne aufeinander, bis sie beinahe zerspringen. Er stöhnt. Er scheint jene dunkle Kraft aufgehalten zu haben.

Dann bricht etwas mit Gewalt los. Das Bewusstsein strömt, schnell, aus ihm heraus. Seine Züge verzerren sich. Er entfernt sich von dem Denkmal. Und von der Realität. Er empfindet keinen Schmerz mehr, der Geist verlässt diesen fiebernden Körper. Das Geräusch seiner Schritte, die in dem hohen Schnee versinken, wird hypnotisierend.

Der Tanz beginnt.

Ich sehe durch die Augen eines anderen Menschen, auch wenn der Ort sich nicht geändert hat. Ich sitze am Fuß des Denkmals. Ich sitze auf dem Grab meiner Eltern. Ich sehe meinen Vater wieder, stranguliert vom Eisendraht. Ich sehe wieder den Kopf meiner Mutter explodieren. Sehe Renatino aufschreien und auf ihrem Körper sterben.

Versteckt zwischen den Bäumen war ich dabei. Im Arm des großen Partisanen, des Professore, jenes Paride Manzini, dem ich alles zu verdanken habe. Von ihm habe ich gelernt, nicht zu vergessen.

Alles wechselt. Ich ende an einem dunklen Ort. Ohne Zeit, ohne Raum. Es gibt nichts, nur Schreie. Herzzerreißende Schreie. Schreie, die von solchem Leid künden, dass man sie unmöglich ertragen kann, ohne verrückt zu werden. Sie sind in mir. Ich bin ihr Werkzeug. Ich bringe die Gerechtigkeit der Märtyrer.

Robertos Schritte werden immer schneller. Er streift die Säulen des Bogengangs, dann hält er wieder auf die Mitte des Platzes zu, auf den Engel.

Es wechselt noch einmal. Ein junger Mann in seinem Bett. Er hört mich. Hastig setzt er seine Brille auf. Er steht auf. Er versteht. Weint. Bittet um Gnade. Ich habe seinen Artikel in der Hand. »Friss ihn«, befehle ich. Ich frage ihn, wo der Gegenstand ist, den ich suche. Er antwortet nicht. Er weiß es nicht. Ich packe ihn an den Haaren und schieße ihm ins Genick. Ohne Erbarmen, ohne Mühe.

Ich habe zwei Waffen bei mir. Die werde ich gegen den Mann richten, der mich umkreist. Er bewegt sich ruckartig, hinkt im Kreis. Gleich bricht er zusammen. Und dennoch hört er nicht auf. Er wird niemals aufhören, wenn ich ihn nicht aufhalte.

Der Kopf zerspringt. Die Schreie sind ungeheuerlich. In mir leiden und sterben Menschen grausam. Und ich mit ihnen. Ihr Schmerz ist meiner. Tausend Klingen durchschneiden meine Haut. Tausend Hände reißen an meinem Fleisch. Ich lasse den Kopf sinken und weine.

Ich sehe meine Tränen im Schnee. Sie sind rot.

Der Mann bewegt sich immer langsamer. Er fällt auf die Knie, erschöpft. Er ist genau vor mir. Ich lege die Waffe an. Danach kann ich in Frieden sterben. Die Gerechtigkeit der Märtyrer wurde vollzogen.

Roberto versucht, aus diesem Abgrund des Schreckens herauszukommen. Er hat Mattia Bondis Tod gesehen. Schlimmer noch, er hat das Leiden Tausender gefolterter und ermordeter Menschen gespürt. Es ist das Leiden des Wesens, das ihm gegenübersteht.

Er weiß, dass er auf ihn schießen will. Er kann ihn nicht aufhalten, der Tanz erlaubt es ihm nicht. Er kann sich nicht wieder zurückziehen, er hat keine Kraft mehr. Er fällt auf die Knie in den Schnee.

Der andere springt überraschend flink auf. Mit einer blitzartigen Bewegung zieht er unter dem Mantel eine Waffe hervor und zielt damit auf Robertos Kopf. Seine Augen sind weiß, ohne Pupillen. Zwei rote Linien durchfurchen seine Wangen.

Das ist der Blick, den Sergio, Elisa und Benedetta Zanarini gesehen haben, bevor sie ermordet wurden. Es ist der, den Mattia Bondi gesehen hat.

Die Kälte des Laufs auf der Haut ist fast eine Erleichterung. Er senkt den Kopf, wartet auf den Schuss, der seinem Leben ein Ende setzen wird.

Er kommt nicht.

»Worauf… wartest du?«, gelingt es ihm zu flüstern. Keine Antwort. Roberto hebt die Augen. Die Knöchel der Hand, die die Beretta umklammert, sind weiß, die Finger verkrampft. Die schrecklichen Augen sind jetzt geschlossen. Aus dem Mund dringt ein gequältes Röcheln, als würde er eine unmenschliche Anstrengung auf sich nehmen.

Was geschieht hier?

Er spürt, wie stark der Geruch der verrotteten Blumen noch immer in der Luft hängt. Als wären sie auf einem Friedhof im Hochsommer und nicht in einem

Schneesturm. Sein Geist ist noch nicht aus dem Tanz erwacht. Er ist immer noch in Valerio gefangen.

Die Schreie sind grausam, gewalttätig. Sie werden lauter. Sie hallen in jedem Winkel meines Geistes wider. Sie befehlen mir zu schießen.

Darunter ein sanftes, süßes Murmeln. Zwei einzelne Stimmen, und dennoch gelingt es ihnen, sich Gehör zu verschaffen. Sie sagen, dass die Gerechtigkeit der Märtyrer sich nicht auf diese Weise vollzieht. Ich sehe eine weibliche Hand. Die Hand einer Frau, die arbeitet, die kocht. Eine Hand, die nach mir ausgestreckt ist. Sie will, dass ich hier innehalte. Dass ich zuhöre.

»Blut wäscht Blut nicht ab«, sagt sie. »Wir wissen das. Auch wir sind Märtyrer.«

Miriam, Saverio… Mama, Papa. Ich rieche einen fernen Duft. Nach Frieden, nach Zuhause, nach Alltag. Für einen Augenblick ist mir, als könnte ich sie sehen.

»Du bist nicht allein. Wir sind an deiner Seite, immer. Gib nicht auf.«

Ich gebe nicht auf.

Mit einer unmenschlichen Anstrengung schiebt Roberto die Hand, die die Beretta hält, weg und hebt den Gips an, der seinen Oberkörper blockiert, um aufzustehen. Die blutigen Tränen sind in großen Tropfen auf den Wehrmachtsmantel gefallen. Tiefrote Flecken im Schnee. Die Wangen sind dermaßen eingefärbt, dass sie wie offene Wunden aussehen.

Roberto hat gespürt, wie gepeinigt der Mann ist, der vor ihm steht. Schreie der Märtyrer, die ihm befehlen zu töten. Märtyrer, die ihm zuflüstern, dass es sinnlos ist.

»Du hast den Enkel des Partisanen Briscola ermordet, der Seite an Seite mit deinem Vater gekämpft hat. Der ihn sein ganzes Leben lang geliebt hat. Das bringt nichts, verstehst du? Du musst diesem Gemetzel ein Ende setzen. Es ist genug Blut geflossen.«

Die Worte treffen ins Schwarze. Die Spannung in dem Mann löst sich. Die Glieder entspannen sich. Der Gesichtsausdruck wird wieder menschlich. Er hat eine Entscheidung getroffen. Nur der Wind flüstert noch zwischen den Säulen. Roberto erlaubt sich einen Funken Hoffnung.

Er verschwindet, als der andere die Augen öffnet. Weiß und blutend, die des Ungeheuers. Aus seinem Mund sprechen tausend tote Seelen.

»Es gibt keine Rettung für diejenigen, die die Gerechtigkeit der Märtyrer behindern.« Er zieht etwas aus der Tasche des Militärmantels und wirft es in den Schnee. Die Papiere der Zanarinis. »Dafür sind sie gestorben. Dafür ist Guerzoni gestorben. Dafür ist Bondi gestorben. Dafür stirbst du. Jetzt.« Ein Urteilsspruch. Es gibt keinerlei Anzeichen für einen Zweifel. Er hebt erneut die Waffe.

Roberto hat keine Angst. Ohne nachzudenken, sucht er seinerseits einen Gegenstand in seiner Tasche. Mit letzter Kraft zieht er das von Briscola geschnitzte Ypsilon heraus.

»Was ist aus den Idealen von Mut, Treue, Liebe für diese Gegend und ihre Menschen geworden, die dieses Stück Holz repräsentiert?«, kann er noch mit fester Stimme fragen, dann wird die Welt schwarz. *Jetzt bloß nicht ohnmächtig werden!* »Das war es, was du in meinem Zimmer gesucht hast. Hiernach hast du Bondi gefragt, bevor du ihn umgebracht hast.«

Die Blut weinenden weißen Augen fixieren das Symbol der Brigade Ypsilon so intensiv, dass es aussieht, als wollten sie es in Flammen aufgehen lassen. Der Mund des Mannes verzerrt sich. Er gibt eine Art Stöhnen von sich, das immer stärker anschwillt, bis es schließlich zu einem ungeheuerlichen Klagegeheul wird.

In dem Augenblick erreicht Alice den Torbogen, verschwitzt und voller Schnee. Es war ihr unmöglich gewesen, in der Wohnung zu warten, bis die von Bernini versprochene Verstärkung eintrifft, in Gesellschaft eines Leichnams und eines Menschen, der ihn beweinte. Sie musste herkommen, bis zum Knie im Schnee versinkend und dem Wind trotzend.

Sie sieht sie. Zwei Männer im Schneesturm. Liest in ihren Augen. Sieht die Pistole. Auf einer Seite ein Blick, an dem nichts Menschliches mehr ist. Auf der anderen der eines Menschen, der sich dem Tod ergeben hat.

»Nein!«, ruft sie, doch ihr Schrei wird ausgelöscht von dem, der aus dem Mund des Mannes dringt, den sie als Valerio Manzini kennengelernt hat. Der Schrei von Tausenden Toten, die nach Gerechtigkeit verlangen.

Als sie sich erinnert, dass sie auch eine Waffe hat, ist es zu spät.

Ein Schuss.

Roberto dreht sich um sich selbst. Mit dem Blick sucht er den ganzen Platz ab. Er bemerkt die Frau mit den roten Haaren, die auf ihn zuläuft.

Es tut mir leid, Alice. Es war vergebens.

Er bricht zu Füßen des Engels zusammen. Er spürt keinen Schmerz mehr.

Den Kopf auf die mit warmem Blut getränkte Schneedecke gelegt, sieht er einen Teil der Inschrift.

»Mögen die Märtyrer in Frieden ruhen«, liest er.

Danach nur noch der Wind.

SOMMERSONNENWENDE 1995

Epilog

Die Temperatur ist angenehm, es ist warm, ohne heiß zu sein. Roberto hätte nicht gedacht, dass der Himmel so blau sein kann.

Zum ersten Mal seit dem Unfall ist es ihm gelungen, sich vorzubeugen, um sich die Laufschuhe zu schnüren. Der lange Krankenhausaufenthalt und die stechenden Schmerzen haben ihn gelehrt, auch scheinbar unbedeutende Ziele schätzen zu lernen.

Er tritt aus der Tür des Kommissariats, nachdem er einen kurzen Gruß mit Marco Rinaldini gewechselt hat, dem Agente, der vor wenigen Monaten gekommen ist, um die Besetzung der kleinsten Polizeistation Italiens zu vervollständigen. Ein anständiger junger Mann, der nicht weit entfernt von Case Rosse geboren wurde und dem es innerhalb weniger Wochen gelungen ist, das Vertrauen der Leute zu gewinnen.

Wesentlich mehr, als es mir je gelungen wäre. Um Längen. In Case Rosse hat der Junge sein Maß gefunden. Oder vielleicht ist der Strudel auch schon dabei, ihn zu verschlingen.

Alice erwartet ihn auf der Piazza. Sie trägt Hosen und ein ärmelloses Sporttrikot, und alle, die wie immer vor Alvers Osteria herumlungern, drehen sich nach ihr um. Nachdem sie sich zudem versichert haben, dass es sich um keine optische Täuschung handelt und dass der Mann neben ihr in kurzen Hosen Roberto Serra ist, grüßen sie ihn, indem sie das eine oder andere Glas heben.

In all den Monaten der Rehabilitation ist sie stets dabei gewesen, jetzt wollte sie den großen Augenblick nicht verpassen. Sie wird ihn auf seinem ersten Lauf seit mehr als sechs Monaten begleiten, mit dem er dem Plan von Doktor Sassi dennoch voraus ist. Die Fortschritte sind wirklich verblüffend.

»Morgen werde ich Muskelkrämpfe und Schmerzen in den Beinen haben, aber ich freue mich schon auf das Gefühl«, sagt er und entlockt ihr ein Lächeln. In ihrer Geschichte musste es immer schnell gehen, im Guten wie im Schlechten. Dieses Mal haben sie beschlossen, langsam zu sein, sich Zeit zu lassen und sich den Raum zu geben, den sie brauchen. Es gibt Mauern einzureißen und neue zu errichten, einen Stein nach dem anderen.

Der unvermeidliche Bronzeengel zieht ihre Aufmerksamkeit auf sich. Das Metall unter der grünlichen Patina glänzt in der ersten Sommersonne. Auf dem Sockel ist ein Name hinzugekommen.

VALERIO FERRI, GESTORBEN 6. JANUAR 1995

Roberto seufzt. »Er hätte es so gewollt. Hier begraben zu sein, bei seinen Eltern. Ich weiß nur immer noch nicht, was ich ihm gegenüber empfinden soll.«

»Er hat dir das Leben gerettet«, sagt sie, wie sie es schon so oft gesagt hat. »Ich habe es gesehen.«

Auf dem Höhepunkt des Konflikts, der ihn zerriss, hatte das, was vom Kollegen und Freund noch übrig geblieben war, es geschafft, die Oberhand zu erringen. Er hatte die Pistole auf sich selbst gerichtet, den Lauf auf den Adler über dem Hakenkreuz gesetzt und sich ins Herz geschossen. In dem Augenblick, in dem der Schuss losgegangen war, war Roberto erschöpft zusammengebrochen. Sie waren im selben Moment zusammengebrochen.

Er schüttelt den Kopf. »Ich kann nicht an ihn denken, ohne an das Ungeheuer zu denken, das in ihm war. Und das ihn fünf Menschen hat ermorden lassen.«

»Ein echtes, reales Ungeheuer, soundso groß und soundso schwer. Aber es war nicht seine Schuld. Zumindest nicht nur.«

Die Autopsie hatte in Valerios Hirn einen aprikosengroßen Tumor nachgewiesen. Bösartig, inoperabel, er hätte innerhalb weniger Monate den sicheren Tod herbeigeführt. Auch wenn es kaum dokumentierte Fälle für Veränderungen der Augen und der Stimme in Verbindung mit diesem Typ von Krankheit gab, war Alice zu dem Schluss gekommen, dass der Druck der tumorösen Masse auf einige Zonen des Gehirns die Ursache dafür gewesen sein musste. Er konnte auch die Fähigkeit zur Autosuggestion verstärkt und die blutigen Tränen ausgelöst haben. Das Beispiel, das sie immer dafür brachte, waren Stigmata: Wenn man sich Löcher in den Händen und Füßen beibringen konnte, warum sollte man dann nicht in der Lage sein, sich dazu zu bringen, Blut zu weinen?

Roberto hat inzwischen aufgegeben. Er weiß nicht, was er denken soll. Während des Tanzes ist er in Valerios Kopf eingedrungen. Er hat die Schreie gehört, den Schmerz gespürt. *Sie waren da, waren real. Aber kann es eine andere Erklärung als die von Alice geben?*

Das Unverständlichste und Beunruhigendste an der Sache war jedoch erst zutage getreten, als Teresa ihnen die Krankenakten von Paride Manzini besorgt hatte. Es gab keinen Zweifel: Valerios Tumor war vom selben Typ wie der, der seinen Vater das Leben gekostet hatte. Auch das Gewebe war gleich, um nicht zu sagen identisch. Verschiedene Onkologen hatten bestätigt, dass eine Erblichkeit vorliegen könnte.

Das Problem ist nur, dass Paride Manzini nicht mit Valerio Ferri blutsverwandt war. Er kann ihm infolgedessen keinerlei körperliche Krankheit vererbt haben. Allerdings hat er ihm das Verlangen nach Rache eingepflanzt, und vielleicht hat der Tumor dieses Verlangen, das sowieso schon in Valerio schlummerte, noch verstärkt und schließlich auf die Spitze getrieben. Seit frühester Kindheit mit Bildern des Todes erzogen, hat er irgendwann selbst geglaubt, die Stimmen der Märtyrer zu hören, um den Drang zu töten zu rechtfertigen. Und der Zufall in Gestalt des fünfzigsten Jahrestages der Massaker und die wenige Zeit, die er noch zu leben hatte, haben diesen Drang noch verstärkt. Vielleicht aber war Paride auch wirklich Valerios Vater?

»Auf geht's«, sagt Alice und zwingt sich, sich wieder auf diesen ersten Sommertag zu konzentrieren. *Es gibt keine Antworten. Vielleicht wird es nie welche geben.*

Sie geht zu dem Briefkasten neben dem Rathaus.

Lange betrachtet sie den Umschlag in ihrer Hand. Dann wirft sie ihn ein, lächelnd.

Sehr geehrter Questore Bernini,

ich wende mich an Sie, um Sie darum zu bitten, auf unbestimmte Zeit vom Dienst suspendiert zu werden, um mich tief greifenden medizinischen Untersuchungen zu unterziehen, eine gesundheitliche Störung betreffend, deren Symptome ich Ihnen bereits geschildert habe und für die ich eine umfangreiche Dokumentation beilege. In diesem Zusammenhang möchte ich Sie außerdem bitten, sollten die obengenannten Untersuchungen meine Eignung, weiterhin der Polizei anzugehören, bestätigen, dass mein Einsatzort verlegt wird. Ich erkläre mich ab sofort bereit, abgesehen von Case Rosse jedweden Einsatzort zu akzeptieren …

Nach den üblichen Abschiedsformeln die Unterschrift: Kommissar Roberto Serra. Jetzt war er es wirklich. Diese blutige Geschichte hatte ihm eine Beförderung eingebracht, die er nur nicht abgelehnt hatte, weil Berninis unerwartete Rührung darüber ihn überzeugt hatte. Auch Sernagiotto hatte es, unterm Strich, nicht schlecht getroffen. Er war nur ins Veneto versetzt worden, in den Wahlkreis seines Vaters, wo er besser geschützt auf den großen Karrieresprung warten konnte, von dem er eines kleinen Zwischenfalls wegen nur vorübergehend zurückgestellt worden war.

Vor dem Torbogen macht Roberto die ersten unsicheren Schritte auf der Strecke, die er vor dem Unfall jeden Tag gelaufen ist und von der er heute nur einen kleinen Teil schaffen wird. Auch wenn er versucht hat, die Beine trainiert zu halten, ist er seit sechs Monaten nicht gelaufen. Alice bleibt an seiner Seite, die Haare zu einem langen Pferdeschwanz zusammengebunden, der mit jedem Schritt wippt. Dieses Mal hat sie die Sommersprossen auf ihrem Gesicht nicht mit Make-up und Puder überdeckt.

So sieht sie viel schöner aus, denkt er, ohne es ihr zu sagen.

Alles rührt ihn. Die Blumen, die die Wiesen mit blauen und gelben Flecken versehen. Die Schmetterlinge, die mindestens ebenso verblüfft und verwundert sind wie er. Die sanften Hügel, die schroff in Berge übergehen. Die Kastanien, vor allem. Knotige Stämme, die in ihrer Unbeweglichkeit davon künden, dass sie bereit sind, auch die hundertste Jahreszeit zu erleben.

Sämtliche Ratschläge missachtend, beschleunigt er. Er hört nicht einmal mehr, wie Alice ruft: »*Santapolenta,* du läufst viel zu schnell! Ich komm nicht mehr mit!«

An dem Abzweig zum Monte della Libertà greift er übergangslos den Anstieg an. Die Schulter sendet ihm mehr oder weniger offen Warnungen zu, wie sehr sie ihm wehtun könnte, wenn er so weitermacht. Er ignoriert sie.

Mit einem leichten Druck des Zeigefingers schaltet er die Musik ein, die er für diesen Tag ausgewählt hat, *Generale*, gesungen von Vasco Rossi.

*»Generale, dietro la collina ci sta la notte crucca e assassina …«**

Der Atem geht keuchend, aber er schafft es nicht, sich zurückzuhalten. Laut und schief fängt er an zu singen.

*»Si va dritti a casa senza più pensare che la guerra è bella anche se fa male …«***

* »General, hinter dem Hügel wartet die mörderische teutonische Nacht …«

** »Man geht direkt nach Hause und glaubt nicht länger, dass der Krieg schön ist, auch wenn er wehtut …«

Danksagung

Ich habe das Ende einer beschwerlichen und begeisternden Reise nur erreicht, weil so viele Leute in mein Segel geblasen haben, um es mit Wind zu füllen. Euch gilt ein allgemeiner Dank, in der Hoffnung, jeden Einzelnen von euch in den Arm nehmen zu können.

Ich danke Luca Grasselli, großartiger Dichter und großartiger Freund, der mir das Geschenk jenes wunderbaren Gedichtes gemacht hat, das auf dem Denkmal erscheint. Sein Titel: *Epitaffio.* Ich schulde dir noch eine Flasche von dem Guten.

Ein Buch mit dem Titel »Die Wölfe kommen« gibt es tatsächlich. Marco Renzi hat es geschrieben, es ist im Verlag Il Ponte Vecchio erschienen: *Appennino 1944: Arrivano i lupi! Atti e misfatti del IV battaglione di volontari nazifascisti fra Toscana, Marche e Romagna.*

Dank vor allem an Mama Lina und die Tanten für ihre Erzählungen, die mich gelehrt haben, wie wichtig es ist, nicht zu vergessen. Und auch dafür, dass sie mir von den Massakern und von Enrico Zanarini berichtet haben (der, natürlich, nicht der ist, von dem ich erzähle, ebenso wenig wie seine Nachkommen). Die Erinnerung kann nicht vom Schmerz absehen.

Dank allen Partisanen, die die so aktuellen Werte des Begriffes *Resistenza* verkörpert haben.

Von Herzen Dank an Elisabetta Rubin, Valeria Zanoni und Ugo Marchetti (*women first*, und von Ugo weiß ich, dass er es nicht übel nimmt) von emmeeerre letterature für ihre kostbaren Dienste. Meine Leuchtfeuer im Nebel.

Die schönsten Seiten des Verlagswesens habe ich wohl dank Sergio Fanuccis und Alfredo Lavarinis unendlicher Leidenschaft kennengelernt und durch das Team von Timecrime und Fanucci Editore.

Ich bin ein vom Glück begünstigter Mensch, ich weiß.

LUST AUF MEHR UNTERHALTUNG?

Dann sollten Sie unbedingt umblättern.
Hier erwartet Sie eine exklusive Leseprobe.

Leseprobe aus dem neuen Kriminalroman von Marco Malvaldi:
»Toskanische Verhältnisse«
Erschienen bei Pendo

Schon bevor man das Dorf erreicht, lässt die Straße nach Montesodi Marittimo wohl niemanden kalt.

Hinter einer Abzweigung mit dem Schild »Campagnaia-Montesodi M.mo«, dessen banal weiße Lettern auf blauem Hintergrund nichts von dem ahnen lassen, was einem bevorsteht, beginnt die Strecke fast unverzüglich anzusteigen und schlängelt sich dann dickköpfig zwischen den Eichenwäldchen hindurch; als wollte sie uns zeigen, dass es doch allzu einfach wäre, sich wie eine normale Straße zu verhalten und den bequemsten Weg durch die Täler zu nehmen, die sich zwischen den Hügeln erstrecken. Eine Fahrbahn, die etwas auf sich hält, hat mehr zu bieten.

Der Straßenverlauf wird nach der Abzweigung zu einer Abfolge von Kurven und Schlaglöchern, wobei der Asphalt objektiv gesehen nicht im besten Zustand sein mag, aber die Ersteren erscheinen doch zahlreicher als die Letzteren; umso mehr, wenn einem im Auto leicht schlecht wird, so wie Piergiorgio Pazzi, und man jede Kurve einzeln zählt. So wie er es in diesem Moment tat, während er um Atem rang und auf jeder der kurzen Geraden versuchte, seinen Mageninhalt wieder dorthin zu befördern, wo er hingehörte. Und dabei schickte er ein Stoßgebet zum Himmel, seine Forschungstätigkeit in Montesodi Marittimo nicht damit anfangen zu müssen, dass er sich die Seele aus dem Leib spie.

Zum Teil, gewiss, aus Eigenliebe; vor allem aber auch, weil der Besitzer des Wagens, der ihn nach Montesodi fuhr, nicht gerade so aussah, als ob er es wohlwollend aufnehmen würde, wenn sich dieses Unglück in seinem Auto ereignete.

Der Betreffende war ein Mann um die fünfzig, groß, breitschultrig, mit kugelrundem Bauch und dem Augenschein nach ohne Weiteres in der Lage, mit bloßen Händen einen Reifen zu wechseln, und zwar ohne Wagenheber. Dieser Mann also hatte ihn mit einem Geländewagen am Bahnhof abgeholt und sich mit einem Händedruck und einem knappen »freutmichPuntoni« vorgestellt. Piergiorgio schloss aus alledem, dass a) sein Gegenüber Puntoni hieß und b) körperliche Auseinandersetzungen das Letzte waren, worauf man sich mit diesem Burschen einlassen wollte.

Und so war die Begrüßung das Einzige, was sie während der Fahrt an Worten ausgetauscht hatten, bevor sie das unbewaldete Wegstück bei l'Anguillaia erreichten. Puntoni war damit beschäftigt, auf einem lokalen Radiosender das Spiel der Fiorentina zu verfolgen, Piergiorgio verfolgte die gleichlaufenden Windungen der Straße und seiner eigenen Eingeweide. Ermutigt von einer Geraden, die etwas länger ausfiel als die bisherigen, sah sich Piergiorgio, während der Reporter voller Begeisterung einen Einwurf referierte, der den Violetten in Strafraumnähe zugesprochen worden war, auf dem baumlosen Straßenstück ein wenig um und versuchte zu begreifen, wohin es ihn da eigentlich verschlagen hatte. Und die Szenerie, die er erblickte, ließ ihn erstarren.

Mitten auf der waldlosen Ebene stand trotz der Januarkälte ein Kerl mit bloßem Oberkörper, etwa einen Meter fünfzig groß und völlig kahl. Er hatte einen Bart, der ihm bis zum Bauch reichte, und Waden, die zwei San-Daniele-Schinken glichen. Schon deshalb überkam einen spontan die Idee, sich umzusehen, vielleicht steckte da irgendwo auch ein Gandalf. Dazu muss man sagen, dass der Mann ganz unverkennbar Qualen litt: Wahrscheinlich nicht so sehr wegen der Kälte, sondern wegen des Baumstamms von dreißig Zentimetern Durchmesser und gut zwei Metern Länge, den dieser Troll durch die Gegend schleppte, gestützt auf Brust und Unterarme, die Hände auf Höhe der Leisten verschränkt; in dieser Haltung stolperte er mühsam vorwärts, die rechte Gesichtshälfte an den Stamm gepresst, mit zitternden Armen. Die Spitze der mächtigen Last schwankte bei jedem Schritt.

Im Gegensatz zu Piergiorgio, der dem Schauspiel gebannt beiwohnte, blieb Puntoni völlig ungerührt, seine Aufmerksamkeit galt weiterhin der Fiorentina und den offenkundigen Schwierigkeiten der »Lilien«, den Spielstand auszugleichen, was der erregte Reporter in lebhaften Tönen wiedergab. Während der Geländewagen die Szene hinter sich ließ, konnte sich Piergiorgio nach einigen Sekunden die Frage nicht verkneifen:

»Entschuldigen Sie, wer war das denn?«

Gestört in seiner Konzentration auf die Bemühungen

der Violetten, warf Puntoni Piergiorgio einen kurzen Blick zu.

»Wer, das?«

»Der Kerl mit dem Baumstamm.«

»Das ist Bonacci.«

Schweigen. Wenn man von dem Umstand absah, dass der Sportreporter inzwischen heulte wie ein Kojote.

»Aha. Und was macht er mit dem Baumstamm?«

»Na, üben.«

Schweigen. Diesmal wirklich, denn die Fiorentina hatte gerade das zweite Gegentor kassiert und der Kommentator vermutlich Selbstmord begangen. Nach ein paar Sekunden wagte sich Piergiorgio vor:

»Und wofür trainiert einer, der Baumstämme durch die Gegend schleppt?«

Puntoni drehte sich abermals zu ihm um, sichtlich genervt.

»Na, für die Festa della Panca.«

Und damit drehte er die Lautstärke des Radios hoch, aus dem der wiedererstandene Kommentator beklagte, dass vor dem Tor eine Abseitsstellung übersehen worden sei, indes Puntoni den Blick auf die Straße richtete, wo das mit den Kurven schon wieder losging.

Piergiorgio stellte keine weiteren Fragen, bis sie ihr Ziel erreicht hatten.

Im Dorf angekommen, wurde Piergiorgio zur Casa Zerbi gebracht, in der er für seinen gesamten Aufenthalt unterkommen sollte.

Die Casa Zerbi war eines von wenigen Gebäuden im

Dorf, die über mehr als zwei Stockwerke verfügten; fast alle Häuser, die Piergiorgio unterwegs zu Gesicht bekommen hatte, in Hanglage am Herzkasperweg, begnügten sich mit einer Kombination aus Erdgeschoss und erstem Stock hinter einem Fünfzigerjahreverputz, eine Hülle, die ursprünglich einmal elfenbeinfarben gewesen sein musste, gegenwärtig jedoch eher an verschimmelten Milchkaffee denken ließ. Die einzigen zwei Bauten, die sich von den anderen abhoben, waren das Restaurant, vor dem auf einer hölzernen Tafel der geschnitzte Schriftzug *La Pignata* prangte, sowie das Haus von Signorina Conticini, deren Garten eine bemerkenswerte Sammlung von Zwergen zu bieten hatte. Über sie alle wachte nicht etwa Schneeweißchen, sondern eine überlebensgroße Madonna, zu allem Überfluss mit einem blinkenden Leuchtherzen ausgestattet.

Ganz oben am Hang dagegen hatten die wenigen Gebäude, die den Hauptplatz säumten, drei Stockwerke oder mehr. Sie stammten allesamt aus der Zeit vor 1900 und waren von entschieden gediegenerer Bauweise. Sowohl an Größe wie an optischem Reiz alles überragend stand das Haus des Bürgermeisters, Casa Benvenuti: ein großzügiges, solides Bauwerk mit einem eisenbeschlagenen Tor, das etwaigen Eindringlingen schon vor der breiten Außentreppe Einhalt gebot. Außer Konkurrenz lief natürlich die Kirche, benannt nach ihrem Schutzpatron Sant'Antonio Abate, dem heiligen Antonius der Einsiedler. Ein hässliches Gebäude ungewisser stilistischer Provenienz, das einzig durch seine Höhe auffiel und dessen religiöse Funktion allein am Kirchturm abzulesen war, welcher die Kirche selbst an Hässlichkeit fast noch übertraf. Das edelste Haus von allen, der Palazzo Palla, Heimstatt der Marchesi Filopanti Palla, die sich vom gemeinen Volk auch räumlich distanzierten, stand freilich außerhalb des Dorfes. Der Palazzo lag noch etwas höher am Hang als der Kirchplatz, aber durch einen guten Kilometer unasphaltierte Straße davon getrennt.

Gegenüber der Kirche stand die Casa Zerbi: ein Gebäude mit einer Treppe aus Holz und Eisen und Vollholz-Fensterläden, drei Stockwerke zuzüglich einer Mansarde, die normalerweise als Gästezimmer diente.

Und just in dieser Mansarde machte sich Piergiorgio ans Auspacken, nachdem er den Raum in Besitz und selbst wieder etwas Farbe angenommen hatte. Er räumte seine Kleidung und alles Weitere aus dem Koffer, was er brauchen würde, um zwei Wochen fern von zu Hause zu überstehen: seine Laufklamotten, Bücher, Laptop, iPod und so weiter; in großer Eile, versteht sich, denn in weniger als einer Stunde stand schon das Begrüßungsessen auf dem Programm, und der Ärmste musste sich noch duschen, rasieren und umziehen.

Piergiorgio war noch mit dem Auspacken beschäftigt, als sein Handy klingelte. Na klar.

Professor Ferroni. Komisch, ich hätte gewettet, es ist die Mamma.

»Pazzi, sind Sie das? Wie geht's? Sind Sie schon angekommen?«

»Ja, ich bin's, Professor. Ja, ich bin schon da. Alles in Ordnung.«

»Und das Dorf? So scheußlich wie auf dem Foto?«

»Na ja, ein bisschen schon. Sagen wir's so: Las Vegas ist das hier nicht gerade.«

»Und wie sind die Einheimischen? Hat man Sie gut aufgenommen?«

»Ja, schon. Einer hat mich abgeholt. Also, Leute habe ich bisher zwei gesehen. Soweit ›Leute‹ das richtige Wort ist. Der eine sah aus wie ein Bär in Menschenkleidung, den anderen kann ich Ihnen gar nicht richtig beschreiben. In Form schienen sie jedenfalls beide zu sein.«

»Na, darum geht's uns doch«, sagte Ferroni und sprach dann plötzlich im Ton eines Auktionators weiter. »›Montesodi Marittimo, das stärkste Dorf Europas.‹ Ist die Philologin auch schon da?«

»Ich glaube schon. Angeblich ist sie auch hier untergebracht, aber ich habe sie noch nicht gesehen.«

»Ach, keine Sorge, die werden Sie schon erkennen, wenn Sie sie sehen. Lila Haare, ovale Brille und im Gesicht ein unsichtbares Schild mit der Aufschrift ›Ich bin von der Scuola Normale‹. Beim Kick-off-Meeting hat sie von der ersten bis zur letzten Minute genervt. Schließen Sie also Freundschaft mit den Einheimischen, falls Ihnen nach Gesellschaft ist – die Tante macht mir *prima facie* einen ziemlich ungenießbaren Eindruck.«

Sonntag beim Abendessen

»So. Erst einmal hallo und guten Abend zusammen. Ich hoffe, Sie alle konnten das Abendessen und Stelios Küche genießen, die wie üblich ganz ausgezeichnet war, wie ich betonen möchte. Nun wären die kulinarischen Künste des guten Stelio zwar Grund genug, hierherzukommen, aber wir haben uns heute auch noch aus anderem Grunde versammelt, nämlich um unsere Gäste ganz herzlich willkommen zu heißen.«

Der Herr Bürgermeister drückte sich in der Regel in bestem Italienisch aus, hatte jedoch im Lauf des Abendessens und beim anschließenden Beisammensein Trost und Schutz vor der Kälte gefunden, indem er sich etliche Gläser Grappa hinter die Binde goss, was seine Beredsamkeit nun ein wenig beeinträchtigte. Gönnerhaft nickte er Piergiorgio zu, der zu seiner Rechten saß.

»Dr. Piergiorgio Pazzi, Physiologe, nicht wahr, vom Institut für Endokrinologie der Universität Pisa. Er ist für die biomedizinische Seite des Projekts zuständig …«

Der Bürgermeister machte eine ausladende Handbewegung nach links, wo eine junge Frau saß. Sie war groß, hatte schwarze, durch ein paar lila Strähnen aufgepeppte Haare und trug eine kleine Brille mit Metallrahmen, hinter deren Gläsern ein Augenpaar lag, so grün wie die

Hoffnung, die Trägerin näher kennenzulernen; eine Hoffnung, die Piergiorgio ganz entgegen Professor Feronis Ratschlag schon seit ihrem ersten Anblick hegte.

»... und Dr. Margherita Castelli, Forschungsangestellte in Romanischer Philologie an der Scuola Normale Superiore di Pisa. Sie übernimmt den, wenn man so sagen kann, genealogischen Teil. Soweit ich verstanden habe, wird die Aufgabe von Frau Dr. Castelli darin bestehen, die Familienhintergründe und den Stammbaum jedes einzelnen Bewohners unseres Ortes zurückzuverfolgen, und zwar anhand des Kirchenarchivs, das bei uns bis aufs Jahr 1634 zurückgeht.«

Die unterschiedliche Ausführlichkeit der beiden Vorstellungen kündete nicht etwa von einer Feindseligkeit gegenüber Pazzi. Vielmehr beruhte sie auf dem Umstand, dass der Bürgermeister, der Piergiorgio rechts und Frau Dr. Castelli links von sich hatte Platz nehmen lassen, sich mehr oder minder über die gesamte Dauer des Abendessens nach links gewandt und den armen Piergiorgio fast völlig ignoriert hatte.

»Die durch Frau Dr. Castelli durchgeführte Rekonstruktion wird dazu dienen, ohne jede Ambi-, Ambig-, also mit absoluter Sicherheit festzustellen, wie eng die Verwandtschaftsbeziehungen zwischen uns allen sind, nicht wahr, sodass sich unser genetisches Erbe zweifelsfrei zuschreiben lässt.«

Denn, zugegeben, wahrscheinlich lag Professor Ferroni nicht ganz falsch, wenn er Dr. Castelli als klassische Vertreterin der Scuola Normale und Nervensäge erster Güte bezeichnete. Aber er hatte dabei die Tatsache übergangen, dass sie auch eine ausgesprochene Schönheit war. Von nordischem Aussehen, unterkühlt und vielleicht nicht sehr freundlich; aber genau von dem äußerlich kalten Typus, den sich der Durchschnittsitaliener als eisige Oberfläche vorstellt, die den Gipfel eines Vulkans umgibt, solange er untätig bleibt. Gewiss, draußen ist es kalt, aber das sind nur die äußeren Bedingungen; drinnen sieht es völlig anders aus.

Der Abendempfang für die neu eingetroffenen Gäste hatte ein paar Stunden zuvor damit begonnen, dass die beiden Wissenschaftler im Haus des Bürgermeisters vorstellig geworden waren. Dieser hatte ausdrücklich Wert darauf gelegt, sie schon vor dem offiziellen Abendessen, an dem ein Gutteil der Dorfbewohner teilnehmen würde, persönlich kennenzulernen und sie zu diesem Zweck bei sich zu Hause zu empfangen. Der Herr Bürgermeister – mit Namen Benvenuti Armando – erwies sich als etwa sechzigjähriger Provinzkavalier mit offenem Blick, gerader Haltung und der gelassenen Ausstrahlung eines Mannes, der weiß, dass das Leben es gut mit ihm meint und er sich das auch redlich verdient hat. Nun ließ er wie jeder gute Gastgeber den Neuankömmlingen eine kleine Hausführung angedeihen. Zunächst zeigte er ihnen den Wohnbereich, hielt vor dem Panoramafenster im Esszimmer inne, um sie an der prächtigen Aussicht teilhaben zu lassen, und führte ihnen anschließend die großzügige gemauerte Küche vor. Dann geleitete er sie in den Garten, wo ein Belvedere den Blick auf das ganze Tal freigab; neben einigen Obstbäumen befand sich ein Kräutergarten, in dem auch zwanzig verschiedene Sorten scharfe Paprika wuchsen, dazu einige äußerst seltene Salbeiarten. Schließlich führte er die Gäste ins Untergeschoss und verkündete, während er eine kleine feuerfeste Tür öffnete, mit gespieltem Gleichmut:

»Und nun kommen wir zum wichtigsten Teil des Hauses.«

Piergiorgio hatte einen Weinkeller erwartet und sich schon ein paar anerkennende Floskeln zurechtgelegt – meine Güte, das ist ja großartig, und was für ein Jahrgang ist das hier, wie lange haben Sie denn gebraucht, um sich so eine Kollektion anzulegen –, was man halt so sagt, wenn man die Sammlung eines leidenschaftlichen Connaisseurs besichtigt, von deren Gegenstand man keinen blassen Schimmer hat. Doch die hohlen Worte konnte er sich glücklicherweise sparen, denn der Keller, in den Bürgermeister Benvenuti sie treten ließ, war tatsächlich beeindruckend. Nicht wegen der Weine – das hätte Piergiorgio nicht zu beurteilen vermocht –, sondern wegen der Räumlichkeit an sich. Der eigentliche Keller, in den man durch eine Bodenluke gelangte, war aus dem Tuffstein gegraben: gut einhundert Quadratmeter voller in den Stein gehauener Nischen, mit etwa einem Dutzend grober Säulen, auch diese aus dem Tuff gehauen und ebenfalls mit einer Reihe von Nischen ausgestattet. Alles voller Flaschen.

Während Piergiorgio und Margherita, die Philologin, sich umsahen, lächelte Benvenuti und zog eine Flasche aus einem der vielen kleinen Hohlräume.

»Hier haben wir einen kleinen Aperitif, und dann nehmen wir gleich mit, was wir beim Abendessen trinken werden. Sie sind heute in jeder Hinsicht meine Gäste.«

»Entschuldigen Sie«, sagte Margherita und ließ ihren Blick weiter durch den Raum schweifen, »sind wir nicht in einer Trattoria verabredet?«

»Doch, doch, wir gehen ins *Pignata*«, sagte Benvenuti. »Gleich hier oben am Berg. Aber wir haben ja wichtigen Besuch, und da lasse ich es mir nicht nehmen, das Rohmaterial zur Verfügung zu stellen ...«

»Wie meinen Sie das?«

»Kommen Sie, folgen Sie mir. Das Beste haben Sie noch gar nicht gesehen.«

Sie gingen die Treppe hoch, der Bürgermeister klappte die Luke zu und ging auf ein zweites Metalltürchen zu, das etwas Aseptisches an sich hatte. Er öffnete es, machte eine ausgreifende Geste und sagte:

»Bitte sehr.«

Dass der Bürgermeister ein leidenschaftlicher Jäger war, hatten die beiden im Laufe ihres Besuchs begriffen, sowohl anhand der Glasschränke, in denen ein knappes Dutzend Karabiner ausgestellt waren, als auch wegen der Trophäen – ein Hirsch und ein Wildschwein, oder besser gesagt ihre jeweiligen Köpfe –, die die Gäste von der Nordwand des Wohnzimmers mit gläsernem Blick begrüßt hatten. Dennoch brauchte Piergiorgio einige Sekunden, um diesen Raum mit dem gefliesten Boden, dem Metallwaschbecken und der Kühltruhe mit den Jagdtrophäen zusammenzubringen. Anders gesagt: Er brauchte einige Sekunden, um zu verstehen, dass der Herr Bürgermeister eine Metzgerei im Haus hatte.

Margherita hingegen begriff auf der Stelle und wurde kalkweiß.

Und während die zwei sich umsahen, ohne zu wissen, was sie dazu sagen oder ob sie überhaupt etwas sagen sollten, versetzte ihnen der Herr Bürgermeister den Gnadenstoß.

»Ich sagte ja, Sie sind heute in jeder Hinsicht meine Gäste. Alles, was Sie heute Abend zu sich nehmen werden« – der Bürgermeister griff sich mit eleganter Geste an die Brust –, »habe ich erlegt. Höchstpersönlich.«

Was der Bürgermeister nach dem Abendessen dahergeredet hatte, um das gesellige Beisammensein zu eröffnen, mochte durch den Alkohol vernebelt sein, aber es war in allen Punkten zutreffend; insbesondere, was die Küche von Meister Stelio anging. Das war bemerkenswert, denn ein Blick auf die Speisenfolge, die unerbittlich das Repertoire einer toskanischen Dreigroschen-Trattoria abzubilden schien – »Gemischter Vorspeisenteller mit Schinken und Crostini«, »Tagliolini mit Trüffeln«, »Im Ofen geschmorter Hase mit Kartoffeln«, all das mit dickem Filzstift von Hand geschrieben, in Anführungszeichen und auf einem gelben Blatt Papier –, hatte Piergiorgios Erwartungen eingangs beträchtlich sinken lassen.

Dazu kam noch der diplomatische Zwischenfall, der sich ereignet hatte, als der Inhaber und Koch des Restaurants die Vorspeisen persönlich an den Haupttisch brachte – wo der Bürgermeister, die Gäste, die Ratsherrn und einige andere halbwegs kultivierte Menschen saßen – und neben die Philologin trat, in der Hand einen ordentlichen Teller schön dünn geschnittenen toskanischen Schinken, dazu Crostini mit gebackener Schweinsleber. Die junge Frau drehte sich zu ihm um, hob die Hand und sagte freundlich:

»Ich bin vegan.«

Der Gastgeber packte mit seiner freien Linken die Hand der jungen Frau und schüttelte sie enthusiastisch.

»Freut mich, Signorina. Ich bin Stelio.«

Und damit knallte er ihr den Teller vor die Nase, stolz wie Oskar.